Le fils caché d'un Sicilien

*

Le baiser d'Angelo Navarro

*

Un redoutable amant

MICHELLE SMART

Le fils caché d'un Sicilien

Traduction française de
MARGUERITE GUILLEMET

HARLEQUIN

Titre original :
HER SICILIAN BABY REVELATION

Ce roman a déjà été publié en 2020

HARPERCOLLINS FRANCE
83-85, boulevard Vincent-Auriol, 75646 PARIS CEDEX 13
Service Clients — www.harlequin.fr
ISBN 978-2-2805-0020-3

Composé et édité par HarperCollins France.
Imprimé en janvier 2024 par CPI Black Print (Barcelone)
en utilisant 100% d'électricité renouvelable.
Dépôt légal : février 2024.

FSC www.fsc.org
MIXTE
Papier issu de sources responsables
FSC® C159065

Pour limiter l'empreinte environnementale de ses livres, HarperCollins France s'engage à n'utiliser que du papier fabriqué à partir de bois provenant de forêts gérées durablement et de manière responsable.

Prologue

Orla O'Reilly essuya les larmes qui baignaient ses joues. Hors de question de faire une scène, pour couronner le tout !

Elle était arrivée en Sicile dix jours plus tôt, décidée à retrouver l'homme que sa mère avait toujours appelé son « géniteur ». Désormais, elle savait que le qualificatif était généreux. Son père, revenu d'un voyage d'affaires le matin même, avait refusé de la voir. Il n'avait aucune envie de rencontrer sa fille de vingt-trois ans.

Elle ne s'était pas attendue à un accueil chaleureux, bien sûr, mais un rejet aussi définitif… C'était douloureux. Vraiment douloureux. Elle voulait retrouver les bras solides de Tonino et l'écouter murmurer à son oreille que tout irait bien. Il la serrerait dans ses bras et effacerait la souffrance. Ce voyage en Sicile n'avait pas eu que des mauvais côtés : elle avait rencontré l'homme de ses rêves, après tout.

Lorsqu'elle était arrivée à son petit hôtel de seconde zone, dix jours plus tôt, elle avait été choquée par l'état de sa chambre. Les draps étaient tachés et froissés, la moquette, encore collante sous ses semelles, et la salle de bains… Il valait mieux ne pas parler de la salle de bains.

Elle était immédiatement redescendue à la réception. Plantée dans le hall, elle avait attendu exactement six minutes avant qu'une haute silhouette n'apparaisse derrière le bureau. Et elle avait levé les yeux sur l'homme le plus sexy qu'elle avait jamais vu.

Avant de rencontrer Tonino, elle n'avait jamais compris le concept du coup de foudre. Mais ce jour-là…

À son retour, plus tard dans la journée, après que sa première tentative de rencontrer son père se fut soldée par un échec puisque ce dernier était en voyage, elle avait trouvé sa chambre non seulement désinfectée mais réaménagée. On avait installé de nouveaux meubles et même changé la moquette. Son humeur mélancolique s'était évaporée lorsque le magnifique gérant avait frappé à sa porte pour lui proposer de prendre un café le lendemain matin.

Et les jours suivants avaient été les plus excitants, les plus merveilleux de sa vie. Chaque heure passée avec Tonino l'avait emplie d'optimisme. Dans le bonheur de son idylle, elle s'était prise à rêver d'une rencontre grandiose avec son père, digne d'un film hollywoodien, saupoudré de beaux discours, de larmes et d'étreintes émues. Mais il avait brisé ses espoirs en un clin d'œil – juste le temps que sa femme de ménage traverse la maison et revienne informer Orla qu'il ne voulait pas la rencontrer.

Mais peu importait. Il avait fait son choix. Elle devait laisser cette déception derrière elle. Se concentrer sur Tonino. L'homme qui l'avait éveillée à l'amour et lui avait volé son cœur.

Elle aurait voulu lui parler de son père, lui avouer pourquoi elle était venue en Sicile, mais elle avait honte d'être la fille d'un des play-boys les plus célèbres du pays ; l'enfant d'un adultère. Elle avait passé sa vie à se protéger des relations trop intenses. Elle n'avait jamais eu confiance qu'en sa sœur, Aislin, et leurs grands-parents. Aujourd'hui, il ne lui restait qu'Aislin…

Jusqu'à ce qu'elle rencontre Tonino.

Elle était prête à lui confier ses secrets. Il comprendrait. Il la rassurerait. Il lui offrirait le soutien dont elle avait toujours rêvé mais qu'elle n'avait jamais osé espérer.

Ce matin-là, dans leur lit, Tonino lui avait caressé la joue et promis qu'ils parleraient à son retour. Il avait quitté leur chambre sur un baiser brûlant, et dans ses yeux elle avait lu la gravité de sa promesse. Même la déception de la journée ne pouvait étouffer son excitation. L'espoir d'un avenir commun lui donnait le vertige ; pour la première fois de sa vie, elle envisageait un futur où l'amour avait sa place…

Le chauffeur de taxi s'arrêta devant son hôtel, derrière une limousine détonnant dans ce quartier modeste. Orla claqua la portière. Elle allait prendre un bain et attendre le retour de Tonino.

Il était parti en Toscane pour la journée – c'était la première fois qu'ils étaient séparés plus de quelques heures. Elle avait eu la chance de le rencontrer à la veille de ses vacances, et il avait passé tout son temps avec elle.

— *Permesso.*

Une sublime blonde aux yeux de chat s'interposa entre Orla et l'ascenseur. Orla leva les mains et tenta de la contourner, mais l'inconnue pivota avec elle.

— Est-ce que je peux vous aider ?

D'après ses vêtements luxueux et la perfection de sa coiffure et de son maquillage, la blonde devait être la propriétaire de la limousine. Elle arqua un sourcil parfaitement épilé.

— Anglaise ?

— Irlandaise.

— J'ai quelque chose à dire.

Orla fronça le nez, agacée, et tenta une nouvelle fois d'accéder à l'ascenseur ; mais l'inconnue asséna sa sentence fatidique :

— C'est au sujet de Tonino Valente.

Orla sentit la chair de poule hérisser sa nuque.

— Oui ?

La blonde leva la main gauche et montra son annulaire. Un énorme diamant ornait son doigt délicat.

— Je suis Sophia. La fiancée de Tonino.

Vingt minutes plus tard, les deux femmes s'étaient installées dans la chambre d'Orla ; Sophia élégamment perchée dans l'unique fauteuil, et Orla assise sur la moquette, au bord de la nausée. Autour d'elle, elle avait étalé les photos que Sophia lui avait apportées. Tonino et Sophia. Des séances photo sur papier glacé. Orla ne comprenait pas l'italien, mais la traduction des gros titres n'était pas nécessaire. Tonino et Sophia s'étaient fiancés deux mois plus tôt, et la presse en avait fait des gorges chaudes.

— Je suis désolée, susurrait Sophia. Tonino s'est moqué de toi. Il t'a menti. Tu es une distraction pour lui. *Sì ?*

Orla s'aperçut soudain qu'elle pleurait en silence.

— C'est pour cela que je suis venue. Je veux te prévenir. Tonino m'aime. Nous allons nous marier.

Le ton de Sophia était impérieux, mais Orla n'y prêta pas

attention. Voilà ce que Tonino avait eu l'intention de lui dire à son retour ! Quelle idiote ! Elle s'était imaginé un futur commun, et…

Sa main tremblait lorsqu'elle attrapa un des magazines ouverts. Un reportage de vingt photos relatait la luxueuse soirée de leurs fiançailles. Pourquoi la presse people s'intéressait-elle à un simple gérant d'hôtel, et comment avait-il pu s'offrir une célébration de cette envergure ? L'estomac retourné, elle attrapa son portable et entra le nom de Tonino dans le moteur de recherche. Elle passa de lien en lien pendant une dizaine de minutes, abasourdie.

Les mensonges de Tonino ne se cantonnaient pas à ses fiançailles. Oh ! il n'était pas un « simple gérant d'hôtel » : cet établissement n'était qu'un infime maillon de son vaste empire. Il était le seul héritier de Valente Holdings, une chaîne de palaces établis partout en Europe. Tonino, dont les investissements personnels dans diverses start-up s'étaient soldés par d'immenses bénéfices, était riche comme Crésus.

L'homme à qui elle avait ouvert son cœur, à qui elle avait voulu offrir son avenir… était un menteur. Infidèle et tout-puissant. Son grand-père était un des plus grands juges de Sicile. Sa mère, une grande avocate pénale. Son père, un politicien important.

Ses recherches lui révélèrent aussi le nom de la déesse en tailleur hors de prix qui lui faisait face. Sophia Messina. L'enfant chérie d'une famille tout aussi importante et influente que les Valente. Elle leva les yeux et soutint le regard glacial de Sophia.

— Je suis désolée. Je ne savais pas.

— Maintenant que tu sais… tu pars ?

La question déguisait mal ses menaces sous-jacentes ; mais Orla n'avait pas l'intention de se battre.

— Oui.

Elle inspira profondément et attrapa sa valise sans hésiter.

— Oui, je pars.

1

Quatre ans plus tard

Orla fit claquer sa langue.

— Arrête de gigoter, tu veux ?

Comment était-elle censée fermer la robe de mariée de sa sœur quand celle-ci sautillait littéralement sur place ?

— J'essaie ! s'offusqua Aislin.

— Les boutons sont minuscules. Inspire ?

Aislin retint son souffle. Orla parvint à attacher le second crochet. Parfait. Plus qu'une... quinzaine.

— Tu es sûre de ne pas vouloir porter de soutien-gorge ?

— C'est une robe bustier, Orla.

— Porte un soutien-gorge sans bretelles. Qu'est-ce que tu vas faire si la robe glisse et que tu te retrouves à moitié nue devant toute la haute société sicilienne ?

Si elle enviait quelque chose à sa sœur, c'était sa poitrine voluptueuse. Elle n'avait pas hérité des mêmes atouts.

— Elle est faite sur mesure ; elle ne risque pas de glisser.

Elle accrocha le troisième fermoir.

— Je ne comprends pas pourquoi tu n'as pas laissé la styliste te l'attacher.

— Elle viendra si nous avons besoin d'aide.

— Mais elle est habituée. Ses doigts fonctionnent. Les miens ne servent à rien !

Quatrième fermoir. Elle poussa un soupir d'épuisement.

— Oh ! détends-toi. On dirait que c'est toi qui vas te marier !

— Tu n'es pas nerveuse ?

— Absolument pas.

Dans le reflet du miroir, sa sœur lui lança un immense sourire. Oh ! elle avait de bonnes raisons de rayonner de bonheur : un mois plus tôt, elle avait appris qu'elle était enceinte, et aujourd'hui elle épousait l'homme de sa vie. Orla était folle de joie pour sa sœur et Dante ; elle aurait simplement préféré qu'ils se marient en Irlande plutôt qu'en Sicile. La détérioration de sa coordination découlait de son angoisse croissante, elle en était certaine. Son cœur battait la chamade, et sa nervosité n'avait pas cessé de la torturer, ces dernières semaines. Et, maintenant qu'elle était arrivée en Italie, un étrange pressentiment ne cessait de la tarauder...

Elle n'était pas revenue en Italie depuis près de quatre ans, lorsqu'elle s'était offert quelques semaines en Sicile dans l'espoir puéril de rencontrer son père. Un accident de voiture, six mois après son retour en Irlande, lui avait arraché une partie de ses souvenirs. Le temps avait réparé ses blessures, mais les semaines passées en Sicile et les mois précédant l'accident ne lui étaient jamais revenus.

Elle savait qu'elle n'avait pas rencontré son père parce qu'Aislin le lui avait dit, et qu'à chaque fois qu'elle songeait à Salvatore Moncada ses yeux se brouillaient. Elle avait pleuré pendant des heures lorsqu'elle avait appris sa mort, un an plus tôt ; et, à travers ses larmes, elle avait eu l'impression étrange qu'elle ne faisait pas seulement le deuil d'un père inconnu. Elle s'était consolée en songeant qu'elle y avait gagné un frère : le fils de Salvatore, techniquement son demi-frère, Dante Moncada. Aislin aussi était sa demi-sœur, puisqu'elles n'avaient pas le même père. C'était Aislin qui était partie à la recherche de Dante pour Orla, et ils étaient tombés amoureux l'un de l'autre. Orla ne connaissait Dante que depuis quelques mois, mais il semblait avoir toujours fait partie de leur petite famille.

Le téléphone d'Aislin vibra sur la table.

— Tu peux me le passer ?

— D'accord, mais ne bouge pas. Si ces fermoirs s'ouvrent, j'abandonne.

Elle lui tendit son portable avant de reprendre sa besogne.

— C'est un message de notre chère mère, railla Aislin.

Les doigts gourds d'Orla glissèrent sur les crochets délicats de la robe.

— Que veut-elle, cette fois ?

— Me souhaiter bonne chance, dit sa sœur en ricanant. Quelle générosité.

— Allons, allons, tu sais que ce n'est pas facile de sauter dans un avion pour assister au mariage de sa plus jeune fille.

— C'est vrai. Surtout quand le fiancé de ladite fille a proposé de lui prêter son jet privé pour faciliter la traversée.

— Sans compter qu'elle ne nous a pas vues depuis quoi... Sept ans ? Ne lui en demande pas trop.

— N'oublie pas qu'elle n'a même pas rencontré son seul petit-fils.

Finn, le fils d'Orla, dormait dans une des chambres de la suite sous l'œil d'une infirmière ; à trois ans, il n'avait jamais vu sa grand-mère. Elle croisa le regard d'Aislin dans le miroir et elles éclatèrent de rire à l'unisson. Il valait mieux en rire qu'en pleurer, n'est-ce pas ?

— J'imagine que je devrais être reconnaissante. Elle s'en est souvenue, au moins.

— Oh ! oui. Un peu de gratitude, Aislin.

Elle lâcha un petit rire avant de poursuivre :

— Personnellement, je ne suis pas sûre de vouloir rencontrer la mère de Dante.

C'était sa conception qui avait entraîné le divorce des parents de Dante, vingt-sept ans plus tôt.

— Ne t'inquiète pas, elle sait que ce n'est pas ta faute.

— Mais elle a l'air terrifiante. Est-ce qu'elle est déjà arrivée ?

Ils étaient tous installés dans le magnifique hôtel de luxe perché sur une falaise surplombant la mer Tyrrhénienne.

— Non, elle nous retrouve à la cathédrale avec Giuseppe.

Giuseppe était le dernier beau-père de Dante et le sixième mari d'Immacolata. Aislin se mit à gigoter dans sa robe.

— Allez, Orla, arrête de traîner !

Avant qu'Orla ne puisse rétorquer, un coup retentit à la porte.

Une seconde plus tard, un employé de l'hôtel entrait avec un magnifique bouquet de fleurs.

— Avec les compliments du propriétaire.

— Oh ! comme c'est gentil, s'exclama Aislin en battant des mains. Remerciez M. Valente pour moi, d'accord ?

Orla sursauta. *Valente ?* Frémissante, elle jeta un regard instinctif vers la porte qui cachait son fils endormi. Que se passait-il ? Elle tenta de reprendre son souffle. Après le départ du groom, Aislin haussa un sourcil.

— Tu as déjà rencontré le propriétaire de l'hôtel ?

— Je devrais ? s'enquit Orla, faussement nonchalante, alors même qu'un frisson glacé courait sur son échine.

Orla était arrivée la veille, mais Finn était épuisé, et ils avaient tous les deux préféré dîner dans leur suite. Quand Aislin les avait rejoints, ils dormaient déjà à poings fermés. Sa sœur s'était glissée dans le lit avec elle, comme elle le faisait quand elles étaient petites.

Aislin haussa les épaules, un éclat taquin dans les yeux.

— Tonino est un des meilleurs amis de Dante ; leurs pères étaient amis aussi, tu sais...

Le cœur serré, glacée d'angoisse, Orla sentit ses doigts se raidir. La pièce tournait autour d'elle...

— Aïe ! s'exclama Aislin.

Son exclamation ramena violemment Orla sur terre, et elle retira brusquement sa main crispée... en arrachant l'un des fermoirs de la robe du même coup.

Tonino Valente attendait devant la majestueuse entrée de la cathédrale. Le marié, Dante, était déjà posté devant l'autel, pâle comme un linge. Tonino se mordit les joues pour ne pas rire de son meilleur ami. Dante Moncada, le légendaire play-boy, dans ses petits souliers en attendant sa fiancée ! Qui l'aurait cru ? Parmi leurs amis, avec qui, des années plus tôt, il avait maintes fois fait le tour de Palerme sur sa Vespa colorée, Dante avait toujours été le plus indomptable. Il avait maintes fois juré qu'il ne se marierait jamais. Tonino s'était toujours vu fonder une famille, mais il était le dernier célibataire de la meute, aujourd'hui.

Il avait été fiancé. Il avait réservé la même cathédrale, avant que le destin ne bouleverse sa vie en plaçant sur sa route une sublime tentatrice irlandaise. Un regard échangé avait suffi à l'hypnotiser. Étrangement, Dante épousait une Irlandaise, lui aussi. Tonino ne l'avait croisée qu'une fois : une magnifique rouquine qui avait transformé son vieil ami en imbécile énamouré. De toute évidence, les Siciliens ne pouvaient résister au charme envoûtant des Celtes.

Mais sa propre idylle n'avait duré que quelques jours. Quelques jours d'une intensité indicible. Puis Orla avait disparu sans laisser de traces. Sans même lui dire au revoir. Elle avait fait ses valises et elle était partie. Elle avait bloqué son numéro. Sa cruauté l'avait laissé pantois. Et il n'arrivait pas à croire qu'il pensait encore à elle, quatre ans plus tard...

Il secoua la tête et sortit sur le parvis pour aider un jeune couple à porter un fauteuil roulant miniature, et le petit garçon assis dessus, jusqu'à l'entrée de la cathédrale.

— Vous êtes avec la mariée ? demanda-t-il en anglais lorsqu'ils entrèrent dans l'ombre bienfaisante de l'église.

Les placeurs avaient été prévenus que le neveu de la mariée avait des problèmes de mobilité. Ils lui avaient réservé une place au premier rang, mais un employé devrait attendre avec lui jusqu'à l'arrivée du cortège, car la mère du petit était aussi la demoiselle d'honneur. De toute évidence, c'était lui-même qui s'en chargerait. Il baissa les yeux vers le garçon, qui n'était qu'un bambin.

— Oui, je suis la cousine d'Aislin, Carmel, déclara la jeune femme avec un fort accent irlandais. Et voici mon mari, Danny. Ce jeune homme s'appelle Finn. Aislin et les autres vont bientôt arriver.

Avant toute chose, il voulait se présenter pour ne pas faire peur au petit. Il s'accroupit devant le fauteuil et lui sourit. Le garçon portait un petit costume assorti à celui du marié. Il avait des cheveux noirs, épais, et des grands yeux sombres... Des yeux qui, juste une seconde, le frappèrent en plein cœur. Il inspira profondément et força un sourire.

— Bonjour, Finn. Je m'appelle Tonino. C'est moi qui vais rester avec toi pendant que tu attends ta maman.

Finn le récompensa d'un immense sourire. Tonino se redressa et attrapa les poignées de la poussette-fauteuil pour remonter la large allée. Finn aperçut Dante près de l'autel et tendit les bras avec excitation. Dante sourit, les rejoignit et s'accroupit à son tour.

— Porter ! s'exclama Finn.

— Bientôt, promit Dante. D'abord, il faut que j'épouse tata Aislin.

— Et après, porter ?

— Bien sûr. Ne t'inquiète pas, Tonino va s'occuper de toi jusqu'à ce que ta maman arrive.

Dante embrassa le front de son neveu et ébouriffa ses cheveux sombres avant d'aller reprendre sa place.

Tonino était habitué aux enfants. Son frère en avait deux, sa sœur venait d'avoir son troisième. Même s'il était en fauteuil roulant, Finn n'aurait pas dû le fasciner ainsi, et pourtant... Il y avait quelque chose... Quelque chose de familier chez lui. Qui lui donnait la chair de poule.

— Quel âge as-tu, Finn ? demanda-t-il, la gorge sèche.

Finn fronça le front avant de lever trois doigts.

— Trois ans ?

Il lui aurait donné moins, mais Finn hocha la tête.

— Presque un homme, alors.

Les petites dents blanches étincelèrent une nouvelle fois. Une exclamation secoua l'assemblée derrière eux, et le petit garçon se tourna vers l'entrée de la cathédrale.

— Maman ! s'exclama-t-il.

Le cortège était arrivé.

La mariée et son père remontèrent l'allée fleurie, leurs visages illuminés d'un grand sourire identique. Derrière eux, deux adorables petites filles portaient la longue traîne vaporeuse. Elles encadraient une sylphide brune vêtue d'une robe rose, élégamment drapée sur son épaule. Le visage détourné, elle parlait à l'une des petites filles, et Tonino ne pouvait pas voir ses traits.

— Maman ! appela Finn à nouveau, cette fois assez fort pour que les nouveaux venus l'entendent.

Le sang rugissait dans les veines de Tonino et battait à ses tempes. Il aperçut enfin le visage de la demoiselle d'honneur, et son cœur se glaça dans sa poitrine.

Orla s'agrippa à la traîne d'Aislin comme si sa vie en dépendait, les genoux flageolants.

Tonino Valente. Le nom qu'elle avait tenté de retrouver pendant trois ans, en vain. Aislin avait prononcé les syllabes fatidiques sans savoir qu'elles seraient, pour sa sœur, une véritable révélation. Si Orla n'avait pas déchiré le fermoir de la robe, elle se serait peut-être évanouie sur-le-champ, mais la panique d'avoir abîmé une robe si luxueuse avait délayé le choc. L'agitation ambiante l'avait forcée à reprendre son sang-froid, au moins pour quelques heures. Elle avait dû partir en quête de la styliste et subir son sermon écœuré, puis accueillir les petites demoiselles d'honneur ainsi que le père d'Aislin... Dans le brouhaha et l'excitation environnants, elle s'était sermonnée en silence. C'était le plus beau jour de la vie de sa sœur. Aislin lui avait donné trois ans de sa vie. Orla ne s'en serait jamais sortie sans elle. Aislin s'était occupée de Finn pendant les dix-huit premiers mois de son existence, elle avait été la première à remarquer ses problèmes de développement ; et elle avait été auprès d'elle pour la soutenir chaque jour de sa rééducation.

Aislin était sa meilleure amie, son ange gardien, et elle se devait de la soutenir à son tour.

Une terreur glacée pulsait jusqu'au bout de ses doigts alors qu'elle remontait l'allée de l'église ; elle avait eu besoin de toute sa concentration pour se focaliser sur la traîne d'Aislin et surveiller les petites, qui faisaient maintenant signe à l'assemblée comme des princesses sur un chariot royal. Elle n'osait pas lever les yeux, de peur de croiser le regard brun qui hantait mystérieusement ses rêves.

Était-ce vraiment lui ? Était-il ici ?

Quatre ans avaient passé. Ils n'avaient partagé qu'une nuit. Ou deux ? Ou trois ? Plus, peut-être ? Elle n'en savait rien. Sa mémoire était trop bancale, et tous les souvenirs de Tonino et de son séjour en Sicile restaient désespérément hors d'atteinte, noyés dans une brume opaque. Ils s'étaient rencontrés à son hôtel, n'est-ce pas ? Et elle se souvenait de son visage. Son très beau visage. Chaque fois qu'il lui revenait à l'esprit, son cœur ratait un battement, et une douleur lancinante lui nouait la gorge.

— Maman !

La voix de son fils perça le brouillard de son angoisse. Elle releva le visage vers le banc que les mariés leur avaient réservé, à elle et à Finn ; mais son sourire se figea sur ses lèvres.

Un homme magnifique était assis près de Finn. Brun, grand, il gardait ses yeux sombres fixés sur elle. Son estomac se retourna. Fiévreuse, les yeux brûlants, elle ne garda l'équilibre qu'à grand-peine. Elle ne remarqua pas que le père d'Aislin offrait la main de sa fille à son fiancé, ni que les deux petites demoiselles d'honneur l'abandonnaient pour aller s'asseoir ; elle ne se sentit pas pivoter pour rejoindre son fils à gauche de l'autel. Elle était simplement consumée par la fièvre qui venait de prendre possession de son corps et menaçait de la faire défaillir.

L'homme... L'homme qui s'était occupé de son fils était Tonino. Le père de Finn.

2

La cérémonie n'était plus qu'un brouhaha distant. Machinalement, guidé par l'assemblée, Tonino se levait, puis se rasseyait, entonnait les hymnes, récitait les prières, mais toute son attention était focalisée sur Orla. Et sur son *fils*.

Un fils qui ressemblait comme deux gouttes d'eau à... lui-même sur ses photos d'enfance.

Incapable de maîtriser le rythme de son cœur, ou la direction de son regard, il revenait irrésistiblement à Orla et à Finn. Le sang battait à ses tempes. Depuis qu'il avait vu le visage d'Orla, il n'était pas parvenu à calmer son souffle court. Il s'était levé pour lui laisser sa place et, sans se lâcher du regard, ils s'étaient contournés avec précaution, comme deux lunes gravitant autour d'un même astre.

Pour la première fois de sa vie, il était resté sans voix. Les yeux verts, écarquillés, terrifiés, l'avaient transpercé. Elle était pâle. C'était la dernière fois qu'elle avait croisé son regard. Elle n'avait pas relevé les yeux vers lui ensuite. Pendant qu'il les observait, elle et son fils, avec une attention évidente, elle s'était obstinément concentrée sur les mariés, ou sur son petit garçon.

Petit à petit, la colère et l'incrédulité prirent le pas sur le choc. Un semblant de cohérence lui revint. Oh ! une chose en tout cas était certaine : si elle avait eu un enfant, Orla n'avait certainement pas changé.

Elle était toujours belle. Fine et élégante.

Les longs cheveux sombres et épais qu'il avait admirés, étalés sur l'oreiller, lorsqu'il l'avait embrassée pour la dernière fois étaient noués en chignon raffiné sur sa nuque. Ses traits délicats, tout droit sortis d'un conte de fées, étaient maquillés avec brio ; son ombre à paupières soulignait les grands yeux verts dans lesquels il s'était noyé quand il s'unissait à elle. Sa robe était sage ; la soie rose suivait subtilement son corps gracile sans pour autant le révéler.

Sa beauté l'avait captivé dès la première seconde.

Leur rencontre était un coup du destin, un pur hasard. Un membre de son équipe de relations publiques lui avait fait part des réclamations dont l'un de ses hôtels de Palerme faisait l'objet. Il avait réarrangé son itinéraire pour y passer en coup de vent. L'hôtel en question faisait partie d'une chaîne que son oncle avait peiné à remettre à flot avant que Tonino ne le sauve de la faillite. Si Tonino se spécialisait dans la conversion de châteaux, de monastères ou de manoirs en grands hôtels de luxe, la chaîne de son oncle ciblait plutôt les petits budgets.

Tonino venait d'une famille aisée et il était conscient de ses privilèges. Ses amis d'enfance appartenaient à des milieux très différents. Gio, le témoin de Dante, avait des origines particulièrement pauvres. À l'époque, sa famille devait économiser pendant des mois pour partir en vacances. Le coût de leur séjour n'aurait même pas pu couvrir une nuit dans l'un des hôtels de Tonino ; et pourtant le simple fait de voyager ensemble avait eu une valeur toute particulière. Il songeait toujours à Gio et à sa famille lorsqu'il inspectait ses hôtels les plus modestes. L'irrespect flagrant du manager de l'hôtel l'avait empli de frustration. Après l'avoir licencié, il était sorti de la salle de réunion, furieux à l'idée d'avoir laissé la situation s'envenimer si longtemps, et… Il avait posé les yeux sur une femme seule, postée devant le bureau de la réception.

Orla.

Leur rencontre lui avait fait l'effet d'un coup de poing. Il n'avait jamais ressenti un tel choc. Sa réaction face à Orla avait sonné le glas de sa relation factice avec Sophia et avait catalysé une rupture irréparable avec ses parents. Orla avait été une révélation. Elle avait… changé le cours de sa vie.

Orla était soulagée : l'insupportable photographe se prenait visiblement pour un grand artiste et mettait un temps fou à cadrer chacun des clichés devant la magnifique cathédrale. Ainsi, elle pouvait éviter de parler à qui que ce soit, protégée par les autres invités et la nécessité de prendre la pose. Elle n'était pas capable de tenir une véritable conversation, pas maintenant. Elle était si tendue, si angoissée qu'elle avait du mal à prononcer le moindre mot.

L'une des petites demoiselles d'honneur s'était entichée de Finn et lui tenait compagnie ; elle babillait en italien, mais la langue n'était pas un obstacle : Finn avait l'air ravi.

Elle était trop terrifiée pour lever les yeux et risquer de croiser le regard de Tonino, mais elle devinait son attention brûlante. Elle l'avait endurée pendant toute la cérémonie. Maintenant qu'ils étaient sortis, il dominait la majorité des invités de toute sa taille, et elle avait l'impression que son regard flottait sur elle comme une ombre malveillante. Son mépris la perçait comme des épingles glacées. Qu'avait-elle donc fait pour mériter une telle animosité ? Elle savait, elle *sentait* qu'il passerait à l'attaque dès qu'il en aurait l'opportunité. Elle avait *besoin* de se souvenir. De se préparer à l'affronter. La frustration et l'impuissance lui donnaient envie de hurler.

D'après Aislin, elle avait voulu attendre la naissance du bébé avant de contacter le père. Elle ne lui avait pas confié son nom ou la raison de sa décision ; et l'accident avait englouti ces informations précieuses.

Pourquoi avait-elle gardé le secret ? Elle n'avait jamais rien caché à Aislin...

Elle avait passé trois ans à essayer de comprendre ses décisions passées, ses pensées oubliées. Elle avait même essayé l'hypnose. Aujourd'hui, elle avait retrouvé l'information la plus cruciale : l'identité du père de Finn. Mais il restait bien des mystères à éclaircir.

Quand le photographe les libéra enfin, et que les mariés grimpèrent dans leur exquise calèche pour retourner à l'hôtel, Orla s'accrocha à Sabine, l'amie d'Aislin, et l'utilisa comme bouclier humain pendant qu'elle menait la poussette de Finn jusqu'à leur voiture.

Elle le détacha et le souleva précautionneusement. Il était petit pour son âge, mais les muscles encore faibles d'Orla ne lui permettraient pas de le porter encore très longtemps. Elle voulait profiter pendant qu'elle le pouvait : elle avait déjà manqué tant de choses, passé tant de nuits et de jours sans serrer son bébé contre son cœur, tant de nuits et de jours à détester ce corps qui l'avait piégée, à maudire cet enfer quotidien qui l'avait forcée à rester si longtemps loin de son enfant.

Après avoir attaché Finn dans son fauteuil, elle contourna la voiture et s'installa près de lui. Le chauffeur avait déjà démarré quand elle osa enfin lever les yeux vers la vitre.

Le regard de Tonino la heurta de plein fouet. Il la fixait sans ciller, le visage parfaitement impassible.

Dans l'immense salle de bal de l'hôtel, décorée de ballons et de paillettes, Orla regardait l'opulent dîner battre son plein. Dieu merci, on l'avait placée à côté du père d'Aislin, Dennis O'Reilly, l'homme qui avait aussi été son beau-père pendant deux courtes années. Dennis ressemblait tant à sa fille qu'être en sa compagnie était toujours un plaisir. Leur mère l'avait traité sans pitié, mais il s'était toujours montré adorable avec Orla, même après leur divorce.

Aujourd'hui, cependant, elle ne parvenait pas à se détendre en sa compagnie. Elle n'avait jamais assisté à un mariage aussi luxueux et élégant. La nourriture était délicieuse, le vin, incroyablement raffiné ; même l'eau minérale lui semblait d'une pureté cristalline. Mais elle ne pouvait profiter de rien. Tonino, assis à une autre table, était tourné vers elle. Chaque fois qu'elle jetait un œil dans sa direction, elle rencontrait son regard glacial et devait réprimer un frisson. Une bouffée d'angoisse la traversa lorsqu'elle aperçut la magnifique blonde aux yeux de chat placée plus loin, sur la droite. Imaginait-elle ses regards meurtriers ? Elle avait l'impression de la connaître, mais à quoi était due cette impression ? Et pourquoi avait-elle soudain envie de prendre ses jambes à son cou ?

Dennis interrompit ses méditations lorsqu'il se leva pour porter un toast aux mariés. Son discours provoqua de nombreux rires, et même Orla se sentit sourire en voyant la perplexité des Siciliens. L'accent de Dennis était si fort qu'ils devaient peiner à le comprendre. Les Irlandais, quant à eux, renchérissaient avec enthousiasme. Une heure de liberté suivit les nombreux discours.

La plupart des invités retournèrent dans leur chambre pour se changer avant la soirée. Orla vit les voisins de Tonino se lever. Son cœur fit une embardée quand leurs regards s'accrochèrent.

Il venait à sa rencontre.

La peur lui noua la gorge. Elle n'était pas prête. Elle avait besoin de réponses avant cette inévitable confrontation.

Le destin lui laissa un peu de répit, néanmoins : la mère de Dante, Immacolata, bondit sur Tonino alors qu'il n'était plus qu'à quelques mètres d'elle.

Orla en profita pour s'échapper. Elle se tourna vers Aislin en poussant le fauteuil de Finn, et lui murmura qu'ils remontaient dans leur suite.

— Est-ce que tout va bien ? souffla Aislin au passage.

Orla hocha la tête.

— Je vais chercher son déambulateur.

La chance lui sourit de nouveau quand une horde de petits cousins accoururent en insistant pour les accompagner. Protégée par une armée d'enfants, dont les demoiselles d'honneur, Orla monta Finn dans leur suite.

Après s'être assurée que l'infirmière de Finn pouvait s'occuper de leurs petits invités, elle s'accorda un moment de tranquillité sur le balcon. Les odeurs familières de la côte l'apaisèrent et, petit à petit, la tension qui l'avait habitée depuis qu'elle avait entendu le nom de Tonino l'abandonna.

Elle laissa son regard voguer sur la mer sombre ; les parfums de la Sicile n'étaient pas les seuls à titiller sa mémoire. Elle tourna la tête vers la gauche pour essayer d'apercevoir le petit motel dans lequel elle avait logé quand elle avait rencontré Tonino...

Était-ce son retour ici, ou de le revoir, peut-être ? Les souvenirs qui lui avaient toujours échappé revenaient lentement à la surface, flous et chaotiques. Sophia ! Voilà comment s'appelait la blonde aux yeux dangereusement félins. Sophia. Elle était venue la voir... Mais pourquoi ?

Oh ! stupide cerveau !

Des rires enfantins la firent sursauter. La soirée allait bientôt commencer, et elle devait redescendre.

Elle rassembla sa troupe de petits compagnons et, accompagnés de l'infirmière, ils sortirent dans le couloir et s'empilèrent dans l'ascenseur. Quand les portes s'ouvrirent au rez-de-chaussée, les enfants se ruèrent dans le hall à grands cris. Mais l'amusement d'Orla fut de courte durée : une haute silhouette l'attendait, appuyée contre le mur.

Tonino se redressa en voyant apparaître Orla. Tous les escaliers et tous les ascenseurs de l'hôtel menaient au grand hall. Elle n'avait pas pu le fuir bien longtemps.

Quand elle l'aperçut, sa complexion laiteuse vira à la pâleur spectrale. Elle avait peur. Elle avait compris qu'elle n'avait plus d'issue, dans son hôtel, alors qu'il connaissait chaque sortie, et que ses employés le préviendraient si elle décidait de quitter le domaine.

Il s'arrêta face à elle, tout proche, mais il ne lui parla pas immédiatement. Il s'accroupit, la main tendue vers l'enfant qu'il savait être le sien.

Finn lui ressemblait comme deux gouttes d'eau, mais ce n'était pas tout. Lorsqu'il l'avait connue, Orla était vierge. Il se souvenait de ses joues écarlates, lorsqu'elle le lui avait confié. Il se souvenait de tout : les images de leur première nuit réchauffaient encore ses veines.

— Salut, Finn. Tu t'amuses bien ?

Finn hocha vivement la tête. Il se pencha en avant, mais la ceinture de son fauteuil roulant le freina.

— Et tu aimes ta suite ?

Finn fronça les sourcils, perplexe.

— Ta chambre, expliqua Tonino.

Un autre hochement de tête enthousiaste.

— Tu la partages avec ta maman ?

— Oui !

— Et ton papa ? Est-ce qu'il est dans votre chambre ?

Il avait déjà vérifié les réservations et connaissait la réponse, mais il voulait voir la réaction du petit garçon. Dante s'était montré très vague lorsqu'il lui avait posé la question, un peu plus tôt dans la journée. Tonino comprenait : Orla était sa sœur. Le sang protégeait le sang. Mais c'était l'attitude d'Aislin qui les avait trahis : elle avait eu l'air d'une biche aux abois.

De nouveau, Finn lui jeta un regard perdu. Avec un fort accent irlandais, il finit par répondre :

— J'ai pas de papa.

Tonino leva les yeux vers Orla. Elle avait crispé les mains sur les poignées du fauteuil. Elle soutint son regard de ses grands yeux suppliants avant de secouer légèrement la tête. Sans émettre un son, elle articula :

— Plus tard. S'il te plaît.

D'un mouvement aguerri, elle le contourna en poussant le fauteuil et s'enfuit dans la salle de bal aussi vite que le permettait la discrétion.

Bon Dieu. Il avait besoin d'un verre.

La salle de bal avait été transformée en véritable boule à facettes ; d'étincelants chandeliers de cristal projetaient une lumière tamisée sur la grande pièce. Le DJ avait déjà commencé à jouer, mais la piste de danse était encore vide. La peur qui serrait le cœur d'Orla s'accentua lorsqu'elle croisa le regard de sa sœur.

— Tonino Valente nous a posé des questions sur le père de Finn, murmura Aislin quand elles se rejoignirent.

Oh ! elle ne pouvait pas fondre en larmes, pas ici. Elle cligna désespérément des yeux, la gorge douloureuse. Le regard plein de compassion, Aislin interpréta correctement son silence.

— C'est lui, n'est-ce pas ?

Elle hocha la tête.

— Et il sait ?

Les lèvres pincées, Orla hocha de nouveau la tête.

Il n'avait fallu à Tonino qu'une seconde avec Finn pour comprendre la vérité.

— Qu'est-ce que tu vas faire ?

— Je ne sais pas.

Pendant trois ans, elle avait fouillé sa mémoire pour se souvenir de son nom ; elle avait toujours eu l'intention de le retrouver, avec l'aide de sa sœur. Elle aurait pris le temps de se préparer à le revoir.

Jamais, au grand jamais, elle n'avait imaginé que leurs retrouvailles se dérouleraient dans ces conditions…

Dante les rejoignit. Sa présence calma un peu l'agitation qui menaçait de la submerger. Quoi qu'il arrive, elle devait se souvenir que c'était leur mariage. Si Aislin comprenait combien elle était bouleversée, elle n'hésiterait pas à annuler la soirée pour la soutenir – et c'était hors de question.

Elle enlaça fermement sa sœur et la serra contre son cœur.

— Ne t'inquiète pas, tout ira bien. Je te le promets. Profite de la fête, d'accord ?

À cet instant, le DJ eut la bonne idée d'inviter les mariés à ouvrir le bal.

— Vas-y, dit Orla dans un sourire en embrassant la joue d'Aislin.

Sa sœur lui rendit son étreinte, puis se laissa entraîner par son mari. Orla sortit Finn de son fauteuil et le glissa dans son déambulateur, un dispositif que Dante lui avait offert et qui permettait à Finn d'utiliser ses jambes pour se déplacer tout en le protégeant des obstacles. Elle devait faire attention à ne pas l'y laisser trop longtemps, car il se fatiguait vite, mais elle savait qu'il voudrait profiter de la piste de danse avec les autres enfants. Il se tortilla de joie sous ses yeux, et la petite demoiselle d'honneur courut vers eux en s'extasiant.

Orla les accompagna au bord de la piste.

Des larmes d'émotion lui montèrent aux yeux pendant la première valse d'Aislin et Dante. L'amour qui les unissait était palpable et éternel. Ils étaient faits l'un pour l'autre.

Alors que leur danse touchait à sa fin, un bras frôla le sien. Une odeur légèrement épicée lui chatouilla les narines et un picotement courut sur sa peau.

Son pouls s'accéléra. Le souffle lui manqua. Un souvenir l'aveugla – celui d'avoir enfoui son nez dans le creux de ce cou viril pour humer son parfum.

— Je leur donne six mois.

Elle n'osa pas lever les yeux vers lui.

— Pardon ? coassa-t-elle enfin.

— Leur mariage. Si Aislin a le même sang que le tien dans les veines, son masque ne tardera pas à tomber. Dante comprendra vite qu'elle cache un cœur de pierre et une âme de menteuse derrière son joli visage.

Une main chaude se referma sur son poignet.

— Danse avec moi.

Ses jambes allaient se dérober sous elle, elle en était certaine.

— Danse avec moi, ou je fais une scène. Tu ne voudrais pas gâcher le mariage de ta sœur, n'est-ce pas ?

Il ne lui laissa pas la chance de répondre. D'un geste souple, sans autre forme de procès, il l'entraîna sur la piste de danse ; et soudain elle était pressée contre le torse puissant du seul homme qu'elle avait jamais désiré.

3

Danser avec Orla lui donnait l'impression de danser avec un mannequin de bois. En attrapant ses mains délicates pour les placer d'autorité sur sa taille, il se pencha vers elle et murmura à son oreille :

— N'as-tu jamais eu l'intention de m'en parler ?

Elle se crispa encore sous ses mains. Une mèche de ses cheveux sombres frôla son nez, et, soudain, dans le vertige de son odeur hypnotique, il sentit ses veines s'enflammer et ses nerfs crépiter. Cette magie qui l'avait charmé en un claquement de doigts était toujours là...

D'abord timide, Orla s'était dévoilée petit à petit, tendre, amusante, délicieusement intelligente. Inconsciente de sa sensualité passionnée avant qu'il ne la lui révèle. Voilà pourquoi il n'avait jamais compris sa soudaine disparition, ni les mensonges qui avaient suivi. Si elle avait été susceptible, capricieuse, cruelle, comme l'étaient souvent les femmes de la haute société, il n'aurait pas été surpris. Mais elle ? Comment pouvait-elle être aussi perfide, aussi hypocrite ? La réaction viscérale qu'elle provoquait encore chez lui le faisait frissonner de dégoût, et il recula d'un pas pour s'en délivrer.

— Tu m'as caché mon fils pendant trois ans, continua-t-il d'une voix dure.

Comment pouvait-il ressentir quoi que ce soit d'autre que du mépris à son égard ? Son corps était un traître.

— Si tu veux que je garde mon sang-froid, je t'encourage à répondre à ma question. Avais-tu l'intention de me dire que j'avais un enfant ?

Un tumulte d'émotions colorait son joli visage. Ses grands yeux verts brillaient de peur, et elle avait serré ses lèvres pulpeuses. Sa frustration s'accentua lorsque le souvenir de leur douceur contre sa bouche lui revint de plein fouet. Il n'avait jamais haï quiconque avec tant de force. Pourquoi la désirait-il toujours si follement ?

Il la fit tournoyer en ignorant les regards malveillants de Sophia et des autres Messina présents à la soirée.

— Tu vois la table à laquelle j'étais assis ?

Elle hocha la tête.

— C'est ma famille. Ils ont passé la journée à célébrer le mariage de ton frère et de ta sœur. Mes parents, mon frère et sa famille, mon beau-frère, ma sœur, leurs enfants... Ils ont tous rencontré Finn, et ils ne savent pas qu'il est des leurs.

Tonino en voulait peut-être toujours à ses parents pour la querelle explosive qui avait suivi sa rupture avec Sophia, mais il savait qu'ils adoraient leurs petits-enfants. Une grossesse dans la famille les rendait toujours fous de joie. Les enfants étaient célébrés comme des dons du ciel.

— Tu leur as arraché un petit-fils, un neveu, un cousin. Tu as empêché Finn de connaître sa famille sicilienne et la culture qui y est liée.

La fureur qui bouillait dans la voix difficilement contenue de Tonino glaçait le cœur d'Orla. Elle se sentait hésiter follement entre la fièvre et le frisson, confuse, apeurée, coupable. La prison de ses bras ne faisait qu'empirer son calvaire ; son cœur cognait à lui briser les côtes. Chaque fois qu'elle parvenait à inspirer, son odeur épicée réveillait des pulsions éteintes, l'envie irrésistible de s'enfouir dans le creux de son épaule, de respirer son parfum ; plus terrifiant encore, d'enlacer étroitement sa taille pour se serrer contre sa poitrine solide. Sa seule présence réveillait sa mémoire.

Elle se souvenait de l'électrochoc que son tout premier regard avait fait courir en elle. Elle se souvenait de s'être réveillée dans ses bras, sous la caresse du soleil matinal, et d'avoir songé qu'elle n'avait jamais été aussi heureuse. Et elle se souvenait du jour où elle avait appris que leur relation n'était qu'un amas de mensonges.

Les yeux fixés sur la famille de Tonino, elle sentit son estomac se retourner. Ces gens si élégants et si riches étaient la famille de son bébé. Comment réagiraient-ils en apprenant l'existence de Finn ? Ils avaient manqué ses trois premières années à cause de sa mémoire morcelée, et elle en était sincèrement navrée. Mais elle avait toujours eu l'intention d'en parler à Tonino. Elle avait simplement voulu passer sa grossesse en sécurité, accoucher en Irlande, et trouver un avocat avant de reprendre contact...

Dans la panique, elle croisa le regard de Tonino par mégarde. Son malaise s'accrut alors qu'elle restait prisonnière de son œillade glaciale, hypnotisée par ce beau visage qu'elle avait un jour contemplé en soupirant de plaisir.

Il était si... viril. Une barbe naissante ombrageait sa mâchoire carrée, encore soulignée par ses cheveux sombres et épais, savamment désordonnés, plus courts sur les côtés. Mais, plus encore que son visage sculptural, c'étaient ses yeux qui lui coupaient le souffle. Ils avaient la couleur du plus intense des chocolats noirs et ils l'avaient toujours fait... fondre.

Leur fils avait hérité de ses yeux.

Elle s'arracha à sa contemplation avec effort et chercha Finn du regard ; il sautillait joyeusement dans son déambulateur.

Elle poussa un soupir de soulagement. Dès l'annonce de sa grossesse, le bien-être de son bébé avait été sa seule préoccupation. Même lorsqu'elle s'était réveillée de son coma, sans aucun souvenir des six derniers mois, elle avait tout de suite su qu'elle avait porté un enfant. Dans le brouillard de son amnésie, elle n'avait songé qu'à se battre pour le retrouver et le protéger.

Elle avait besoin de le serrer dans ses bras. Elle lâcha doucement Tonino et recula d'un pas.

— S'il te plaît. Je ne veux pas faire de scène, mais ce n'est ni le moment ni l'endroit pour avoir cette conversation.

Le beau visage s'assombrit. Il agrippa son poignet avant qu'elle ne puisse tourner les talons.

— Alors éclipsons-nous. Nous aurions dû avoir cette conversation il y a quatre ans. Tu as caché mon existence à mon fils assez longtemps. *Finn n'a pas de papa ?* Bien sûr, qu'il en a un, et il mérite de le savoir.

— Je suis d'accord, mais regarde-le. *Regarde*, insista-t-elle puisque les yeux brûlants de rage restaient plongés dans les siens.

Tu vois bien qu'il n'est pas en bonne santé. Il attend cette journée depuis longtemps. Il était très excité à l'idée de danser et pouvoir jouer avec les autres enfants. Laisse-le profiter de la fête encore une heure. Quand je l'aurai mis au lit, tu pourras venir me voir dans notre suite. S'il te plaît ? Je répondrai à toutes tes questions.

Il avait tourné la tête vers son fils. Sa poitrine large se souleva sur une profonde inspiration. Finalement, il hocha la tête et lâcha son poignet.

— Deux heures, Orla. Je serai à ta porte dans deux heures.

Il se pencha à son oreille pour murmurer :

— Et n'envisage même pas de t'enfuir : j'ai pris les mesures nécessaires pour t'en empêcher. Tu ne m'échapperas plus jamais.

L'infirmière aida Orla à mettre Finn en pyjama et à le coucher avant qu'Orla ne l'incite à aller profiter de la soirée. Une fois seule, elle retira sa robe de demoiselle d'honneur en évitant prudemment le reflet du miroir. Ses cicatrices la démangeaient, mais elle n'osa pas prendre le temps d'appliquer la crème que lui avait prescrite le médecin, alors que Tonino risquait de frapper à la porte d'une minute à l'autre. Elle enfila rapidement un T-shirt à manches longues et un pantalon à carreaux.

Elle aurait aimé être prête à affronter Tonino. Mais… le serait-elle un jour ? Maintenant que ses souvenirs refaisaient surface, violemment arrachés aux limbes de sa mémoire, elle aurait presque voulu retourner à son état d'ignorance. Cependant, des images lui échappaient encore, douloureusement hors d'atteinte.

Les jours qu'ils avaient passés ensemble lui étaient revenus, en grande partie, mais elle ne savait toujours pas ce qui s'était passé avec son père – et son retour en Irlande était encore brumeux.

Lorsqu'il frappa à la porte, l'angoisse la prit à la gorge. Tonino l'attendait sur le palier, le visage dans les ténèbres, rigide et menaçant.

Sans dire un mot, il entra dans la suite et ferma la porte. Les bras croisés, il la détailla de haut en bas. L'intensité de son regard éveilla une tiédeur lascive dans ses veines, et, confuse, elle s'empressa de s'asseoir sur le sofa.

Elle ne voulait pas le regarder, mais elle ne pouvait s'en empêcher.

Quelle que soit son humeur, Tonino avait un charisme impérieux, une énergie magnétique. Le discours qu'elle avait préparé lui échappa lorsqu'elle croisa ses yeux bruns. Cet homme lui avait fait tourner la tête et lui avait brisé le cœur en l'espace de dix jours. Ce même cœur qui cavalait ce soir dans sa poitrine. Ses pensées, ses souvenirs, ses émotions étaient sens dessus dessous.

Elle ne savait pas comment se sortir de cette situation. Tonino lui avait menti, et sa richesse l'effrayait, mais il restait le père de Finn. Finn avait le droit de connaître son père, et Tonino, son fils.

Dans le lourd silence, il repoussa ses cheveux d'une main nerveuse et marcha jusqu'au minibar.

— J'ai besoin d'un verre. Tu aimes toujours le gin ?

Étonnée qu'il s'en souvienne, elle secoua la tête. Il arqua un sourcil, puis ouvrit le bar et en sortit une bouteille de vin rouge, qu'il ouvrit d'un geste assuré.

— Tu en veux ?

— Non, merci, murmura-t-elle.

Depuis son accident, elle ne supportait plus l'alcool. Avant sa grossesse, elle avait adoré sortir avec ses amis, boire trop de cocktails et danser jusqu'au matin. Elle était libre. Pas de responsabilités, moins de souffrance. Personne ne dépendait d'elle, et elle ne dépendait de personne. Ce passé lui semblait appartenir à une autre femme.

Il fit tourner le liquide carmin dans son verre à pied puis en huma le bouquet avant de prendre une gorgée. Tonino, se souvint-elle soudain, aimait le bon vin.

Lorsque ses yeux sombres croisèrent les siens, un frisson courut sur sa nuque. Si les regards avaient pu tuer…

— Assieds-toi, je t'en prie, proposa-t-elle.

Appuyé contre le bar, Tonino porta le verre à ses lèvres en observant Orla, si frêle dans l'immense sofa. Elle avait l'air d'un faon aux prises avec son prédateur.

— Je suis bien ici, rétorqua-t-il.

— D'accord, mais pourrais-tu arrêter de me foudroyer du regard ?

Cette voix…

Orla était la seule femme capable de l'exciter en quelques mots. Ce timbre légèrement rauque et cet accent musical enflammaient ses sens. Une alchimie insupportable qui menaçait de lui faire perdre le fil de leur conversation.

— Foudroyer du... ?

Il n'était pas sûr de comprendre l'image en anglais. Les lèvres d'Orla s'incurvèrent en un sourire amusé.

— Tu sais, parce que tu as l'air de vouloir m'assassiner...

— Ne t'inquiète pas. Si je t'assassinais, je n'obtiendrais jamais les réponses dont j'ai besoin. Cessons de perdre notre temps, d'accord ? Dis-moi de quoi souffre mon fils et pourquoi tu me l'as caché pendant des années.

Elle prit sa tête dans ses mains et ses magnifiques cheveux noirs tombèrent comme un voile autour de son visage. Épais et ondulés, ils étaient aussi luxuriants que dans son souvenir. Soudain, le besoin irrésistible de s'agenouiller devant elle pour lui caresser la joue et glisser les doigts dans sa crinière soyeuse le heurta de plein fouet. Lorsqu'elle releva les yeux vers lui, il avait crispé les doigts sur son verre.

— Tu es sûr que tu ne veux pas t'asseoir ? Cela risque d'être long.

Les dents serrées, il se contenta de la fixer durement. De la « foudroyer du regard », comme elle disait. Il ne laisserait pas sa douceur l'ébranler. Oh ! il comptait bien rester debout : si sa taille la mettait mal à l'aise, c'était parfait. Il n'avait aucune raison de lui faciliter la tâche, au contraire.

Elle se mordilla les lèvres, puis poussa un soupir.

— Je ne voulais pas te le cacher.

Il ricana.

— S'il te plaît, écoute-moi. La condition de Finn et la raison pour laquelle je n'ai pas pu te contacter sont liées. J'ai eu un accident de voiture quand j'étais enceinte de six mois et j'ai perdu la mémoire. J'avais oublié qui tu étais.

Son excuse était si incroyable qu'il manqua de lancer son verre contre le mur.

— *Dio mio*, tu te fiches de moi. Tu veux me faire croire que tu étais *amnésique* ?

— Oui. C'est la vérité !

— Et quand est-ce que la mémoire t'est revenue ?

— Les souvenirs qui te concernent… aujourd'hui. Une partie, en tout cas.

— Comme c'est pratique, railla-t-il. Tu as eu toute la journée pour préparer tes arguments, et c'est tout ce que tu as trouvé ? L'amnésie ? Pitié.

— Je sais, c'est invraisemblable, mais je ne te mens pas. J'ai passé trois ans à essayer de retrouver ton nom. Je ne me souvenais que de ton visage. En dehors de cela, je n'avais que des images floues… Je savais aussi que nous nous étions rencontrés en Sicile, mais c'était une évidence, comme connaître mon propre nom, et…

— Tu crois vraiment pouvoir me convaincre ? coupa-t-il impatiemment.

— C'est la vérité, et je peux te le prouver.

— Oh ! vraiment ? La seule chose que tu me prouves, c'est que tu es une menteuse.

— Arrête.

— Tu as utilisé un faux nom quand tu as réservé ta chambre.

Un éclair de confusion passa sur son beau visage.

— Pardon ?

— Il y a quatre ans, tu as réservé une chambre dans mon hôtel sous le nom d'Orla McCarthy. Ici, tu as utilisé Orla O'Reilly.

Un mois après sa disparition, il avait trop bu et avait décidé de la chercher sur Internet. Mais aucune entrée pour Orla McCarthy ne la concernait, elle. Maintenant, il comprenait pourquoi il n'avait pas retrouvé sa trace : elle avait utilisé une fausse identité. Cette femme avec laquelle il avait vécu la passion la plus intense de sa vie, cette femme qui l'avait traité comme un prince sans rien savoir de lui…

Elle lui avait caché son nom, caché son fils.

Pourquoi, alors, devait-il lutter pour ne pas la prendre dans ses bras et l'embrasser à perdre haleine ? Pourquoi contemplait-il encore son visage traître, le cœur battant, le sang en ébullition ? Sa duplicité aurait dû suffire à annihiler ces sentiments.

— Quand j'ai réservé ma chambre, il y a quatre ans, j'ai dû leur donner mon passeport, donc j'ai utilisé mon nom légal, McCarthy.

— Alors pourquoi utiliser O'Reilly ici ? Pour brouiller les pistes ? Tu croyais peut-être que je ne te reconnaîtrais pas ?

Elle se frotta les paupières avec lassitude.

— Je ne comprends pas ce que tu veux dire.

— Arrête ton cinéma. Tu savais que tu me verrais aujourd'hui. Ton frère est mon ami d'enfance. Il fête son mariage dans mon hôtel. Tu as pris le risque de venir ici et, pire encore, d'emmener Finn avec toi.

— Il n'était pas question de venir sans lui, protesta-t-elle. Dante n'a jamais mentionné ton nom. Sinon, je me serais sans doute souvenue de toi plus tôt. Aislin a organisé le mariage ; elle a fait les réservations et a utilisé mon nom d'usage. Aislin a le nom de son père, O'Reilly, parce qu'il a épousé ma mère. Notre mère a utilisé le même patronyme pour moi depuis notre enfance. Tout le monde me connaît sous ce nom.

— Pourquoi ne pas en changer légalement ?

— C'est ma mère qui aurait dû s'en charger, et elle se fiche de ce genre de choses.

Il grimaça, agacé de s'être laissé distraire. Seul son fils comptait à ses yeux.

— Et comment s'appelle Finn ?

— Il a mon nom légal. McCarthy.

— Pourquoi pas mon nom ?

— Parce que je l'avais *oublié*, martela-t-elle.

La colère s'était crispée en lui comme un fauve à l'affût.

— Alors qui est son père, aux yeux de la loi ?

— Personne.

— Maintenant, je suis certain que tu mens, siffla-t-il.

Il avait interrompu le dîner de son avocat, quelques heures plus tôt, pour lui demander de s'informer sur les réglementations concernant la paternité en Irlande.

— C'est illégal, de ne pas donner le nom du père sur un acte de naissance irlandais.

Elle leva les yeux vers lui en étouffant un soupir exaspéré.

— Ce n'est pas illégal en cas d'argument irréfutable.

— Et quel est ton argument irréfutable ? Ta prétendue amnésie ?

— Ne parle pas si fort, tu vas réveiller Finn.

Pour la première fois, la voix d'Orla s'était teintée de férocité. Il n'avait pas remarqué qu'il avait crié. Mais, *Dio*, il devait se faire violence pour ne pas la secouer par les épaules et lui arracher la vérité. Elle le prenait pour un idiot ! Pensait-elle vraiment pouvoir le convaincre d'un mensonge aussi ridicule ? Cette histoire était tout droit sortie d'une des vieilles séries grotesques que sa grand-mère regardait le dimanche. Et pourtant elle soutint son regard avec détermination, ses grands yeux verts brillants de défi.

— Aislin a déclaré la naissance de Finn. Je ne lui avais pas dit qui était son père, donc elle ne pouvait pas donner ton nom...

— Tu as nié mon existence ? rugit-il.

— Arrête de crier, rétorqua-t-elle d'un ton sec. Je comprends ta colère, mais tu ne nous aides ni l'un ni l'autre avec tes interruptions et tes préjugés. Je peux te prouver tout ce que j'avance ; tu n'as pas besoin de me croire sur parole.

— Heureusement, parce que je ne pourrai jamais te faire confiance.

— Parfait. C'est réciproque.

— Pardon ?

— Je trouve simplement un peu ironique de me faire traiter de menteuse par un maître en la matière.

Sa riposte était presque aussi scandaleuse que sa pseudo-amnésie.

— Tu oses changer de sujet ? M'accuser sans raison ?

— Sans raison ? D'accord, alors explique-moi pourquoi tu as prétendu être le gérant de mon motel plutôt que son propriétaire.

— Je n'ai rien dit. Tu l'as déduit toute seule.

Il n'avait rien à se reprocher. Il avait eu l'intention de lui dire la vérité le jour où elle avait pris la fuite. Un éclair de fureur aussi intense que la sienne passa dans les yeux d'Orla.

— Tu ne l'as pas nié. J'ai découvert ton identité le jour où je suis partie ; quand ta *fiancée* est passée me dire bonjour.

— De quoi parles-tu ?

— Sophia, cracha-t-elle. La fiancée que tu avais oublié de mentionner. Elle m'a rendu visite quand tu étais en Toscane.

Il ne cilla pas, même s'il avait un goût doux-amer sur la langue. Sophia avait mal pris leur rupture. Il avait voulu protéger Orla des répercussions ; et la protéger avait été un vrai délice. Pendant quelques jours, ils n'avaient existé que l'un pour l'autre, dans le plus modeste de ses appartements, à l'abri du monde extérieur.

— Que voulait-elle ?

Une douleur lancinante pulsait dans le crâne d'Orla, attisée par le souvenir des mots qui lui avaient brisé le cœur.

— Me prévenir que vous étiez fiancés, bien sûr. Elle voulait que je parte immédiatement.

Il hocha la tête, pensif, mais ses yeux restaient sceptiques.

— Sophia Messina, la fille d'une des plus vieilles familles de Sicile, t'a retrouvée pour te dissuader de rester avec moi ?

— Exactement.

— T'a-t-elle menacée ?

— Pas directement, mais le sous-entendu était clair. Elle savait que tu la trompais avec moi. Je n'ai pas apprécié son avertissement, mais j'ai compris sa colère. Personne n'aime être utilisé de cette façon.

Tonino les avait manipulées toutes les deux. Découvrir un mensonge si sournois l'avait rendue malade, à tel point qu'elle avait vomi dès que Sophia avait quitté sa chambre.

Elle était tout aussi nauséeuse à ce moment précis, malmenée par ses souvenirs et par la migraine aveuglante qui battait à ses tempes.

— J'ai rompu mes fiançailles avec Sophia le jour de notre rencontre, déclara-t-il. Si tu étais restée quelques heures de plus, j'aurais pu te le dire. Sophia s'est moquée de toi.

— Et je suis censée te croire, alors que nous savons tous les deux que tu as une notion très personnelle du mensonge ?

Il lâcha un juron en sicilien, mais elle poursuivit :

— Tu m'as laissé croire que tu étais le gérant de cet hôtel. C'était faux. Tout ce que tu m'as dit sur toi était faux. Tu ne peux pas me reprocher d'avoir paniqué quand j'ai découvert ma grossesse. Je ne savais qu'une chose sur toi : que tu étais un menteur et un homme puissant. Je ne voulais pas parler de toi parce que j'avais peur, j'avais honte, et j'étais bouleversée. Je voulais me focaliser sur mon bébé. J'avais l'intention de te contacter après sa naissance, mais j'ai eu un accident et ma vie a basculé. Je ne pouvais pas modifier l'acte de naissance de Finn après ma sortie de l'hôpital parce que *je ne me souvenais pas de ton nom*.

Après sa féroce riposte, seuls leurs souffles courts résonnèrent un moment dans le silence. Elle sentait presque le goût du poison qui flottait encore entre eux. Et quelque chose d'autre, une tension électrique, un éclair qu'elle voyait briller dans les yeux sombres et furieux de Tonino. Un muscle pulsait dans sa mâchoire tendue.

Quand il reprit la parole, chacun de ses mots était articulé, délibéré comme un coup de poignard.

— Tu sais ce que je pense ? Je pense que tu n'as plus d'issue et que tu cherches des excuses pour justifier l'inexcusable. Tu espérais que je ne te reconnaîtrais pas, que je ne remarquerais pas Finn. Tu me l'as caché parce que derrière ton joli visage se cache une femme cruelle et sournoise, et je vais te le faire payer en te l'arrachant tout aussi cruellement et tout aussi sournoisement.

4

La menace de Tonino claqua comme une gifle dans le silence, et se mua en sonnette d'alarme lorsqu'elle le vit faire volte-face et se diriger vers la porte de la chambre.

— Qu'est-ce que tu fais ? s'exclama-t-elle.

— Je vais voir mon fils.

Il ne peut pas te le prendre, il n'a aucun droit, aux yeux de la loi. Respire. Calme-toi.

Elle inspira profondément, au bord de la panique.

— Qu'as-tu l'intention de faire ? Ouvrir la porte à la volée et réveiller un petit garçon en sursaut ?

Son regard de haine la blessa aussi profondément que ses menaces. Il avait déjà posé la main sur la poignée.

— Ne me donne pas le mauvais rôle, Orla.

— Si tu entres dans sa chambre, tu vas lui faire peur.

Sa mâchoire se crispa. Elle profita de sa brève hésitation pour lui montrer son téléphone, placé sur la table basse.

— Tu peux le voir sur mon portable. Je le filme.

— Tu le regardes dormir ? siffla-t-il.

— Ce soir, oui. Il est épileptique.

Tonino fronça les sourcils.

— Hum. *Epilessia* ? Des crises ?

Elle hocha la tête. Dans l'espoir de calmer son pouls erratique, elle posa une main sur sa poitrine.

— Oui, il a des crises d'épilepsie. Il est sous traitement, mais il a passé une journée très excitante et je ne veux pas prendre de risques. Normalement, c'est l'infirmière qui garde le babyphone, mais je lui ai dit d'aller profiter de la soirée pour que nous puissions parler en privé.

Elle soutint son regard sceptique sans ciller. Elle ne s'autorisa qu'un discret soupir de soulagement lorsqu'il s'éloigna de la porte. Cependant, son souffle se coinça dans sa gorge lorsqu'il la rejoignit à grands pas et s'assit près d'elle. Son pauvre cœur malmené se mit à battre la chamade.

Il attrapa le téléphone et étudia l'enregistrement avec attention. Après un long silence, il s'enquit :

— Son… épilepsie. Est-elle liée à ses problèmes de mobilité ?

— Oui.

Orla regardait toujours ses doigts puissants, repliés autour du téléphone. Ces doigts qui avaient caressé sa peau nue…

Un frisson incandescent vibra dans son ventre, et elle baissa précipitamment les yeux. Oh ! Comment pouvait-elle songer à des choses pareilles alors qu'il avait menacé de lui arracher son fils ?

— Il souffre d'infirmité motrice cérébrale, reprit-elle en priant pour qu'il ne remarque pas ses joues brûlantes. L'épilepsie fait partie des symptômes secondaires.

Pendant un long moment, il se contenta de regarder l'écran du portable. Elle en profita pour réguler sa respiration. Elle était épuisée ; cette journée avait été riche en émotions. Ses sentiments pour Tonino étaient chaotiques. Bien sûr, il s'était laissé emporter par la colère et ses menaces n'étaient sans doute qu'un moyen de laisser libre cours à sa frustration. Elle n'avait rien à craindre, n'est-ce pas ?

— Qu'est-ce que c'est, cette infirmité mo… ?

— Motrice cérébrale. C'est une déficience motrice qui touche ses muscles, à cause de lésions au cerveau.

Il se tourna vers elle.

— Mon fils a des lésions au cerveau ?

Un éclair de détresse passa dans son regard sombre et la toucha en plein cœur.

— C'est un problème de développement cérébral, dit-elle d'une voix adoucie. Normalement, ses facultés mentales ne sont pas affectées. Il sait parler et se faire comprendre, mais seul le temps pourra nous en dire plus.

Les difficultés d'apprentissage étaient fréquentes chez les enfants touchés par la paralysie cérébrale, et elle s'était préparée à cette éventualité. Si Finn en avait besoin, il aurait le soutien nécessaire.

— Que s'est-il passé ?

— Sa naissance a été très difficile. Il est né trois mois en avance, et...

Des coups frénétiques les interrompirent. Elle leva les yeux vers la porte et, les muscles engourdis, se força à aller ouvrir ; pas question que Tonino remarque sa faiblesse.

Le battant s'ouvrit sur une Aislin fébrile. Elle ne prit pas la peine d'expliquer sa présence et jeta un coup d'œil par-dessus l'épaule d'Orla. En voyant Tonino, elle fronça le nez.

— Tout va bien, ici ?

— Parfaitement bien, assura Orla.

Aislin plissa les yeux, le regard fixé sur Tonino, avant de se tourner lentement vers sa sœur.

— Tu n'as pas l'air au mieux de ta forme, pourtant.

— Ce n'est pas la conversation la plus facile de ma vie.

— Je m'en doute. Tu veux que je reste ?

La suggestion était terriblement tentante, mais...

— Bien sûr que non. Va t'amuser, Aislin.

— J'ai vu l'infirmière. Tu ne comptes pas redescendre ?

— Désolée, je suis vraiment épuisée.

— Bon. Alors je te laisse. Je garde mon téléphone. Appelle-moi si tu as besoin de quoi que ce soit.

Pitié. Orla n'avait pas l'intention de gâcher son mariage plus qu'elle ne l'avait déjà fait.

— D'accord, fit-elle.

Avant de partir, Aislin jeta un sourire éclatant à Tonino.

— Si tu fais du mal à ma sœur, je te tue. Compris ?

Devant l'expression choquée de Tonino, Orla retint à grand-peine un rire hystérique. Elle referma vite la porte.

— Est-ce que ta sœur vient de me... menacer ?

— Hum, hum.

Elle s'assit dans un fauteuil, loin de lui ; elle avait trop de difficultés à se concentrer, et le corps et l'odeur de Tonino ne faisaient qu'empirer la situation. Cependant, assise en face de lui, elle était forcée de le regarder ; et elle devait se faire violence pour ne pas s'attarder sur chaque trait ciselé, sur ce visage auquel elle avait offert son cœur, jadis.

— Elle est très protectrice. Ne t'inquiète pas, je ne pense pas qu'elle te tuerait vraiment. Te castrer, peut-être.

Un éclat de rire lui échappa lorsqu'elle vit Tonino croiser instinctivement les jambes ; mais c'était trop pour elle. Revoir Tonino, se souvenir de ce qu'ils avaient partagé, ce qu'ils avaient perdu, et la haine sur son visage, sa colère, sa défiance... Soudain, les digues de sa réserve cédèrent tout à fait, et son rire se mua en sanglots.

Tonino ne pouvait s'empêcher de regarder Orla avec une bonne dose de scepticisme. Quand ils étaient amants, il ne l'aurait jamais crue capable d'utiliser ses charmes pour parvenir à ses fins. Il pensait qu'elle était trop sincère. Que ferait-elle, ce soir, s'il la prenait dans ses bras pour la réconforter ? S'accrocherait-elle à lui ? Essuierait-elle ses larmes de crocodile sur sa chemise ? Lèverait-elle ses beaux yeux émeraude vers lui pour le supplier de l'embrasser ?

Et y serait-il insensible ? La flamme qui torturait ses reins lui soufflait le contraire. À chacune de ses inspirations, il discernait le parfum d'Orla. Malgré lui, il la respirait avec délice, le corps tendu à craquer. Furieux que son attraction pour elle s'avère si indomptable, il se leva soudain d'un bond et alla se servir un nouveau verre de vin.

— Je suis désolée, murmura-t-elle. Je n'ai pas l'habitude de pleurer comme cela. C'est juste... beaucoup pour une seule soirée.

— Tu trouves ? ricana-t-il. Alors imagine *ma* situation.

— Je m'en doute.

— Je n'ai pas besoin de ta fausse compassion. Je viens de découvrir que je suis père et que la mère de mon enfant me l'a caché pendant trois ans ; et voilà que la femme de mon meilleur ami, la tante de mon fils, me crache son antipathie à la figure. Je ne savais même pas que tu avais une sœur.

Ni qu'elle était la fille secrète de Salvatore Moncada. Hier encore, il ignorait que la sœur clandestine de Dante était aussi l'amante qui l'avait abandonné des années plus tôt. Orla avait gardé beaucoup d'informations pour elle. Il savait qu'elle étudiait la zoologie, à l'époque, et qu'elle passait ses vacances en Sicile entre son apprentissage de fin d'études et l'emploi de ses rêves en Irlande… et c'était tout. Il avait compris trop tard qu'il ne connaissait rien de significatif à son propos.

— Et je ne savais pas que tu avais une fiancée, donc je pense qu'on est quittes, rétorqua-t-elle.

— Je n'avais plus de fiancée. J'ai rompu avec Sophia le jour de notre rencontre.

— C'est ce que tu dis, oui.

Orla se massa les tempes, les paupières closes.

— Et même si j'accepte ta version des faits…

Un souvenir miroita soudain dans son esprit ; quelques semaines après être rentrée de Sicile, assise sur son lit, elle avait cherché le nom de Tonino sur Internet pour la énième fois et avait lu qu'il avait mis fin à ses fiançailles…

Un cri lui brûlait la langue. Même s'il disait la vérité, il avait tout de même menti sur son identité.

— À qui était l'appartement où tu m'as emmenée ?

— À moi.

— Oh ! pitié. Mon frère est riche, lui aussi, tu sais. Et ce n'était pas un appartement de milliardaire.

— C'est le premier appartement que j'ai acheté avec mon propre argent, quand j'avais vingt ans. C'est un sanctuaire.

Ses mots résonnèrent dans son crâne déjà douloureux, et les images floues de leur intimité se déversèrent dans son esprit. Juste un reflet, juste un murmure, et pourtant elles étaient si puissantes qu'elles attisèrent le brasier au fond de son abdomen. Elle avait été si avide de ses caresses, à l'époque. Avide de lui tout entier. Elle avait fait l'amour avec lui et prié pour un futur avec lui.

— Quant à ton frère… Tu ne m'as jamais dit que tu étais la sœur de Dante ou la fille de Salvatore Moncada. Tu m'as accusé de dissimulation, mais…

Il termina son verre d'un trait et poussa un soupir.

— Revenons aux choses sérieuses, d'accord ? Je suis venu pour mon fils. C'est tout ce qui compte.

S'il répétait encore une fois « mon fils », elle allait lui tordre le cou. Quoiqu'elle n'en ait sûrement pas la force. Depuis son accident, elle souffrait de terribles migraines et celle-ci risquait de l'envoyer au tapis. Elle voulait que Tonino parte avant que la souffrance ne la submerge. Elle peinait à maîtriser les tremblements de sa voix :

— Nous sommes d'accord sur ce point. Mais je pense que nous en avons assez dit pour ce soir. Finn se lève tôt et j'ai besoin de dormir avant qu'il ne se réveille. Nous déciderons de la suite des événements après une bonne nuit de sommeil.

Il marqua une longue pause, les lèvres pincées.

— La suite est très simple. Nous allons dire à Finn que je suis son père et que je fais partie de sa vie.

— Très bien.

Elle aurait accepté n'importe quel caprice pour le voir partir. Elle appuya les doigts contre sa tempe dans l'espoir d'apaiser la douleur. Il lui lança un sourire polaire.

— Et, *dolcezza*, soyons clairs, si tu essaies de t'enfuir avec mon fils avant le lever du jour, je n'hésiterai pas à lancer l'offensive pour obtenir sa garde exclusive. Et c'est une bataille que je gagnerai sans effort.

Puis il quitta la suite sans un regard en arrière.

Tonino prit une profonde inspiration avant de frapper à la porte d'Orla. Il avait beaucoup réfléchi depuis la veille, et sa fureur s'était apaisée. Son comportement n'avait pas été beaucoup plus admirable que ce dont il avait accusé Orla, même si leurs torts étaient différents. Pour le bien de son fils, il voulait tendre un rameau d'olivier.

La porte s'ouvrit et Orla l'accueillit d'un regard méfiant.

— C'est un peu tôt, tu ne crois pas ?

Il s'accorda une seconde pour admirer ses beaux cheveux désordonnés, cascadant sur ses épaules graciles, dont il se souvenait si bien. Une vague de désir le submergea lorsqu'il songea au premier matin qu'ils avaient partagé. Ils avaient pris leur douche ensemble et il s'était attendu à ce qu'elle s'enferme ensuite dans la salle de bains pour se maquiller, comme l'avaient toujours fait ses autres amantes. Mais Orla ne semblait même pas l'avoir envisagé. Qu'elle se soit sentie si à l'aise avec elle-même, et avec lui, l'avait empli d'un sentiment étrange... Un sentiment qui menaçait de l'engloutir de nouveau.

Il avait désiré Orla avec une passion qu'il n'avait plus jamais ressentie. Il n'arrivait pas à croire que ces émotions enflammaient encore ses veines après tant d'années. Il tenta d'ignorer son parfum suave et entra dans la pièce. Pas question de se focaliser sur les jolies lèvres d'Orla et la façon dont son corps réagissait à sa présence ; il n'était là que pour son fils.

— Tu as dit que Finn était un lève-tôt. Il doit tenir de moi.

Bien sûr, il n'avait pas fermé l'œil. Comment aurait-il pu dormir après les découvertes de la journée ?

— Tonino, il est 6 h 30.

— Je sais. Où est-il ?

— Il se promène avec son infirmière dans les jardins.

— Déjà ?

— Il est réveillé depuis une heure.

S'il avait su, il serait descendu plus tôt, au lieu de marcher de long en large dans sa propre chambre.

— Quand reviendra-t-il ?

— Je ne sais pas. S'il trouve quelque chose d'intéressant, pas tout de suite.

— Il aime être dehors ?

Il avait tant à apprendre sur son fils. Trois ans d'existence à rattraper.

— Il adore. Malheureusement, on n'appelle pas l'Irlande « l'île d'Émeraude » pour rien. Nous avons plus de jours de pluie que de jours de soleil.

Elle s'était perchée sur le rebord de la fenêtre, pensive. Elle glissa une mèche sombre derrière son oreille en laissant voguer son regard en contrebas.

— Si tu m'épouses, tu auras du soleil tous les jours.

Elle se tourna brusquement vers lui, les yeux écarquillés.

— Pardon ?

Tonino s'assit dans un fauteuil et soutint son regard.

— J'ai beaucoup réfléchi. Je veux faire partie de la vie de Finn, et pour cela la meilleure solution serait que tu acceptes de m'épouser.

5

Dieu merci, Orla était assise. Elle n'aurait pas donné cher de son équilibre, dans le cas contraire.

— Est-ce que tu es ivre ?

Il n'en avait pas l'air. Il avait les cheveux humides et, même à plusieurs mètres de lui, elle devinait l'odeur fraîche de son savon. Le parfum de sa peau était si intime qu'il aurait suffi à réveiller sa mémoire à lui seul.

Il ne s'était pas rasé, mais il était parfaitement éveillé, les yeux sombres et vifs, concentrés sur elle. Il avait remplacé son costume de la veille par un chino ardoise et une chemise sombre qui soulignait sa silhouette haute et musclée.

Oh ! il était encore plus sublime que dans ses pauvres souvenirs. Les quatre dernières années n'avaient pas été tendres avec elle ; son corps était méconnaissable, marqué par les cicatrices, bien différent de celui que Tonino avait admiré jadis. Elle ne s'était jamais considérée comme vaniteuse, jusqu'au jour où elle avait éclaté en sanglots en voyant son corps nu dans le miroir, après son accident. Pendant ce temps, Tonino n'avait fait qu'embellir. Adonis lui-même aurait pleuré de jalousie.

C'était elle qui avait proposé à l'infirmière d'emmener Finn dans les jardins ; elle était certaine que Tonino viendrait tôt, et elle voulait se préparer avant de le revoir. Mais il était arrivé avant qu'elle ne puisse se laver et se cacher derrière un peu de maquillage ; et voilà qu'elle devait lui faire face sans armure, les cheveux en bataille et le peignoir froissé. Il avait l'intention de la prendre de court, elle l'aurait parié. Elle n'aurait pas dû se soucier de son opinion, mais elle ne pouvait s'en empêcher. Aujourd'hui, elle n'avait plus que sa fierté. Son apparence était un énième désavantage, et elle se sentit rougir sous son regard attentif.

— Nous marier résoudrait tous nos problèmes, déclara-t-il avec l'assurance d'un homme habitué à donner des ordres.

Son estomac se retourna. Elle comprenait son raisonnement, réellement, mais comment pouvait-il se montrer si arrogant et si implacable ? Et pourquoi son cœur battait-il si fort, ressuscité par sa simple présence ?

— Tu connais l'existence de Finn depuis quelques heures, et tu as passé ton temps à m'insulter depuis. Mais d'un seul coup tu veux m'épouser ? siffla-t-elle, les dents serrées.

Il n'eut même pas la décence d'avoir l'air penaud.

— Je veux que mon fils porte mon nom, je veux être reconnu comme son père.

— Pas besoin de mariage pour cela.

— Mon fils mérite...

Le tumulte qui bouillait en elle depuis la veille explosa.

— Pour l'amour du ciel, arrête ton cinéma ! « Mon fils » par-ci, « mon fils » par-là ! Tu ne sais rien de Finn, et t'entendre le traiter comme s'il t'appartenait me rend folle !

Il se raidit, le visage froissé de mépris.

— Si tu ne l'avais pas gardé pour toi, je saurais déjà tout de lui. Je suis son père, Orla, et j'ai bien l'intention de faire partie intégrante de sa vie et d'endosser toutes les responsabilités qui me reviennent.

Sa fureur s'évanouit aussi vite qu'elle était apparue, et elle prit son visage dans ses mains, honteuse. Elle respira profondément pour ravaler ses larmes, et ne releva les yeux qu'après s'être assurée qu'elle n'éclaterait pas en sanglots.

— Je suis désolée, murmura-t-elle. Je sais que tu as le droit de faire partie de sa vie, mais c'est difficile d'entendre tes menaces et tes exigences alors que tu ne sais rien de notre vie et des obstacles que nous avons dû surmonter. Tu ne peux pas te contenter de claquer des doigts, Tonino. Je ne vais pas obéir à tes caprices. Être père, cela se mérite.

Comme elle avait dû mériter d'être la mère de Finn. Quand elle avait enfin quitté le centre de rééducation, Finn avait déjà dix-huit mois et, même s'il était trop jeune pour comprendre le concept de maternité, il traitait Aislin comme sa maman. Elle ne lui avouerait jamais, mais voir son enfant graviter naturellement vers sa sœur plutôt qu'elle-même avait été insupportable. Il avait fallu à Finn une année entière pour venir à elle d'instinct lorsqu'il avait besoin d'amour.

Tonino plissa les yeux, mais son regard s'était adouci.

— Alors arrête de me combattre. Fais ce qu'il y a de mieux pour Finn.

— C'est ce que j'ai toujours fait.

— Dans ce cas, épouse-moi.

Le cœur battant, elle se prit à le scruter à son tour, dans l'espoir peut-être de lire ses pensées sur son visage magnifique. En vain.

— Nous marier n'est pas une bonne solution. Un mariage de convenance ne ferait que blesser Finn. Il est heureux, tu sais, mais il a déjà surmonté assez de difficultés.

— Je ne vois pas pourquoi notre mariage serait malheureux. Nous nous entendions très bien, à l'époque.

— Nous sommes restés ensemble une dizaine de jours. Nous ne nous connaissons pas.

Pas du tout, puisqu'il lui avait allègrement caché sa véritable identité ; une riposte qu'elle garda pour elle, dans l'intérêt de leur fragile entente.

— Nous savons le plus important.

— C'est-à-dire ?

— Notre... compatibilité.

— Pardon ?

Un éclat irrésistible étincela dans ses yeux sombres. Elle se sentit frémir sous la brûlure de son murmure :

— Toi et moi. Je me souviens que nous étions extrêmement compatibles.

Au fond de son cœur, une exaltation enflammée pulsait si fort qu'elle en oublia de répondre. Elle se noya dans ses yeux chocolat, et le brasier de sa convoitise se propagea dans ses veines et lécha délicieusement sa peau ; chaque atome, chaque parcelle de son corps criait son assentiment et la suppliait de le rejoindre. Elle s'arracha brutalement à son regard, le souffle court.

Elle s'était attendue à une autre dispute, pas à des mots envoûtants et une demande en mariage. Et, de toute évidence, elle résistait mieux à l'agressivité qu'à la séduction.

Elle s'était tournée vers la fenêtre, mais elle sentait toujours son regard chaud courir comme un frisson sur sa peau. Elle croisa les bras et ferma les paupières.

Elle se souvenait de s'être réveillée dans ses bras, mais les nuits qu'ils avaient passées ensemble restaient inaccessibles. Avec un peu de chance, elles ne lui reviendraient jamais. Elle ne pouvait supporter l'idée de s'être donnée à un homme qui l'avait utilisée pour son propre plaisir. Sa gorge se serra.

— Je ne veux pas t'épouser. Ce serait un désastre.

Tonino s'était attendu à un refus, mais il savait que le mariage était la solution à tous leurs problèmes. Comment pourrait-il être un bon père s'il ne vivait pas dans le même pays que son fils ? Il allait devoir la convaincre ; mais quelques jours suffiraient à abattre les barrières qui les séparaient encore, n'est-ce pas ? Leur attirance brûlait entre eux comme un flambeau. Chaque mot échangé était chargé de leur passion mutuelle. Il reconnaissait ses gestes familiers, la façon dont elle coinçait une mèche sombre derrière son oreille... Combien de fois avait-il rêvé de ce geste si simple et si innocent ?

Elle avait été une bouffée d'air frais dans sa vie ; elle l'avait libéré d'un monde de cynisme. Pendant dix jours magiques, il avait savouré chaque seconde avec elle. Pour la première fois, il s'était uni à une femme qui ne l'appréciait que pour lui. Leur alchimie avait été si profonde, si instinctive. L'intensité et l'abandon de leur première nuit lui avaient donné l'impression d'être aussi vierge qu'elle.

Au milieu des mensonges, il pouvait faire confiance au lien qui les unissait ; le besoin de la toucher murmurait dans ses veines comme une prière.

— Si tu ne veux pas m'épouser, je viendrai avec toi en Irlande pour ajouter mon nom sur l'acte de naissance.

— Cela peut attendre, non ?

— Non, *dolcezza*.

Il se leva et la rejoignit à la fenêtre. Elle dut sentir sa proximité, car son échine se raidit. Il laissa son regard s'attarder sur sa nuque. Il lui suffisait de fermer les yeux pour se souvenir de son parfum. Pour se souvenir de la douceur de sa peau. De la panique qui l'avait envahi lorsqu'il avait compris qu'elle était partie.

Mais il savait, maintenant, qu'il devait garder l'œil ouvert avec Orla. Il ne la laisserait plus lui mentir, ni disparaître.

— Je comprends pourquoi cela n'a pas été fait plus tôt, mais il est temps.

Il ne pouvait pas la forcer à l'épouser, mais il pouvait assurer ses arrières et se protéger légalement.

Elle se tourna vivement vers lui. Il n'avait pas réalisé, jusqu'ici, à quel point il était proche ; il voyait les étoiles discrètes de ses taches de rousseur sur son joli nez.

— Tu comprends ? Tu… me crois ?

— J'ai parlé avec Dante hier soir, admit-il. Il a confirmé ta version des faits. L'accident, les problèmes de mémoire.

La confirmation de Dante l'avait ébranlé. Il était soulagé, bien sûr ; elle n'avait pas brisé sa confiance autant qu'il l'avait cru. Mais un autre sentiment s'était insinué en lui, une inquiétude qui lui rongeait les entrailles…

Orla expira profondément avant de presser son front contre la vitre.

— Je comprends que tu ne m'aies pas crue sur parole…

— Tu m'as tout de même caché ta grossesse, et cela ne change pas mon opinion sur ce point, rétorqua-t-il. Mais je préfère laisser cela derrière nous, pour le bien de Finn.

Elle laissa échappa un petit rire sec.

— Ta magnanimité est exemplaire.

Les yeux fixés sur elle, il posa soudain les mains sur le rebord de la fenêtre, de part et d'autre de ses cuisses.

— Est-ce que tu te moques de moi ?

Le rouge lui monta aux joues.

— Je me demande simplement où est la preuve que tu avais bien rompu avec Sophia avant de m'inviter dans ton lit.

— Je n'ai jamais trompé personne. Dans mon monde, l'honneur

est primordial. Un homme à qui on ne peut pas faire confiance n'a aucune valeur.

— Oh ! c'est toi qui te moques de moi, maintenant. Un homme de parole, hein ? Alors que tu m'as laissé croire que tu n'étais que le gérant d'un hôtel de seconde zone au lieu de son propriétaire milliardaire ?

— Je ne t'ai jamais menti, Orla. Je n'ai rien *dit*.

— Dans ce cas, tout va bien !

Elle affichait un sourire sarcastique, mais il devinait sa respiration agitée ; il dut se pencher vers elle pour entendre le reste :

— Tu ne m'as pas menti avec des mots, très bien. Tu n'acceptes de me croire que parce que Dante a confirmé ma version, mais je dois accepter ta version des faits simplement parce que tu me l'ordonnes. Et tu ne comprends toujours pas pourquoi l'idée que tu apposes ton nom sur l'acte de naissance de Finn me met mal à l'aise ?

Il aurait pu se noyer dans les profondeurs émeraude de ses yeux. Le peignoir d'Orla s'était ouvert à la taille et révélait ses jambes. La vision de ses cuisses découvertes fit bouillir son sang.

— Je veux juste être son père.

Dio, sa voix aussi n'était plus qu'un murmure.

— Et l'attestation légale de ma paternité est importante pour moi. Je n'ai pas envie d'aller au tribunal pour l'obtenir.

— C'est une menace ? coassa-t-elle.

Il serra les poings. Ses mains étaient si proches d'elle qu'il aurait pu effleurer ses cuisses soyeuses en dépliant les doigts. Un magnétisme enivrant fourmillait dans ses membres. Il déglutit difficilement.

— Une menace que je ne veux pas mettre à exécution.

La nuit dernière, furieux, il n'avait pensé qu'à ses droits et à la séparation qu'elle leur avait infligés, à lui et à Finn. La colère susurrait encore en lui aujourd'hui. Il douterait toujours qu'elle ait réellement eu l'intention de lui parler de sa grossesse, accident ou non ; mais il ne pouvait nier qu'il ne connaissait pas son fils. Et son fils ne le connaissait pas. Sur ce point, elle avait raison. Petit, il avait adoré sa mère comme une déesse ; lui être arraché lui aurait brisé le cœur.

— Qu'est-ce que tu as l'intention de faire avec l'attestation légale, alors ? souffla-t-elle.

Elle était toute proche, si proche.

— Simplement *être* son père. Orla, je ne veux pas obtenir sa garde exclusive. Je veux juste faire partie de sa vie.

— Tu ne vas pas m'attaquer en justice ?

— Je sais que nous avons du travail devant nous avant de réussir à nous faire confiance, mais je te donne ma parole que, si tu n'essaies pas de te jouer de moi, je n'essaierai jamais de t'enlever Finn.

— C'est toujours une menace.

Leurs visages étaient si proches qu'il décelait l'arôme mentholé de son dentifrice sur son souffle court.

— Je veux juste que tu m'acceptes comme son père.

Ses yeux verts s'étaient embrumés, et, le visage incliné, elle finit par chuchoter :

— Bien sûr, que je t'accepte comme son père.

— Alors recommençons à zéro, d'accord ?

Ses lèvres brûlaient de ravir les siennes, et une onde électrique vibra sur sa peau alors qu'il se penchait vers elle.

— Laissons le passé derrière nous, pour Finn, et tournons-nous vers l'avenir...

Au moment où sa bouche allait effleurer la sienne, la porte de la suite s'ouvrit brusquement. Une explosion ne les aurait pas séparés plus brutalement. L'infirmière poussa le fauteuil de Finn dans la pièce.

— Tu n'as pas encore pris ta d... Oh !

Les joues écarlates, Orla bondit du rebord de fenêtre et s'élança vers Finn, les mains tremblantes.

— Pourrais-tu nous laisser une petite dizaine de minutes, Rachel, s'il te plaît ?

L'infirmière lança un coup d'œil à Tonino.

— Bien sûr.

Il ne prêta pas attention au reste de leur conversation, ou au départ de l'infirmière. Son désir s'était estompé aussi vite qu'il était venu. Il était focalisé sur le petit garçon attaché dans son fauteuil roulant. Évidemment, Finn n'avait pas compris qu'il avait interrompu quoi que ce soit. Orla s'agenouilla devant lui et le souleva avec précaution avant d'aller s'asseoir sur le canapé.

— Finn, tu te souviens quand je t'ai dit que tu avais un papa mais que je l'avais perdu ?

Sa voix était calme et égale. Finn hocha la tête.

— Et quand je t'ai promis que je le retrouverais ?

Lui avait-elle vraiment dit cela ? Visiblement : Finn hocha de nouveau la tête.

— Eh bien… Je l'ai retrouvé.

Finn leva vers lui ses yeux sombres, si familiers, et trouva son regard. Tonino retint son souffle.

— Finn, continua Orla, ce monsieur… est ton papa.

Pendant un long moment de silence, le père et le fils se contemplèrent sans bouger. L'expression de Finn était ouverte, pleine de curiosité. Tonino, le cœur battant, attendait qu'il prenne la parole, qu'il ouvre les bras, qu'il lui demande de le porter comme il l'avait demandé à Dante dans la cathédrale.

Quelle naïveté. Non, au lieu de se jeter dans ses bras comme il avait passé la nuit à l'imaginer, son fils détourna finalement le regard et s'enquit :

— Maman, on joue aux cubes ?

6

Pourquoi avait-elle accepté de retourner en Irlande avec le jet privé de Tonino ? Au moins, elle connaissait les attributs du luxe, grâce à Dante. Avoir un frère était encore nouveau pour elle, et, ces derniers jours, elle avait presque oublié que Dante l'aiderait autant qu'Aislin. Quatre ans plus tôt, lorsqu'elle avait découvert qu'elle était enceinte, Dante et elle n'avaient pas encore pris contact. Elle n'aurait pas pu dépendre de lui. Mais aujourd'hui, si Tonino décidait de la traîner en justice, elle ne serait pas sans défense.

Qui plus est, elle était plus forte que quatre ans auparavant. Son accident avait au moins le mérite de l'avoir endurcie. Elle ferait bien de puiser dans cette nouvelle détermination, si elle voulait tenir Tonino à distance.

Ils s'étaient presque… embrassés. Embrassés ! Elle sentait encore sur ses lèvres la tiédeur de son souffle, et l'anticipation d'un baiser interdit. C'était juste un moment de faiblesse ; il était tôt, elle était fatiguée, encore migraineuse. Certes, elle s'était sentie fondre et brûler, mais il y avait forcément une meilleure explication que… Que *quoi* ?

Comme Finn et son infirmière voyageaient avec eux, ils avaient dû s'en tenir à des banalités depuis leur départ. Tonino avait entrepris d'interroger l'infirmière sur la condition de Finn pendant qu'Orla lisait une histoire au petit garçon. Elle n'aurait pas dû être aussi agacée par la situation, mais entendre Rachel glousser et s'extasier la faisait grincer des dents. Elle avait une terrible envie de leur jeter le livre d'images à la figure.

Elle ne retrouva son calme qu'en atterrissant sur le sol irlandais.

Elle était à la maison, désormais. Elle inspira profondément l'air délicieusement familier.

Le trajet jusqu'à Dublin était court.

— Merci de m'avoir ramenée, lança-t-elle lorsque le chauffeur de Tonino s'arrêta devant chez elle.

— Tu ne vas pas m'inviter à entrer ?

Oh ! comme elle aurait voulu dire non et déguerpir en lui claquant la portière au nez ; mais ce serait injuste, n'est-ce pas ? Il avait le droit de voir la maison de son fils.

— Si tu insistes...

Elle s'en voulut presque de sa froideur, mais le sourire ravi de Rachel ressuscita son agacement presque aussitôt.

— C'est joli, ici, commenta Tonino en entrant dans le spacieux vestibule.

La maison était nichée dans une rue paisible et arborée. Les pièces étaient larges et lumineuses, parsemées de livres et de jouets, mais scrupuleusement propres. L'intérieur était douillet et chaleureux, et il se prit à sourire.

— Merci, marmonna-t-elle.

Il s'était agenouillé devant Finn et effleura la petite main.

— Hé, tu voudrais me montrer ta chambre ?

Finn leva les yeux vers sa mère. Elle hocha la tête avec un sourire rassurant.

— Tu vas devoir le porter, il ne peut pas monter les escaliers tout seul. C'est la première porte à gauche.

— Je vous accompagne, proposa l'infirmière.

— Je suis sûr que Finn et moi pouvons nous en sortir tout seuls, répondit-il aimablement.

Curieux d'en savoir plus sur la condition de Finn, il avait passé une bonne partie du voyage à lui poser des questions ; il était certain que leur conversation avait considérablement agacé Orla, mais lui-même se sentait... léger. Confiant. Quitter la Sicile avec son fils et avec sa future femme lui avait mis du baume au cœur. Car, il en était sûr, Orla finirait bien par admettre la nécessité de leur union.

Il détacha Finn de son fauteuil et le souleva délicatement. Il n'avait jamais porté un fardeau plus précieux ou plus fragile, et son cœur se réchauffa lorsqu'il sentit le pouls de son fils contre sa poitrine et ses petits bras autour de sa nuque. Les grands yeux bruns le fixaient solennellement. Tonino lui rendit son regard, submergé par l'émotion.

Avant de se tourner vers l'escalier, il jeta un coup d'œil à Orla, et son cœur rata un battement.

Il inspira profondément et emmena son fils à l'étage. Il retint son souffle en ouvrant la porte de sa chambre : la pièce était un paradis pour petit garçon, décorée de dinosaures et d'étoiles phosphorescentes, pleine de jouets, de puzzles, de cubes, de Lego, de livres et de peluches…

Mais il ne pouvait ignorer les barreaux du lit, et les caméras fixées dans les coins, et l'équipement médical qu'il devrait apprendre à manipuler. Il ne pouvait ignorer que cette chambre avait été pensée pour un enfant handicapé – son enfant. Et, alors que son regard passait d'une machine à l'autre, il se jura qu'il ferait tout pour que son fils ait la vie la plus heureuse et la plus confortable qui soit.

D'abord l'avion, et maintenant le dîner. Pour la deuxième fois de la journée, Orla maudit les talents de persuasion de Tonino. Elle avait cru qu'elle pourrait se débarrasser de lui facilement – il avait pris une gorgée de son horrible café instantané, froncé le nez, reposé sa tasse, et s'était éclipsé sans demander son reste. Au bout d'une heure, elle avait naïvement espéré qu'il s'était installé dans son hôtel et ne le quitterait plus ce soir-là. Peine perdue. Il était revenu avec une grande boîte sous le bras. Une cafetière.

— Où est-ce que tu l'as trouvée ? Les magasins sont fermés le dimanche.

Il s'était contenté d'un petit clin d'œil insolent avant de repartir. Il était réapparu une heure plus tard, avec un grand sac rempli de plats chinois et une bouteille de vin.

— Je me suis dit que tu devais avoir faim, avait-il expliqué en allumant tranquillement le four. Tu n'as cuisiné que pour Finn.

— Je n'ai pas eu le temps de faire les courses.

Elle s'était soudain souvenue qu'ils s'étaient fait livrer chinois dans son appartement de Palerme, et des larmes incompréhensibles lui étaient montées aux yeux.

Il avait laissé la nourriture à réchauffer et l'avait aidée à donner son bain à Finn, puis à le border. Sa proximité, dans la salle de bains et dans la chambre de Finn, l'avait rendue plus nerveuse encore. Elle aurait voulu se focaliser exclusivement sur son fils, mais elle avait l'impression d'être entrée en orbite autour de Tonino ; elle était douloureusement consciente de chacun de ses mouvements, de ce presque baiser qui lui avait fait l'effet d'un électrochoc. Mais c'était sans importance : elle finirait par s'habituer à sa présence. Bientôt, la tension qui lui déchirait la poitrine s'adoucirait, et son pouls reprendrait son rythme paisible. Elle ne frémirait pas en croisant son regard chaleureux ou en humant son parfum poivré. Il n'avait pas menti, le matin même, lorsqu'il lui avait promis une trêve. Il était calme et courtois avec elle. S'il était encore en colère, il le cachait bien.

Et maintenant... Maintenant, ils étaient assis ensemble dans sa cuisine. Tonino était visiblement affamé. Il s'était servi du vin ; elle n'avait pris que de l'eau. Elle avait l'estomac noué et des difficultés à manier sa fourchette. Son regard revenait comme un aimant vers l'homme magnifique qui lui faisait face. C'était la première fois qu'ils étaient seuls depuis que Finn était revenu de sa promenade, treize heures plus tôt. Depuis qu'ils s'étaient presque embrassés.

Seule avec lui, elle ne pouvait lutter contre l'envoûtement qui l'avait consumée quatre années plus tôt, ce même magnétisme qui, pendant dix jours, l'avait tenue dans un état d'embrasement sulfureux.

— Tu te sens mieux ? s'enquit-il.

— Pourquoi tu me demandes cela ?

— Si les regards pouvaient tuer, je serais tombé raide mort dans l'avion, dit-il en souriant.

Elle s'efforça de ne pas rougir mais détourna le regard.

— J'avais hâte de rentrer à la maison.

— Ah, bien sûr. Tu vis ici depuis longtemps ?

— Quatre mois.

— C'est Dante qui te l'a achetée ?

— Non, Aislin.

Sa sœur avait obtenu cet argent en acceptant de prétendre être la fiancée de Dante pendant un week-end, avant qu'elle ne tombe réellement amoureuse de lui.

— Dante a payé les travaux d'accessibilité.

Elle termina son verre d'eau en regardant le vin avec envie. L'alcool l'aurait aidée à se détendre… ou à s'endormir, tout au moins.

La compagnie de Tonino n'avait rien d'apaisant. Maintenant que leur passé commun lui était revenu pour la plus grande partie, elle se prenait à rejouer ses souvenirs ; ils étaient aussi vivaces que s'ils dataient de quelques jours. Elle avait été à l'aise, à cette époque. Tout avait été si facile, plus facile qu'avec quiconque auparavant. Comme si elle l'avait côtoyé toute sa vie, cet inconnu qui l'avait électrisée d'un simple coup d'œil.

À son grand dam, cette réaction-là n'avait pas changé. Chaque fois qu'il tendait la main vers son verre et que ses muscles roulaient sous sa chemise, un frisson la traversait. Chaque fois qu'elle croisait son regard, son cœur accusait un sursaut. Ses yeux revenaient irrésistiblement à ses lèvres…

— Vous ne vous êtes rencontrés que récemment, toi et Dante, n'est-ce pas ? demanda-t-il.

Oh ! et sa voix chaude la faisait défaillir. Elle hocha la tête.

— J'ai toujours su qu'il existait, cela dit.

— Pourquoi ne l'as-tu pas cherché il y a quatre ans ?

— Je ne pouvais pas vraiment aller voir un inconnu et lui apprendre que j'étais sa petite sœur secrète, n'est-ce pas ? Ça aurait été injuste de ma part.

— Hum. Alors, dis-moi, étais-tu vraiment en Sicile pour retrouver ton père ?

— Bien sûr.

— Tu ne l'avais jamais vu ?

— Je n'en avais jamais eu le droit.

— Pourquoi ?

— J'étais son sale petit secret.

Il grimaça.

— Qu'est-ce qui t'a fait changer d'avis, dans ce cas ?

— J'ai grandi, dit-elle dans un sourire. J'avais deux semaines de liberté devant moi... Je me suis réveillée un matin, déterminée. C'était maintenant ou jamais.

— Et tu as pu le rencontrer ?

— Non. Il était en déplacement quand je lui ai rendu visite, le premier jour. J'y suis retournée quand tu étais en Toscane, mais je ne me souviens pas de ce qui s'est passé.

— Alors peut-être que tu l'as vu ?

— Non, j'ai dit à Aislin que je n'avais pas pu. Et...

Elle inspira profondément.

— Je suis certaine que c'est vrai. Chaque fois que je pense à lui, j'ai envie de pleurer.

Tonino contempla son visage légèrement détourné, ses paupières baissées, et son cœur se serra.

— Pourquoi ne pas m'en avoir parlé, Orla ? J'aurais pu t'aider... Nos pères sont de vieux amis.

— Comment aurais-je pu le savoir ? Tu ne m'avais pas dit ton vrai nom.

Le ton était poli, mais le reproche était limpide.

— Nous étions amants, Orla. Tu aurais pu me dire quelle était la vraie raison pour laquelle tu étais venue dans mon pays.

La mention de leur liaison la fit rougir.

— Peut-être, et tu aurais pu me dire que tu étais le propriétaire de l'hôtel.

— Nous y voilà..., fit-il avec bonne humeur.

Il devait admettre qu'elle avait la réplique facile ; la Orla qui lui faisait face était bien plus mordante que celle qu'il avait connue jadis.

— Nous avons bien caché notre jeu, pour deux personnes si... intimes.

— Ne commence pas, menaça-t-elle, les joues écarlates.

— Si je n'avais pas commencé, nous n'aurions pas conçu Finn, rétorqua-t-il en riant.

Il avala le reste de son vin. En voyant le verre vide, elle lui offrit un sourire dangereusement mielleux.

— Et, sur ce, il est temps que tu partes, susurra-t-elle.

— Tu me jettes dehors ?

— Il n'y a plus rien à manger, et il est tard.

— Tu n'as pas peur que je n'aie nulle part où aller ?

— Tu ne dormiras pas ici, n'essaie pas de marchander.

— Je n'oserais pas. J'ai pris une chambre.

— Parfait. Vas-y, alors.

— Même pas un petit café ?

— C'est la dernière chose dont j'ai besoin ce soir.

— Alors je viendrai en prendre un tôt demain matin.

— Si tu viens aussi tôt qu'aujourd'hui, tu devras attendre sur le palier.

Il se redressa avec un petit rire.

— À demain, Orla.

Il s'en fut avec un grand sourire aux lèvres.

— Tu es l'homme le plus agaçant du monde, s'exclama Orla en ouvrant la porte, le lendemain matin.

Tonino jeta un coup d'œil à sa montre avec une expression si innocente qu'elle dut retenir un éclat de rire.

— Tu m'as dit de ne pas venir aussi tôt qu'hier.

— Donc tu t'es alloué quoi, une demi-heure de plus ? Il est à peine 7 heures !

— Et tu es levée, habillée et superbe, déclara-t-il.

Elle était aussi jolie et aussi fraîche que le beau ciel bleu de Dublin. Dans sa robe verte mi-longue, avec ses cheveux détachés, ses pommettes rosées et une touche de mascara pour souligner ses grands yeux émeraude, elle était absolument adorable.

Bientôt, il se le jurait, Orla lui ouvrirait avec un sourire et un baiser plutôt qu'un sermon. Il était resté éveillé tard, la veille, bercé par le souvenir des jours qu'ils avaient passés ensemble. Il comprenait soudain pourquoi les quelques aventures qu'il avait eues après elle s'étaient éteintes aussi vite qu'elles avaient démarré. Le spectre d'Orla était resté avec lui. S'il parvenait à l'épouser, au moins, il se délivrerait de cette emprise. Il aurait son fils dans sa vie, et Orla, dans son lit. Bien sûr, il ne pourrait jamais lui faire confiance ; mais était-ce nécessaire ? Un mariage l'empêcherait de reprendre la fuite avec son fils.

Finn était assis dans sa chaise haute, à la table de la cuisine. Il accueillit Tonino avec un petit signe de la main.

— Finn est en train de petit déjeuner. Tu peux te faire un café pendant que nous terminons, proposa Orla.

Malheureusement, ce n'était pas son sixième sens qui l'avait poussée à se lever aux aurores ; c'était un rêve particulièrement torride, dans lequel Tonino avait tenu le rôle principal. Elle s'était réveillée en sursaut, le cœur battant la chamade, brûlante, tremblante, sans savoir si le rêve était né de sa mémoire ou de son imagination ; elle s'était jetée sous la douche pour dompter ce corps déterminé à lui désobéir.

— Café ? chuchota la voix chaude de Tonino à son oreille.

— Non, merci. Tu veux manger quelque chose ?

— J'ai pris mon petit déjeuner à l'hôtel.

Leurs regards se croisèrent. Elle était tendue à craquer.

— Où t'es-tu installé ?

— À Bally House. Tu y es déjà allée ?

— J'aimerais bien, répondit-elle avec un soupir.

Bally House Hotel avait été, jadis, un village médiéval ayant sa propre église et son moulin. À la suite d'un extraordinaire projet de rénovation, l'endroit était devenu la destination favorite des milliardaires et des célébrités.

— J'ai essayé de convaincre Aislin d'épouser Dante là-bas, mais elle voulait absolument se marier en Sicile.

— Nous pouvons nous marier à Bally House.

— Nous n'allons pas nous marier.

— Je suis sûr que je parviendrai à te convaincre, *dolcezza*.

— Et je suis sûre que tu es aussi arrogant qu'agaçant. Je ne t'épouserai pas, un point c'est tout.

Dieu merci, les pas de Rachel dans l'escalier coupèrent court à la conversation ; mais le regard de Tonino était clair. Il n'avait pas l'intention d'oublier sa proposition de sitôt.

7

— Tout va bien, Orla ?

Depuis qu'ils avaient quitté la mairie, où ils avaient officiellement ajouté le nom de Tonino sur l'acte de naissance de Finn, Orla était restée silencieuse. Le visage détourné, le corps pressé contre la portière, elle semblait prête à prendre la fuite.

— Bien sûr, dit-elle d'un ton qui suggérait le contraire.

— Tu sais que c'est une bonne chose, n'est-ce pas ?

— Oui, admit-elle en se tournant enfin vers lui. Oui, j'ai toujours eu l'intention de retrouver le père de Finn. Toujours.

Il baissa les yeux vers son fils, son fils *légal*, qui dormait à poings fermés dans son siège auto.

Il aurait aimé la croire. Pour Finn. Mais elle avait délibérément choisi de lui cacher sa grossesse, avant l'accident. Les machinations puériles de Sophia n'étaient qu'une excuse. Orla aurait dû le contacter immédiatement, fiancée ou non. Au lieu de cela, elle avait accepté les mensonges de Sophia sans sourciller, puis avait décidé de le punir en lui cachant sa grossesse. Elle lui avait arraché trois années de paternité. Et Tonino était un homme rancunier.

Ce fut elle qui finit par briser le silence.

— Je peux te demander quelque chose ?

Il se força à se détendre et hocha la tête.

— Je t'écoute.

— Hier soir, tu as dit que nos pères étaient amis. Tu connaissais bien Salvatore, alors ?

— Plutôt bien. Pourquoi ?

— J'en sais si peu sur lui. Je n'en parle pas beaucoup à Dante car je sais que mes questions le mettent mal à l'aise. Je crois qu'il se sent coupable d'avoir été si proche de son père alors que Salvatore m'a abandonnée.

Personne n'avait jamais su que Salvatore Moncada avait eu une enfant naturelle, pas même le père de Tonino, qui avait été son meilleur ami. Comment son père réagirait-il en apprenant que la fille illégitime de Salvatore était la mère de son petit-fils ? Sans doute l'accueillerait-il à bras ouverts, tout comme sa mère. Ces dernières années, leurs rares conversations s'étaient focalisées sur ses projets matrimoniaux. À leurs yeux, il se devait de trouver une remplaçante convenable à la fiancée qu'il avait abandonnée avec tant d'insolence. Pour eux, Sophia était parfaite : belle, riche et venue d'une grande famille sicilienne. Leurs fiançailles avaient été célébrées comme une union royale. En les rompant, il avait provoqué la fureur de sa famille ; ses parents l'avaient accusé de déshonorer leur nom, de détruire leur longue amitié avec les Messina.

Son père l'avait menacé, sa mère avait manqué de le gifler. Aucun des deux n'avait voulu admettre qu'un mariage avec Sophia le destinait au malheur et à l'amertume.

Avec un soupir, il s'efforça d'adoucir sa perspective. Pendant les trente premières années de sa vie, ses parents lui avaient porté un amour inconditionnel, alors que Salvatore n'avait même pas daigné rencontrer Orla. Et où était sa mère ? Elle n'était pas présente au mariage d'Aislin…

— Ton père était un homme complexe, soupira-t-il. Il était joueur et séducteur. C'était aussi un merveilleux conteur. Il égayait les anecdotes les plus insignifiantes. Mais il n'était pas digne de confiance, ni au sujet de l'argent ni avec les femmes.

Elle écarquilla les yeux.

— Il les importunait ?

— Non. Les femmes l'adoraient. Certaines, un peu trop. Il a brisé beaucoup de cœurs.

Elle pinça les lèvres, pensive.

— Il n'a pas brisé celui de ma mère.

— Elle a bien fait de ne pas tomber amoureuse.

— Mais elle aurait mieux fait de ne pas tomber enceinte. Surtout d'un homme marié, rétorqua Orla en fermant les yeux. Mais je ne devrais pas la juger. J'ai fait la même chose.

— Je n'étais pas marié, et je n'étais plus fiancé. Et tu n'es pas tombée enceinte toute seule : il faut être deux.

Elle leva les yeux vers lui, les joues rosies.

— Nous ne nous sommes pas protégés ?

— Bien sûr que si.

— Alors comment suis-je tombée enceinte ?

— Nous n'étions pas toujours aussi prudents que nous aurions dû l'être...

Plusieurs fois, ils s'étaient unis au petit matin, bienheureux et somnolents ; il était déjà profondément en elle avant de songer au préservatif. Il s'était retiré immédiatement, conscient du risque qu'il n'avait jamais osé prendre avec quiconque avant ou après elle.

Les yeux plongés dans ses grands yeux verts, les reins embrasés par la réminiscence de leur passion, il s'inclina lentement vers elle, assez pour humer ce parfum exquis qui attisait inévitablement son désir.

— Tu ne t'en souviens plus ?

Les joues d'Orla étaient aussi brûlantes que sa convoitise.

— J'ai beaucoup de souvenirs, mais pas de... Pas de l'acte en lui-même, dit-elle en déglutissant.

— Il y a eu plus d'un acte, murmura-t-il, penché vers elle.

Ses yeux verts s'assombrirent.

— Je ne me souviens pas de ce que nous avons fait au lit.

— Ce n'était pas toujours au lit.

Elle avait levé le menton, à un souffle de lui.

— Je n'ai pas besoin de connaître les détails.

— Mais je peux t'aider à te souvenir.

Ses lèvres roses s'entrouvrirent. Leurs visages étaient si proches qu'il sentait la tiédeur de son souffle caresser sa bouche comme le plus tendre des pétales. Puis elle ferma les yeux et recula brusquement.

— Je ne veux pas me souvenir, merci bien.

Il rit de son mensonge. Il était à l'étroit dans son pantalon, mais l'émoi visible d'Orla valait bien un peu d'inconfort.

— Tu as peur de te souvenir de ta jouissance ?

— J'ai peur de me souvenir de mon ennui.

Et voilà qu'elle devait lutter contre l'envie de croiser les jambes, parce qu'il comprendrait sans peine pourquoi... Oh ! elle avait été à deux doigts de l'embrasser. Le cœur de son intimité pulsait encore, baigné de chaleur.

Quant à lui, il se contentait de sourire, et, de cette voix sensuelle qui ne manquait jamais de la faire frémir, il répéta :

— Je peux t'aider, *dolcezza*. Tu n'as qu'un mot à dire.

— Et quel mot ferait l'affaire, dis-moi ? Si je crie « sexe » en agitant les bras, tu me jetteras sur le lit le plus proche ?

Elle regretta immédiatement son sarcasme. Tonino se pencha plus encore, les yeux étincelants.

— Oui, ce serait parfait. Ou alors tu pourrais faire ce que tu as fait pendant notre troisième nuit...

L'appât n'était pas subtil, mais elle ne put s'empêcher de mordre à l'hameçon.

— Qu'est-ce que j'ai fait ?

Un éclat appréciateur embrasa ses beaux yeux sombres avant qu'il ne se penche pour murmurer à son oreille :

— Tu t'es déshabillée pour moi, lentement, puis tu t'es couchée sur mon lit, nue, et tu t'es caressée...

— Certainement pas ! coupa-t-elle, véhémente.

Elle n'aurait jamais fait une chose pareille. Sa grand-mère ne lui avait-elle pas martelé que toute pratique hors de la procréation maritale était réservée aux catins ? Bien sûr, Tonino était l'homme le plus sexy qu'elle avait jamais rencontré ; bien sûr, son corps réagissait avec une lascivité qu'elle ne se connaissait pas ; mais se toucher, devant lui, pour l'exciter ? Jamais.

Tonino s'était écarté à son tour. Son regard circonspect ne fit qu'ajouter à sa mortification.

— *Dio*, tu ne t'en souviens vraiment pas, n'est-ce pas ?

La voiture s'arrêta. Finn se réveilla instantanément.

Les joues brûlantes de honte, Orla le détacha de son fauteuil. Ils avaient rendez-vous pour une séance de physiothérapie. Elle grimpa les marches de l'hôpital en serrant son enfant dans ses bras.

Tonino était un véritable magicien. Cette fois-ci, il avait réussi à la convaincre de laisser Finn avec son infirmière et d'aller dîner avec lui.

Depuis le début, elle s'était toujours laissé ensorceler. Quatre ans plus tôt, lorsqu'il était venu frapper à sa porte pour lui proposer de prendre un café, son refus instinctif s'était évaporé sur ses lèvres. Elle s'était sentie sourire. Elle s'était entendue dire « avec plaisir ».

Et voilà que la même excitation vibrait dans ses veines ; voilà qu'elle fouillait sa mémoire pour retrouver le souvenir de leurs ébats, et qu'elle se sentait rosir sous son regard complice. Pire encore, elle avait mis un temps fou à se préparer, comme si cette sortie avait été un rendez-vous galant plutôt qu'un dîner innocent.

Elle avait fini par choisir une blouse à manches longues et un élégant pantalon bleu. Après avoir hésité une bonne demi-heure, elle avait laissé ses cheveux lâchés et opté pour un peu d'eye-liner, de gloss et de mascara. Sobre. Hors de question que Tonino pense qu'elle s'était apprêtée pour lui.

Et pourtant, lorsqu'elle lui avait ouvert, son regard admiratif l'avait emplie de chaleur.

— Où allons-nous ? s'enquit-elle lorsqu'elle remarqua que la voiture avait débouché dans la campagne irlandaise.

C'était une des choses qui lui manquaient depuis qu'elle avait quitté sa maison à Kerry : la nature. Elle avait passé son enfance à la lisière de la forêt. Elle se réveillait en entendant le chant des oiseaux. À Dublin, seuls les bruits de klaxon parvenaient jusqu'à ses fenêtres.

— Tu verras.

Bientôt, la voiture bifurqua sur une route étroite serpentant à travers la forêt. Un peu plus loin, les arbres, plus clairsemés, formaient un arc gracile au-delà duquel apparut soudain une superbe bâtisse de pierre, entourée de magnifiques jardins. Orla s'attarda sur les rochers naturels, les bancs de marbre, les sculptures, le vaste lac où flottaient des nénuphars en fleur, et les petits cottages érigés ici et là autour du manoir principal. Son cœur s'accéléra lorsqu'elle posa la question dont elle connaissait déjà la réponse :

— Est-ce que tu m'emmènes à Bally House ?

Les photos ne rendaient pas justice à ce paradis. C'était un vrai conte de fées. Le sourire de Tonino trahit sa fierté.

— *Sì.*

Le chauffeur se gara dans la grande cour. En sortant de la voiture, Orla remarqua un couple main dans la main qui déambulait dans le parc. Un éclair d'envie la traversa, et elle croisa étroitement les bras pour faire taire le désir irrésistible de prendre la large paume de Tonino entre ses doigts.

Ils entrèrent dans le grand hall. Les trois réceptionnistes se redressèrent en les voyant. La plus âgée se hâta de les rejoindre.

— Préférez-vous commencer par un verre au bar ou vous installer immédiatement à votre table ?

— À notre table. Merci, Lorna, répondit Tonino.

Il avait passé une seule nuit ici. Comment pouvait-il être assez à l'aise pour appeler les employés par leur prénom ? Pendant qu'elle le suivait à travers diverses salles de réception parquetées de bois précieux et décorées de meubles antiques, l'admiration d'Orla s'accrut encore. Connaissait-il déjà si bien l'hôtel qu'il parvenait à les guider dans ce labyrinthe ?

Lorsqu'ils débouchèrent dans la magnifique salle de restaurant, le maître d'hôtel salua Tonino en l'appelant par son prénom et s'inclina devant Orla avant de les mener à leur table.

Avec ses murs de pierre, ses immenses cheminées et ses luxueux tapis, le restaurant représentait l'équilibre parfait entre le luxe et un confort rustique évoquant ses origines médiévales. Chaque table était ornée d'un chandelier, et six magnifiques lustres pendaient au plafond.

— Votre caisse de vin est arrivée cet après-midi, déclara le maître d'hôtel en plaçant des menus reliés de cuir sur la table. Désirez-vous une bouteille ?

— Oui, et ce que mademoiselle O'Reilly voudra.

— Juste de l'eau plate, pour moi, merci, dit-elle.

Après s'être incliné une nouvelle fois, l'homme tourna les talons et disparut. Orla reposa immédiatement son menu et chuchota :

— Tu t'es fait livrer du vin ici ?

— Tu te souviens de mon voyage en Toscane ?

— Quand j'étais en Sicile ?

Une image traversa son esprit. Elle avait attendu devant la villa de son père, assise sur les marches. Attendu… quoi ?

Tonino hocha la tête.

— J'étais parti visiter un monastère abandonné, une propriété parfaite pour une reconversion.

Le souvenir disparut en fumée. Orla s'humecta les lèvres.

— Je l'ai acheté, continua Tonino. Je l'ai converti en hôtel spa, et le domaine, en vignoble. Nous venons de produire nos toutes premières bouteilles.

— C'est ce que tu as fait livrer ici ?

— Oui.

— C'est fou. J'avais entendu que le management faisait son possible pour satisfaire les clients les plus capricieux, mais faire venir ton propre vin…

— C'est moi, le management, Orla.

Elle fronça les sourcils.

— J'ai acheté Bally House il y a trois ans, dit-il.

Tonino retint son souffle. Pourquoi son cœur battait-il la chamade ? Pendant un long moment, Orla resta bouche bée, les yeux fixés sur lui. Finalement, elle se pencha vers lui.

— Tu es le propriétaire de Bally House ? Mais comment est-ce possible ? Pourquoi ? Quand nous nous sommes rencontrés, tu n'étais jamais allé en Irlande.

— Mais la façon dont tu as décrit ton pays m'a intrigué. Quand Bally House est entré sur le marché, on m'a envoyé les détails ; j'ai des agents dans le monde entier. J'ai visité le domaine, j'ai examiné son potentiel et j'ai fait mon offre.

Le maître d'hôtel réapparut avec le vin. Un serveur le suivait avec une bouteille d'eau.

— Essaie le vin, dit Tonino en souriant. J'aimerais avoir ton avis.

Elle fit la grimace.

— Je ne bois plus d'alcool.

— Pourquoi ?

— Après mon accident, je me suis évanouie après mon premier verre de vin. Je n'ai pas osé boire plus d'une gorgée ici ou là, depuis.

— Prends juste une gorgée de celui-ci.

Elle émit un petit rire.

— D'accord, mais, si je n'aime pas, ne viens pas te plaindre.

— J'espère que tu aimeras.

Elle rit de nouveau, de son beau rire rauque. Quand il versa le vin jusqu'au tiers de son verre, elle secoua la tête, mais il lui sourit.

— Bois ce que tu veux.

Les yeux plongés dans les siens, elle huma délicatement le vin. Il ne parvint pas à détourner le regard lorsque ses lèvres exquises se posèrent sur le verre. Elle prit une gorgée. De longues secondes s'écoulèrent avant qu'elle n'avale.

— Alors ?

Orla était la première personne à goûter le vin, en dehors de ses collaborateurs et des œnologues avec qui il travaillait.

— C'est répugnant.

— Répugnant ?

Le mot ne lui était pas familier, mais cela ne ressemblait pas à un compliment.

— Écœurant. Si horrible que je vais en reprendre une gorgée, juste pour m'en assurer, susurra-t-elle en levant son verre.

— Oh ! tu te moques de moi, fit-il en riant.

Depuis qu'ils s'étaient revus, dans la cathédrale, elle ne lui avait pas offert de sourire aussi sincère. Son visage rayonnant le foudroya. Elle reprit une gorgée, posa le verre et inclina la tête de côté.

— Il est merveilleux, dit-elle doucement.

— Toi aussi.

Leurs regards s'accrochèrent. Quelque chose passa entre eux. Une émotion exaltante, rythmée par son cœur battant.

Mais la voix du serveur rompit le charme.

— Êtes-vous prêts à commander ?

8

À la première bouchée de son entrée, une décadente crêpe au saumon, au crabe et aux œufs de poisson fumés, Orla laissa échapper une exclamation de volupté. Lorsqu'elle goûta au filet de bœuf, accompagné de sa tarte fine aux shiitakés, elle eut une certitude : Bally House était le paradis sur terre, et elle ne voulait plus jamais repartir. Il ne lui manquait qu'un autre verre de vin. Elle n'avait pas menti à Tonino : c'était le vin le plus délicieux qu'elle eût jamais goûté, et elle aurait adoré pouvoir en reprendre une gorgée.

— Tu n'as pas envisagé de proposer un menu sicilien ?

— Cet hôtel ne pourrait pas être plus irlandais. Je ne crois pas qu'un thème sicilien aurait vraiment fonctionné.

Elle haussa les épaules.

— Je n'y connais pas grand-chose, pour être honnête. De combien d'hôtels es-tu le propriétaire ?

— Dix-huit pour l'instant, mais je suis en train d'acquérir un nouveau domaine sur une île grecque. Je prends l'avion demain pour m'occuper des derniers détails.

— Oh. Tu t'en vas demain ?

Non, non. Elle n'était *pas* déçue.

— Aux aurores, répondit-il avec un sourire. Je vais te manquer ?

— Autant qu'une migraine.

Son rire grave l'emplit d'une tiédeur exquise.

— J'allais t'en parler. Je pars pour deux jours. Je vais donner des instructions à mes domestiques pour qu'ils installent la chambre de Finn chez moi ; quand je retournerai en Sicile, je veux qu'il vienne…

— C'est impossible, coupa-t-elle.

Ses mots lui firent l'effet d'une douche froide.

— Pourquoi ?

— C'est trop rapide. Il a un traitement et...

— Du moment que nous préparons bien sa venue, il ne manquera de rien chez moi. Ce ne serait qu'une semaine.

— Juste une semaine ? répéta-t-elle d'une voix blanche.

La salle du restaurant s'était-elle réchauffée ? Sous ses yeux, les murs étaient devenus flous et le sol tournoyait. Le dîner était délicieux, mais, même ici, l'absence de Finn lui faisait le même effet que si elle avait perdu un membre. Et il voulait la séparer de son fils pendant une semaine ?

— *Sì*. Je me suis libéré plusieurs jours pour que Finn et moi passions du temps ensemble. Mais, après cela, j'ai des rendez-vous importants. Et à la fin du mois mes parents organisent une fête en l'honneur du bébé de ma sœur...

— Giulia a eu un autre bébé ?

Elle se souvenait que, quatre ans plus tôt, Tonino avait attendu avec impatience la naissance de son premier neveu.

— Elle a eu une petite fille la semaine dernière.

— Tu ne m'en as pas parlé.

Il haussa les épaules.

— Nous avions d'autres choses à nous dire, *dolcezza*.

— Je sais, mais c'est une bonne nouvelle.

— Tout à fait. Et ce sera l'occasion parfaite de présenter Finn à toute ma famille. Il y aura plein d'autres enfants avec qui il pourra jouer. Il a déjà cinq cousins et cousines.

Une douleur sourde battait sous son front.

— Je ne sais pas si les infirmières auront le temps de s'organiser.

— Je peux engager une équipe en Sicile, ce n'est pas un problème. C'est le deuxième point dont je voulais te parler, d'ailleurs. Les frais médicaux.

— Dante paye ce que notre assurance ne couvre pas.

— C'est bien ce que je pensais. Comment t'en sortais-tu avant que tu ne le retrouves ?

— Nous ne nous en sortions pas. C'est la raison pour laquelle j'ai repris contact avec lui.

Elle inspira profondément pour apaiser sa panique croissante. Tonino ne pouvait pas partir avec Finn. C'était trop tôt, bien trop tôt.

— Quand son père, *notre* père est mort, Aislin et moi n'avions rien du tout. Après mon accident, la compagnie d'assurances a catégoriquement refusé de nous verser quoi que ce soit. Aislin considérait que j'avais droit à une partie de l'héritage de mon père et m'a convaincue de reprendre contact. Nous ne savions pas qu'il avait perdu la majorité de ses biens au jeu. Quand Dante a découvert mon existence, il nous est tout de suite venu en aide.

— Et les autres membres de ta famille ? s'étonna Tonino.

— La plupart vivent loin d'ici et ont leurs propres problèmes, soupira Orla.

Toute prudence oubliée, elle avala une nouvelle gorgée de vin. La gorge brûlante, elle prit son courage à deux mains.

— Tonino, s'il te plaît. Je ne veux pas créer de problèmes, mais il est trop tôt pour que tu emmènes Finn en Sicile.

— Je dirais plutôt qu'il est trop tard. J'ai été extrêmement patient, *dolcezza*… Mais Finn a été privé d'une partie de sa culture. Il est temps pour lui de connaître les Valente.

Tonino plongea son regard dans celui d'Orla. Dans ses prunelles brillantes, il vit la colère le disputer à l'angoisse.

— C'est pour cela que tu m'as invitée ? Tu pensais qu'un dîner en tête à tête suffirait à me convaincre de te laisser partir avec mon fils ?

— Tu dramatises.

Un éclair de révolte passa sur son visage. Elle semblait prête à élever la voix. Heureusement, le serveur les interrompit pour débarrasser leurs assiettes, et elle se reprit *in extremis*.

— Tonino, écoute-moi, supplia-t-elle. C'est la première fois depuis deux ans que je laisse Finn pendant plus d'une demi-heure. J'ai passé la soirée à lutter contre l'envie de lui téléphoner. Je sais que c'est égoïste, mais je ne peux pas…

Choqué, il vit ses yeux se remplir de larmes.

— Je ne sais pas si je pourrais supporter de ne pas le voir pendant une semaine. Et recommencer dix jours plus tard, pour la fête de Giulia ? Non, je…

Ne pas le voir ? Oh ! il comprenait, maintenant. Il se pencha et plongea son regard dans le sien.

— Orla, je n'ai jamais dit que je partirais en Sicile sans toi.

— Je... Quoi ? Mais tu n'as parlé que de Finn, et d'apprendre à le connaître, et de le présenter à ta famille.

Il étouffa un juron.

— Bien sûr, mais comment peux-tu croire que je voulais l'emmener sans toi ? Je ne suis pas cruel ! Il me connaît à peine. Il serait terrifié.

Et Orla également, de toute évidence.

— Oh... Désolée. Tu m'as menacée de me traîner en justice, quand je t'ai revu. Difficile de l'oublier.

Il poussa un soupir.

— Je sais. Mais j'étais en colère, et je t'ai assurée que je n'avais pas l'intention de faire souffrir Finn. Arrête de t'attendre au pire. Toi comme moi ne voulons que son bonheur. Je suis dans ton camp.

Elle s'enfonça dans son siège, la main contre son front.

— Je suis une vraie *eejit*, parfois.

Il se souvenait de la première fois où il avait entendu l'insulte irlandaise. Ils étaient dans une modeste voiture décapotable – il l'avait achetée à un employé pour qu'ils puissent aller faire les courses – et il avait plaisanté avec elle. Elle avait tapé son bras en riant et l'avait traité d'*eejit*.

Ils avaient passé une journée merveilleuse. Le soleil était brûlant comme leur passion, et il était profondément heureux, convaincu que cette femme, drôle et belle et adorable, l'aimait pour lui-même. Elle voulait Tonino, pas Tonino Valente le milliardaire. Elle n'avait jamais rêvé de son nom, elle ne l'avait jamais considéré comme une décision stratégique sur le grand jeu d'échecs marital. Elle ne désirait que *lui*. Mû par une tendresse impulsive, il posa sa main sur la sienne.

— Je n'ai pas l'intention de vous séparer, toi et Finn. Mais tu dois accepter que je sois avec vous, maintenant. Dis à Dante que tu n'as plus besoin de son argent ; je veux payer les frais médicaux et toutes les autres dépenses.

Avant qu'elle ne puisse protester, il ajouta :

— Je suis son père, Orla. Vous êtes sous ma responsabilité.

Elle lui retira sa main et attrapa son verre d'eau.

— Si tu veux payer pour les soins de Finn, je ne vais pas t'en empêcher. Mais *je* ne suis pas sous ta responsabilité.

— Tu es la mère de mon enfant.

— Exactement. Je suis une adulte. Dante m'a donné ce qui me revenait, et ses avocats se sont occupés de faire payer mon assurance. J'ai mon propre argent.

— Combien ?

— Assez pour m'en sortir confortablement pendant quelques années.

— Épouse-moi, et tu t'en sortiras confortablement pour toujours.

Elle manqua de s'étouffer sur une gorgée d'eau.

— Têtu comme une mule ! Combien de fois vais-je devoir refuser pour que tu comprennes que je ne t'épouserai pas ?

— Ma mère m'a toujours dit qu'une femme a le droit de changer d'avis. Et j'ai bien l'intention de te faire changer d'avis.

— Bonne chance. J'ai la tête dure.

— J'ai toujours adoré les défis.

Il se servit un autre verre de vin en la contemplant avec amusement. Maintenant qu'il l'avait rassurée sur leur voyage en Sicile, elle s'était visiblement détendue. Elle avait l'air paisible et amusée. Pendant un instant, il eut l'impression d'avoir fait un bond dans le passé.

Mais c'était impossible, bien sûr. Il avait changé, et elle aussi. Elle avait retrouvé la majorité de ses souvenirs, et elle était toujours aussi belle, mais ses mouvements avaient perdu de leur grâce. Elle se fatiguait vite. Même ce soir, elle avait les doigts crispés sur ses couverts, ses gestes étaient gourds.

— Tu étais enceinte de six mois lors de l'accident ?

Elle hocha la tête. Un sourire triste incurva ses lèvres.

— Ils m'ont fait une césarienne en urgence. Finn a passé huit semaines en soins intensifs. Les médecins pensaient qu'il n'avait aucune chance.

Un éclat déterminé embrasa ses yeux verts.

— Mais notre fils est un battant.

L'estomac crispé de nervosité, il s'enquit :

— Et toi ? Est-ce que tu étais... en danger aussi ?

Elle hésita une seconde avant de hocher la tête.

— J'ai passé trois semaines dans le coma, puis un mois de plus sous sédatifs. Mais je vais bien, maintenant, et Finn va beaucoup mieux aussi. Nous savons comment le traiter, et c'est le plus important.

— Aislin s'est occupée de lui pendant ta convalescence ?

— Oui. Elle a arrêté l'école et mis sa vie en pause pour s'occuper de nous. Quand je suis enfin rentrée à la maison, elle m'a appris à prendre soin de lui. Finn est un miracle. Aislin est un ange.

Et Dante était leur chevalier servant. Oserait-il demander quel rôle il lui restait ? Non.

— Et ta mère ?

Une émotion fugitive froissa le visage d'Orla.

— Je n'ai pas vu ma mère depuis sept ans. Je crois qu'elle est à San Francisco.

— Elle ne vous a pas aidées ?

Elle attrapa son verre de vin et observa le liquide pourpre.

— Elle ne m'a jamais aidée. Aislin et moi avons passé notre enfance avec mes grands-parents. Dès qu'Aislin a eu fini le lycée, ma mère est partie en Asie, et elle n'est jamais revenue.

La dureté de sa voix et la froideur de ses mots le surprirent. Il n'avait jamais entendu Orla s'exprimer ainsi.

— Jamais ?

La souffrance qui brillait dans ses yeux lui fit l'effet d'un coup de poing. Elle déglutit avant de répondre.

— Elle n'a jamais rencontré Finn.

— Même quand tu étais dans le coma ?

— Elle a envoyé quelques messages à Aislin.

Il accusa le coup, sonné. Il l'imaginait, dans sa chambre d'hôpital, attachée à des machines et incapable de communiquer, et son cœur se serra si douloureusement qu'il peina à reprendre son souffle. Sa propre mère ! Il ne pouvait imaginer une telle cruauté. Oh ! il comprenait pourquoi elle avait tant de mal à s'ouvrir aux autres. Ses deux parents, au lieu de l'aimer et de l'épauler, l'avaient abandonnée. La gorge serrée, il s'entendit demander d'une voix rauque :

— Comment l'accident est-il arrivé ?

— Je ne m'en souviens plus exactement. Cette période est

encore très floue. Je ne me souviens même pas où j'allais. Je sais que c'était important, parce qu'il y avait une tempête et je n'aime pas conduire quand il fait mauvais, d'habitude. J'ai percuté une camionnette, mais je ne me souviens de rien d'autre.

Soudain, elle lui offrit un sourire amusé.

— Mais c'est mieux comme ça. Je n'aime pas le sang.

Il lui rendit son sourire, soulagé de changer de sujet ; mais il avait l'intuition que les blessures d'Orla allaient bien au-delà de ce qu'elle voulait lui avouer, et l'inquiétude lui rongeait les entrailles.

Lorsqu'ils quittèrent la chaleur confortable du restaurant, la fraîcheur de la nuit fit frissonner Orla. Elle leva les yeux vers le ciel. Les étoiles étaient cachées par de lourds nuages. L'été touchait à sa fin.

Elle étouffa un bâillement en frottant ses bras nus. Tonino retira immédiatement sa veste et la déposa sur ses épaules.

— Oh ! non, ce n'est pas la peine, protesta-t-elle.

— Je n'ai pas froid, assura-t-il.

La veste de Tonino était large et tiède comme une étreinte. Elle lutta contre l'envie de frotter sa joue contre l'étoffe imprégnée de son parfum et de sa chaleur.

En les voyant approcher, le chauffeur sortit de la voiture et lui ouvrit la portière. Elle s'installa sur la banquette arrière et s'apprêtait à lui rendre sa veste lorsque Tonino se glissa à côté d'elle.

— Tu n'as pas besoin de me raccompagner.

— Je préfère m'assurer que tu rentres sans encombre.

— Je ne risque rien, voyons.

Elle étouffa un nouveau bâillement. Elle était exténuée, et pourtant... Ici, dans l'espace exigu de la voiture, seule avec Tonino, alors qu'ils étaient séparés du chauffeur par une cloison opaque...

Soudain, elle était douloureusement consciente du rythme de son propre pouls. De son parfum envoûtant. De la chaleur de sa cuisse contre la sienne. Elle aurait dû s'éloigner, creuser la distance, s'appuyer contre la portière ; mais son corps ne lui obéissait plus.

— Tu ne vas même pas pouvoir voir Finn, il est couché.

Quand ils furent dans la forêt, l'intérieur de la voiture s'assombrit.

— Et tu devrais dormir, tu as un avion demain…

Les mots moururent sur sa langue quand sa main chaude se referma sur la sienne. Autour d'eux, l'air était électrique. Elle était incapable de réfléchir lorsque la peau de Tonino reposait contre la sienne.

— Je dormirais bien mieux dans ton lit, murmura-t-il.

Un soupir lui échappa, noyé par le fracas de son cœur. Malgré elle, elle glissa ses doigts entre les siens. Lorsque son épaule large se pressa contre la sienne, un frémissement irrésistible la traversa et se logea dans son bas-ventre. Elle n'osait pas prononcer un mot. Elle n'osait pas lever les yeux.

L'excitation qui trépidait en elle était à la fois nouvelle et familière. Elle ne connaissait pas ces sensations, mais, instinctivement, comme elle avait su qu'elle avait été enceinte avant que sa mémoire ne lui revienne, elle savait qu'elle les avait déjà pleinement savourées.

Les doigts de Tonino serrèrent les siens, puis se libérèrent pour se poser sur sa cuisse. La chaleur de sa paume vibra jusque dans ses veines. Et… sans comprendre immédiatement son propre geste, elle abaissa sa propre main sur la jambe puissante qui touchait la sienne.

Lentement, lentement, les doigts de Tonino remontèrent sur sa peau, jusqu'à atteindre le cœur de ses cuisses. Elle les serra en étouffant une exclamation avide.

Et elle ne contrôlait plus le mouvement de sa propre caresse. Elle laissa cheminer sa paume sur la cuisse musculeuse avant de rencontrer un relief rigide. Dans le brouillard de sa transe, elle entendait la respiration rauque de Tonino, et l'écho de la sienne, aussi erratique que son pouls. Elle arqua son bassin dans le creux de sa large main. Il se tourna vers elle et l'embrassa sur le front. Son souffle brûlant caressait sa peau. Des flèches de désir filaient dans ses veines et jusqu'à son intimité déjà humide.

L'esprit embrumé, elle leva le visage vers le sien. Le brasier qui brûlait dans ses prunelles sombres ne fit qu'attiser ses pulsions. Il attrapa sa main tremblante et la posa doucement sur lui, entre ses cuisses. Elle retint son souffle, le cœur battant. Il la prit dans ses bras et effleura ses seins, son ventre, avant de passer les doigts sous l'ourlet de son pantalon.

La bouche de Tonino s'empara soudain de la sienne. Cette fois, les genoux tremblants, elle ne put retenir un gémissement ; son buste se pressa contre le sien ; son corps entier était avide de fondre contre lui. Il avait déboutonné son pantalon et glissa lentement sa main dans sa culotte. Pantelante, elle lui rendit son baiser avec ardeur, les phalanges crispées sur sa nuque, abandonnée à la sensation de ses doigts sur elle. Affamée, elle ondula contre sa caresse et gémit contre sa bouche. Elle enfouit sa main dans ses cheveux, les yeux clos, et laissa son corps répondre à son exploration experte.

Elle allait et venait à un rythme de plus en plus effréné, étroitement serrée contre lui, enivrée par le goût de ses lèvres, jusqu'à ce que le plaisir la submerge, absolu et irrésistible. Elle s'enfouit dans le creux de son cou, tremblante, noyée dans le nectar divin de sa jouissance.

Combien de minutes s'écoulèrent avant qu'elle ne reprenne ses esprits ? Elle ouvrit les yeux. Elle était nichée contre l'épaule de Tonino, dans le creux de ses bras protecteurs. Était-ce son cœur qu'elle sentait battre à tout rompre contre sa joue ? Et sa main entre ses cuisses...

Et sa propre main...

Mortifiée, elle retira précipitamment la paume qu'elle avait posée sur son membre, et se détourna de lui pour se rhabiller. Tonino resta silencieux jusqu'à l'arrêt de la voiture, quelques instants plus tard.

Elle déglutit, les paupières closes. Comment aurait-elle pu le regarder en face ?

— Nous sommes arrivés, *dolcezza*.

Sa voix rauque la fit frissonner. Son cœur rata un battement quand un doigt effleura son menton. L'air avait changé autour d'elle : Tonino s'était rapproché, et sa chair s'éveilla aussitôt, vibrante d'anticipation. La main de Tonino frôla sa mâchoire et le contour de son oreille avant de plonger dans ses cheveux. Un frémissement incontrôlable hérissa sa peau.

— Est-ce que tu vas m'inviter à entrer ? murmura-t-il à son oreille.

Fiévreuse, elle ouvrit les paupières et sombra dans les riches profondeurs de ses yeux. Il attrapa son menton et l'embrassa avec ardeur. Un vrai baiser : passionné, torride, si exquis qu'elle se sentit chavirer, souple dans ses bras, à la merci de son désir.

— Demande-moi de te suivre, souffla-t-il.

Sa main glissa sur sa nuque, jusqu'à ses reins, puis serra sa fesse. Leurs bouches avides se dévoraient sans retenue, et il aurait été si facile de l'inviter, de le guider jusqu'à sa chambre plutôt que celle de Finn...

Et brusquement la réalité reprit ses droits, traîtresse et impérieuse. Finn ! Elle invoqua son visage et se concentra sur son image avant de repousser fermement Tonino.

— Non.

Il recula, pantelant.

— Non, quoi ?

— Non, je ne vais pas t'inviter à entrer.

Le cœur battant la chamade, elle chercha à tâtons la poignée de la portière. Tonino se pencha vers elle, et son corps chaud et solide la troubla de nouveau.

— Laisse-moi faire.

Il ouvrit la porte. Avant qu'elle ne s'échappe, il lui caressa tendrement la joue et l'embrassa une dernière fois.

— Je te verrai dans quelques jours.

— Parfait.

Elle avait voulu lui répondre sèchement, mais sa voix n'était qu'un souffle. Tonino était le seul homme qu'elle avait jamais désiré, et ces sentiments étaient encore là, impossibles et indestructibles. Les yeux étincelants, il amena sa main à ses lèvres et frôla ses phalanges d'un baiser.

— Je compte déjà les heures.

9

La tempe collée contre la vitre de la voiture, Orla attendait de voir apparaître la maison de Tonino. Finn était excité comme une puce ; il n'avait parlé que de leur séjour depuis qu'elle le lui avait annoncé.

Lors de leurs premières rencontres, Finn n'avait pas été aussi chaleureux avec Tonino qu'il l'avait été avec Dante. Elle avait préféré laisser leur relation évoluer naturellement et elle était enchantée de le voir si heureux d'être en Sicile et de revoir son père.

Quant à elle… Elle avait des papillons dans le ventre, et son cœur ratait un battement dès que son téléphone sonnait. À chaque appel, entendre sa voix effaçait la distance qui la séparait de lui comme par magie. Sa voix chaude et profonde embrasait ses veines comme si elle avait été de nouveau avec lui à l'arrière de sa voiture.

Un souvenir qui la faisait frémir de convoitise tout autant que d'humiliation. Avait-elle agi de cette façon, quatre ans plus tôt ? S'était-elle laissé consumer par chacune de ses caresses et séduire par chacune de ses paroles ? Ses émotions étaient bien plus instables aujourd'hui, sans aucun doute. Elle ne pouvait plus se laisser aller aveuglément à ce genre de sentiments. Elle aurait aimé lui faire confiance, mais comment était-ce possible après tous ses mensonges ? Et Tonino ne voulait pas d'*elle*. Il voulait leur fils. Il la désirait peut-être, mais ses fantasmes s'envoleraient en fumée s'il voyait son corps nu. Si elle avait du mal à soutenir l'image de son propre reflet, il ne pourrait réagir qu'avec horreur.

Depuis quelques minutes, ils suivaient une route pentue à travers de magnifiques champs de blé doré. Bientôt, la voiture arriva au sommet. Au loin, en contrebas, s'élevait un manoir de pierre rose.

— Regarde, Finn ! C'est la maison de ton papa, s'écria Orla en la montrant du doigt.

Finn gesticula dans son siège auto pour jeter un coup d'œil par la vitre. De loin, la bâtisse semblait pittoresque, mais elle n'en apprécia la magnificence qu'en débouchant dans l'immense cour pavée. Une arche de pierre sculptée ouvrait l'accès au domaine. Au centre de la cour, une fontaine ornée de trois chérubins nus fit rire Finn aux éclats. Les murs étaient décorés de paniers de fleurs suspendus, et ombragés par des palmiers d'un vert intense, et...

Son cœur fit une embardée.

Tonino était apparu à l'entrée, sculptural. Torse nu, seulement vêtu d'un short noir, un sourire alangui sur le visage, il était aussi beau qu'un dieu romain. Le chauffeur ouvrit la portière et Tonino les rejoignit pendant qu'Orla détachait Finn. Le soleil couchant faisait jouer des rayons or et pourpre sur son buste ciselé. Elle se souvint soudain d'avoir posé ses lèvres sur sa poitrine, d'avoir humé le parfum enivrant de sa peau, frotté sa joue contre ses poils sombres...

Mais l'union de leur corps lui échappait toujours.

Ses beaux yeux chocolat plongèrent dans les siens, et son sourire s'agrandit encore avant qu'il ne pose un baiser sur ses lèvres. Les senteurs fraîches de son parfum et du sel marin l'assaillirent, et la caresse rugueuse de sa barbe naissante lui frotta la joue. Puis ses lèvres disparurent aussi vite qu'elles étaient venues. Avant qu'elle ne retrouve l'usage de la parole, il avait soulevé Finn dans ses bras.

— Comment s'est passé le voyage ? s'enquit-il en frottant son nez contre celui de Finn, un geste de tendresse si adorable qu'elle sentit son cœur se serrer.

— Très... bien.

Il baissa les yeux vers elle en ajustant Finn contre sa hanche.

— Désolé de ne pas t'avoir envoyé mon avion.

— Tu n'as pas besoin de t'excuser alors que tu nous as payé des billets première classe.

— C'est tout de même un désagrément.

Sa remarque était si solennelle qu'elle éclata de rire.

— Un désagrément ? La première classe ? Oh ! Tonino, tu n'as vraiment aucun sens des réalités.

Pendant un long moment, Tonino se contenta de la contempler, envoûté par les jets de lumière cuivrée que le soleil faisait danser dans sa crinière sombre.

— Tu es très belle.

Belle et solaire comme un jardin en fleurs. Il était rentré en Sicile un peu plus tôt que prévu ; il aurait aimé retourner en Irlande pour aller les chercher, mais ils étaient déjà en route pour l'aéroport. Il avait passé les dernières heures à déambuler dans les couloirs, à déranger ses domestiques, à nager pour tuer l'ennui, à jouer au tennis contre une machine à balles. Son activité frénétique avait au moins eu le mérite d'apaiser un peu de son énergie nerveuse. Quand il l'avait vue, le sang s'était tout de même mis à vibrer dans ses veines. Sa chair et ses reins pulsaient d'anticipation. Le souvenir de leur étreinte, dans la voiture, l'avait tourmenté sans répit depuis qu'il l'avait quittée. Ces trois jours loin d'Orla avaient duré une éternité.

Il avait ressenti la même chose lorsqu'elle avait disparu, quatre ans plus tôt. Le tourbillon de leur liaison s'était transformé en sables mouvants. Mais non ! Cette fois-ci, c'était l'absence de son fils qui avait sans doute arrêté le temps : ses sentiments pour lui étaient déjà indéfectibles. Son amour pour Finn était pur, féroce et inconditionnel. Il aurait tout fait pour le protéger.

Ses sentiments pour Orla étaient plus complexes. Il la détestait de lui avoir caché sa grossesse, mais il ne pouvait s'empêcher de savourer sa compagnie. Il aurait aimé la punir pour ses crimes, et il brûlait de la toucher, de la vénérer. Revoir Orla avait éveillé en lui des pulsions oubliées ; elle était la seule femme pour laquelle il s'était ainsi… consumé.

Dio, il aurait voulu la jeter sur son lit, déchirer ses vêtements et ravir son corps magnifique. Il se languissait de ses gémissements, de ses suppliques. Mais Orla avait changé. Quatre ans plus tôt, elle avait été impulsive, elle avait accepté leur désir foudroyant avec audace. Plus maintenant.

Pendant quelques minutes, dans la pénombre de la voiture, elle s'était de nouveau abandonnée à lui. L'alchimie de leurs corps l'avait laissé pantois. Orla l'avait toujours dévasté. La violence de leur passion n'avait pas fléchi avec les années. Si le désir seul avait pu convaincre Orla d'accepter sa demande, il aurait été certain de sa victoire. Mais Orla était mère, désormais. Elle avait appris la prudence. Elle ne se laissait pas gouverner par ses instincts. Il devait lui montrer que sa maison pouvait devenir *leur* foyer.

Le lendemain matin, Orla s'engouffra dans le couloir sur la pointe des pieds en faisant signe à Finn de ne pas faire de bruit... mais c'était peine perdue. La porte de Tonino s'ouvrit brusquement. Pour l'amour du ciel ! Encore une fois, il la surprenait au sortir du lit, aux aurores, échevelée et débraillée. Il se contenta de lui lancer un rictus amusé lorsqu'il la vit froncer les sourcils.

— Combien de fois dois-je te répéter que je suis un lève-tôt ?

— Aucun adulte ne se lève à 6 heures de son plein gré.

— Pourquoi ne demandes-tu pas aux infirmières de se lever pour s'occuper de Finn ? demanda-t-il en la menant vers la cuisine.

La pièce était immense et fleurait bon le café frais.

— Ce n'est pas leur travail.

Tonino avait tenu parole et engagé une équipe de soins pour Finn. Les infirmières étaient d'une discrétion et d'une efficacité exemplaires, et parlaient un anglais parfait.

— C'est leur travail si tu le veux. C'est dans leur contrat.

— D'accord, mais c'est à moi de me lever et de nourrir mon enfant. C'est à moi de prendre soin de lui.

Elle avait lutté de toute son âme pendant dix-huit mois pour glaner ce privilège, après tout.

Il referma un placard et fouilla dans le suivant.

— Depuis combien de temps n'as-tu pas dormi pendant une nuit entière ?

— Depuis des années... Qu'est-ce que tu cherches ?

— Les céréales de Finn. J'ai demandé à ma gouvernante d'en acheter.

— Où ranges-tu les céréales, d'habitude ?

— Je n'en sais rien.

— Mais c'est ta cuisine…

— C'est la cuisine de ma chef cuisinière, corrigea-t-il. Je ne cuisine jamais, mais, comme je ne mange pas de petit déjeuner, elle n'arrive qu'à 10 heures. Je lui demanderai de commencer plus tôt pendant que…

— Pas question. Pas besoin de réveiller tous tes domestiques parce que Finn se lève tôt.

— Et si tu as faim, toi aussi ?

— Je sais me faire griller du pain, répondit-elle en riant. Si ta cuisinière n'est pas encore là, qui a fait le café ?

— Il est sur minuteur automatique.

Un grand sourire éclaira soudain son visage et il émit une exclamation de triomphe en brandissant une boîte de céréales. Une bouffée de tendresse envahit Orla lorsqu'il débusqua, quelques minutes plus tard, un petit bol décoré de dinosaures. Il remplit le bol, versa le lait, et les rejoignit à la table. Elle avait déjà préparé leurs cafés et installé Finn sur sa toute nouvelle chaise haute. Elle s'assit et savoura le délicieux café italien en observant Tonino donner la becquée à leur petit garçon. Il y avait quelque chose de si confortable, de si naturel dans ce moment d'intimité.

— D'accord, voilà mon compromis : je pourrais lui tenir compagnie au réveil, le temps de ton séjour ?

Il leva les yeux vers elle et ajouta d'un ton tentateur :

— Pense à toutes ces heures de sommeil…

— Je vais réfléchir, marmonna-t-elle.

Elle n'avait aucune envie d'accéder à sa requête, mais elle ne savait pas comment faire comprendre ses sentiments à Tonino. Certes, il avait raté les trois premières années de la vie de Finn, mais Finn ne lui avait pas *manqué* ; comment aurait-il pu regretter une chose qu'il n'avait jamais connue ? Elle avait passé dix-huit mois à combattre la faiblesse de son propre corps, et ce, juste pour avoir la possibilité de serrer son bébé dans ses bras. Finn lui avait manqué chaque seconde de chaque jour. Il l'avait guidée comme un faisceau de lumière à travers le tunnel sombre de sa souffrance. Se lever pour lui donner son petit déjeuner était un privilège qu'elle savourait encore aujourd'hui.

Et pourtant elle ne pouvait pas confier cette faiblesse à Tonino ; après tout, il pouvait utiliser ses blessures contre elle pour obtenir la garde de leur fils. Elle aurait aimé lui faire confiance, mais elle ne voulait pas prendre ce risque.

Ils passèrent le reste de cette journée ensoleillée à explorer le magnifique domaine de Tonino. Après leur déjeuner sur la terrasse, Orla, dissimulée sous un caftan sombre, s'installa sur une chaise longue près de l'immense piscine. Finn piaillait de bonheur en barbotant avec son père dans l'eau fraîche, et le sourire de Tonino la poignarda en plein cœur.

Elle avait été si certaine que lui cacher sa grossesse avait été la bonne décision. Lorsqu'elle avait découvert qu'elle était enceinte, elle avait cherché son nom sur Internet et découvert qu'il avait rompu avec Sophia. Elle avait été soulagée de savoir qu'elle ne serait pas une complication dans la vie de cette inconnue, mais le célibat de Tonino l'avait emplie de terreur. Sans fiancée à son bras, rien ne le retenait de demander la garde ; il aurait très bien pu lancer ses avocats à ses trousses pour lui prendre son bébé. Son père n'avait jamais voulu d'elle, mais Tonino était différent. Elle savait qu'il voulait des enfants. Elle avait décidé très tôt d'attendre la naissance du bébé avant de le contacter. De cette façon, elle s'accordait quelques mois de répit pour se concentrer sur sa grossesse, et assurerait la nationalité irlandaise à son enfant. Elle avait eu l'intention de s'informer sur les armes légales à sa disposition. Dans son esprit, Tonino s'était transformé en monstre dangereux. Un homme puissant, hypocrite, licencieux. Elle avait oublié qu'il était fait de chair et de sang, que les jours passés ensemble avaient été merveilleux parce qu'*il* était merveilleux...

Ou peut-être n'avait-elle pas oublié. Peut-être avait-elle préféré se convaincre de sa cruauté pour se consoler de sa trahison. Aujourd'hui, néanmoins, la culpabilité la rongeait.

Un nouveau souvenir creva la surface de son esprit. Elle avait tapé son nom sur le moteur de recherche presque tous les jours, avant l'accident. Elle l'avait vu avec une autre femme, au bout de quelques mois. Elle se souvenait de sa réaction, de ses mains moites et de son cœur battant. Comme un écho, dans son ventre, Finn lui avait donné un grand coup de pied. Elle se creusa la tête pour retrouver l'identité de la nouvelle compagne, en vain.

Ses pensées revinrent à l'inconnue pendant qu'elle se prélassait dans son bain, le soir même. Un peu plus tôt, Tonino avait annoncé qu'il l'emmenait dîner et que l'infirmière s'occuperait de Finn. Il avait évidemment refusé toute protestation.

Le soir précédent, ils avaient mangé dans sa magnifique verrière. Un dîner paisible, sous les étoiles, bercé par le roulis lointain des vagues tyrrhéniennes. Mais sa tranquillité n'était qu'un masque ; ballottée d'émotion en émotion, torturée par la nervosité, elle avait passé la soirée sur des charbons ardents. Chaque fois qu'elle avait croisé son regard, elle avait lu le souvenir de leur étreinte dans ses yeux sombres. Elle avait craint qu'il ne mentionne quoi que ce soit, craint de ne pouvoir lui résister, mais lorsqu'elle avait proclamé qu'elle était fatiguée, à 22 heures, il lui avait simplement souhaité bonne nuit en levant son verre. Elle avait senti son regard brûlant glisser sur sa nuque lorsqu'elle l'avait quitté. Elle s'était couchée aussi soulagée que frustrée.

Et voilà qu'elle était excitée de passer quelques heures seule avec lui. Oh ! elle n'était pas dupe : Tonino ne l'invitait pas sans arrière-pensée. Aucune de ses actions n'était innocente. Il faisait son possible pour la mettre à l'aise, bien sûr. Il l'avait installée dans une magnifique chambre dotée d'une superbe baie vitrée, d'une salle de bains digne de Cléopâtre, d'un dressing rempli de nouvelles tenues sélectionnées spécialement pour elle…

Mais elle ne pouvait pas se laisser séduire. Après tout, elle avait compris sa stratégie sans peine. Il voulait la persuader de l'épouser. Il lui faisait miroiter une vie conjugale idyllique, lui montrait tout ce qu'il pouvait lui offrir si elle devenait sa femme. Il ne savait pas qu'il n'avait pas besoin de lui faire tourner la tête ; elle s'était déjà offerte à lui des années plus tôt, et elle ne s'en était jamais remise.

Toutes ces manigances n'avaient qu'un seul objectif, en réalité. Il voulait Finn. Elle-même n'était qu'un dommage collatéral. Puisqu'il ne pouvait pas posséder l'un sans l'autre, c'était elle qu'il devait convaincre.

Après avoir enfilé une robe à manches longues argentée et des escarpins noirs étincelants, elle contempla son reflet dans le miroir. Elle l'entendait presque susurrer que ses efforts étaient vains. Pourquoi cacher son corps ? Qu'espérait-elle donc ? Dès que Tonino la verrait nue, son désir s'éteindrait comme une chandelle sur laquelle on souffle. Oh ! elle aurait aimé aller frapper à sa porte sur-le-champ, ouvrir sa robe, exhiber sa laideur. *Me voilà, Tonino. Toujours envie de me toucher ?*

Non. Si elle-même n'osait pas regarder ses cicatrices, comment pouvait-elle espérer que Tonino les accepte ? Qu'il n'utilise pas ses souffrances pour lui faire du mal ?

10

Cette soirée était l'une des plus belles de sa vie. Tonino l'avait embarquée dans un petit coupé vintage et l'avait conduite jusqu'à Palerme, où ils dînèrent dans un minuscule restaurant. Malgré sa petitesse et un nombre total de huit tables, le restaurant avait un charme fou. Des chansons entraînantes pulsaient dans la pièce sans pour autant noyer leur conversation, les murs étaient décorés de tableaux amusants, et la nourriture...

— Heureusement que je ne suis pas difficile, fit-elle en riant.

Il n'y avait pas de menu : le restaurant servait seulement les trois plats que le chef avait concoctés ce jour-là. Néanmoins, maintenant qu'elle avait goûté son entrée, du poulpe délicieusement braisé, servi dans un bouillon aux pois et à la menthe, accompagné d'une énorme langoustine, Orla aurait suivi le cuisinier les yeux fermés.

— C'est pour cela que je t'ai emmenée.

Son sourire sublime la faisait rosir. Sous la lumière tamisée, son beau visage paraissait plus élégant que jamais. Dans son chino noir et sa chemise anthracite, il laissait deviner un corps sculptural qui la faisait presque saliver. Il était absolument divin.

Tonino avait bien fait d'écouter son instinct et d'emmener Orla ici plutôt que dans un des restaurants plus élégants de Palerme. Cet endroit était un des trésors cachés de la ville. Impossible de réserver sans la bénédiction de son capricieux propriétaire.

Il avait deviné qu'Orla serait plus à l'aise dans ce contexte informel, mais qu'elle appréciait aussi de se mettre sur son trente et un. Quatre ans plus tôt, même avec son budget limité, elle avait toujours été élégante. Elle avait une classe innée, une intuition pour la mode. C'était toujours le cas aujourd'hui, mais la qualité de ses vêtements était visiblement supérieure, à l'instar de ses finances. Orla avait peut-être changé, mais il suffisait de gratter la surface pour retrouver les fondamentaux qui l'avaient caractérisée lorsqu'ils s'étaient rencontrés. La vie l'avait marquée, sans aucun doute, et elle s'efforçait encore de se reconstruire. Il devait lui faire comprendre que réparer une vie était bien plus facile à deux ; il voulait se rendre indispensable à ses yeux, et aux yeux de Finn.

Pendant qu'ils dégustaient leur plat de spaghettis aux palourdes, les enceintes se turent et un quartet de violonistes s'installa. Plutôt que d'opter pour un registre classique, ils tapèrent du pied à l'unisson et se lancèrent dans un morceau de rock entraînant. Orla, visiblement ravie, poussa une exclamation de surprise et battit des mains. Elle était d'une beauté à couper le souffle.

— Tu aimes ? murmura-t-il.

— Beaucoup !

Elle enroula ses spaghettis autour de sa fourchette en bougeant les épaules sur le rythme du morceau. Il était plus intéressé par elle que par le spectacle ; elle le captivait comme personne. Elle l'avait toujours fasciné. Elle marquait le rythme entraînant de la tête et glissa une mèche de cheveux derrière son oreille. Son cœur rata un battement.

Elle avait bougé de la même façon, repoussé ses cheveux de la même façon, quatre ans plus tôt. Il se souvenait d'un soir passé sur la plage. Il avait voulu l'inviter à manger. Ses propres talents de cuisinier se cantonnaient à faire chauffer des surgelés, et il n'était pas prêt à lui confier qu'un domestique aurait pu venir leur préparer un repas digne de ce nom. Il avait eu l'intention de trouver un restaurant élégant, mais la musique d'un bar en bord de mer avait attiré l'attention d'Orla. Ils avaient fini la soirée pieds nus dans le sable, sous une couverture qui les protégeait du vent marin, à boire des mojitos en mangeant des chips.

Le souvenir d'Orla et de leur complicité lui était resté pendant toutes ces années. La simplicité du décor, et le fait de réaliser qu'elle aimait sa compagnie, sa *véritable* compagnie… Cette soirée avait sans doute été le meilleur rendez-vous de son existence.

Avant ses fiançailles avec Sophia, il avait enchaîné les aventures.

Il avait du succès auprès des femmes. Il était bien conscient que leur intérêt était en grande partie lié à sa richesse, bien sûr. S'il avait fait partie d'une famille pauvre, la plupart d'entre elles (et Sophia également) ne lui auraient même pas accordé un regard.

Mais Orla s'était pelotonnée sous la couverture, tout contre lui, sans savoir qu'il possédait le capital d'une petite nation. S'il avait pu remonter le temps et réécrire leur histoire, il serait retourné avec elle sur la plage et lui aurait avoué la vérité. Il avait eu peur que son statut change quelque chose entre eux, mais il aurait dû lui faire confiance. Il aurait dû comprendre, à cet instant précis, que l'argent n'avait pas d'importance pour Orla. C'était un moyen, mais pas une fin en soi. Elle avait accepté l'aide de Dante pour faciliter la vie de Finn, mais pas pour son propre confort. Seuls les gens qu'elle aimait comptaient à ses yeux.

Sur le chemin du retour, Tonino ouvrit la vitre pour respirer l'air nocturne. Il n'avait pas bu une goutte d'alcool, mais l'ivresse courait dans ses veines. L'image d'Orla dansait dans son esprit. Il était cruellement conscient de sa proximité et lui jeta un regard en coin. Leurs yeux se croisèrent. Il en aurait presque oublié le volant.

Il arrêta la voiture dans la grande cour. Un de ses employés irait la mettre dans le garage souterrain.

Pendant un long moment, ils restèrent assis en silence, bercés par le rythme de leur souffle. Il se tourna vers elle à l'instant même où elle se tournait vers lui. Du manoir émanait une lumière douce qui jetait sur elle des ombres éthérées. Frappé encore une fois par sa beauté, les reins brûlants, le cœur serré, il tendit la main vers elle et glissa une mèche sombre derrière son oreille. Elle se figea, captivée, ses yeux immenses plongés dans les siens.

— Je crois que je ne t'ai pas dit combien tu étais belle, ce soir, murmura-t-il en caressant le bord de son lobe.

Elle frissonna sous ses doigts. Sa respiration s'accéléra.

— J'ai rêvé de te faire l'amour toute la nuit, souffla-t-il.

Orla savait qu'il était conscient de son émoi. Sa voix avait toujours été un aphrodisiaque pour elle, une faiblesse dont il profitait déjà allègrement quatre plus tôt. Son timbre de basse et ses mots tentateurs l'attiraient comme un aimant. Elle était incorrigible ! Elle tenta de respirer, de serrer les dents, d'ériger une défense mentale contre son attraction. Elle aurait voulu reculer, mais son corps affamé n'était pas de cet avis. Elle ne pensait qu'à ses caresses. Elle ne pensait qu'à la façon dont ses doigts l'avaient enflammée, quelques jours plus tôt. Il glissa la main le long de sa gorge et, presque nonchalamment, frôla son sein. Ses entrailles se liquéfièrent instantanément, et elle serra les cuisses. Bien sûr, il remarquerait son réflexe ; rien n'échappait à Tonino Valente. La chaleur de son souffle se répandit dans ses cheveux lorsqu'il murmura :

— On devrait rentrer.

Elle déglutit, mais, au lieu d'une phrase construite, elle s'entendit balbutier :

— Hum ?

— Je pense qu'on devrait rentrer, répéta-t-il, à moins que tu ne préfères que je te fasse l'amour dans la voiture, au milieu de la cour ?

Instantanément, son corps s'embrasa. La main qui l'avait si insolemment frôlée reposait maintenant sous sa poitrine, et sa caresse presque imperceptible lui donnait envie de la placer d'autorité sur son sein. Elle voulait se débarrasser de ses vêtements, sentir sa paume chaude contre sa peau, savourer les sensations enivrantes qui l'avaient transportée, des années plus tôt. Et pendant que ses pulsions combattaient ses angoisses, Tonino détacha sa ceinture.

Pendant une seconde, elle resta suspendue au creux de son regard sombre. Un sourire incurva soudain ses lèvres, et il se pencha vers elle pour ouvrir sa portière. Son parfum la submergea comme un vertige. Elle sortit de la voiture, les jambes tremblantes, une faiblesse bien différente de ses migraines habituelles. Tonino... Tonino la faisait chanceler plus que n'importe quelle blessure.

Elle leva les yeux vers le ciel d'obsidienne en priant de parvenir à résister. Cette attraction... Attraction ? Si elle en avait été capable, elle aurait ri de cette piètre description. Elle était irrésistiblement, inexorablement subjuguée.

Pendant toutes ces années, elle avait tenté de retrouver son nom. Cependant, son visage, lui, l'avait hantée sans répit. Lorsqu'elle s'était réveillée de son coma, c'était lui qui lui était apparu en rêve. Il lui avait semblé si réel, si tangible qu'elle l'aurait désespérément cherché dans les couloirs de l'hôpital, si elle avait pu se lever.

Son accident avait effacé son prénom, effacé les jours qu'ils avaient passés ensemble, effacé sa confrontation avec Sophia et la découverte de ses mensonges. Mais il n'avait pas pu engloutir les sentiments qu'elle avait pour lui. La passion qu'elle n'osait accepter qu'en rêve.

Le cœur battant à tout rompre, elle le suivit dans le hall et retira ses chaussures. Entre les larges murs de pierre, il n'y avait pas un bruit. Elle ne retrouva l'usage de la parole qu'en arrivant à l'étage.

— Je vais voir si Finn va bien.

Elle poussa doucement la porte et se glissa à l'intérieur. La veilleuse diffusait assez de lumière pour éclairer la pièce. Finn dormait à poings fermés, et la porte qui menait à la chambre de l'infirmière était dûment entrouverte.

Elle regarda son fils dormir jusqu'à ce que les battements de son cœur s'apaisent. Elle ressortit sans faire de bruit, mais son pouls repartit de plus belle lorsqu'elle aperçut Tonino adossé contre le mur, les bras croisés.

Il l'avait attendue. Leurs regards se trouvèrent avidement. Il inspira profondément. Plusieurs secondes électriques s'écoulèrent avant qu'il ne décroise les bras. Il se redressa et fit un pas vers elle. Elle aurait pu trouver refuge dans l'ombre de sa chambre... Elle resta immobile, foudroyée, incapable de faire volte-face. Encore deux pas, et plus rien ne les séparait. Il lui enlaça la taille de son bras solide et l'attira tout contre lui. Elle retint son souffle et leva les yeux vers ce visage qui l'avait tourmentée pendant si longtemps. Le silence pulsait entre eux. Et soudain il la souleva contre lui ; son gémissement mourut presque aussitôt contre sa bouche impérieuse, cette bouche qu'elle avait embrassée un millier de fois dans ses fantasmes.

Oh ! mais c'était un baiser qui aurait fait tourner la tête d'une nonne, et elle n'était qu'une femme assoiffée de son amour, une femme qui n'avait jamais désiré que lui, qui lui avait jadis donné son cœur sans condition. Un tourbillon d'émotions la déchira, et, lançant les bras autour de sa nuque, elle lui rendit son baiser avec toute la ferveur de sa passion, les ongles contre sa peau dorée, sa bouche fusionnée avec celle de Tonino, le goût de sa langue sur sa langue. La fièvre bouillait dans ses veines, et chaque parcelle avide de son corps semblait tendre vers lui. Elle resserra son étreinte. Il la pressait contre lui sans retenue. Il ne libéra sa taille qu'en reprenant sa respiration, juste une seconde, le temps d'ouvrir la porte, puis l'enlaça de nouveau.

Elle se laissa entraîner dans une chambre très masculine. Ses pieds s'enfoncèrent dans un épais tapis avant que Tonino ne la soulève dans ses bras puissants. Il la déposa sur le bord de son immense lit à baldaquin, et s'agenouilla immédiatement sur le sol. Il était si grand que leurs visages étaient à la même hauteur, quand il était placé ainsi devant elle. Il prit son visage en coupe entre ses mains chaudes, ses beaux yeux brûlant de désir.

— *Amore mio*, haleta-t-il contre sa bouche, avant de la ravir à nouveau par un baiser féroce.

Les sensations déferlaient en elle avec une intensité irrésistible, comme si sa passion pour Tonino avait été prisonnière d'un sortilège, attendant patiemment que son prince vienne la libérer d'un baiser. Il était aussi affamé, aussi enflammé qu'elle. Son corps douloureux brûlait de retrouver ses caresses, elle se languissait de le toucher, *lui*, de frotter sa joue contre sa poitrine, de humer l'odeur de sa peau, de mordre ses tétons sombres comme elle l'avait fait quatre ans plus tôt. Ses doigts déboutonnaient sa chemise si facilement qu'elle en conclut que ses membres, mieux que son cerveau, avaient gardé le souvenir de leur liaison. En quelques secondes, elle avait écarté les pans du vêtement et faisait glisser les manches le long de ses épaules.

Tonino fit basculer Orla sur le matelas et serra les dents pour étouffer les émotions qui menaçaient de le submerger. Ses mains graciles s'étaient tendues vers lui et le touchaient... partout. Ses doigts coururent comme une flamme sur son torse, son ventre, son dos, et embrasèrent ses veines. Il enfouit son visage dans le creux de son cou et laissa glisser ses paumes sur le corps mince qu'il connaissait si bien. La seule saveur de ses baisers suffisait à le transporter.

Ses autres aventures ne pouvaient se terminer que dans l'indifférence. Dès qu'il avait eu goûté les lèvres d'Orla, personne n'avait plus jamais eu aucune chance. Elle était restée avec lui, sans répit, un spectre au coin de son esprit pendant ses heures d'éveil, un mirage bouleversant dès qu'il fermait les yeux. Elle s'était insinuée dans son cœur à son insu. Il l'avait compris trop tard. Il l'avait déjà perdue.

Mais elle était revenue, pensa-t-il sauvagement, et il ne la laisserait plus partir. La paume pressée contre sa peau lisse, il remonta l'ourlet de sa robe sur sa cuisse et appuya au centre de sa féminité. Elle gémit contre sa bouche et s'arqua sous sa main, le corps moulé contre le sien. Il voulait qu'elle soit nue contre lui ; il voulait caresser sa peau douce, embrasser ses seins fermes, chaque centimètre de son corps, découvrir les métamorphoses dues à la grossesse, apprendre à reconnaître le corps qu'il n'avait jamais oublié.

Ensemble, ils retirèrent sa culotte, et, en reprenant sa bouche avide, il glissa sa main entre ses cuisses. Elle était déjà brûlante, prête à l'accueillir, et se tordit sous sa caresse lorsqu'il appuya son pouce sur son clitoris et plongea un doigt en elle. Sans rompre leur baiser fébrile, il attrapa l'ourlet de sa robe et la remonta jusqu'à sa taille, mais Orla l'arrêta brusquement. Elle avait crispé les mains sur l'étoffe pour l'empêcher de continuer son ascension.

— Je préfère la garder, murmura-t-elle.

Elle enroula les bras autour de sa taille et reprit sa bouche, avide de retrouver son arôme de café et la tiédeur de sa langue. Elle le désirait avec un désespoir qu'elle n'avait jamais connu. Cela relevait même du *besoin*. Elle voulait éprouver toutes les sensations qu'elle avait eues pendant la conception de leur enfant, un souvenir qu'elle n'avait toujours pas retrouvé ; mais elle savait que le moment volerait en éclats s'il la voyait nue. Elle aurait honte. Il détournerait les yeux. Il lui poserait des questions. Et leur fougue ne laisserait place qu'à l'amertume.

Non. Ce qu'elle ressentait était trop bouleversant, trop sensuel, trop ineffable pour qu'elle le mette en péril.

Elle guida sa main large au creux de ses cuisses pour qu'il reprenne sa caresse, puis entreprit de déboutonner son chino et de défaire sa braguette d'un geste assuré, né d'une habitude oubliée. Elle avait déjà effectué tous ces gestes, et, même si elle ne s'en souvenait pas, elle voulait désespérément les recréer. Suivre la chorégraphie de leur plaisir. Avec Tonino. Seulement avec Tonino. Elle lui retira son pantalon et son caleçon avec une souplesse qu'elle ne se connaissait pas. Puis leurs lèvres se retrouvèrent, et les doigts de Tonino l'abandonnèrent pour laisser place à un relief bien plus rigide, long et épais et…

Il la pénétra d'un mouvement fluide. Le plaisir la submergea immédiatement, incroyablement puissant. Son gémissement se changea en soupir alors qu'elle s'ajustait autour de lui. Elle se laissa sombrer dans un tourbillon de sensations familières. Son corps savait exactement ce qu'il voulait, et elle ferma les yeux, soudain confiante. Ses réflexes la guidaient sans difficulté. Elle enfouit une main dans les cheveux de Tonino et lui attrapa les fesses de l'autre pour le guider plus profondément en elle, emportée par le rythme de leurs bassins et de leurs gémissements.

Elle ne put se retenir très longtemps, et le maelström de son extase pulsa comme un cœur battant avant d'exploser en elle sur les cimes du plus merveilleux des plaisirs. Les grognements de Tonino s'approfondirent et il accéléra le rythme jusqu'à ce qu'un cri lui échappe ; engloutie par la jouissance, elle l'accueillit dans ses bras lorsqu'il se laissa tomber contre elle.

Entre rêve et réalité, pendant une trop courte éternité, elle savoura le poids délicieux de Tonino sur son corps, le frisson de son souffle dans le creux de son cou. Elle caressa ses cheveux épais et embrassa son front. Il murmura quelque chose contre sa peau avant de se retirer. Sans la lâcher, il roula sur le dos et accueillit sa tête contre son cœur.

Lentement, l'intensité de l'orgasme s'estompa. Bientôt, il ne lui resta que la pulsation à la fois inconnue et familière qui vibrait entre ses cuisses.

Et une douleur diffuse qui lui transperçait le cœur.

Il aurait été si simple de s'endormir ici. Ils n'avaient pas pris le temps d'allumer la lampe. La chambre était plongée dans le noir, seulement éclairée par l'éclat des étoiles à travers la fenêtre.

Elle attendit que la respiration de Tonino devienne profonde et régulière avant de se libérer de son étreinte.

Elle se redressa en prenant garde de ne pas le réveiller. Elle remarqua que ses pieds touchaient toujours le sol et sourit tristement. Elle ne voulait pas qu'il ait froid. Elle tira doucement sur les draps et le couvrit tendrement.

Puis elle se glissa hors du lit, reprit sa culotte et marcha silencieusement vers la porte. Elle venait de tourner la poignée lorsqu'une voix riche et profonde, parfaitement éveillée, la stoppa net.

— Tu prends encore la fuite, *dolcezza* ?

11

Orla grimaça. Elle aurait dû s'assurer que Tonino était profondément endormi avant de le quitter. Mortifiée d'avoir été prise la main dans le sac, elle compta jusqu'à trois avant de pivoter vers lui.

Il avait allumé sa lampe de chevet, et la lumière éclairait son visage sculptural... et dangereusement impassible.

— Tu n'as pas besoin de partir.

Elle coinça une mèche de cheveux derrière son oreille, puis tirailla sur sa robe.

— Je ne vais pas dormir comme cela.

Un silence lourd de sens flotta entre eux avant que Tonino ne se lève d'un bond.

— Attends ici, ordonna-t-il.

Il traversa la pièce et disparut derrière une porte qu'elle n'avait pas remarquée. Il revint quelques secondes plus tard et lui tendit un vêtement blanc.

— Prends ça. Va te changer dans ma salle de bains. Il y a une brosse à dents neuve dans le placard, sous le lavabo. Tu peux prendre une douche, si tu veux. Il y a des serviettes propres. Sers-toi, d'accord ? Prends tout ce dont tu as besoin.

— Mais j'ai des affaires dans ma...

— Tu vas dormir avec moi. Maintenant, à moins que tu ne décides de me montrer les cicatrices que tu ne veux pas me laisser voir, je t'encourage à utiliser ma salle de bains.

Ses mots lui firent l'effet d'une gifle. Elle resta silencieuse, immobile.

— J'ai appelé Aislin, expliqua-t-il.

— Pardon ?

— Va te changer, Orla, soupira-t-il. Je t'en dirai plus quand tu seras prête.

Vaincue, elle se détourna avant que les larmes ne lui montent aux yeux. Elle ne pouvait pas pleurer devant Tonino. Elle serra le vêtement contre sa poitrine et s'enferma dans la luxueuse salle de bains.

Elle avait besoin de laver le sentiment d'humiliation qui s'attardait sur sa peau. Elle vérifia la serrure de la porte, puis retira sa robe. Les yeux fermés, le visage levé, elle se plaça sous le jet brûlant de la douche.

Avait-elle ressenti la même chose la première fois qu'ils avaient fait l'amour ? Avait-elle eu honte d'elle-même ?

Elle n'aurait jamais cru pouvoir se comporter avec tant d'assurance, tant de convoitise. C'était impossible. Elle n'était pas comme sa mère. Elle s'était sentie humiliée lorsqu'elle avait appris sa grossesse. Non pas parce qu'elle n'était pas mariée – les opinions désuètes de sa grand-mère ne l'avaient pas influencée à ce point – mais parce qu'elle avait offert sa virginité à un homme qu'elle n'avait connu que quelques jours, et qui lui avait menti. Toute sa vie, elle s'était promis d'attendre l'homme idéal, le prince charmant, et voilà qu'elle avait donné son cœur et son corps à un presque inconnu.

Et elle le désirait toujours avec autant de ferveur. Un frôlement, une caresse lui donnaient envie de lui arracher ses vêtements… Elle avait honte de ses propres réactions. Elle avait peur, aussi. Elle était terrifiée de la facilité avec laquelle son corps avait pris le dessus ; elle avait perdu toute retenue.

Dans l'espoir, peut-être, de noyer les démons qui la tourmentaient, elle passa une éternité sous la douche. Elle se sécha avec l'immense serviette qu'on avait posée, proprement pliée, sur le radiateur. Elle fouilla dans le placard qui se trouvait sous le lavabo et se brossa les dents. Enfin, elle déplia le vêtement qu'il lui avait apporté, et son cœur se serra douloureusement.

C'était une de ses chemises.

Avant de l'enfiler, elle enfouit son nez dans l'étoffe souple et inspira profondément les effluves rassurants de son parfum et de sa lessive.

Lorsqu'elle trouva enfin le courage de déverrouiller la porte pour l'affronter, elle prit une profonde inspiration et poussa le battant. Il était assis sur le lit, couvert jusqu'à la taille par le drap blanc. Il n'avait pas tenté de tuer le temps avec un livre ou son téléphone. Il l'avait attendue.

— Tu te sens mieux ? s'enquit-il, vaguement ironique.

La gorge nouée, elle dut battre des paupières pour réprimer les larmes brûlantes qui lui montaient aux yeux ; mais elle hocha la tête. Il tapota le matelas, près de lui. C'était un ordre, pas une invitation.

Elle le rejoignit timidement et s'assit à côté de lui. Assez loin, néanmoins, pour que leurs corps ne se touchent pas par inadvertance. Mais Tonino n'était pas de cet avis et la foudroya du regard avant de l'attirer contre lui.

— Arrête de me combattre, murmura-t-il en embrassant ses cheveux.

— Je ne te combats pas, prétendit-elle.

— Détends-toi, *dolcezza*. Je ne vais pas t'arracher ma chemise.

Sa joue frôla sa poitrine, et l'odeur épicée de sa peau lui chatouilla les narines avant de s'insinuer dans ses veines, étonnamment apaisante. Un frisson de tristesse la parcourut. Dans le creux de ses bras, elle était à sa place. Elle avait toujours été à sa place. Avec un soupir, elle posa la main à plat sur son ventre et embrassa sa peau tiède, alors même qu'elle ravalait un sanglot.

— Quand as-tu parlé à Aislin ? murmura-t-elle lorsqu'elle retrouva sa voix.

— Tout à l'heure, pendant que tu te préparais pour dîner.

— Pourquoi ?

Il caressa tendrement ses cheveux.

— Parce que tu me caches des choses.

— Je ne te cache rien, depuis que je t'ai revu au mariage et que j'ai retrouvé mes souvenirs. Tu sais tout ce qu'il y a à savoir sur Finn...

— Je ne parle pas de Finn. Je parle de toi.

Il glissa les doigts le long de sa joue et releva son menton. Il la scruta avec attention.

— J'ai un mal fou à t'arracher des informations sur les conséquences à long terme de l'accident. Tu n'admets que ce que tu ne peux pas cacher. Et je crois que je sais pourquoi : parce que tu as peur que j'utilise tes blessures contre toi pour obtenir la garde de Finn.

Impossible de cacher quoi que ce soit à Tonino.

— Tu n'as pas eu qu'un traumatisme crânien, n'est-ce pas ? continua-t-il en lui caressant la joue. Tu as été partiellement paralysée, et tu as dû subir trois opérations pour retrouver tes fonctions motrices et pouvoir marcher. Tu as passé six mois à l'hôpital et un an dans un centre de rééducation. Tes muscles sont encore faibles et convulsent après trop d'effort. Idéalement, tu devrais dormir dix heures par nuit, parce que les tâches les plus simples te demandent une concentration intense. Tu souffres de migraines régulières. Et Aislin est partie en Sicile pour demander ta part de l'héritage plus de six mois après la mort de ton père, parce que tu étais trop faible pour t'occuper de Finn toute seule avant cela. Est-ce que j'ai oublié quelque chose ?

Tonino prenait soin de garder un ton léger alors qu'il énumérait les épreuves qu'Orla avait dû surmonter. Il aurait pu mentionner aussi ses côtes brisées, son bras fracturé, mais la larme solitaire qui roulait sur sa joue le fit taire. Il en avait assez dit.

Il avait compris petit à petit qu'Orla ne lui avait pas avoué l'étendue de ses problèmes médicaux. Il avait décelé un détail, ici ou là, jusqu'à ce qu'il remarque un indice dans chacun de ses actes. La façon qu'elle avait de se concentrer pour porter une tasse à ses lèvres…

Comme Orla avait de toute évidence l'intention de masquer sa condition, il avait appelé Dante. Il avait dû le convaincre que ses intentions étaient honorables avant que son ami n'accepte de lui passer Aislin. Il avait écouté les détails de l'accident avec la gorge nouée. Orla donnait courageusement le change, mais elle souffrait toujours, des années plus tard. Les conséquences de ses blessures étaient peut-être même irréversibles.

— Fais-moi confiance, Orla.

Il frôla ses lèvres tremblantes d'un baiser.

— Je ne t'enlèverai jamais Finn. Tu n'as pas besoin de me cacher quoi que ce soit. Je veux t'aider, c'est tout.

Elle cligna des yeux nerveusement.

— J'ai du mal à faire confiance aux gens.

Il s'allongea lentement sur le matelas en l'entraînant avec lui, puis roula sur elle. Les coudes de part et d'autre de son visage, il plongea les yeux dans les siens.

— Fais un effort, Orla. Je ne suis pas ton ennemi. Je n'ai pas l'intention de t'arracher notre fils sous prétexte que tu es parfois maladroite ou que tu as besoin de plus de sommeil que moi. Et je ne vais pas cesser de te désirer à cause de quelques cicatrices.

Elle se mordit la lèvre, la gorge frémissante. D'une main, il lui écarta les jambes, puis il appuya son bassin contre le sien.

— Est-ce que tu me sens ? murmura-t-il.

La pression de son désir entre ses cuisses lui fit écarquiller les yeux. Le souffle court, elle hocha la tête.

— Personne ne m'excite autant que toi, Orla. Personne.

Il embrassa ses lèvres pulpeuses en laissant glisser sa main le long de son corps. Il posa la main sur son sein. À travers la chemise, il devinait mieux sa douceur qu'avec sa robe et son soutien-gorge ; mais il voulait sentir sa peau nue contre sa paume, son téton se durcir sous sa langue.

— Je ne te forcerai jamais à faire quoi que ce soit, souffla-t-il en la pénétrant lentement.

Ses gémissements presque inaudibles et cette façon qu'elle avait de s'arquer contre lui le rendaient fou. Il se retira pour la reprendre d'un coup de reins plus déterminé.

— Je ne veux que ton plaisir.

Et, s'il lui montrait toute l'extase qu'ils pouvaient s'offrir l'un à l'autre, peut-être que sa peur disparaîtrait. Peut-être que l'Orla qui s'était donnée à lui sans aucune retenue lui reviendrait.

Quand Orla ouvrit les yeux, la chambre était baignée de soleil. À côté d'elle, le lit était vide. Elle se redressa à la hâte. Quelle heure était-il ? Elle traversa le couloir et se glissa dans la chambre de Finn sans faire de bruit. Le petit lit était vide ; la chambre de l'infirmière également. Elle retourna dans la sienne, enfila des sous-vêtements et son peignoir, puis partit à la recherche des garçons.

Elle avait gardé la chemise de Tonino, malgré la petite voix qui lui reprochait son sentimentalisme.

Où pouvaient-ils bien être ? Elle parcourut les couloirs, de plus en plus inquiète, avant de les trouver dans le bureau de Tonino. Pendant qu'il lisait sur son ordinateur, Finn jouait avec ses cubes, assis sur le sol. Ils levèrent les yeux à l'unisson en l'entendant approcher.

— Maman !

Elle s'agenouilla devant son fils et le serra dans ses bras en attendant que le rythme affolé de son pouls s'apaise. Elle se tourna ensuite vers Tonino.

Son cœur rata un battement. Les images de la nuit lui revinrent avec une intense acuité, et son sourire complice lui soufflait qu'il pensait à la même chose.

— Quelle heure est-il ? s'enquit-elle.

Il jeta un coup d'œil à sa montre.

— 11 heures.

— Oh ! tu aurais dû me réveiller !

— Tu avais besoin de te reposer, *dolcezza*.

Il lui lança un clin d'œil insolent qui la fit rougir jusqu'à la racine des cheveux.

— J'ai promis d'aller me baigner avec Finn. Si tu veux nous accompagner...

Le lendemain, après avoir construit des châteaux de sable sur la plage privée de Tonino et dévoré son pique-nique, Finn finit par s'endormir sur le sable. Orla lui caressa les cheveux et vérifia que le parasol protégeait sa peau délicate avant de le couvrir d'une serviette de bain. Une fois rassurée, elle étendit les jambes et offrit son visage à la caresse du soleil estival.

— Tu as l'air heureuse, remarqua Tonino en ouvrant une bouteille de bière fraîche.

Elle hocha la tête, soulagée que ses lunettes de soleil dissimulent son regard. Il suffisait à Tonino de plonger ses yeux dans les siens pour lire dans ses pensées. Ce matin, elle s'était réveillée dans son lit, après une nuit de luxure. Bien sûr, elle s'était promis de ne pas rester dormir ; mais sa résolution n'avait pas tenu très longtemps. Comment aurait-elle pu s'interdire de faire l'amour avec Tonino ? Elle n'était pas masochiste. Ou était-ce une punition plus subtile qui l'attendait ? Le plaisir enivrant qu'elle avait trouvé entre ses draps valait-il vraiment la migraine qui ne manquerait pas de la terrasser ?

— Finn est heureux aussi, ici, ajouta-t-il en mordant dans un cube de melon jaune.

Elle se tourna vers leur fils endormi. Il avait raison : Finn s'amusait follement, depuis qu'ils étaient arrivés en Sicile.

— Est-ce que tu as repensé à ma demande en mariage ?

— Non.

Elle secoua la tête, déterminée, sa queue-de-cheval giflant son épaule comme une cravache. Il poussa un long soupir.

— Et qu'est-ce qui t'empêche de dire oui ?

— Rien n'a changé, Tonino. C'est une très mauvaise idée.

Un zeste d'âpreté s'insinua dans la voix grave.

— Pourquoi ?

Sa défiance la fit frémir, et elle se hérissa à son tour.

— Parce que ce mariage ne voudrait rien dire. Tu n'aurais jamais proposé une chose pareille si je n'avais pas eu Finn. Il y a quatre ans, tu as fait semblant d'être quelqu'un d'autre, Tonino. Je veux bien te croire au sujet de tes fiançailles, mais cela n'explique pas pourquoi tu m'as menti sur ton identité. Je comprends, tu sais. Tu ne m'as jamais prise au sérieux. J'étais si différente du type de femmes que tu avais l'intention d'épouser, si inférieure, que tu n'as même pas pris la peine de me dire la vérité.

Un long silence suivit sa tirade, bercé par le roulis des vagues.

— L'idée de ta pseudo-infériorité ne m'a même pas traversé l'esprit, finit-il par lâcher avec une moue de dédain. Quand nous nous sommes rencontrés, je voulais seulement avoir une aventure avec toi. Tu ne me connaissais pas. Tu n'avais pas de préjugés ou d'arrière-pensées. Tu ne voulais que moi. Et c'était nouveau pour moi. Libérateur.

Il tourna le visage vers elle. Malgré les verres sombres de ses lunettes, son regard la pénétra jusqu'au cœur.

Elle se souvenait de sa panique instinctive lorsqu'elle avait découvert sa richesse, ses relations et l'influence de sa famille. Elle avait été terrifiée. Mais il avait raison : ce genre de pouvoir attirait certaines femmes comme un aimant.

— Ensuite, les choses se sont accélérées entre nous. Je savais que je devais te dire la vérité. J'ai fait l'erreur de partir en Toscane avant de t'en parler, et Sophia t'a manipulée sans aucun effort, murmura-t-il.

— Non. Tu aurais dû me dire la vérité dès le début.

Elle luttait pour dissiper l'envoûtement de sa voix profonde. Il était hypnotique ; son timbre aurait transformé le plus médiocre des poèmes en chef-d'œuvre. Mais elle n'avait pas l'intention de se laisser convaincre.

— Tu t'es moqué de moi. J'étais juste une distraction, une petite Irlandaise naïve avec qui tu as trompé l'ennui en jouant la comédie pendant quelques jours.

Il avala le reste de sa bière d'une traite.

— Peut-être au début, admit-il. Mais pas pour longtemps. Je suis tombé amoureux de toi, *dolcezza*, plus passionnément que je ne l'ai jamais été, et tu t'es enfuie plutôt que de me laisser le bénéfice du doute. Je n'ai même pas eu le droit de me défendre. Tu as suivi Sophia les yeux fermés.

— Elle était très convaincante, rétorqua-t-elle.

Mais un regain de culpabilité lui nouait la gorge. Il avait raison. Elle ne lui avait pas laissé le temps de s'expliquer.

— Sophia est une très bonne actrice.

— Je crois que sa haine n'était pas feinte.

— Quelle haine ? Qu'est-ce qui te fait dire cela ?

— Tu n'as pas remarqué les regards noirs qu'elle m'a lancés au mariage d'Aislin et Dante ?

— Ce n'est pas personnel. Elle regarde tout le monde comme cela.

Il retira ses lunettes de soleil et baissa les yeux vers elle.

— Je connais Sophia depuis mon enfance. C'est une vipère, mais elle ne te ferait pas de mal. Elle est mariée, maintenant, et elle a un enfant.

— Oh ! fit-elle avec un petit rire tremblant. Et moi qui pensais qu'elle me maudissait depuis quatre ans.

— Ne t'inquiète pas. C'est une grande rancunière, mais ses agressions ne sont que verbales.

— Mais pourquoi m'en voudrait-elle ? Si tu ne l'as pas trompée avec moi, pourquoi me déteste-t-elle ?

— Parce que j'ai rompu nos fiançailles pour toi.

— *Quoi ?*

Avant qu'elle perde la mémoire, la douleur de Sophia et le rôle inconscient qu'elle avait joué dans leur rupture l'avaient hantée. Et, maintenant qu'elle espérait s'absoudre de toute responsabilité, Tonino lui avouait qu'il avait refusé d'épouser Sophia à cause d'elle ?

— Tu as… Tu as rompu tes fiançailles pour *moi* ?

Il marqua une longue pause avant de reprendre la parole, les sourcils froncés.

— Pas exclusivement. C'était aussi… à cause du désir que je ressentais pour toi. Je n'avais jamais connu une telle attraction. Un homme qui s'est engagé auprès d'une femme ne devrait pas ressentir un tel désir pour une autre.

— C'est un peu abstrait, Tonino, dit-elle dans un sourire.

Il rit légèrement, mais un accent acide mâtinait sa voix.

— Sophia et moi n'aurions jamais dû nous fiancer.

— Alors pourquoi l'étiez-vous ?

— Nos deux familles en parlaient depuis toujours. Nos mères sont amies depuis leur petite enfance. Dès notre naissance, elles s'amusaient à imaginer notre mariage. Comme je me rapprochais de la trentaine et que mon entourage s'attendait à ce que je me marie et fonde une famille, épouser Sophia s'est imposé comme une évidence. En théorie, nous étions parfaits l'un pour l'autre. Tu sais, *dolcezza*, les riches ont tendance à voir le mariage comme un échange de bons procédés. Il faut penser à l'avenir et au prestige. Ma propre réputation m'importe peu, mais celle de mes parents leur tient beaucoup à cœur. Épouser une Messina, pour une famille aussi ancienne et aussi noble que les Valente, promettait de valoriser notre nom. Et vice versa.

— Et comment ont-ils réagi quand tu as changé d'avis ?

Un éclair d'amertume passa sur son visage.

— Mal, hein ? devina-t-elle.

— Très mal.

— C'est compréhensible.

Ses traits s'assombrirent dangereusement.

— Compréhensible ?

De toute évidence, elle avait touché un point sensible. Au risque de tenter le diable, elle continua tout de même :

— S'ils étaient proches des parents de Sophia, ils ont dû se sentir mal à l'aise.

— Ils n'étaient pas mal à l'aise, asséna-t-il, la mâchoire crispée. Ils étaient furieux parce que j'avais brisé leur rêve. Ils ont osé m'accuser d'être déloyal.

Il passa une main rageuse dans ses cheveux.

— Je savais qu'ils n'approuveraient pas ma décision, mais je ne m'attendais pas à ce que ma mère manque de me gifler, ou que mon père me menace de me déshériter si je ne revenais pas sur ma décision.

Il lâcha un ricanement méprisant.

— Comme si je me souciais de son argent. J'étais déjà plus riche que lui.

Orla songea à sa grand-mère, qui avait si souvent promis à sa mère de la déshériter, sans pour autant mettre ses menaces à exécution. Après sa mort, sa mère avait partagé le modeste héritage avec son frère et sa sœur.

Elle soutint le regard de Tonino et demanda doucement :

— Mais vous vous êtes réconciliés, n'est-ce pas ? J'imagine que la situation s'est améliorée, puisque tu comptes leur présenter Finn.

Il ricana de nouveau, dédaigneux.

— Je ne leur pardonnerai jamais d'avoir fait passer leur réputation et leur orgueil au-dessus de mon bonheur, mais ce sont toujours mes parents. On ne change pas sa famille.

— Tonino… Est-ce qu'ils t'ont vraiment déshérité ?

— Pas que je sache.

Malgré la solennité de leur conversation, elle ne put s'empêcher d'éclater de rire.

— Il t'a juste menacé parce qu'il était en colère, pas vrai ? Oh ! Tonino, tu es bien le fils de ton père.

— Pardon ? Pourquoi donc ?

— Toi aussi, tu perds complètement le sens des réalités quand tu es furieux. Comme quand tu m'as juré que tu obtiendrais la garde de Finn. Je me demande s'il a hérité de la mauvaise humeur des Valente, tiens.

Tonino contempla son sourire mutin, incrédule. Prenait-elle le parti de ses parents ? Non, c'était impossible. Si leur querelle avait été de courte durée, peut-être aurait-il pu accepter son argument, mais il avait supporté leur fureur pendant des mois. Des mois durant lesquels sa mère supportait à peine ses visites.

Il avait décidé de leur annoncer sa décision en personne, le soir même de sa rupture avec Sophia. Après leur première dispute, il avait trouvé refuge dans les bras d'Orla. Il avait éteint son téléphone et s'était cloîtré avec elle dans son plus vieil appartement. Ces jours magiques, qu'il avait passés coupé du monde et de la réalité, l'avaient délivré des attentes de sa famille. Il avait tout oublié, n'avait vécu que pour Orla.

Malheureusement, son absence n'avait fait que nourrir la colère de ses parents. Lorsqu'il les avait revus, ils s'étaient montrés plus venimeux que jamais. Bouleversé par la disparition d'Orla, choqué par leur égoïsme, il avait laissé la colère prendre le dessus et avait rendu coup pour coup.

— Certains mots ne s'oublient pas, insista-t-il. Et, maintenant que je suis père, je sais que leur comportement est impardonnable.

— Oh ! pitié.

Elle portait toujours ses lunettes de soleil, mais il était certain qu'elle avait levé les yeux au ciel.

— Ils sont humains, comme tout le monde. La vie est trop courte pour leur garder rancune.

— Peux-tu pardonner ta mère ?

— C'est différent. Elle ne s'est jamais comportée comme une mère avec moi.

Soudain, elle le prit de court en grimpant à califourchon sur ses genoux. Elle lui enlaça la nuque et poussa un soupir.

— Souviens-toi. L'erreur est humaine, le pardon est divin.

— Et quand vas-tu m'accorder le tien ?

— J'y travaille.

Puis elle l'embrassa si tendrement que, si Finn n'avait pas été couché à deux pas de là, il l'aurait prise sans attendre, sur le sable tiède.

12

Plus tard ce soir-là, seulement vêtue de la chemise de Tonino et repue dans ses bras, Orla dessinait des cercles sur son torse du bout des doigts. Dans la pénombre, elle s'enquit :

— Avais-tu des sentiments pour Sophia ?

La question la taraudait depuis leur excursion à la plage. Il resta si longtemps silencieux qu'elle se demanda s'il s'était endormi ; mais il se tourna bientôt vers elle et plongea sa main dans ses cheveux détachés.

— J'étais attiré par elle. Sophia est très belle. Mais je n'avais pas de sentiments pour elle.

Il poussa un soupir.

— Il n'y avait pas vraiment d'atomes crochus entre nous. Je pensais que la familiarité nourrirait notre désir, mais j'avais tort. Notre familiarité n'a entraîné que le mécontentement et le mépris. Nous nous entendions bien quand nous étions enfants, mais, à l'âge adulte, plus je fréquentais Sophia, et moins je l'appréciais.

Il fit tourner une mèche de cheveux entre ses doigts.

— Mais je n'ai compris que je devais mettre un terme à cette mascarade que lorsqu'une belle Irlandaise est entrée dans mon hôtel.

Son cœur rata un battement. Tonino embrassa son front et resserra son étreinte autour de sa taille.

— Tu sais, *dolcezza*, tu étais la plus belle femme que j'aie jamais vue. J'ai passé la journée à organiser la décoration de ta chambre au lieu de voir les avocats et les comptables avec qui j'avais rendez-vous.

En sentant le cœur d'Orla tambouriner contre sa poitrine, il frémit de désir renouvelé.

— Je n'ai pas pu m'empêcher de fantasmer sur toi. Je voulais te déshabiller et te faire l'amour.

Comme il en avait toujours envie aujourd'hui...

— Et ces fantasmes m'ont convaincu de rompre avec Sophia. Comment pouvais-je l'épouser alors que je ressentais un désir si intense pour quelqu'un d'autre ? Briser nos fiançailles sur-le-champ était la seule solution honorable. Je ne voulais pas te proposer quoi que ce soit avant d'avoir été clair avec elle. Quand nous avons passé la nuit ensemble, j'étais déjà libre.

D'un mouvement souple, il la fit rouler sur le dos et cala son corps sur le sien.

— Et je suis toujours libre. Épouse-moi et tu me posséderas pour toujours.

Elle le buvait du regard, ses yeux étincelant dans l'obscurité. Il prit son visage entre ses mains et frôla son nez du sien.

— *Dolcezza*, tu es la plus belle femme que j'aie jamais vue. Je n'ai jamais voulu personne autant que toi. Je t'ai dans la peau, dans les veines. Et je te veux pour toujours.

Sur ce dernier murmure, il l'embrassa.

Orla, hypnotisée par le pouvoir de ses mots et la richesse de sa voix, sombra contre sa bouche avec un soupir, le corps brûlant d'impatience. Était-il sincère ? N'avait-il jamais désiré quelqu'un autant qu'il la désirait, elle ? Oh ! mais elle n'avait jamais voulu que lui...

— Finn sera heureux ici..., murmura-t-il contre sa gorge. Il aura une grande famille, des cousins avec qui jouer, du soleil... Tout ce qu'il voudra pour s'épanouir.

Il captura un téton à travers le coton de la chemise et le suça sans merci.

— Si tu ne veux pas m'épouser, viens vivre avec moi. Viens vivre ici.

Il glissa le long de son buste en embrassant son ventre couvert, avant d'attraper ses cuisses pour les écarter doucement.

— Tu serais tout près de Dante et d'Aislin.

Il reprit sa descente et releva ses fesses.

— Je sais qu'ils te manquent.

— Tu... triches, Tonino, grogna-t-elle, trempée de désir, avide de lui.

— Je joue pour gagner.

Il pressa son pouce contre son clitoris gonflé. Elle poussa un gémissement et resserra ses doigts sur l'oreiller.

— Ose me dire que tu n'y gagnes pas aussi.

Puis il remplaça son pouce par sa langue et ses pensées se fondirent en un plaisir absolu et indicible.

— Nous pouvons rester jusqu'à la fête. Éviter à Finn un autre aller-retour, murmura-t-elle quelques heures plus tard.

La promesse d'Orla s'insinua délicieusement dans la somnolence repue de Tonino. Il sourit contre sa peau et embrassa son épaule.

— Si tu emménages, il n'aura plus besoin de voyager entre nos deux pays.

— Je sais.

— Penses-y. Pour Finn.

Et pour moi, songea-t-il alors qu'il se laissait enfin aller au sommeil.

Les dix jours suivants passèrent sans qu'il ne revienne sur le sujet de leur mariage ou de leur vie commune. Au début, Orla avait été soulagée de cette trêve, mais elle craignait maintenant que ce calme trompeur n'annonce la tempête. Tonino était capable de la prendre au dépourvu lorsqu'elle s'y attendrait le moins. Elle était censée retourner en Irlande le lendemain, mais elle n'avait toujours pas pris sa décision. Elle devait l'admettre, au moins pour elle-même : elle était déchirée entre le cœur et la raison. Bien sûr, elle voulait que Finn puisse profiter de tous les avantages qu'une vie en Sicile lui offrirait sur un plateau d'argent ; mais son cerveau lui soufflait que Tonino ne la voulait, elle, que pour son fils. Le sexe n'était qu'un bonus. Un avantage en nature, comme aurait dit sa grand-mère en fronçant le nez.

Mais pas pour Orla. Pour elle, chaque nuit... Chaque nuit, son âme lui soufflait qu'elle lui faisait l'amour. Pour ne rien arranger, il lui manquait lorsqu'il n'était pas là. Il avait passé la première semaine avec elle et Finn, mais il avait ensuite dû reprendre le travail. Il avait enchaîné les réunions au sommet et les escales transeuropéennes.

Il y avait quelque chose d'incroyablement sexy dans la façon qu'il avait, au petit matin, de couvrir son corps sublime d'une chemise parfaitement repassée, d'en glisser les pans immaculés dans son pantalon taillé sur mesure. Elle l'avait regardé, affamée, boutonner lentement les pans de son veston sombre, attacher ses boutons de manchette, nouer les lacets de ses chaussures cirées... Et chaque fois l'envie de bondir hors des draps pour l'embrasser à perdre haleine l'avait prise à la gorge, si violente qu'elle avait dû crisper les poings et divertir son esprit concupiscent.

Comment pouvait-elle se consumer ainsi pour lui ? Comment pouvait-elle souffrir de son absence dès qu'il avait passé la porte ? Elle gardait toujours son téléphone en vue, prête à répondre dès la première sonnerie.

Il l'appelait souvent. Il était prévenant. Lorsqu'il rentrait si tard qu'elle s'était déjà endormie, il se glissait près d'elle et se contentait de la prendre dans ses bras. Il la laissait dormir et réservait leurs caresses pour le lendemain.

La veille, il était arrivé à l'heure du déjeuner en décrétant que son travail était terminé pour la semaine, et elle s'était fait violence pour ne pas lui sauter au cou, enchantée à l'idée qu'il lui soit revenu. Finn aussi avait battu des mains. Il était si heureux de voir son père que la bonne humeur d'Orla avait chancelé sous le coup de la culpabilité. Ses émotions contradictoires lui faisaient honte.

Elle avait honte aussi d'avoir appelé Aislin pour lui demander conseil, dès le départ de Tonino, lundi matin. Elle était adulte et responsable, et néanmoins elle était incapable de prendre une décision toute seule, obligée de déranger sa petite sœur pendant sa lune de miel.

Aislin l'avait écoutée avec attention avant que son visage ne s'éclaire sur l'écran du téléphone.

— J'en étais sûre ! Il est fou de toi.

Elle avait éclaté de rire.

— De toute façon, s'il veut encore de toi après mes menaces, c'est qu'il est dingue.

— Est-ce que tu es... ivre ?

— De bonheur, sûrement !

— Il n'est pas fou de moi. Il veut s'occuper de Finn. Je suis simplement la mère de son fils.

Aislin avait levé les yeux au ciel.

— Si tu crois vraiment à ces bêtises, tu es une idiote, Orla. Écoute, ne prends pas de décision hâtive, mais si tu veux mon opinion je serais ravie que tu emménages en Sicile. Vous me manquez, toi et Finn.

— Tu vas avoir ton propre bébé.

— Et mon bébé veut voir sa tante et son cousin tous les jours. Je ne te demande pas de l'épouser ou de vivre chez lui, tu sais. Mais tu pourrais t'installer dans le coin.

— Pourquoi *je* devrais déménager ?

— Parce que rien ne te retient en Irlande.

Aislin n'avait pas tort. Elle avait eu une vie bien remplie, à une autre époque. Quand elle avait rencontré Tonino, elle s'apprêtait à commencer un nouveau chapitre. Elle avait décroché le métier de ses rêves. Mais l'avenir pour lequel elle avait travaillé si dur lui avait glissé entre les doigts. Sa grossesse avait chamboulé sa vie. Avec l'accident et ses conséquences, elle doutait même de pouvoir retrouver un travail ; et, même si c'était possible, elle ne savait pas si elle pourrait se résoudre à laisser Finn toute la journée. Elle supportait à peine l'idée de l'abandonner quelques heures. Comment pourrait-elle jamais accepter de le laisser rendre visite à son père pendant des semaines ? Oui, tout lui soufflait d'accepter de vivre avec Tonino, ou du moins de suivre le conseil d'Aislin : emménager en Sicile.

Mais il était hors de question qu'elle l'épouse. Le mariage était un engagement d'amour, fondé sur des vœux sincères. Sa mère avait épousé le père d'Aislin par obligation, parce que sa grand-mère ne pouvait supporter l'idée qu'elle ait un deuxième enfant illégitime. Leur union avait été désastreuse, évidemment. Ils avaient divorcé au bout d'à peine deux ans.

Bien sûr, au fond d'elle-même, elle ne pouvait s'empêcher d'imaginer une réelle demande en mariage. Si seulement Tonino avait voulu l'épouser pour elle, plutôt que pour donner un foyer à Finn... Mais elle ne pouvait pas se laisser aller à ce genre de fantasmes.

La frustration lui donnait envie de hurler. Elle devait faire un choix. Et le temps était compté. Tonino attendait sa réponse pour le soir même, au retour de la fête.

Désireuse de faire bonne impression à sa famille, du moins pour assurer sa sympathie envers Finn, Orla laissa son fils avec Tonino pendant qu'elle se préparait. Elle passa en revue sa garde-robe une dizaine de fois avant d'opter pour une élégante robe bleu nuit, dotée de ses éternelles manches longues. Elle avait profité du soleil ces dernières semaines : la jupe souple, qui lui arrivait à mi-cuisses, dévoilait ses jambes dorées. Avant d'enfiler la robe, elle choisit un ensemble de lingerie bleu, et appliqua une touche de crème sur ses cicatrices. Celles de son dos la démangeaient aussi ; elle passa la robe sans la fermer et, crème en main, alla frapper chez l'infirmière. Celle-ci étala la crème en lui rappelant qu'elle aurait dû laisser la lotion pénétrer avant de s'habiller. Mais soudain quelqu'un frappa à la porte qui menait à la chambre de Finn. À la grande horreur d'Orla, le battant, mal fermé, bascula, laissant apparaître Tonino. Sur le seuil, la main toujours levée, il avait déjà commencé à parler à l'infirmière en sicilien, mais les mots moururent sur sa langue lorsque leurs regards se croisèrent.

L'infirmière sembla deviner son émotion et s'interposa entre eux pour dissimuler son corps tandis qu'Orla réajustait sa robe et disparaissait par l'autre porte, les joues brûlantes d'humiliation.

Tonino regrettait de ne pas avoir pris le volant. Il aurait pu se concentrer sur la route. Au lieu de cela, il était assis à l'arrière de la limousine, incapable d'oublier le regard horrifié de son amante lorsqu'il l'avait surprise en sous-vêtements.

Il ne l'avait pas vue aussi dénudée depuis quatre ans. Et elle s'était enfuie comme une biche aux abois.

Et dire qu'il s'était félicité des progrès de ces dernières semaines ! Il avait cru que tout allait bien entre eux. Pour la première fois depuis des années, il était rentré chaque soir chez lui plutôt que de loger dans ses hôtels après ses réunions. Il avait voulu retrouver son fils et Orla aussi vite et aussi souvent que possible. Mais la réaction d'Orla l'avait cruellement ramené à la réalité. Elle avait eu l'air si vulnérable qu'il avait à peine remarqué son corps dévoilé. À peine entrevu les cicatrices qu'elle dissimulait avec soin.

Orla ne lui faisait pas confiance.

Elle laissait l'infirmière traiter ses blessures. Mais les montrer à l'homme avec qui elle partageait son lit tous les soirs ? Pas question. Ils faisaient l'amour régulièrement, mais elle gardait toujours le buste couvert.

— Est-ce que tes parents savent que la mère de Finn est aussi la femme pour laquelle tu as rompu avec Sophia ? demanda-t-elle après que Finn se fut endormi, bercé par le roulis de la voiture.

Il s'accorda une seconde de silence. Il ne pouvait pas se disputer avec elle maintenant, alors qu'ils s'apprêtaient à affronter sa famille. Il allait devoir contrôler sa colère.

— Je ne sais pas. Je n'en ai jamais parlé avec eux.

— Même quand tu as vu ta mère, hier ?

La veille, il avait emmené Finn à la plage pour lui présenter sa mère. C'était la première fois qu'ils sortaient ensemble sans Orla, et son absence lui avait coûté.

— Nous n'en avons pas parlé.

Il avait retrouvé sa mère dans un café en bord de mer. L'après-midi s'était avéré plus agréable que prévu. Sa mère n'avait pas été aussi chaleureuse avec lui depuis des années. Lorsqu'elle avait vu Finn et ses grands yeux bruns, elle avait été visiblement émue. Elle était si sincèrement enchantée de le rencontrer que Tonino s'était presque adouci, lui aussi.

Orla l'avait encouragé à leur pardonner. Et, s'il avait refusé de l'admettre sur le coup, elle avait bel et bien raison. Son père avait réagi comme il l'aurait fait lui-même.

Il avait fallu des mois pour que leur colère mutuelle s'apaise, mais malgré tout quelque chose s'était brisé entre eux. Même aujourd'hui, alors qu'ils faisaient tous mine de se comporter comme une famille unie, une distance glacée subsistait. Les étreintes étaient machinales. La chaleur était une pantomime. Et il leur en avait toujours voulu pour cela.

Et pourtant il était peut-être temps de se remettre en question.

Il avait brisé une amitié chère à leur cœur, et, qu'il le veuille ou non, il les avait couverts de honte. Il avait toujours trouvé leur réaction égoïste et méprisable, mais pour la première fois, grâce à Orla, il comprenait qu'ils s'étaient simplement laissés aller à la colère. Après tout, il les avait mis devant le fait accompli avant de se volatiliser. Il avait jeté de l'huile sur le feu : pendant qu'il vivait quelques jours de passion avec Orla, coupé du monde, la fureur de ses parents s'était envenimée. Lorsqu'il était réapparu, il avait dû affronter une rancœur encore attisée par sa lâcheté. Brisé par la désertion d'Orla, il avait été cruel, lui aussi. Il avait exorcisé sa frustration et sa douleur sur ses parents. Il s'était comporté comme un idiot, et il en prenait enfin conscience.

L'accent chantant d'Orla interrompit ses méditations.

— Je pense que tes parents savent compter. Ils vont comprendre que la conception de Finn coïncide avec la fin de tes fiançailles. Tu crois qu'ils lui en voudront ?

— Pourquoi en voudraient-ils à Finn ?

— Les gens ont la mauvaise habitude de blâmer les enfants pour les erreurs de leurs parents...

Orla regardait le paysage défiler derrière la fenêtre.

— Est-ce que tu parles d'expérience ?

— Oui. L'addiction au jeu et les infidélités de Salvatore ont posé des problèmes à Dante, tu sais. Ses associés lui ont reproché la réputation de son père alors qu'il n'en était pas responsable et ne s'est jamais comporté comme lui.

— Et toi ? As-tu souffert de ce genre de choses ?

Elle se tourna vers lui.

— Bien sûr. Ma conception a toujours pesé sur ma vie.

En espérant qu'elle plaisantait, il lui sourit.

— Nous sommes au XXIe siècle, Orla.

— Mais tout le monde ne vit pas avec son temps, surtout dans un petit village comme le mien. J'étais la preuve vivante de la honte de ma mère. Ou de son manque de honte.

Elle lâcha un petit rire sans joie.

— Aurait-elle dû avoir honte ?

Il l'observa avec curiosité. Bien sûr, il tenait rigueur à la mère d'Orla d'avoir abandonné ses filles et son petit-fils, mais Orla n'avait pas pour habitude de juger autrui.

— Elle n'était pas mariée, elle. C'est Salvatore qui a trompé sa femme, ajouta-t-il.

Elle haussa les épaules en poussant un soupir.

— Je ne sais pas. J'avais une opinion toute faite, quand j'étais petite. Ma mère était partie en vacances en Sicile et était tombée enceinte d'un homme marié. Tout le monde savait que j'étais le produit d'un adultère.

Elle appuya la tête contre le siège d'un mouvement las.

— Je comprends pourquoi tu ne m'as pas dit qui tu étais, tu sais. Moi aussi, je voulais te cacher que j'étais la fille illégitime de Salvatore Moncada. Je ne voulais pas que tu aies des préjugés sur moi, que tu penses que j'étais une fille facile, comme ma mère.

— Je n'aurais jamais pensé une chose pareille.

— Je sais.

Elle croisa son regard et lui sourit tristement.

— Je suis contente que ta mère ait été si gentille avec Finn et qu'elle l'accepte dans sa famille, vraiment. C'est égoïste, mais je ne peux pas m'empêcher de m'inquiéter de ce qu'ils penseront de moi. Tu m'as dit que leur réputation était importante à leurs yeux. Est-ce qu'ils savent qui je suis ?

— Oui. Crois-moi, le fait que tu sois la sœur de Dante Moncada et à moitié sicilienne joue en ta faveur.

Elle fronça le nez.

— Vraiment ?

Il rit amèrement.

— Oui. Tu as le pedigree adéquat pour me fréquenter.

— Je ne suis pas un chien ! rétorqua-t-elle, offusquée.

— Les riches ont des standards spécifiques. Crois-moi, tu n'as rien à craindre de mes parents. Cela fait des années qu'ils s'inquiètent de ne pas me voir fonder une famille. Ils t'accueilleraient à bras ouverts, même si tu faisais partie de la Mafia.

— Charmant, railla-t-elle. Est-ce que c'est pour cela que tu n'as pas eu de relation sérieuse après Sophia ? Pour les punir de s'être retournés contre toi ?

Il fronça les sourcils, perplexe. Avait-il voulu les punir ? Avait-il voulu leur faire regretter d'avoir trahi sa confiance et refusé de le comprendre ? Avant leur querelle, il avait toujours considéré que leur amour était inconditionnel. Les cris de son père, la colère froide de sa mère lui avaient prouvé le contraire.

Il n'en savait rien ; mais, lorsque la villa de ses parents apparut à l'horizon, il était étonnamment paisible. Pour la première fois depuis quatre ans, il allait à leur rencontre sans rancœur.

13

En avançant vers la grande porte de la villa, Orla peina à chasser la terreur qui lui obstruait la gorge. Même s'ils acceptaient sans broncher qu'elle soit l'un des moteurs de la rupture entre Tonino et Sophia, les Valente restaient un couple puissant. Qu'allaient-ils donc penser d'une petite campagnarde comme elle ?

Mais sa peur s'évapora lorsque Angelica et Paolo Valente l'enlacèrent avec chaleur et firent pleuvoir des baisers de bienvenue sur ses joues. Comprendre le sicilien n'était pas nécessaire : leur langage corporel était plus accueillant que le plus sympathique des discours. Tonino lui présenta ensuite son frère et sa belle-sœur, qui parlaient tous les deux anglais et l'étreignirent avec la même vigueur.

Une onde de choc secoua sa mémoire lorsqu'elle se tourna vers l'invitée d'honneur. Giulia Valente. Elle la reconnut instantanément : la jeune femme, à peine un mois après son accouchement, était aussi belle et lumineuse que sur la photo qui l'avait tant bouleversée quatre ans plus tôt, lorsqu'elle avait cherché des nouvelles de Tonino sur Internet. Finn avait donné son premier coup de pied. Que s'était-il passé ce jour-là ? Il lui manquait une pièce du puzzle, mais le souvenir restait inaccessible, ballotté par sa mémoire brisée.

Elle accepta un verre de limonade venue tout droit du verger d'agrumes des Valente et se sentit sourire. La famille de Tonino était merveilleusement unie. Angelica et Paolo organisaient toujours des fêtes pour célébrer les naissances – une célébration qui aurait également lieu en l'honneur de Finn, lui promirent-ils

– et invitaient toute leur famille, proche et lointaine. Les tantes, les oncles, les grands-parents et tous les cousins de Tonino étaient réunis. Les voir si proches et si complices l'emplit un instant de mélancolie. Elle aussi avait une famille nombreuse, mais aucun des siens n'avait gardé contact. Ils n'étaient pas venus lui rendre visite à l'hôpital, et n'avaient pas proposé d'aider Aislin lorsqu'elle avait commencé à s'occuper de Finn. Cette meute sicilienne, au contraire, devait envahir la clinique à cor et à cri quand l'un d'entre eux était malade.

Angelica la prit par la main et lui fit visiter la villa en souriant. Leur maison était à couper le souffle : aussi belle et grande que le manoir de Tonino, mais plus chaleureuse. Si elle acceptait d'emménager avec lui, elle devrait lui parler de ses choix de décoration.

Si... ?

Qui voulait-elle encore convaincre ? Tandis que les heures s'égrenaient, son indécision s'évanouissait aussi sûrement que sa terreur. Ses angoisses n'avaient pas d'importance. Finn serait heureux en Sicile. Tous ces gens l'accueillaient déjà à bras ouverts ! Les Valente étaient sa famille et ne l'abandonneraient jamais. Ils le soutiendraient coûte que coûte. Si elle emménageait avec Tonino, ils vivraient aussi près d'Aislin et de Dante. Elle ne serait plus seule.

Après la visite, elle s'assit avec Angelica sur un banc de pierre, dans le jardin ombragé. Tonino avait convenu de les rejoindre avec Finn une fois qu'il lui aurait montré ses pièces préférées. Angelica ne parlait pas sa langue et resta silencieuse ; et pourtant son expression était bienveillante, son sourire, protecteur. Elle avait une élégance innée, et son visage sensible rayonnait d'intelligence.

Un cri venu de la villa leur fit brusquement lever la tête, et ils bondirent. Un instant plus tard, une des nièces de Tonino apparut, venue d'entre les arbres, et attrapa la main d'Orla pour la tirer en avant. Elle n'avait pas besoin de parler sicilien pour comprendre que la petite fille la suppliait de la suivre. La détresse était évidente sur son visage.

Intuition maternelle ou sixième sens, elle devina immédiatement la source du tumulte. La main crispée dans celle de la fillette, elle courut vers la villa et s'engouffra dans le hall.

Tonino était agenouillé dans le salon, entouré de ses neveux et nièces. Devant lui, Finn était couché sur le sol, son petit corps agité de convulsions.

— Reculez tous, s'exclama-t-elle.

Mais, bien sûr, ils ne la comprenaient pas. Tonino, visiblement bouleversé, cligna des yeux avant de relayer son ordre d'un ton sans appel. Le cercle se morcela et les enfants quittèrent la pièce en courant. Tonino était resté tout près d'elle.

— Toi aussi, recule, exigea-t-elle.

Il s'assombrit, mais elle n'avait pas le temps de prendre des pincettes. Ses réflexes face à ce genre de situation étaient devenus automatiques depuis longtemps. Il lui obéit promptement, le visage livide. Elle tomba à genoux et tourna Finn sur le flanc avant de placer sa main sur sa tête. Ses bras tressautaient, ses jambes s'agitaient mécaniquement, mais c'étaient toujours ses yeux qui la terrifiaient. Écarquillés, ils restaient fixés dans le vide ; il était incapable de la voir.

Tonino ne s'était jamais senti aussi inutile ni aussi effrayé. Son cœur s'était logé dans sa gorge lorsqu'il avait vu son fils glisser sur le sol où il était assis pour jouer avec ses cousins. De terribles spasmes secouaient son corps fragile. Il n'avait jamais vu des convulsions d'une telle violence, en réalité, sauf dans les vidéos qu'il avait regardées pour en savoir plus sur la condition de Finn, quelques semaines plus tôt. Et les bruits que son pauvre petit garçon avait émis… Les bruits allaient le hanter. Dieu merci, Orla était là.

Elle s'était simplement assise près de lui et lui caressait les cheveux en murmurant, mais la magie opéra. Tonino ne savait pas si Finn entendait la voix de sa mère, ou voyait son visage, mais il était certain qu'il sentait sa présence. Les convulsions s'apaisèrent lentement. Quand Finn leva enfin ses yeux bruns, il fixa son regard sur Orla. Il était de toute évidence terrifié, mais la proximité de sa maman sembla le réconforter immédiatement.

Maintenant que le calme régnait à nouveau dans le salon, Tonino ferma brièvement les yeux. Orla avait dû faire face à ce genre de crises de nombreuses fois, et elle avait réagi avec efficacité. Mais elle l'avait aussi repoussé, lui. Elle ne le pensait pas capable de gérer la situation correctement et de protéger leur fils.

Il fallait voir la vérité en face. Orla ne lui ferait jamais confiance.

Orla ramena la couverture sous le menton de Finn et l'embrassa sur le front. Il dormait déjà. Tonino, silencieux, attendait son tour pour souhaiter bonne nuit à leur fils. Elle le croisa et patienta dans le couloir. Lorsqu'il ferma la porte derrière lui, ses yeux étaient cernés d'épuisement.

— J'ai besoin d'un verre.

— Je ne dis pas non.

Elle le suivit sur la terrasse, où un bar extérieur jouxtait la piscine. Elle se laissa tomber dans un des sofas, protégés par un élégant porte-à-faux, et poussa un soupir de soulagement. Elle posa son téléphone sur l'accoudoir ; elle préférait que l'infirmière puisse la joindre facilement.

Tonino lui tendit un verre de cristal dans lequel dansait un liquide ambré. Elle le prit en murmurant un remerciement, puis avala une gorgée avec précaution. La brûlure de l'alcool glissa le long de sa trachée.

— C'est la chose la plus terrifiante que j'aie jamais vue.

Il s'assit en face d'elle dans un des fauteuils, la main crispée autour de son verre. Elle sourit tristement puis ramena ses jambes sous elle.

— Oui…

— Tu n'as pas voulu me laisser t'aider.

— Pardon ?

Il inspira profondément.

— Dès que tu es arrivée, tu as pris le contrôle de la situation et tu as repoussé tout le monde. Moi y compris.

— Mais non, voyons, rétorqua-t-elle, perplexe.

Il avala une grande gorgée et s'essuya les lèvres du pouce, le visage tendu par la colère. Elle reprit la parole :

— Si je t'ai blessé, j'en suis désolée. Quand Finn a des crises, je réagis au quart de tour.

L'expression de Tonino s'adoucit légèrement. Il passa une main nerveuse dans ses cheveux.

— Est-ce qu'on… s'habitue ?

Elle secoua la tête.

— Non. On apprend comment réagir au mieux, mais on ne s'habitue pas. Ses crises sont rares, maintenant qu'il a son nouveau traitement. Mais, la première fois qu'il s'est mis à convulser devant moi, j'ai frôlé l'hystérie. Je ne savais pas du tout quoi faire.

— Devant toi ?

— L'épilepsie a commencé quand j'étais encore en rééducation. C'est Aislin qui s'occupait de Finn, à cette époque. Elle se chargeait de tout, jusqu'à ce que je sois remise sur pied. Elle a géré ses premières crises.

Ses yeux sombres s'attardèrent sur elle, pensifs. Elle attendit qu'il lui réponde, mais il resta silencieux. La chaleur de l'alcool l'avait apaisée, néanmoins, et elle lui sourit.

— J'ai réfléchi à ta suggestion, tu sais.

Il haussa un sourcil.

— Et je pense que tu as raison. C'est une bonne idée, que Finn et moi emménagions avec toi. Il sera plus heureux ici.

Il continuait de la fixer, le visage impassible. Son regard inexpressif fit courir un frisson d'anxiété sur son échine.

— Nous serions heureux d'habiter avec toi… Si ta proposition tient toujours.

Il termina son verre avant de répondre.

— As-tu l'intention de m'épouser ?

— Tu connais déjà ma réponse.

— Tu refuses toujours ma demande en mariage, alors.

— Tonino, ce n'est pas personnel. Je ne veux pas que nous nous mariions, c'est tout.

— Dans ce cas, je décline *ton* offre.

Elle se redressa, interloquée.

— Pardon ?

— J'ai réfléchi, moi aussi. Et j'ai décidé que je n'accepterais que le mariage.

— Quoi ? Mais pourquoi ?

— Parce que c'est la seule façon de m'assurer que tu veux réellement t'engager avec moi. Avec nous.

— Et vivre avec toi ne veut pas dire la même chose ?

Il secoua la tête avec véhémence.

— Non, *dolcezza*. Un engagement éphémère n'a aucune valeur à mes yeux.

— Tu ne me fais toujours pas confiance ?

Il éclata d'un rire vibrant d'amertume.

— Malheureusement, c'est le contraire. Je te fais confiance. Je te connais assez pour savoir que tu avais l'intention de me parler de Finn. Je sais que les raisons pour lesquelles tu m'as caché ta grossesse étaient valables. Je ne t'excuse pas, mais je les comprends.

— Alors pourquoi ?

Il prit le temps de se resservir un verre.

— Tu fais toujours ce que tu penses être le mieux pour Finn. C'est ta priorité.

— Et c'est normal !

— Bien sûr. Mais pas au point de t'engager auprès d'un homme que tu n'aimes pas, et en qui tu n'as pas confiance. Si tu m'aimais, tu m'épouserais, Orla. Mais, comme ce n'est pas le cas, tu me proposes un compromis, sur lequel tu pourras revenir quand tu en auras assez.

— Je ne ferais jamais une chose pareille !

— Vraiment ? Et pourtant tu ne nies pas que tu ne m'aimes pas.

— Ce n'est pas comme si *tu* m'aimais.

— Tu crois ?

Elle cligna des yeux, bouche bée.

— Je...

Il soutint son regard avant de secouer la tête, agacé.

— La semaine dernière, sur la plage, tu m'as accusé de t'avoir traitée comme une simple distraction, il y a quatre ans. Mais sois honnête, Orla. C'était moi, ta distraction.

Elle se leva d'un bond, indignée.

— C'est faux !

— Alors pourquoi ne m'as-tu pas laissé me défendre ? Pourquoi as-tu accepté les mensonges de Sophia sans m'accorder le bénéfice du doute ? Tu ne me l'as jamais expliqué.

Elle ouvrit la bouche, mais les mots moururent sur sa langue. Pourquoi ? Pourquoi ne l'avait-elle pas attendu ? Pourquoi ne lui avait-elle pas parlé ?

— Pourquoi t'es-tu enfuie ? continua-t-il sans pitié. Pourquoi as-tu bloqué mon numéro ? Si j'avais compté à tes yeux, tu m'aurais laissé une chance.

— Je suis partie parce que j'étais bouleversée !

Il la fixait sans ciller, le regard sombre, la mâchoire crispée. Il la défiait de continuer, de combler le silence.

— Le... Le jour où tu es parti en Toscane, je suis allée voir mon père. Il était de retour en Sicile et je voulais désespérément le rencontrer.

Des larmes brûlantes lui montèrent aux yeux, et elle les ravala avec peine. Non, non, elle ne pouvait pas éclater en sanglots maintenant. Mais le souvenir explosa dans son esprit avec virulence, si intense qu'elle aurait aimé le repousser dans les limbes de l'oubli.

— Il a refusé de me voir. Il n'avait pas l'intention de rencontrer sa fille illégitime. Et, quand je suis rentrée à l'hôtel, Sophia m'attendait, avec des preuves que l'homme avec qui j'avais une liaison était fiancé à une autre femme, et je... J'en étais malade. J'avais horriblement honte.

Le visage de Tonino resta imperturbable.

— Même si elle avait dit la vérité, tu n'étais pas fautive.

— Peut-être, mais je me suis tout de même sentie coupable. En l'espace de deux heures, j'ai été rejetée par mon propre père, et j'ai appris que l'homme dont j'étais en train de tomber amoureuse était un menteur. Je voulais partir. Je voulais quitter la Sicile et ne plus jamais revoir les deux hommes qui m'avaient fait du mal.

— Donc, comme ton père était un lâche volage, tu as soudain décidé de me mettre dans le même panier ? Pratique. Tu as préféré t'enfuir plutôt que de m'écouter, et, quand tu as découvert que tu étais enceinte et que j'étais riche, tu as trouvé des excuses pour garder tes distances. Tu ne fais confiance à personne, Orla.

— Je te fais confiance, à t...

— N'essaie pas de me mentir, siffla-t-il avec tant de révolte qu'elle amorça un mouvement de recul. La seule personne en qui tu as confiance, c'est ta sœur. Dans le cas contraire, tu ne te donnerais pas autant de mal pour te cacher de moi. Tu me donnes ton corps tous les soirs, tu dors dans mes bras, mais tu continues de croire que je suis un imbécile misogyne qui prendrait ses jambes à son cou en voyant une imperfection sur la peau d'une femme.

— Ce n'est pas ce que je pense.

— Alors explique-moi. Explique-moi pourquoi je ne suis pas assez bien pour avoir le droit de te regarder.

— Cela n'a rien à voir, dit-elle en luttant contre les larmes. Mes cicatrices vont t'inspirer du dégoût, Tonino.

— Ton opinion de moi est pire que je ne le pensais.

— Non, tu ne comprends pas ! Mes cicatrices...

Elle pressa ses mains sur son front brûlant en essayant de verbaliser la myriade d'émotions qui l'assaillaient.

— Je me souviens de la femme que j'étais, et quand je me vois dans le miroir... Quand je vois ce que je suis devenue, je vois aussi tout ce que j'ai perdu et tout ce que Finn a perdu. Aujourd'hui... C'était une petite crise, par rapport à celles qu'il avait quand il était bébé. Il a souffert tous les jours de sa vie et il n'aura jamais une enfance normale. Je me suis réveillée à l'hôpital, incapable de bouger et de communiquer. Je ne savais pas si l'enfant que je portais était encore vivant. Je n'ai pas pu le serrer dans mes bras avant une année entière, et même à ce moment-là Aislin devait m'aider parce que j'étais trop faible pour le porter toute seule. J'ai pleuré de souffrance chaque jour pendant des mois, j'ai repoussé toutes mes limites pour pouvoir rentrer chez moi et m'occuper de mon fils, et, tout ce qu'il me reste de ces sacrifices, ce sont des cicatrices qui défigurent mon corps. Je n'ai plus mal, mais les souffrances de Finn ne cesseront jamais. Je regarde mes cicatrices, et elles me brisent le cœur. Elles me rappellent toutes les difficultés que notre enfant va rencontrer pour le restant de ses jours. Et tu penses que je veux les exhiber pour toi ?

Un muscle pulsait dans la mâchoire tendue de Tonino.

— Non, *dolcezza*. Je ne veux pas que tu les exhibes. Je voudrais que tu les partages avec moi, parce que je suis le père de ton enfant, et parce que je me sens terriblement coupable que mon aventure avec une belle Irlandaise se soit soldée par des conséquences aussi tragiques.

Elle se sentait exténuée, soudain. Toute son énergie semblait l'avoir abandonnée. Elle posa son verre sur le sol et prit son visage dans ses mains.

— Tu n'as aucune raison de te sentir coupable. Depuis que tu connais l'existence de Finn, tu as fait tout ce qui était en ton pouvoir pour l'aider.

— J'ai raté trois ans de sa vie. Je ne pourrai jamais les rattraper.

— Je suis désolée.

— Ne t'excuse pas, Orla. Nous nous sentons tous les deux coupables, mais cela ne résout rien. Tu as toujours fait passer Finn avant tout. C'est à moi de prendre cette responsabilité, désormais. Je veux faire partie de sa vie de façon permanente, mais je vois bien que c'est impossible.

— Qu'est-ce que tu veux dire ?

— Tu devrais rentrer en Irlande avec lui. C'est son foyer. On y parle sa langue. C'est là-bas qu'il se sent bien.

— Mais...

— Je viendrai le voir régulièrement. Je l'inviterai à venir ici pour les vacances.

— Tu voulais que nous partagions sa garde...

— La garde partagée ne conviendrait pas à Finn. Il a besoin de stabilité. Et c'est toi, sa stabilité.

Tonino ferma un instant les paupières, submergé par les images de l'après-midi. La façon dont Finn avait trouvé refuge dans le regard aimant de sa maman lorsqu'il avait repris conscience. L'amour qu'il avait lu dans ses yeux. Le monde de son fils tournait autour d'Orla. Il devait l'accepter.

— Tu peux rester quelques jours, le temps qu'il se remette de sa crise. Je peux aller dans un de mes appartements.

— Je ne comprends pas...

Une douleur intolérable lui comprimait la poitrine. Il se redressa, attrapa la bouteille et avança vers le bar.

— Tonino... Tu veux dire que c'est fini entre nous ?

Il rit doucement.

— *Dio*, tu aurais presque l'air triste.

Quatre ans plus tôt, Orla était tombée sous son charme sans savoir qu'il était riche. Elle l'avait vu en tant que personne. Plus que quiconque, elle avait touché son cœur, et elle avait retourné ses sentiments… mais seulement jusqu'à un certain point. Le doute le plus infime l'avait poussée à s'enfuir, parce qu'elle était lâche. Et aujourd'hui, alors qu'elle connaissait parfaitement son identité et sa situation, alors qu'elle le connaissait parfaitement, lui, elle avait décidé qu'il n'était pas à la hauteur. Elle ne l'aimait pas. Elle ne lui ferait jamais confiance. Et, sans confiance, l'amour était impossible.

— C'est ce que tu veux, n'est-ce pas ? insista-t-elle. Tu veux tout arrêter parce que je ne veux pas t'épouser ? Et tu te disais que j'étais vieux jeu ?

Sa tentative de plaisanterie le fit frémir d'indignation.

— Arrête de te cacher derrière ton humour, Orla. J'ai fait mon possible pour satisfaire tous tes besoins.

— Les besoins de Finn, murmura-t-elle.

Elle était pâle comme un linge.

— Et les tiens !

Il jura entre ses dents et se servit un autre verre.

— Tout ce que j'ai fait, je l'ai fait en pensant à toi aussi, même si tu t'imagines le contraire. Pour chaque pas en avant, tu fais trois pas en arrière. Tu ne veux pas me croire, tu ne veux pas me laisser prendre soin de toi, de ton cœur, de ton corps, ou de la santé de notre fils.

— Ce n'est pas juste, et c'est faux…

De colère, il fit claquer son verre sur le bar.

— Pour l'amour du ciel, arrête de mentir !

L'alcool ambré avait débordé sur le bar et sur sa main. Dans la sensation de sa propre maladresse, une nouvelle clarté aiguisa son esprit tumultueux. Il inspira profondément.

— Arrête de te mentir, Orla.

Lui aussi s'était longtemps bercé d'illusions, mais aujourd'hui la vérité qu'il avait voulu ignorer était aussi claire que du cristal : il n'avait jamais oublié Orla.

Peut-être était-il tombé amoureux d'elle, cet été-là. Bien sûr, il avait repris sa vie, il avait tenté d'enterrer son souvenir, mais il ne s'était jamais remis de son départ. Elle avait hanté ses rêves. Ce n'était pas pour punir ses parents qu'il n'avait jamais fondé de famille. Il n'y avait simplement jamais eu de place dans son cœur pour quelqu'un d'autre qu'Orla. Il avait sans doute acheté Bally House dans l'espoir inconscient de partager quelque chose avec elle, de retrouver un peu d'elle dans le pays qu'elle aimait tant.

Et s'il continuait à vivre avec elle, consumé par cet amour à sens unique, il deviendrait fou. Il en était certain. Toutes ces années à attendre sans se l'avouer qu'elle lui revienne… Il avait enfin goûté à la vie qu'il avait tant voulue, une famille avec la femme de sa vie et l'enfant qu'il aimait de tout son cœur. Mais ce n'était pas suffisant. Pas pour elle.

Il ne pouvait que briser les liens qu'ils avaient forgés ensemble. Il était temps de lui dire au revoir.

14

Orla inspecta Finn des pieds à la tête, à l'affût du moindre faux pli sur son adorable costume miniature, puis le récompensa d'un immense sourire.

— Jeune homme, tu es superbe. Absolument délicieux.

Il lâcha un petit gloussement.

— Tellement délicieux que, si ton papa n'était pas en route pour t'emmener au mariage, je serais obligée de te dévorer !

— Dis à ta maman de m'en laisser un peu, s'écria Aislin.

— Si je partage Finn, je ne partagerai pas la barre de chocolat XXL que Dante m'a achetée, rétorqua Orla en lui tirant la langue.

Mais son rire s'évanouit lorsque le tintement de la sonnette retentit. Un frisson de panique fila dans ses veines.

Tonino était arrivé pour prendre Finn. Une des cousines Valente allait se marier dans son hôtel de Toscane. Finn, Tonino et deux infirmières prendraient le jet privé de celui-ci pour aller à la cérémonie, et passeraient la nuit sur place. Ils avaient prévu de rentrer le lendemain pour midi.

Depuis qu'ils avaient décidé, non, qu'*il* avait décidé de mettre fin à leur relation, le mois dernier, la vie d'Orla avait sensiblement évolué. À Dublin, elle avait mis sa maison en vente. Puis elle avait emménagé avec Aislin et Dante. Tonino lui avait apporté un enseignement précieux : elle ne pouvait pas tout faire toute seule. Quand Aislin était partie en Sicile, Orla était persuadée qu'elle s'en sortirait sans autre aide que l'équipe médicale, mais elle avait tort.

Elle avait souffert de la solitude.

Elle s'était prouvé qu'elle pouvait s'en sortir, oui, mais ce n'était pas suffisant.

Tonino lui avait redonné goût à la vie. Avec lui, elle s'était remise à rire et à exister. Elle était femme, pas seulement mère. Et, même si elle appréciait son sacrifice, elle ne pouvait se résoudre à le séparer de son fils ; lui et Finn méritaient d'être ensemble. Maintenant qu'elle s'était installée en Sicile, ils pouvaient passer du temps ensemble. Les Valente lui rendaient visite aussi souvent qu'ils le souhaitaient. Heureusement, Dante et la plupart de ses domestiques parlaient couramment anglais et faisaient office de traducteurs si nécessaire.

Bien sûr, elle ne resterait pas chez Dante et Aislin très longtemps. Dante avait convaincu un de ses voisins de leur vendre sa maison pour une somme astronomique.

Elle se tourna vers sa sœur en espérant qu'elle accepterait encore une fois de recevoir Tonino, comme elle l'avait toujours fait ces dernières semaines. Mais Aislin s'était tranquillement installée sur le canapé et avait ouvert un magazine sur son ventre arrondi. Elle avait maintes fois martelé à Orla qu'il était grand temps qu'elle affronte Tonino seule à seul. De toute évidence, le moment était venu.

Et elle en était capable. Il suffisait d'ouvrir la porte et d'aller à sa rencontre. Tonino avait les choses en main, maintenant. Son fils était en sécurité avec lui. Elle n'avait aucune raison de s'inquiéter.

— Allez, viens, Finn !

Elle força un sourire, mais il mourut sur ses lèvres lorsqu'elle leva les yeux vers le beau visage impassible de Tonino. Son cœur s'emballa.

Il était posté devant la porte, vêtu d'un costume identique à celui de Finn, et l'odeur fraîche du savon et de l'eau de Cologne lui parvint, envoûtante. Il hocha brièvement la tête mais évita son regard.

— Tout va bien ?

— Tout va bien.

— *Bene*. À demain, dans ce cas.

Elle se pencha pour embrasser Finn sur la joue, puis s'écarta en laissant Tonino prendre les poignées du fauteuil. Elle ne put s'empêcher de humer son parfum au passage ; le murmure d'un souvenir caressa son esprit…

Les genoux flageolants, elle s'adossa contre le mur. Les images résonnèrent en elle avec la violence d'un coup de feu.

Elle se *souvenait*.

Elle se souvenait d'avoir fait l'amour avec Tonino. Elle se souvenait de la première fois, si merveilleuse, si tendre. Elle se souvenait de l'abandon, du plaisir, du désir. Le sentiment de leur osmose, de leur perfection. Une affinité si sublime qu'elle ne pouvait être condamnable.

À quelques mètres, la voiture démarra. Les yeux brûlants, elle les regarda s'éloigner jusqu'à ce qu'ils disparaissent. Un autre souvenir montait en elle.

La dernière pièce du puzzle.

Son cœur battait à tout rompre, et elle mordit son poing serré pour ne pas crier de souffrance. Pendant sa grossesse, elle avait passé son temps à chercher des informations sur Tonino. Passé des heures, des mois sur Internet, à attendre que surviennent les inévitables images de sa nouvelle amante. Le jour fatidique, quand elle avait compris que la femme de la photo n'était que la sœur de Tonino, Finn lui avait donné un coup salvateur. Douloureux, peut-être. Mais assez violent pour qu'elle reprenne enfin ses esprits.

Elle avait soudain compris qu'elle aimait Tonino.

Elle se laissa glisser contre le mur et ramena ses genoux contre sa poitrine, submergée par la vérité contre laquelle elle avait tant lutté. Au fond, elle s'était toujours défiée de cette réalité trop idyllique. Elle avait attendu que Tonino fasse tomber le masque. Il était trop beau, trop sexy, trop chevaleresque pour être vrai, n'est-ce pas ? Elle l'avait mis sur un piédestal, persuadée qu'il trébucherait bien vite. Sophia s'était chargée de la faire déchanter : elle avait empoisonné son image, brisé le fantasme. Mais, malgré la souffrance, cette confrontation l'avait… soulagée.

Bien sûr, elle avait bien fait de se méfier ! Un homme comme Tonino n'aurait jamais pu l'aimer. Son père n'avait pas voulu d'elle, sa mère l'avait abandonnée… Comment Tonino pouvait-il la désirer, elle, alors qu'il pouvait avoir n'importe quelle autre femme ? Le doute la tourmentait avant même qu'elle ne sache qu'il était riche comme Crésus.

Et pourtant... Pourtant... Il la désirait, elle ! Il lui avait caché son identité, mais il n'avait pas pu dissimuler ses sentiments pour elle ; il n'avait pas simulé sa passion. À cet instant, devant cette photo qui l'avait torturée, elle avait compris qu'elle devait se libérer de ses peurs. Qu'elle devait le rejoindre. Elle avait besoin de le voir, de le toucher, de lui parler de cet enfant qu'ils avaient conçu ensemble. Elle voulait écouter sa version des faits, comme elle aurait dû le faire des mois plus tôt. Lui dire qu'elle l'aimait. Peut-être... Peut-être pourraient-ils construire un futur ensemble.

Elle avait été si paniquée, si fiévreuse qu'elle avait réservé un billet d'avion sans attendre, attrapé son passeport et sauté dans sa voiture sans se préoccuper des intempéries.

Oh ! Elle avait été en route pour rejoindre Tonino.

Au bout de quelques kilomètres, elle se souvenait d'avoir avancé au pas, avec l'intention de se garer sur le bas-côté lorsque la visibilité le lui permettrait. Et puis... le néant.

L'accident l'avait empêchée de rejoindre l'homme de sa vie. Quatre ans plus tôt, elle n'avait pas eu le temps de lui dire qu'elle l'aimait. Et, maintenant qu'elle en avait enfin le pouvoir, elle avait refusé de s'avouer la vérité, de se dévoiler à lui. Elle avait brisé ses chances une deuxième fois. Une dernière fois.

Non ! Non, non, non.

Qu'avait-il dit, un mois plus tôt, pendant cette dernière soirée passée ensemble, avant que tout ne s'écroule ? Il avait parlé d'amour et de confiance. N'avait-il pas laissé entendre qu'il l'aimait aussi ? Était-ce... possible ?

— Tu vas rester assise comme ça toute la journée ?

Avec un sursaut, elle leva les yeux vers Aislin, qui s'était adossée contre le chambranle du salon. Aislin aussi avait eu peur de tomber amoureuse. Ses angoisses l'avaient freinée. Leur mère avait laissé des traces sur leur psyché. Mais sa mère n'était pas en faute, cette fois-ci. Orla avait été trop lâche pour accepter la vie que Tonino avait voulu lui offrir.

— Aislin..., murmura-t-elle.

— Oui ?

— Je crois que je l'aime.

Puis, en haussant la voix, elle répéta avec conviction :

— J'aime Tonino.

Sa sœur baissa le regard vers elle, pensive, puis la rejoignit pour lui tendre la main.

— Eh bien, tu en as mis, du temps.

— Quoi ? Tu le savais ?

— Bien sûr, *eejit*, lança-t-elle en riant avant de la tirer vers l'avant pour l'enlacer. Maintenant, tu sais ce qu'il te reste à faire.

Les rudiments d'un plan se formaient dans son esprit.

— Oui. Tu crois que Dante accepterait de me prêter son jet cet après-midi ?

— Envie d'aller faire un tour en Toscane, peut-être ? Tu as l'intention de t'inviter au mariage ?

— Quelque chose comme cela, oui.

— Je peux peut-être t'aider à te faire belle ?

— Très, très bonne idée.

Tonino déposa un baiser sur le front de son fils. Finn s'était déjà endormi. Il avait passé une journée riche en émotions ; les jeux et les danses avec les autres enfants l'avaient épuisé. Après l'avoir laissé à l'infirmière de service, Tonino se glissa dans le salon adjacent et se versa un verre de whisky. Il avait besoin de boire de l'alcool avant de rejoindre sa famille dans la salle de réception. Il était tenté de rester dans sa suite et de noyer sa mélancolie au fond de la bouteille.

Il avait fait de son mieux, ce mois-ci. Il avait travaillé d'arrache-pied. Peut-être avait-il bu un peu plus de vin que d'habitude, mais il fallait bien trouver le sommeil, n'est-ce pas ?

Et, ce matin, c'était Orla qui lui avait ouvert la porte. Il n'était pas prêt à l'affronter. Jusque-là, elle s'était cachée derrière Aislin, et cela lui avait parfaitement convenu. Ils avaient échangé une dizaine de messages polis et distants, mais ne s'étaient pas vus. Ne s'étaient pas parlé.

Croiser son regard lui avait fait l'effet d'un coup de poing.

Avait-il imaginé la souffrance qu'il avait cru lire dans ses grands yeux verts ? Ou se berçait-il d'illusions, désespérant de lui manquer autant qu'elle lui manquait ?

Dieu, comme son absence lui était intolérable. Bien plus que quatre ans plus tôt. Et voilà qu'elle avait déménagé en Sicile ! Si proche et pourtant inaccessible. C'était une véritable torture. Elle était ici, dans son pays, mais pas pour lui. Il aurait aimé la haïr. Il aurait aimé que tout l'amour qu'il avait pour elle se consume, que la rancœur le submerge et le délivre. Mais c'était peine perdue.

Finn était tout ce qui comptait pour lui, désormais. Sans Finn, il n'aurait pas pris la peine de venir à ce mariage. Il n'aurait pas supporté de voir Sophia, invitée par la famille du marié, ou pu ignorer ses regards noirs pendant la cérémonie.

Son père s'en était aperçu. Il s'était penché à son oreille lorsqu'ils étaient à table, et lui avait murmuré :

— Finalement, tu l'as échappé belle, fiston.

S'il en avait eu l'énergie, il aurait éclaté de rire. Au lieu de cela, il avait embrassé son père sur la joue et lui avait soufflé qu'il l'aimait. Puis il avait fait de même avec sa mère. Le fossé qui les avait si longtemps séparés n'avait plus lieu d'être. Sa fierté blessée l'avait aveuglé trop longtemps.

Leur dispute avait été motivée par une colère éphémère, et il avait eu tort de l'interpréter comme un manque d'amour.

Aujourd'hui, la douleur d'avoir perdu Orla, pour la seconde fois, était bien réelle. Il ne surmonterait pas cette agonie-là.

Orla était trop nerveuse pour admirer le magnifique monastère converti en palace dont elle gravissait les marches. Elle ravala un élan de frustration lorsque les vigiles lui demandèrent de prouver son identité – bien sûr, c'était le mariage de deux familles riches et célèbres, la sécurité devait faire son travail. Elle leur montra son passeport en expliquant qu'elle était la mère du fils de Tonino Valente.

Le plus grand des gardes éclata de rire.

— Je ne plaisante pas. S'il vous plaît, laissez-moi entrer.

Elle avait été naïve de penser que prendre l'avion pour la Toscane et déclarer son amour à Tonino ne prendrait que deux ou trois heures. Aislin avait voulu la coiffer, la maquiller, et trouver la robe parfaite pour la cérémonie. Après cela, elle avait dû attendre qu'un créneau se libère pour son vol. À l'arrivée, il était convenu qu'elle prendrait un hélicoptère jusqu'au palace, mais l'engin s'était montré capricieux et le pilote avait refusé de décoller. Elle avait attendu un taxi. Elle se serait satisfaite de n'importe quelle guimbarde, mais le pilote, qui s'était porté volontaire pour réserver le véhicule, avait insisté pour qu'elle attende une voiture avec chauffeur. Orla avait fini par perdre patience, et, au bout d'une heure, elle avait commandé un taxi elle-même, malgré la barrière de la langue. Malheureusement, arriver dans un véhicule aussi ordinaire n'avait pas fait bonne impression à la sécurité de l'hôtel : ils la regardaient avec une méfiance non dissimulée.

Et elle n'avait pas d'invitation.

Elle jeta un coup d'œil furtif à la bâtisse, mais des gardes surveillaient chaque entrée. Son cœur se serra.

— Appelez-le, insista-t-elle face à la réticence du vigile. S'il vous plaît, appelez M. Valente. Il me laissera entrer.

Un autre rire lui répondit, plus cristallin. Sa salvation apparut sous les traits de Sophia.

La magnifique Sicilienne émergea des jardins et monta les marches de pierre, les yeux plissés, une cigarette à la main. Elle échangea quelques mots assassins avec les gardes, puis attrapa le coude d'Orla pour l'entraîner à sa suite, non sans jeter une dernière insulte à l'agent. Le hall était presque vide ; deux adolescents avaient fui leurs parents et se bécotaient allègrement sur un canapé de cuir.

Sophia lâcha enfin son bras. Elle recula d'un pas avant de la dévisager d'un œil critique.

— Tu es… *bene*.

Un compliment ? Elle s'était attendue à un coup de griffe.

— Merci… Et merci de m'avoir fait entrer.

— Peu importe. Je crois qu'il est trop tard pour voir ton fils. Tonino l'a déjà emmené au lit.

Orla hocha la tête. Il lui faudrait juste demander le numéro de sa suite. Ou, si elle se sentait vraiment courageuse, elle pourrait peut-être même faire appeler Tonino.

— C'est un très beau garçon.

— Pardon ?

— Ton fils.

— Oh.

Elle attendit qu'une insulte vienne empoisonner le compliment, mais Sophia resta silencieuse.

— Merci, répéta-t-elle, surprise.

Sophia fit un pas en avant. Orla retint son souffle, prête à esquiver l'offensive, mais le visage de la Sicilienne s'adoucit. Elle amorça un geste qu'Orla n'aurait jamais attendu d'elle. Elle passa ses bras autour de ses épaules et l'étreignit.

— Je suis désolée, murmura-t-elle à son oreille, tout en prenant garde à ne pas malmener sa coiffure sophistiquée.

Elle la délivra presque aussitôt, serra ses mains dans les siennes avec un sourire navré, puis tourna les talons et ondula élégamment jusqu'à la salle de bal.

Tonino avala une autre gorgée de whisky. Ses bonnes intentions s'étaient évanouies : il avait passé une heure à savourer sa solitude plutôt que de rejoindre les festivités.

Un mariage ! C'était la dernière chose qu'il avait envie de célébrer. Il ne se sentait pas capable de se réjouir pour les jeunes mariés alors qu'il avait le cœur à vif.

Que faisait Orla, à cet instant ? S'amusait-elle avec sa sœur ? Peut-être regardaient-elles un film en partageant du pop-corn. Ou était-elle déjà couchée ? Avait-elle souffert d'une de ces migraines qui la torturaient si souvent ? S'il buvait assez de whisky, est-ce que la même douleur lui déchirerait le crâne ? Parviendrait-il à s'endormir ?

Il s'interrogeait sur les mérites d'ouvrir une autre bouteille – Finn dormait depuis longtemps, et l'infirmière était là pour le surveiller – lorsqu'un coup retentit à la porte.

Il se frotta la nuque avec un soupir. On frappa de nouveau. Sa mère était sans doute montée pour faire un dernier câlin à son petit-fils. Il se leva à contrecœur.

Lorsque son regard tomba sur *elle*, il ne put retenir un petit rire amer. Son imagination fertile et les vapeurs de l'alcool avaient invoqué une bien cruelle hallucination. Il referma la porte au nez du beau mirage.

Il fit deux pas vers le canapé et se figea.

Ses mains tremblaient. Son cœur battait la chamade.

Il fit volte-face et rouvrit la porte à la volée. Ce n'était pas… un mirage. Elle était là, sublime dans une robe dos-nu de soie verte, ses cheveux sombres et épais cascadant sur ses épaules, les yeux écarquillés d'appréhension sous son maquillage élégant. Orla. Comme dans un rêve, Tonino s'écarta et la laissa entrer sans dire un mot.

Son parfum envoûtant flotta avec elle dans la pièce et s'insinua dans ses veines à l'instar d'un sortilège.

Ballottée entre la terreur et l'excitation, Orla n'avait jamais été aussi fébrile qu'en frappant à la porte de Tonino ; et, lorsqu'il la referma, presque immédiatement, elle marqua un temps d'arrêt, abasourdie. Elle s'efforçait de prendre son courage à deux mains lorsqu'il l'ouvrit de nouveau. Il avait l'air d'avoir vu un fantôme.

Sa peur l'abandonna aussitôt.

Le tourment et l'espoir farouche qu'elle lisait dans les yeux de Tonino effacèrent ses derniers doutes. Il l'aimait. Il l'aimait réellement. Elle sentait son amour aussi sûrement que celui de son fils.

— Orla… ?

D'un pas, elle abolit la distance qui les séparait encore, puis elle posa un doigt tendre sur sa bouche. Leurs regards se trouvèrent. Pendant une longue minute, elle resta silencieuse, plongée dans ses yeux sombres. Puis elle attrapa sa main et l'entraîna dans la chambre.

Elle attendit qu'il s'assoie sur le lit avant d'abandonner la chaleur de sa main. Elle recula. Il ne dit pas un mot, le regard fixé sur elle, le souffle court.

Elle était montée le voir sans rien préparer ; elle ne voulait qu'être auprès de lui. Mais, instinctivement, elle savait ce qu'elle devait faire. Avec une prière silencieuse, elle alla tirer les rideaux et tamiser les lumières.

Sa robe était fermée par un bouton à la nuque. À quelques pas de Tonino, elle le défit. Le drapé glissa sur son buste avant de tomber à sa taille. Les yeux fixés sur l'homme qu'elle aimait, elle passa la main au bas de son dos pour ouvrir la fermeture. La robe cascada jusqu'à ses pieds. Au centre de la corolle émeraude, elle ne portait plus qu'une culotte noire en dentelle et ses chaussures à talons, qu'elle retira aussitôt. Elle enleva ensuite son dessous, puis abandonna les vestiges de sa tenue derrière elle pour le rejoindre. Son cœur battait si fort qu'il devait le voir palpiter, l'entendre rugir. Pour lui.

Tonino avait la gorge douloureusement nouée et le cœur embrasé. Était-il en train de rêver ? Il n'osait pas bouger, de peur que la vision ne lui échappe. Orla s'arrêta entre ses cuisses ouvertes et attrapa sa main. La douceur de sa peau était réelle. Elle plaça sa paume sur son ventre. Elle était tangible sous ses doigts. Il respirait doucement, prudemment. Le parfum enivrant d'Orla le submergea.

Il ferma les yeux et compta jusqu'à dix. Lorsqu'il les rouvrit, elle était toujours là. L'émotion qu'il lisait dans ses yeux lui transperça le cœur. Il laissa enfin son regard glisser sur son corps dénudé.

La grossesse n'avait laissé que des traces infimes sur son passage. Ses seins étaient plus lourds, ses tétons, plus foncés. Ses hanches étaient légèrement plus larges, son ventre, plus rond. C'était sur ce dernier que s'étendaient deux larges cicatrices, l'une verticale, l'autre horizontale. Il en découvrit une autre, plus fine, au bas de son abdomen. D'autres encore parcouraient sa poitrine et ses bras. Les marques qu'avaient laissées le verre et le métal lorsqu'ils avaient pénétré dans sa peau.

Elle pivota doucement pour lui montrer son dos.

Plus de cicatrices encore.

La sensation de brûlure qui lui monta aux yeux était si inattendue et si rare qu'il ne la reconnut qu'à retardement. Des larmes. Il enlaça ses hanches et pressa sa main contre son ventre, les paupières closes, et il inspira profondément contre sa peau. Elle tremblait dans ses bras.

Puis elle se retourna vers lui et prit son visage entre ses mains.

Penchée vers lui, le visage tout proche, elle plongea son regard dans le sien.

— Ce que tu me fais ressentir pour toi me terrifie.

Elle frôla ses lèvres d'un baiser. Ses mains abandonnèrent ses joues et glissèrent contre sa gorge avant qu'il déboutonne sa chemise. Ses lèvres tendres mordillaient son cou lorsqu'elle trouva le bouton de son pantalon. Un frisson écarlate le transperça.

Entre deux baisers, son souffle chaud sur sa peau, sa langue tiède contre son cou, elle continua :

— Il y a quatre ans, mes sentiments pour toi m'ont fait si peur que j'ai saisi la première occasion pour m'enfuir.

Elle descendit sa braguette et abaissa son pantalon.

— Je ne faisais pas confiance à mes émotions, et je ne voulais pas croire aux tiennes.

— Orla…

Son nom n'était qu'un grognement, mais elle l'interrompit d'un baiser. Leurs bouches se mêlèrent et, la paume contre son cœur, elle le poussa doucement en arrière pour le faire tomber sur le lit. Elle écarta les pans de sa chemise en faisant courir ses mains sur son torse, puis s'assit à califourchon sur lui, les coudes de part et d'autre de son visage, ses grands yeux verts plongés dans les siens.

— Je ne sais pas comment te dire combien je suis désolée. J'ai été lâche. Ce jour-là… Le refus de mon père et la confrontation avec Sophia…

Elle déposa un baiser sur le bout de son nez.

— C'était la confirmation que j'attendais. Tu m'as menti, donc j'ai pris mes jambes à mon cou. Je ne t'ai pas laissé le temps de t'expliquer et je le regretterai toute ma vie. Je n'ai pas d'excuse ; j'étais simplement terrifiée. La plupart des gens que j'ai aimés m'ont rejetée. Mon père, ma mère ne voulaient pas de moi… Comment pouvais-je croire que tu voulais me garder près de toi ?

Elle ferma les yeux une seconde, puis abaissa encore son pantalon et son caleçon, délivrant son érection.

— Tu te souviens de notre dernier matin, avant que tu partes en Toscane ? Tu m'as embrassée et tu as dit que tu voulais me parler à ton retour. Après avoir rencontré Sophia, je pensais que tu comptais m'annoncer tes fiançailles et me quitter. Je suis partie avant que tu ne m'abandonnes.

— Je voulais te dire la vérité, souffla-t-il, les yeux brûlants de douleur et de sincérité. Et ensuite je voulais te demander de m'épouser.

Le menton d'Orla trembla. Une larme roula sur sa joue et tomba sur la sienne.

— Je suis désolée, Tonino. Je suis désolée d'avoir mis si longtemps à comprendre ce que j'éprouvais pour toi. Si je n'avais pas été aussi lâche, tu aurais été là pendant ma grossesse, tu aurais connu Finn dès sa naissance. Tout aurait été si différent… Je n'aurais pas eu d'accident…

— Hé.

Il attrapa ses poignets et, avant qu'elle ne puisse protester, la fit basculer sous lui d'un mouvement fluide.

— Arrête de t'en vouloir. Ce n'était pas ta faute.

Les larmes glissaient sur ses tempes.

— J'étais en route pour te rejoindre.

— Quoi ?

— Ce jour-là. Le jour de l'accident. J'étais partie pour l'aéroport. Je voulais te retrouver. Je voulais te parler du bébé et te dire…

— Me dire quoi ? chuchota-t-il, le cœur battant.

Elle déglutit mais ne détourna pas son regard du sien.

— Que je n'avais connu le vrai bonheur qu'avec toi. Je t'aime. Je t'aimais déjà il y a quatre ans et je t'aime aujourd'hui. Je veux t'épouser, Tonino. Pas pour le bien de Finn, mais pour moi, parce que vivre sans toi est un supplice. Je suis perdue. Je suis perdue et je te cherche depuis des années. Je t'aime et, si tu m'aimes aussi et que tu vois toujours un futur avec moi, je suis prête à me battre pour le construire. Prête à me battre pour toi, pour nous. Je t'aime.

Enfin soulagée par son aveu, elle scruta son beau visage. Il lui offrit un sourire sublime et cligna des yeux pour arrêter les larmes qui brillaient dans ses yeux sombres.

— Orla O'Reilly…

Il ferma les paupières et l'embrassa avec révérence.

— Mon amour, j'ai prié pour t'entendre dire ces mots-là pendant des mois. Nous sommes tous les deux responsables de ce qui s'est passé il y a quatre ans, je crois. J'aurais dû te dire la vérité, mais j'avais peur que tu changes de comportement à mon égard. Je n'aurais jamais cru pouvoir partager quelque chose de si merveilleux avec qui que ce soit, et quand tu es partie une ombre est tombée sur ma vie. Je ne pouvais pas m'attacher à quelqu'un d'autre. Tu avais pris mon cœur avec toi.

Étranglée par la force de ses émotions, elle pressa sa bouche contre la sienne. Elle avait besoin de lui tout contre elle, de son souffle sur ses lèvres, de la chaleur de ses caresses sur sa peau. Et, dans la ferveur de leur tendre baiser, il se débarrassa de son pantalon et se cala entre ses cuisses. Une extase indicible se répandit dans ses veines lorsqu'il s'enfonça lentement en elle.

— Je t'aime, Orla, murmura-t-il d'une voix rauque en se retirant. Je suis tombé amoureux de toi si vite que je ne l'ai compris que trop tard. J'ai essayé de t'oublier, mais c'était impossible. Tu étais dans mon cœur et dans ma tête, et tu ne les as jamais quittés. Mon amour est à toi, pour toujours.

D'un coup de reins, il la pénétra profondément.

Orla referma étroitement ses bras sur sa nuque, ses jambes sur sa taille, et captura sa bouche dans un baiser brûlant. Submergée par les sensations enivrantes de son désir, frémissante d'un bonheur ineffable, elle atteignit l'extase dans le plus parfait des abandons, le cœur épanoui comme une fleur ouverte.

Épilogue

Orla, devant les portes de l'église de Bally House, leva les yeux vers le ciel radieux et sourit largement.

— Merci, murmura-t-elle à l'ange gardien qui avait bien voulu accorder à l'île d'Émeraude un si beau soleil pour la plus précieuse des journées.

Sa sœur l'inspecta une dernière fois avant qu'un immense sourire éclaire son visage ému.

— Tu es magnifique, souffla-t-elle, les larmes aux yeux.

Orla lui donna un petit coup de coude.

— Eh, arrête ça. Tu vas me faire pleurer.

Aislin renifla et cligna furieusement des paupières.

— Je suis désolée, c'est les hormones.

Dante, qui attendait derrière elles, toussota élégamment.

— Ne fais pas le malin, jeune homme, riposta Aislin. Si je suis dans cet état, c'est ta faute.

Peine perdue : si Dante avait été un paon, il aurait sûrement fait la roue. Amusée, Orla leva les yeux au ciel. Bien sûr, Dante était fier d'attendre déjà un deuxième bébé ; mais elle comprenait sa sœur, puisque son propre ventre avait des airs de ballon de baudruche. Le destin avait un sens de l'humour particulier : elle avait découvert qu'elle était enceinte le jour suivant l'envoi de leurs invitations de mariage. Voilà qui leur apprendrait à ne pas utiliser de contraception. Elle ne savait pas qui s'était montré plus extatique en apprenant la nouvelle : elle, Tonino ou Finn.

— Alors, tu m'emmènes jusqu'à l'autel, oui ou non ?

Son frère éclata de rire et lui prit le bras. Avec un gloussement,

Aislin aida Finn à se redresser. Elle lui tiendrait la main pour l'aider à remonter l'allée derrière sa maman. Il était déterminé à porter les alliances pour ses parents.

Giulia, la sœur de Tonino, et quatre de ses neveux et nièces s'étaient placés derrière la traîne de la mariée. Dans l'église, l'orgue entonna la marche nuptiale.

Un frémissement d'excitation et d'admiration parcourut les deux cents invités, siciliens et irlandais. Ils se tournèrent à l'unisson vers la mariée. Au bout de l'allée, près de l'autel, Tonino l'attendait. Son frère avait pris place à ses côtés. Le premier rang était occupé par ses parents et ses trois grands-parents. De l'autre côté, la mère de Dante et son nouveau mari lui sourirent. Étonnamment, Orla avait tissé des liens profonds avec la femme que sa naissance avait tant fait souffrir. Le bébé d'Aislin et Dante, Sal, était debout sur les genoux de sa grand-mère. En le voyant baver sur les cheveux savamment crêpés d'Immacolata, Orla dut se mordre les joues pour ne pas rire.

Dans la chapelle, sous la chaleur de leurs regards réjouis, son cœur irradia dans sa poitrine, et elle ravala ses larmes avec peine. Le jour était venu.

Aujourd'hui, Tonino et elle juraient de passer leur vie ensemble, et, alors qu'elle récitait les vœux qui l'attacheraient à lui pour toujours, elle lut la promesse qu'elle attendait dans ses beaux yeux chocolat.

Plus rien ne viendrait jamais les séparer.

DANI COLLINS

Le baiser d'Angelo Navarro

Traduction française de
CHRISTINE MOTTI

HARLEQUIN

Titre original :
BOUND BY THEIR NINE-MONTH SCANDAL

Ce roman a déjà été publié en 2020

1

Pia Montero avait craint que le bal masqué organisé par sa belle-sœur ne lui paraisse interminable, et c'était bien le cas. Mais pas pour la raison qu'elle avait imaginée, cependant.

Les invités avaient saisi l'occasion pour échanger leurs traditionnels smokings et robes de soirée contre des tenues plus originales. Les femmes tournoyaient dans des jupes amples et bariolées, coiffées de perruques et d'extravagants chapeaux à plumes. Les hommes, eux, arboraient vestes en brocart colorées à épaulettes et poignets en dentelle, bas et pantalons courts. Il y en avait même qui avaient revêtu le traditionnel costume des toréadors.

Les masques étaient de véritables œuvres d'art. Il y en avait avec des oreilles de chat, des becs d'oiseau, des têtes de renard ; certains d'entre eux couvraient le visage entier, d'autres faisaient partie intégrante d'un chapeau de bouffon auquel étaient suspendues des clochettes. D'autres encore étaient faits de verre soufflé vénitien, ou bien de dentelle, ou de satin, et décorés de plumes, de perles ou de paillettes.

Les plus beaux costumes seraient primés, mais Pia avait choisi de ne pas participer à ce concours. Elle portait pour la circonstance une élégante robe bleu indigo, mais plutôt discrète, sous une veste en velours violet. Des yeux de chat, des notes de musique et des pétales de rose étaient peints sur son masque de soie.

En regardant s'éloigner une femme au visage dissimulé derrière une grande fleur en tissu, elle regretta de ne pas avoir opté elle aussi pour un masque couvrant le visage en entier. Cela lui aurait permis de cacher ses émotions, au lieu d'arborer cette expression distante qu'elle avait façonnée devant son miroir, dès l'internat, époque où elle cherchait à tout prix à cacher ses sentiments, et à ne surtout pas se faire remarquer.

Que de fois avait-elle entendu des filles s'exclamer dans son dos : « Laissez-la tranquille, elle est timide ! »

À ces occasions, elle rougissait, rêvait de disparaître au fond d'un gouffre – et ce seulement parce que quelqu'un l'avait regardée.

Le malheur faisait fuir les gens, Pia avait eu maintes fois l'occasion de le constater. Elle avait passé seule toute son enfance, trop maladroite pour se lier d'amitié, et aussi trop brillante, ce qui donnait d'elle l'image d'une rivale très studieuse et supérieure à tous ses camarades.

Son ascendance ne l'avait pas aidée. Issue de l'aristocratie espagnole, elle était la fille des ducs de Castellon. Son père, innovateur dans le domaine des métaux industriels, avait été élu député au Parlement où il jouissait d'un profond respect. Cela s'était produit une fois que ses fils avaient atteint l'âge de diriger l'entreprise familiale, devenue une puissante multinationale.

Pia ne manquait pas de charme. Elle était ce que l'on appelle une jolie femme, bien qu'elle ne cherche jamais à attirer l'attention sur elle. Elle évitait par exemple de trop se maquiller ou de porter des vêtements originaux mettant son corps en valeur, consciente qu'il était inutile qu'elle essaye de plaire puisque sa mère finirait par lui trouver un mari.

Ce que *La Reina* Montero était précisément en train de faire, transformant ainsi aux yeux de sa fille cette soirée en un événement des plus pénibles.

— Mère, j'aimerais ne pas précipiter les choses et attendre janvier, moment où je soutiendrai ma thèse, lui dit-elle.

Si elle s'attendait à ce qui allait suivre, la moue de désapprobation de sa mère ne la contraria pas moins pour autant.

Ses deux frères, ingénieurs chimistes, ne s'étaient pas mariés avant la trentaine. De l'avis de sa mère, Pia perdait « ses meilleures années » en prolongeant ainsi ses études.

— Ces choses-là ne se font pas en un jour, insista celle que beaucoup appelaient *La Reina*. Il faut que tu manifestes ton intérêt, Pia. Était-ce bien avec l'héritier des Estrada que tu parlais à l'instant ?

Oh non ! de grâce... Bien que plutôt agréable, Sebastián était un véritable moulin à paroles.

— À mon avis, sa nature extravertie équilibrerait la tienne, qui est exactement l'inverse. Il faudra d'ailleurs que tu y travailles, ma fille, afin de pouvoir organiser des soirées comme celle-ci.

Vous devriez parler plus fort encore, mère...

— Allons sous le chapiteau ! reprit la duchesse de Castellon. Nous pourrons ainsi voir qui est intéressé par quoi, à cette vente aux enchères.

Sur ces mots, elle écarta en soupirant son masque qui, pareil à une lorgnette, était monté sur une tige.

— Je n'aurais jamais dû accepter d'assister à un événement aussi puéril que ce bal costumé, observa-t-elle, contrariée, avant de remettre son masque. Quelle idée !

— Les convives ont l'air de bien s'amuser, en tout cas, répliqua Pia tandis qu'elles approchaient de la grande tente, qui bruissait des rires et des bavardages de ceux qui découvraient les objets mis en vente à l'occasion de cette soirée de bienfaisance.

Pia, qui avait de tout temps observé le comportement de ses semblables, se demanda pourquoi le fait d'être déguisé provoquait toujours chez les gens un tel accès de bonne humeur. Serait-ce la nostalgie des jeux de l'enfance ? Difficile pour elle de se prononcer sur ce sujet, car sa propre jeunesse n'avait jamais rien eu de léger. Elle se rappelait avoir été élevée dans un cadre rigide, somme toute assez proche de la vie d'adulte.

— Poppy s'est bien débrouillée, déclara *La Reina,* désignant d'un geste du menton sa nouvelle belle-fille.

Poppy avait réussi à rassembler pour l'occasion des grands crus aux millésimes rares, tout comme des bijoux anciens, des forfaits spa, et des billets VIP pour des spectacles de Broadway ainsi que du West-End.

Pia regarda autour d'elle et s'interrogea. Le port du masque avait-il pour effet d'endormir la prudence, d'inciter à prendre des risques ? Au même titre que les réseaux sociaux permettaient à tout un chacun de se soustraire aux face-à-face, et encourageaient ainsi les utilisateurs à s'exprimer plus librement ?

Elle se sentait en tout cas, elle, libre d'observer en toute liberté les personnes rassemblées là. Dissimulée derrière son masque, elle regarda un couple qui discutait de l'achat d'un article. Selon la femme, l'objet en question était trop fastueux, mais l'homme insistait, affirmant qu'il l'aimait et souhaitait le lui offrir.

Ce genre d'échange fascinait Pia. Cela lui rappelait la tendresse qui existait entre ses frères aînés et leurs épouses, ce besoin qu'ils avaient de se faire mutuellement plaisir. Leurs mariages respectifs avaient tous deux débuté par un scandale, mais ils avaient su construire des unions fortes, inébranlables, suscitant en elle le désir de trouver à son tour, un jour, un amour pareil. Or, on attendait d'elle qu'elle épouse quelqu'un de son rang.

Elle refoula le soupir qui lui montait aux lèvres et redressa les épaules. Après tout, accomplir son devoir ne relevait pas vraiment du sacrifice. Il s'agissait d'une décision raisonnable destinée à profiter à tout le monde, y compris à elle-même. Ses rares tentatives destinées à trouver l'âme sœur s'étaient jusque-là soldées par des échecs, ce que n'appréciait guère la perfectionniste qu'elle était. Quoi qu'il en soit, l'amour et la passion représentaient pour elle des concepts totalement étrangers.

Elle détourna le regard du couple et, reprenant sa marche, heurta par mégarde un homme qui était en train de reposer un stylo à côté de l'un des objets mis en vente, un tableau. Le contact fut bref, léger, mais provoqua en elle une réaction d'une force étonnante. Comme l'inconnu lui posait les mains sur les épaules pour l'immobiliser, elle eut l'impression de recevoir une décharge électrique dans tout le corps.

Le souffle court, elle cligna des paupières. Les masques qu'ils portaient réduisaient leur champ visuel, et étaient sans nul doute à l'origine de cette collision. Car elle n'était ni idiote ni aveugle, et il ne semblait pas l'être non plus. Quelques secondes lui avaient suffi pour deviner en lui un être débordant d'énergie, mais qui savait également se contrôler.

Pia n'avait pas pour habitude de porter un jugement aussi hâtif et précis sur ceux que le hasard plaçait sur sa route. C'est pourtant ce que suscitait en elle cet homme qui se tenait tout près d'elle. Si près qu'elle sentait la chaleur irradier de son corps. Un parfum d'air frais et d'agrumes émanait de lui, comme s'il venait de traverser un grand jardin avant d'arriver là.

Qui était-il donc ?

Son tricorne était orné d'une fine bordure blanche. Elle posa le regard sur la veste en brocart noir qu'il portait sur une chemise, elle aussi noire, tout comme son pantalon étroit, rentré dans des bottes hautes de la même couleur.

Un pirate, songea-t-elle, observant le masque en porcelaine blanche qui cachait en partie son visage. En partie seulement, car elle pouvait voir sa barbe d'un brun foncé, identique à la teinte des cheveux courts qu'elle apercevait sous le tricorne. Elle avait du mal à distinguer la couleur de ses yeux, mais lorsque leurs regards se croisèrent, elle retint son souffle.

Ils étaient toujours très près l'un de l'autre, et elle eut soudain l'impression que le temps s'était figé. En général, les gens détournaient vite leur attention d'elle pour la porter sur quelqu'un qu'ils jugeaient plus intéressant. Et cela convenait très bien à Pia, qui préférait passer inaperçue. Ce soir-là, son masque lui donnant une toute nouvelle assurance, elle ne chercha pas à fuir, à se dérober à l'emprise qu'exerçait sur elle cet inconnu à fière allure.

Grand et bien bâti, celui-ci était doté d'un physique qui ne laissait certainement pas indifférentes la plupart des femmes. Qu'elle y soit elle aussi sensible ne manquait pas de l'étonner. Mais elle ne pouvait nier que, de façon pour le moins surprenante, cet individu dont elle ignorait tout l'attirait.

— Excusez-moi…

La voix féminine qui venait de retentir derrière elle la ramena à la réalité, ou plus précisément à la raison. La femme souhaitait enchérir sur la photo en noir et blanc d'une célèbre actrice. Et celui qui avait occupé toutes les pensées de Pia durant ces dernières secondes lui lâcha soudain les épaules, puis s'éloigna. Il disparut dans un bruissement de soie, celui de sa grande cape noire, et elle eut alors l'impression qu'autour d'elle les bruits s'amplifiaient de façon surprenante.

Elle avança de quelques pas et, d'instinct, tourna la tête vers la sortie au moment où l'homme quittait la tente. Toujours sous l'effet troublant de cette brève rencontre, elle rejoignit l'endroit où était posée la liste des participants aux enchères. Elle la balaya d'un bref regard et constata que tous ces noms lui étaient familiers, sauf le dernier sur la liste. La tête penchée en avant, Pia parvint à lire « Anonyme ». Celui qui n'avait pas décliné son identité proposait une somme quatre fois supérieure à l'offre précédente.

— Comment cela fonctionne-t-il, au juste ? demanda Pia en montrant la dernière enchère à sa mère qui venait de la rejoindre.

Constatant que sa main tremblait, elle s'empressa de l'enfouir dans les plis de sa jupe.

— Ce genre de chose se produit de temps en temps, lui expliqua la duchesse avec un petit haussement d'épaules. Quand un homme veut faire un cadeau surprise à sa femme, par exemple.

Ou quand il préfère lui cacher quelque chose, songea Pia. Si elle n'était pas d'un naturel cynique, elle n'était pas non plus naïve au point d'ignorer les aspects négatifs des mariages arrangés.

— Il confiera ces « détails » au commissaire-priseur, enchaîna sa mère. Il s'agit là d'un geste risqué, qui peut se révéler coûteux. D'autres convives voudront peut-être le punir pour avoir cherché à se réserver l'objet.

— C'est le prix à payer, je suppose.

Imperméable à ce jeu de mots, *La Reina* reprit :

— Cette peinture se trouvait dans le grenier. Elle est l'œuvre d'un artiste modeste, aujourd'hui décédé, ce qui contribue en général à en augmenter la valeur. Mais pas pour autant à susciter ce genre de tactique chez un acquéreur. De mon point de vue, en tout cas...

Pia se pencha légèrement pour examiner le portrait. L'expression de la jeune femme qu'il représentait était sombre, mais la lumière extérieure qui enveloppait celle-ci mettait l'accent sur sa jeunesse, sa vulnérabilité.

— Savez-vous qui est cette jeune personne ? demanda-t-elle à sa mère.

Pia tendit la main vers le tableau qu'elle saisit pour le regarder de plus près.

— Suspendre des portraits de famille chez soi est indéniablement sentimental, observa sa mère en lui prenant la peinture des mains pour la remettre à sa place. Afficher à son domicile ceux de gens qui nous sont inconnus, en revanche...

Si elle ne finit pas sa phrase, l'expression de son visage était éloquente. De toute évidence, *La Reina* jugeait déplacé ce genre d'habitude.

— Cet acquéreur anonyme devrait sans aucun doute l'emporter sur les autres, observa Pia. Je posais la question par simple curiosité.

— Oublie ce tableau. Nous avons d'autres priorités.

Bien sûr. Me trouver un mari !

Angelo Navarro sirotait un cocktail, tout en examinant les alentours afin de mener à bien la deuxième partie de sa mission.

Il aurait pu envoyer un agent pour s'acquitter de cette tâche, mais avait préféré s'en charger lui-même, personne ne lui inspirant suffisamment confiance. Par ailleurs, la perspective de se glisser dans la propriété sans que nul soupçonne sa présence s'était révélée bien trop tentante pour qu'il soit capable d'y résister.

Il ne s'attendait cependant pas à être submergé par un tel flot d'émotions en revenant sur le lieu de sa naissance. Il était en proie à un profond sentiment de colère, d'injustice, auquel se mêlaient le mépris et une forte soif de vengeance.

Autour de lui, tous ces gens qui se pavanaient faisaient des offres extravagantes à cette vente aux enchères destinée à venir en aide aux plus démunis. Or, ces mêmes personnes n'avaient jadis prêté aucune attention à une jeune femme se trouvant dans une situation des plus difficiles. Nul n'était intervenu lorsqu'on lui avait retiré la garde de son fils, nul n'avait cherché à la défendre, à s'opposer à ceux qui la persécutaient. Au contraire, même.

Il n'éprouvait aucun scrupule à s'être infiltré dans cette réunion destinée à la bonne société locale, afin de récupérer ce que sa mère avait dérobé. Ou qui lui avait été donné. Il n'avait jamais su de façon précise comment elle avait obtenu ces bijoux. À vrai dire, cette partie-là lui importait peu. Il mourrait en paix s'il savait qu'elle s'était défendue à sa manière.

Toutefois, lorsque l'occasion de jouer les redresseurs de torts s'était présentée, il n'avait pas hésité à la saisir. Cela faisait-il de lui un être semblable à son père, prêt à commettre un acte criminel pour assouvir sa soif de vengeance ? Prêt à tout ou presque, pour montrer à ses demi-frères ce que l'on ressentait quand on se moquait de vous et qu'on vous abandonnait à votre triste sort – en l'occurrence, la pauvreté ?

Peut-être.

Cette pensée ne l'arrêta pas. Il se dirigea d'un pas nonchalant vers le coin de la maison et attendit que le gardien détourne son attention pour se glisser dans la zone sombre qui se trouvait à l'arrière.

Quelques mètres plus loin, il arrivait devant l'escalier en colimaçon où était affiché un petit panneau sur lequel étaient inscrits les mots : « Réservé à la famille ». Un sourire empreint d'ironie se dessina sur ses lèvres tandis qu'il montait les marches menant au toit-terrasse. Comme il atteignait le haut des marches, il entendit un grincement familier. Ce petit bruit provoqua en lui un curieux accès de nostalgie, qu'il s'empressa de chasser.

À l'instant même où Angelo posait le pied sur la terrasse, il s'aperçut qu'il n'y était pas seul. Quelqu'un était arrivé là avant lui.

Pas plus les sons que la lumière de la soirée ne parvenaient jusqu'à l'aile ouest du bâtiment, quasiment plongée dans l'obscurité. Dans ce cadre, il eut du mal à distinguer la silhouette tournée vers la Méditerranée, que la lune baignait d'une lueur argentée. Mais lorsque la personne se tourna vers lui, il reconnut aussitôt ce masque blanc. Cette femme était celle qui l'avait heurté un peu plus tôt, alors même qu'il venait de proposer une enchère pour le portrait de sa mère.

Lorsqu'il avait tenu l'inconnue dans ses bras, il avait tout oublié, l'espace d'un instant – notamment le désir de vengeance qui l'avait incité à revenir en ces lieux. Le costume sans grand intérêt que portait cette jeune personne laissait entendre qu'elle n'appartenait pas plus que lui à ce milieu. Elle semblait même chercher à se cacher, à éviter les regards. Pendant les quelques secondes qu'avait duré leur « étreinte » il avait presque eu envie de l'inviter à danser.

— Oh !

À l'inflexion de sa voix, il comprit qu'elle l'avait reconnu. Ce qui signifiait que cette brève rencontre l'avait elle aussi marquée.

— Vous attendiez quelqu'un d'autre ?

Il ajusta son masque, cherchant ainsi à accommoder sa vue à la pénombre environnante. Le vieux banc où sa mère avait coutume de lui raconter des histoires avait disparu, remplacé par un grand sofa en forme de L.

— Non, je n'attendais personne.

C'était là une bonne nouvelle, et à bien des égards.

— Est-ce que vous m'avez suivie ? enchaîna-t-elle.

Aurait-il modifié ses plans s'il avait su qu'il la retrouverait là ? Il n'en était pas certain, bien qu'elle représente un obstacle à son dessein.

— Et vous... Est-ce que vous attendez quelqu'un ? demanda-t-elle à son tour, mal à l'aise.

Il aurait dû répondre par l'affirmative. Elle avait l'air si gênée à l'idée de déranger qu'elle se serait sans doute empressée de disparaître. Mais curieusement, il ne tenait pas à lui faire croire qu'il fréquentait quiconque.

Comme il secouait la tête, il crut remarquer qu'elle paraissait moins tendue.

— Qui êtes-vous ?

Elle avait incliné la tête en lui posant la question et, dans ce geste, son masque se déplaça légèrement, mais pas assez pour qu'il puisse apercevoir les traits de son visage. Angelo fronça le nez. Il s'imaginait mal lui répondre la vérité.

— Je crois bien que l'objectif d'une soirée de ce genre est d'entretenir le mystère, répliqua-t-il donc avec un vague sourire.

— D'autant plus que, si vous me répondiez, vous révéleriez l'identité de celui qui a, de façon *anonyme*, offert un tel montant pour ce tableau...

— Exact.

Il prit conscience du danger de la situation. La jeune femme avait bien saisi qu'il était à l'origine de cette offre pour le moins extravagante. Si elle ne connaissait pas son nom, il n'était pas impossible qu'elle parvienne assez rapidement à le découvrir.

Pouvait-il courir le risque de s'attarder ? Il ignorait si cette terrasse située sur le toit avait été repavée, ou si les anciennes dalles avaient été conservées et simplement reposées, révélant ainsi la cachette qu'il avait découverte lorsqu'il était enfant. Cette cachette existait-elle toujours ? Il doutait que ses demi-frères aient remarqué ce trou dans le sol.

Mais il était bien possible que les nouveaux propriétaires aient trouvé le trésor et l'aient gardé en évitant d'en parler à qui que ce soit. Le genre humain n'inspirait aucune confiance à Angelo. En particulier les êtres qui occupaient une place de choix en haut d'échelle sociale sans jamais avoir fourni le moindre effort pour y accéder.

Il ne quitterait pas les lieux avant d'avoir vérifié par lui-même ce qu'il en était. Il était venu jusque-là et attendrait donc le départ de la jeune femme pour mener à bien sa mission.

D'un pas lent, il avança vers le parapet auquel elle était accoudée. La dernière fois qu'il s'était trouvé là, il était à peine assez grand pour regarder par-dessus...

Ce fut à ce moment-là que l'inconnue reprit la parole.

— Si vous ne m'avez pas suivie et n'avez pas non plus rendez-vous avec quelqu'un, que faites-vous ici ?

— Simple curiosité, répondit-il.

Et ce n'était qu'un demi-mensonge. Car cette jeune personne l'intriguait réellement.

— Et vous ? Quel est le motif de votre présence sur cette terrasse ?

— J'avais besoin de réfléchir, déclara-t-elle après quelques secondes d'hésitation.

— De réfléchir *à quoi* ?

— Au bonheur. Pourquoi m'obstiner à le chercher, alors que rien ne me garantit que je le trouverai ? Et quand bien même, supposons que j'y parvienne, mais en lésant d'autres personnes ?

Angelo posa la main sur le parapet, près de celle de la jeune femme. Il remarqua qu'elle avait la peau très pâle et aussi qu'elle ne portait pas d'alliance.

— Vaste sujet ! observa-t-il avec un petit rire. Si vous voulez mon avis – fondé sur ma propre expérience – le bonheur est quelque chose de fugace. Il traverse notre vie par moments, mais ne correspond pas à un état permanent.

— Supposons que l'on n'ait droit qu'à *un seul* moment ? insista-t-elle.

— Alors, il faut en tirer profit.

Elle hocha la tête.

— Si cela m'arrivait, je regretterais en effet de ne pas avoir su saisir la chance.

— Quel genre de chance ?

Elle laissa s'écouler quelques secondes avant de répondre, d'une voix plus profonde.

— Une... occasion. Comme celle de manifester à quelqu'un l'intérêt que je lui porte.

Au moment même où elle prononçait ces mots, il vit la main aux doigts longs et fins se rapprocher de la sienne, et retint son souffle.

— Êtes-vous mariée ? murmura-t-il.

— Non. Mais je n'échapperai sans doute pas, bientôt, à l'obligation de convoler en justes noces.

Elle marqua une nouvelle pause avant d'ajouter, plus bas :

— En ce qui concerne ce *quelqu'un*... Je ne voudrais pas me couvrir de ridicule s'il ne s'intéressait pas du tout à moi.

— Détrompez-vous, murmura-t-il. Vous l'intéressez. Beaucoup, même.

2

Pia s'agrippa au parapet. Son cœur battait si fort qu'il lui semblait l'entendre résonner.

— Savez-vous qui je suis ? lui demanda-t-elle dans un murmure.

— Devrais-je le savoir ?

— Non.

S'il avait deviné à qui il avait affaire, le bel inconnu se serait sans aucun doute comporté différemment. Il l'aurait traitée avec tous les égards que lui réservaient ceux qui connaissaient ses origines et sa position sociale. Il se serait donc bien gardé de lui poser des questions aussi intimes et aurait bien entendu évité de l'encourager à suivre son instinct, comme il venait de le faire.

Elle retint un petit soupir de plaisir. C'était si agréable, si apaisant, d'oublier son nom ainsi que les espoirs que fondaient sur elle ses proches ! Voilà pourquoi elle avait rejoint cette terrasse : pour s'interroger sur le rôle qu'elle était censée jouer. Sa brève « rencontre » avec cet homme masqué, les quelques instants magiques qu'ils avaient vécus, si proches l'un de l'autre, avaient provoqué en elle une foule de questions.

Devait-elle *vraiment* suivre le chemin tracé par ses proches ? Ne pouvait-elle pas s'en écarter, essayer de trouver sa propre voie ?

— Et vous, êtes-vous marié ? demanda-t-elle à son tour.

— Je ne suis impliqué dans aucune relation… Car voyez-vous, je ne veux pas d'engagement. Tout ce que j'ai à offrir, c'est une aventure, un moment…

Elle tendit l'oreille, cherchant à reconnaître le timbre de sa voix, ce qui se produirait certainement s'il lui était déjà arrivé de l'entendre.

— J'aurais moi-même du mal à expliquer ce que j'attends au juste d'un seul « moment », mais je ne voudrais pas le laisser échapper.

Comme elle prononçait ces mots, un sourire se dessina sur ses lèvres. Elle était prête à tourner le dos à la si sage et si sérieuse Pia Montero. À vivre pleinement ce *moment* qui s'offrait à elle.

Quelques accents de musique arrivèrent alors jusqu'à eux, provenant des pièces du bas.

— *Strangers in the Night*, murmura-t-il.

Il tendit la main vers elle, comme s'il voulait l'inviter à danser sur cet air si connu qui parlait d'eux, car ce soir ils étaient bien deux étrangers dans la nuit. Sans hésiter, Pia glissa la main dans la sienne. Cet inconnu était bien trop attirant pour qu'elle ait la moindre envie de lui résister.

Il lui donnait l'impression d'être un homme viril, un mâle dominant – et elle doutait que son déguisement y soit pour quelque chose – et exerçait sur elle une sorte de fascination. Une pensée saugrenue lui vint alors à l'esprit : il faudrait qu'elle demande à sa mère d'éviter de choisir pour elle un homme pareil qui, par sa seule présence, parvenait à anéantir en elle le moindre soupçon de raison.

Il s'agissait là d'une réaction purement physique, presque chimique. La proximité de ce corps éveillait en elle un désir incontrôlable – et qu'elle n'avait d'ailleurs aucune envie de contrôler. Les circonstances de sa rencontre avec cet homme, au cours d'un bal costumé, ne faisaient qu'ajouter du piment à la situation.

Elle chercha quelques secondes à se soustraire à cette emprise physique pour recouvrer un soupçon de bon sens, mais rien n'y fit. Bien que consciente de l'absurdité de la situation, elle ne trouvait pas en elle la force de la fuir. À cet instant précis, son corps seul régnait en maître. Et ce que voulait son corps...

— J'ai envie de vous embrasser, dit-il d'une voix rauque, chaude, qui balaya aussitôt en Pia toute velléité de refus.

Ce fut d'un même geste qu'ils se rapprochèrent l'un de l'autre. Elle le vit relever son masque et enlever son chapeau, mais ne parvint à distinguer ses traits avant qu'il l'attire contre lui et cherche ses lèvres. Instinctivement, elle se réfugia dans les bras de cet homme au charme irrésistible.

Dès que leurs bouches se joignirent, elle éprouva une étrange et merveilleuse sensation de plénitude. Quelque chose qui lui était totalement inconnu jusque-là et qu'elle savoura avec une véritable gourmandise. Comme il resserrait son étreinte, elle noua sans hésiter les bras autour de son cou et répondit à ce baiser avec une ardeur pareille à celle qu'il lui témoignait.

Puis toute forme de pensée la déserta. Emportée par la foule de sensations que cet individu faisait naître en elle, elle enleva à son tour son masque afin de ne rien perdre de cet instant magique. Comme un délicieux frisson la parcourait tout entière, elle laissa échapper un petit gémissement.

Redressant à peine la tête, il chuchota :

— Voulez-vous que nous en restions là ?

— Oh non !

Les deux mots avaient franchi spontanément ses lèvres. Comment aurait-elle pu décider de mettre un terme à cet échange si sensuel qui lui ouvrait les portes d'un univers extraordinaire ?

Le regard plongé dans le sien, il passa les mains sous sa veste et les laissa glisser lentement le long de son corps, s'attardant sur sa taille, ses hanches, avant de remonter vers sa poitrine, où elles s'immobilisèrent.

Le souffle court, Pia baissa les paupières et murmura, haletante :

— Non, n'arrêtez pas ! Je n'ai jamais rien ressenti d'aussi fort, d'aussi...

Incapable de trouver les mots, elle se serra davantage encore contre lui, et cette fois ce fut elle qui prit son visage entre ses mains, pour le couvrir de baisers avant de s'emparer de ses lèvres.

— Moi non plus ! murmura-t-il.

Mais il n'en dit pas plus, absorbé par cet échange passionné de baisers et de caresses. Le désir qui les habitait tous deux grandissait de seconde en seconde. Essoufflée, Pia se laissait porter par ses sens, par son corps embrasé qui n'avait qu'une hâte : ne former qu'un avec celui de l'homme qui, en quelques minutes à peine, avait anéanti en elle toute raison.

Lorsqu'elle se cambra et sentit tout contre elle son membre

raidi, elle s'agrippa à ses épaules en gémissant et crut l'entendre marmonner quelques mots qu'elle ne comprit qu'à demi. Apparemment, il pensait que ce n'était ni le lieu ni le moment idéal pour se livrer à ce genre d'ébats.

Il n'en continua pas moins pour autant à couvrir de caresses le corps de celle que le destin avait placée sur son chemin. Celle qui, de toute évidence, brûlait d'un désir pareil au sien. Sans plus hésiter, il déboutonna sa robe et posa les mains sur sa peau brûlante. Ses doigts ne furent pas longs à remonter vers sa poitrine, à chercher la pointe durcie de ses seins. La réaction de Pia fut immédiate. Elle se raidit et lâcha un petit cri, juste avant de se serrer un peu plus fort encore contre celui qui lui donnait tant de plaisir.

Comme elle l'espérait, les doigts brûlants de l'inconnu s'attardèrent sur ses seins avant de descendre jusqu'à son ventre, et plus bas encore, au creux de ses cuisses. À ce moment-là, elle s'enhardit à son tour à glisser les mains dans son pantalon, pressée de sentir sous sa paume son sexe durci.

Le feu qui les consumait poussa Angelo à la guider jusqu'au sofa qu'il avait aperçu à son arrivée sur la terrasse. Il était sur le point de la faire sienne lorsqu'une pensée lui traversa subitement l'esprit.

— Je n'ai... *rien* ! Aucune protection, précisa-t-il.

Elle n'avait bien entendu pas pensé à cela, elle non plus. Il fallait donc qu'ils en restent là, elle le savait.

— Est-ce que vous prenez un contraceptif ? insista-t-il. Si c'est le cas, sachez que vous ne risquez rien avec moi, même sans préservatif. Je n'ai aucun problème de santé.

Non, elle n'était pas sous traitement, mais en termes de cycle, elle ne courait aucun risque.

— Tout va bien, déclara-t-elle donc sans la moindre hésitation.

Dans l'obscurité environnante, elle crut distinguer un éclair qui traversait son regard. Après quoi il s'allongea à côté d'elle et l'embrassa de nouveau.

— Vous êtes très belle, murmura-t-il après un long et ardent baiser.

— Vous ne pouvez pourtant pas me voir...

Elle cligna des paupières, essayant elle-même de discerner les traits de l'inconnu, ce qui se révéla quasiment impossible. Seule sa superbe silhouette virile se découpait sur le ciel constellé d'étoiles.

— Détrompez-vous, je vous vois, insista-t-il, le regard rivé sur son visage. Et je vois une femme curieuse, à la fois sensuelle et réfléchie. Une femme assez courageuse pour obtenir ce qu'elle veut vraiment.

— Je ne suis pas courageuse. Je…

Mais elle ne put en dire davantage, car il s'emparait à nouveau de ses lèvres. Elle eut alors l'impression d'être emportée dans un tourbillon de caresses et de baisers de plus en plus passionnés. Un tourbillon qui allait de plus en plus vite.

Jusqu'à ce que l'irrésistible inconnu couvre son corps du sien et la fasse enfin sienne. À cet instant précis, Pia fut envahie par une myriade de sensations vertigineuses qui effacèrent presque la douleur ressentie au moment où il l'avait pénétrée. Et elle comprit sur-le-champ qu'il venait de gâcher en partie son avenir auprès de son futur mari, quel que soit celui-ci. Non pas parce qu'il lui avait ôté sa virginité, mais parce qu'elle doutait de retrouver un jour le même plaisir dans les bras d'un autre homme. Il était peu probable que le destin place de nouveau sur son chemin un amant qui lui ouvre les portes d'un tel paradis…

Tandis que leurs corps s'unissaient dans une danse sensuelle, elle sentait monter en elle une vague de plaisir d'une intensité inouïe, qu'elle n'aurait jamais imaginée. Cet inconnu avait su, en quelques instants, révéler en elle une femme insoupçonnée, prête à tout ou presque pour vivre sans réserve et sans la moindre gêne une étreinte sans lendemain…

Leur rencontre avait bousculé tous ses préjugés, tout ce qui lui avait été enseigné jusque-là. Et elle n'avait pas hésité à s'écarter du « droit » chemin, pour goûter aux plaisirs de la chair. Dans les bras de cet inconnu aux allures de pirate, elle se sentait belle, désirable. Libre. Cet amant, elle l'avait elle-même choisi. Rien de comparable à ce que tenait à tout prix à lui imposer *La Reina* ! Et elle appréciait d'autant plus les instants extraordinaires qu'elle vivait avec lui.

À bout de souffle, ils s'immobilisèrent soudain et se laissèrent porter par le flot de plaisir qui venait de déferler en eux. Pendant les secondes qui suivirent, ils restèrent serrés l'un contre l'autre, sans tenter le moindre geste, comme s'ils craignaient de briser la magie du moment merveilleux qu'ils venaient de partager.

Au bout de quelques instants, l'inconnu leva légèrement la tête et la dévisagea.

— C'était... incroyable ! Peut-être sommes-nous bénis des dieux, car si je vous avais rencontrée à une tout autre période de ma vie, je vous aurais sans doute enchaînée à mon lit !

Il ponctua ces mots d'un petit rire, et Pia se surprit à regretter que cette éventualité relève de l'impossible. Comme s'il avait lu dans ses pensées, il se pencha de nouveau vers elle pour l'embrasser, et le désir qui les avait jetés dans les bras l'un de l'autre jaillit de nouveau. Et cette fois encore, ils se donnèrent passionnément l'un à l'autre. Avec plus de lenteur, savourant chaque instant de cette précieuse communion des corps. Lorsqu'ils atteignirent ensemble les cimes du plaisir, ils restèrent longtemps agrippés l'un à l'autre, comme s'ils redoutaient de retrouver la réalité.

Le cœur battant à tout rompre, Pia laissa les secondes s'égrener, consciente qu'après ce qu'elle venait de vivre, elle ne serait plus jamais la même.

Un peu plus tard, comme elle reboutonnait sa robe, Angelo l'attira à nouveau dans ses bras, puis échangea un dernier baiser avec elle, tout en essayant de graver dans sa mémoire le contact de ces lèvres pulpeuses sur les siennes. Allait-il passer le restant de ses jours à rechercher ce joli menton pointu, ce large front entouré de cheveux bruns soyeux ?

Quelques notes de musique leur parvenaient toujours. La scène était romantique en diable. Deux amants sur cette terrasse, face à la mer où se reflétait le disque argenté de la lune...

Angelo fut tenté de lui demander comment elle s'appelait. Par chance, ce fut elle qui prit la parole en premier.

— Nous devrions regagner les salons, maintenant...

Elle lui prit la main et la serra fort dans la sienne en murmurant :

— Merci.

— Merci *à vous*.

C'était une situation des plus improbables. Il n'était pas censé se trouver là, et quelle que soit son attirance pour cette jeune personne, rien ne prouvait qu'il puisse lui faire entièrement confiance. Mieux valait donc en rester là, ne garder de cette rencontre que le souvenir d'une exaltante parenthèse.

— Je vais passer en premier pour distraire les gardiens. Ça ne les inquiétera pas que je sois montée.

— Parce que vous êtes une femme ?

Les femmes pouvaient être de véritables traîtresses. Il gardait de sa grand-mère le souvenir d'une personne cruelle. Mais, craignant que les gardiens veuillent le fouiller s'ils le voyaient quitter une zone privée, il appréciait cette proposition.

Ajustant son chapeau et son masque, il salua donc d'un bref signe de tête celle avec laquelle il venait de passer des moments d'une rare intensité.

— Au revoir… Et, qui sait, le destin nous remettra peut-être un jour en présence.

— Dans une autre vie !

Comme elle prononçait ces mots qui se voulaient légers, elle ressentit une profonde mélancolie et s'empressa de tourner les talons pour descendre l'escalier et quitter les lieux au plus vite.

Tendant l'oreille, Angelo attendit que le bruit des pas de la jeune femme se fonde dans le brouhaha qui régnait au rez-de-chaussée, avant de se diriger vers un coin de la terrasse. Arrivé là, il éclaira les environs à l'aide de son smartphone et remarqua que, mis à part le minutieux nettoyage de la mousse qui poussait là tous les hivers, les nouveaux propriétaires n'avaient rien entrepris. Il lui suffirait donc de déplacer l'ancien pot de fleurs pour mettre à nu la brique qui se trouvait juste derrière.

Se servant de la lame de son couteau, il la souleva et rapprocha la lampe de son portable afin de s'assurer que ne se cachait là aucun insecte nuisible. L'endroit était sec et vide, exception faite d'une boîte à tabac. Il tendit la main pour la sortir de la niche et l'ouvrit. Assez longtemps pour voir briller les bijoux et distinguer un petit loup en plastique – un trésor caché là afin que ses frères ne le lui dérobent pas.

En bas, la musique s'était arrêtée. Une voix masculine retentit dans un micro, annonçant la remise de prix pour les costumes. D'un geste sûr, Angelo remit doucement la brique à sa place, se redressa et glissa la boîte dans la poche intérieure de sa cape.

Quelques instants plus tard, alors qu'il descendait l'escalier et passait devant le panneau portant l'inscription « Réservé à la famille », il comprit soudain pourquoi la jeune inconnue avec qui il venait de vivre des moments si forts lui avait dit que les gardiens ne trouveraient pas sa présence suspecte. Parce qu'elle *faisait partie de la famille*, tout simplement !

Ravalant un juron, il attendit d'avoir traversé les salles du rez-de-chaussée pour consulter son portable tout en se dirigeant vers l'endroit où il avait garé sa voiture. Il ne lui fallut pas plus de quelques clics pour découvrir l'identité du nouveau propriétaire de la demeure : Rico Montero. Il pianota de nouveau sur son téléphone et vit bientôt apparaître une photo de la sœur de celui-ci : Pia Montero.

Angelo reconnut sur-le-champ ces lèvres pleines dont il n'avait pas oublié le goût vanillé. Pas plus qu'il n'avait oublié la texture soyeuse de ces cheveux bruns sous ses doigts fébriles.

Celle qu'il avait tenue dans ses bras appartenait donc à cette caste qu'il exécrait… De toute évidence, ses besoins matériels étaient largement pourvus puisqu'elle percevait des dividendes de l'entreprise dirigée par ses frères et habitait une maison, certes pas immense, mais pimpante et située dans un quartier huppé. Sur la page du réseau social dont elle était membre figuraient bon nombre de photos représentant des paysages exotiques.

Pia Montero était donc issue d'une famille identique à celle de son père et de ses demi-frères – dans laquelle certains étaient dotés de titres de noblesse, d'autres pas. Angelo avait eu vent des relations à scandale des frères Montero avec des femmes d'origine plutôt modeste, et savait que ces affaires avaient été étouffées par des mariages arrangés dans l'urgence.

Observant avec attention une autre photo de Pia, Angelo constata que les traits de son visage étaient bien plus nobles sans masque. Sur la photo en question, prise lors d'un gala de bienfaisance, elle affichait un sourire assez distant, et la façon dont elle posait pour la circonstance n'était pas sans rappeler celle des mannequins de haute couture durant les défilés.

Retenant son souffle, Angelo promena le regard sur ces formes féminines qu'il venait de caresser. Il sentit même poindre de nouveau en lui un désir qu'il s'empressa de refouler. Cette jeune personne n'était pas son genre. Elle n'était en aucun cas faite pour lui. Il préférait, et de loin, une femme qui ait un emploi et mène une existence normale au lieu d'évoluer dans une sorte de bulle dorée.

Une femme qui ne suscite en lui aucune méfiance quant à l'intérêt qu'elle lui portait. Car il avait appris à ses dépens que sa richesse faisait de lui une proie rêvée pour certaines personnes dénuées de scrupule, qu'elles soient de sexe masculin ou féminin, d'ailleurs…

Après avoir lancé son portable sur le siège passager, il s'installa au volant et démarra. Comment avait-il pu perdre ainsi le contrôle de la situation, se laisser emporter par son désir pour Pia Montero ? Ils n'avaient aucun point commun ! Elle appartenait à cette classe sociale qu'il avait précisément décidé de tenir à distance.

Sa réaction n'était pas celle d'un parvenu affichant un certain dédain à l'égard des vieilles familles fortunées. Elle n'était pas non plus liée au fait d'avoir été exclu de ce milieu privilégié. L'origine de son mépris envers cette caste était plus profonde.

Pendant toutes ces années, quelqu'un avait bien dû savoir ce qui se passait dans la petite maison du domaine des Gomez, mais on avait choisi de l'ignorer. Les gens avaient continué à fermer les yeux, permettant ainsi au père et aux demi-frères d'Angelo de jouir d'un statut auquel ils n'avaient pas droit. Son père aurait dû être emprisonné, et à sa mort Angelo aurait dû en toute logique recevoir en héritage une partie de ses biens.

À l'âge de quatorze ans, alors qu'il fréquentait un internat et ne se remettait pas du suicide de sa mère, Angelo avait été abandonné et s'était retrouvé à la rue. Il était convaincu que ses frères avaient délibérément mis le feu à la petite maison de sa mère, aussi bien pour percevoir l'argent de l'assurance que pour l'empêcher, lui, de retourner y vivre.

Angelo avait aussitôt tout mis en œuvre pour survivre et aller de l'avant. Et si ses frères l'avaient laissé mener en paix sa nouvelle existence, il ne se serait sans doute jamais mêlé de la leur. Au lieu de cela, quand ils avaient remarqué la disparition de certains bijoux, ils s'étaient empressés d'accuser de vol Angelo et sa mère.

Ses frères l'avaient cru lorsqu'il avait affirmé ne posséder rien de plus que les vêtements qu'il portait, mais étaient restés convaincus qu'il savait où se trouvaient les fameux bijoux.

Comme il venait de le démontrer ce soir-là, Angelo avait une idée très précise de l'endroit où sa mère les avait cachés. Cependant, rien ne l'avait jamais incité à passer aux aveux, pas plus les tentatives d'intimidation que les menaces proférées autrefois. Il s'était donc tu, résolu à régler cette affaire à sa façon, quel que soit le temps que cela prendrait.

Au cours des quinze dernières années, Angelo aurait très bien pu revenir dans le domaine, revendiquer son statut de fils illégitime du baron et exiger par voie légale sa part d'héritage. Ce dont il s'était abstenu, car non seulement il n'avait aucune envie de révéler cette partie de son ADN, mais cela lui aurait aussi coûté très cher. Quelques années plus tôt à peine, il n'aurait pas été en mesure d'assumer les frais liés à une telle bataille judiciaire. En outre, la presse se serait certainement emparée de cette histoire et aurait sali l'image de sa mère, ce qui lui aurait été insupportable.

De plus – à quoi bon le nier ? – il s'était réjoui de savoir que ses frères s'obstinaient à poursuivre leurs recherches infructueuses. S'ils avaient réussi à dénicher la cachette, il aurait tout mis en œuvre pour récupérer son dû. Après tout, ces bijoux représentaient pour sa mère une sorte de dédommagement. Elle les avait pris, consciente que le père d'Angelo ne lui laisserait jamais rien de plus qu'une petite maison en piteux état. De ce fait, il considérait ces bijoux comme son héritage, ni plus ni moins !

Si l'occasion de ce bal masqué ne s'était pas présentée, il aurait sans doute laissé ses frères dans l'ignorance, persuadés que ce trésor était perdu à tout jamais. S'ils n'avaient pas vendu le domaine comme ils l'avaient fait, sans aucun scrupule, s'ils n'avaient pas mis le portrait de sa mère aux enchères, en prétendant de surcroît jouer les philanthropes...

Les mains serrées sur le volant, il lâcha un juron. Ces êtres lamentables lui donnaient la nausée.

Après être arrivé sur la piste où l'attendait son hélicoptère, il y monta et sentit dans la poche de sa cape le poids de la précieuse petite boîte qu'il venait de récupérer. Quand et comment annoncerait-il à ses « chers » frères qu'il était en possession du trésor dont s'était emparé sa mère ?

Il tenait à ce qu'ils se trouvent dans une situation aussi critique que possible, au fond du gouffre, lorsqu'il les informerait de ce nouveau rebondissement de l'affaire. À l'heure actuelle, ils vivaient toujours de l'argent rapporté par la vente du domaine à Rico Montero. Ces fonds ne dureraient pas éternellement, vu l'addiction de Darius au jeu et le récent divorce de Tomas. Quand ils seraient à court d'argent, Angelo dévoilerait ses cartes.

Cela les rendrait fous ! Ils voudraient revendiquer leurs droits, mais agir ainsi les obligerait à reconnaître leurs liens familiaux. Il leur faudrait admettre les origines d'Angelo, et admettre aussi de quelle façon sa mère avait pu avoir accès à ces perles et diamants.

Il prendrait alors un plaisir infini à les voir se dresser l'un contre l'autre à cette occasion, prêts à se livrer bataille.

Mais comme tous les plans parfaits ou presque, celui-ci comportait un risque. En l'occurrence, il s'agissait d'un témoin pour le moins gênant qui pourrait bien réduire à néant le projet qu'il venait enfin de mener à bien.

Pia Montero.

3

Six semaines plus tard.

— Vous voulez bien m'excuser un instant ? dit Pia, s'adressant à sa mère ainsi qu'à Sebastián.

Elle n'attendit pas leur réponse pour se lever de table et s'éloigner, ignorant le regard désapprobateur de sa mère. Cette dernière pensait très certainement que ses nerfs la lâchaient, mais cela lui était bien égal. Libre à elle de penser ce que bon lui semblait ! Pia, elle, n'avait qu'une envie : atteindre au plus vite les toilettes du rez-de-chaussée.

Prise de violentes nausées, elle n'eut que le temps de refermer la porte derrière elle avant de rendre tout son déjeuner. Quelques instants plus tard, elle regardait, atterrée, l'image que lui renvoyait le miroir. Elle avait les yeux cernés, le teint très pâle, et la profonde fatigue qu'elle ressentait était en accord avec ce portrait.

Que diable lui arrivait-il ?

Après s'être aspergé le visage d'eau fraîche, elle s'essuya lentement à l'aide d'une petite serviette brodée et se rapprocha encore du miroir pour s'observer de nouveau. Que se passait-il ? Comment était-il possible qu'elle ait soudain été en proie à de tels haut-le-cœur ?

À vrai dire, il y avait une semaine qu'elle ne se sentait pas au mieux de sa forme. Elle avait d'abord cru couver un gros rhume, mais n'avait observé aucun des symptômes classiques, comme la fièvre, par exemple. Elle avait alors envisagé des ennuis d'ordre gastrique, sachant néanmoins que la cuisinière de la maison ne préparait que des produits d'une fraîcheur irréprochable.

Puis elle avait fini par s'interroger sur l'éventuelle hypothèse d'une... grossesse. Mais cela relevait de l'impossible. Le lendemain du bal masqué, elle avait eu ses règles. De ce fait, *elle ne pouvait pas* être enceinte. Elle en était là de ses pensées quand elle sentit son estomac se nouer de nouveau. Elle y posa d'instinct la main et se rappela que son cycle ne s'était pas renouvelé depuis.

Il n'en restait pas moins que c'était *im-pos-sible*, se répéta-t-elle tout en essayant d'inspirer profondément. En ce moment même, sa mère l'attendait dans la salle à manger avec celui qu'elle avait choisi et considérait comme son futur gendre favori.

Calme-toi, réfléchis.

Mais elle était bien trop perturbée pour parvenir à se remémorer de façon précise les dates, à compter les semaines qui s'étaient écoulées depuis cette folle soirée. Elle redressa les épaules. À quoi bon perdre ainsi son temps ? Il fallait qu'elle en ait le cœur net, et pour cela un seul moyen : un test de grossesse.

Après avoir tapoté ses joues pour leur redonner un peu de couleur, elle retourna dans la salle à manger sans pour autant regagner son siège.

— Désolée, mère, je ne me sens pas très bien, il faut que je rentre.

Tournée vers Sebastián, elle ajouta :

— Si cela vous convient, je vous appellerai dans la semaine et nous essayerons de nous revoir.

— Je vais vous raccompagner chez vous, dit-il en se levant aussitôt.

— Non merci, je ne veux pas vous déranger. Le chauffeur de ma mère m'a conduite ici, il peut très bien me ramener chez moi.

— Vous ne me dérangez pas du tout...

Tourné vers la maîtresse de maison, il enchaîna :

— Je vous remercie infiniment pour ce délicieux déjeuner, *madame*. J'espère que nous aurons l'occasion de nous revoir bientôt.

La mère de Pia plaqua un sourire sur son visage et envoya à Sebastián un baiser du bout des doigts. Le regard dont elle gratifia ensuite sa fille ne laissait aucun doute quant à ses intentions : elle ne manquerait pas de lui exprimer le fond de sa pensée en lui disant tout le bien qu'elle pensait de son attitude.

Un peu plus tard, Pia prenait place dans la voiture de sport de l'homme que *La Reina* avait choisi pour elle. Durant le déjeuner, Sebastián et elle s'étaient découvert des goûts communs. Au fil de la conversation, ils avaient constaté qu'ils aimaient tous deux la natation et la plongée sous-marine. Les activités professionnelles de Sebastián se déroulaient en général aux alentours de Madrid, mais enfant il avait coutume de passer ses vacances à Valence, et serait ravi de s'installer dans la région quand il aurait fondé une famille.

Sa mère, lui avait-il dit, élevait des chiens de cirque. Pris de pitié, il avait adopté le plus jeune d'entre eux et admettait le gâter de façon exagérée, ce qui avait arraché un sourire crispé à *La Reina*. Pia, quant à elle, avait ressenti un bref élan d'optimisme en entendant ces mots. Qui sait, peut-être pourraient-ils être heureux ensemble, Sebastián et elle ?

— Je suis sincèrement désolée, répéta-t-elle dès qu'il eut démarré. Voilà quelques jours que je ne me sens pas bien. J'aurais mieux fait d'annuler ce déjeuner.

— Votre malaise n'est peut-être pas uniquement dû à des problèmes de santé.

Il accompagna ces quelques mots d'un bref regard dans sa direction, et elle sentit son estomac se nouer de nouveau. À quoi bon le nier ? Elle traversait en ce moment une période assez difficile, et l'acharnement de sa mère à vouloir la marier n'y était certainement pas étranger. Mais cela n'expliquait pas tout, elle en était bien consciente.

— Sebastián… Je pense que nous devons éviter de nous emballer.

Elle le vit froncer les sourcils.

— J'espère n'avoir rien dit qui ait pu vous froisser.

— Du tout, mais je crois qu'il vaut mieux que nous reportions toute sorte de… d'engagement à long terme entre nous. Je suggère que nous attendions la nouvelle année, par exemple.

Ce serait une folie d'envisager un quelconque avenir avec cet homme, alors qu'elle portait peut-être l'enfant d'un autre. Un autre qui n'avait fait que traverser sa vie, un certain soir de folie absolue.

Sebastián, qui avait ralenti pour se garer au bord du trottoir, se tourna vers elle. Elle esquissa un vague sourire, puis, incapable de soutenir ce regard insistant, baissa les yeux sur ses mains. Elle sentait la culpabilité la gagner, augmenter de seconde en seconde, et avait l'impression de suffoquer dans le petit habitacle du véhicule.

Tandis qu'elle se tordait nerveusement les doigts, elle l'entendit s'éclaircir la voix tout près d'elle.

— Je vais peut-être vous surprendre, Pia, mais sachez que rien ou presque ne serait susceptible de me faire renoncer à ce que nous envisageons ensemble.

— Vous ignorez tout de l'importance de ce « presque », chuchota-t-elle.

— Peut-être pas.

Il s'était exprimé d'un ton si sérieux et semblait si sûr de lui que, soudain affolée, elle ferma les paupières. Son état serait-il évident ? Certaines rumeurs circuleraient-elles déjà sur elle, avant même qu'elle ait eu la moindre occasion de les confirmer ? Alors qu'elle ignorait tout de l'identité du père de ce bébé, et n'était donc pas en mesure de l'informer de quoi que ce soit.

Encore aurait-il pour cela fallu que ses craintes soient fondées...

Pour la première fois depuis son enfance, elle sentit sa gorge enfler, ses paupières brûler. Il y avait si longtemps qu'elle n'avait éprouvé un tel besoin de pleurer, de laisser libre cours à son chagrin.

— Ma famille attache beaucoup d'importance à cette alliance, Pia. Rassurez-vous, il ne s'agit en aucun cas de me « caser » pour étouffer des erreurs remontant à quelques années : je n'ai rien à cacher de mon passé. Voyez-vous, cette union serait pour nous une sorte de partenariat qui nous permettrait de nous soutenir mutuellement, de trouver ensemble des solutions aux différents problèmes qui surgiront dans nos vies.

Il marqua une brève pause pendant laquelle elle ne souffla mot et reprit :

— Qu'est-ce qui, à votre avis, pourrait représenter un obstacle à notre union ? Expliquez-moi tout, Pia. Et sachez que je suis prêt à m'adapter à vos attentes.

Elle déglutit avec peine. Quoi que prétende Sebastián, il était peu probable qu'il consente à épouser une femme enceinte d'un autre que lui. Elle en était là de ses pensées quand il tendit la main vers elle et prit la sienne en un geste à la fois tendre et rassurant, qui parvint à lui soutirer un sourire.

— Je vous appellerai dans la semaine, dit-elle. Quand j'aurai eu le temps de réfléchir à certaines choses.

— Bien sûr.

Sur ce, il la raccompagna chez elle où elle ne resta que le temps de vérifier ses rendez-vous et d'appeler Poppy, sa belle-sœur, à qui elle avait envie de rendre visite. Une heure plus tard, après avoir pris la direction du domicile de cette dernière, elle s'arrêta devant une pharmacie pour y acheter un test de grossesse. Après quoi elle partit en direction d'une station-service où elle emprunta les toilettes. Et enfin, elle regagna sa voiture où elle resta longtemps assise, le regard vide, s'efforçant d'assimiler la nouvelle.

Elle était enceinte ! Enceinte d'un homme dont elle ignorait absolument tout.

Elle qui s'était toujours considérée comme une femme intelligente et responsable... Comment était-il possible qu'elle se soit comportée de façon aussi inconsidérée ? Comment pouvait-elle se retrouver aujourd'hui dans une situation pareille ?

Elle évita de s'attarder sur le fait que cette trajectoire était celle de ses deux frères. De penser que, peut-être, une partie obscure d'elle-même l'avait poussée sur cette voie, dans l'espoir de trouver à son tour le bonheur que Cesar et Rico y avaient tous deux trouvé.

Cette analyse, elle le savait, échappait à toute logique. Par ailleurs, elle relevait de l'impossible puisque le père de son enfant était pour elle un parfait inconnu.

C'était pour cette raison qu'elle souhaitait voir Poppy.

Elle démarra donc et retourna sur les lieux du crime : la villa où s'était déroulé le bal costumé.

Après avoir passé une demi-heure auprès de sa nièce, à échanger mots doux et câlins, Pia eut l'impression d'avoir retrouvé un certain équilibre. Si les circonstances n'étaient pas idéales, elle devait toutefois admettre que la perspective de découvrir les joies de la maternité ne la laissait pas indifférente. Loin de là, même. Elle ne ressemblerait en rien à la femme froide et distante, dotée d'un redoutable esprit pratique qu'avait été *La Reina* dans son rôle de mère. Celle-ci ne manquerait d'ailleurs pas de manifester sa désapprobation, lorsque Pia se montrerait, de son point de vue, trop affectueuse envers son enfant.

La Reina réprimandait souvent ses deux belles-filles, Sorcha et Poppy, pour cette raison. Et Pia n'oubliait pas les reproches adressés par sa mère à la nourrice qui s'était occupée d'elle pendant les premières années de sa vie.

Évitez de la gâter. Cela fera d'elle une personne dépendante.

Que de fois avait-elle entendu ces mots lorsque la jeune personne la serrait dans ses bras !

Oui, ces premiers câlins étaient sans l'ombre d'un doute à l'origine de sa personnalité : introvertie, manquant d'assurance, et atteinte de phobie sociale. Ces traits de caractère ne pouvaient évidemment pas être dus au manque d'affection et d'attention de celle qui l'avait mise au monde !

Refoulant ces pensées, elle posa sur la joue rebondie de Lily, sa nièce, un baiser sonore.

— Si tu allais maintenant jouer avec ta nounou ? J'ai besoin de parler avec ta maman.

La fillette passa les bras autour du cou de sa tante, puis s'éloigna en lançant un « ze t'aime » retentissant.

— Moi aussi « ze t'aime », mon petit cœur !

Comme elle la regardait s'éloigner en sautillant, Pia sentit des larmes d'émotion lui monter aux yeux. Elle aurait bientôt dans sa vie un petit être qui, comme cette fillette, lui manifesterait son amour jour après jour.

Poppy, qui était restée jusque-là cachée derrière son appareil photo, lâcha un cri de satisfaction.

— Je pense qu'il y aura là quelques jolis clichés. Je suis en train de préparer un album photo qui sera mon cadeau de Noël pour Rico. Je ne vois pas bien ce que je pourrais offrir d'autre à cet homme qui a déjà tout !

L'un des frères de Pia, Rico, s'était trouvé dans une situation critique quand son premier mariage, très bref, avait pris fin de façon tragique. Il avait alors découvert que Poppy avait eu en secret une fille de lui, et n'avait pas été long à les retrouver. Depuis ce moment-là, il était redevenu le frère dont elle gardait de précieux souvenirs, celui qu'elle avait connu avant qu'il parte faire des études supérieures. Celui qui s'était toujours montré si patient et protecteur envers elle. Celui qui lui passait le bras autour des épaules quand, petite, elle regardait un film de sorcières.

— Que veux-tu que je te serve ? Une tasse de café ? Un verre de vin, plutôt ?

En entendant ces mots, Pia se figea. Vu son état, il était préférable qu'elle ne boive pas d'alcool. Et le café n'était peut-être pas non plus conseillé. Elle se félicitait à présent d'avoir à peine goûté au repas.

— Je sors tout juste de chez ma mère où j'ai déjeuné. Je ne prendrai rien pour l'instant, merci.

— Quand tu m'as dit que tu avais des questions à me poser sur la vente aux enchères, j'ai aussitôt pensé que tu voulais la carte du commissaire-priseur.

Poppy tendit la main vers une petite table d'appoint et prit une carte de visite posée dessus.

— Je veux bien cette carte, en effet, merci. Sache que mère était contente que l'événement ait remporté un tel succès !

— À cause du tableau ? demanda Poppy d'une voix tendue.

— Le tableau ? Quel tableau, Poppy ?

— Celui du grenier qui représente une jeune femme. C'est cette vente-là qui m'a permis de récolter autant d'argent. L'enchérisseur a payé une somme ridiculement élevée pour l'acquérir.

— Je m'en souviens...

Soudain glacée, elle demanda :

— Sais-tu qui a acheté cette toile ?

— C'est bien là le problème. Je n'en ai pas la moindre idée !

— Le commissaire-priseur ne t'a fourni aucun renseignement ?

Poppy secoua lentement la tête.

— Non. Il a refusé. J'ai pourtant tout mis en œuvre pour essayer d'en savoir davantage, crois-moi. Les anciens propriétaires du tableau voulaient connaître eux aussi l'identité de l'acquéreur et étaient assez contrariés que cela soit impossible.

— Tu veux parler du baron Gomez ?

— En effet, et de son frère. Tu les connais ?

— Vaguement. De réputation.

Une réputation qui n'était pas des meilleures. Après le décès du précédent baron, la famille avait traversé des moments difficiles. L'un des frères était un coureur de jupons, l'autre un joueur invétéré. Pas plus l'un que l'autre n'était doué pour les affaires. Les deux frères étaient en tout cas trop âgés pour correspondre au mystérieux individu qui l'avait rejointe sur la terrasse.

— Pourquoi étaient-ils si contrariés ? insista Pia.

— Bonne question ! Ils nous ont vendu la propriété telle qu'elle était, y laissant bon nombre d'objets et de meubles. Quand j'ai trouvé ce tableau au grenier, il m'a semblé assez intéressant. Par courtoisie, j'ai appelé la famille pour m'assurer que ça ne les dérangeait pas qu'il fasse partie des objets mis en vente pour cette collecte de fonds.

— Ils t'ont dit qui était cette jeune femme ?

— Il s'agirait de la fille de la deuxième épouse de leur père, née d'un précédent mariage. Elle vivait près de la propriété, dans une petite maison qui a brûlé peu de temps après sa mort. Elle a dû mourir jeune. Sur le portrait, elle a l'air d'avoir une quinzaine d'années, et il a été peint il y a trente ans.

Elle fronça le nez avant d'ajouter :

— Quoi qu'il en soit, le nouveau baron m'a paru assez dur quand il a répondu en riant à ma question. « Bien sûr, vendez-le, vous verrez bien ce que vous pourrez tirer d'*elle.* » Voilà ce qu'il m'a dit !

— Assez particulier comme commentaire, en effet. Est-ce qu'il a assisté à la soirée ?

— Ils ont, son frère et lui, décliné l'invitation. Mais il a insisté pour que je précise bien sur une note qu'il avait fait don de cette peinture.

Face à cet élan de fausse grandeur d'âme, Pia réprima son envie de lever les yeux au ciel. Elle était toutefois trop bien élevée pour se laisser aller à ce genre de réaction.

— J'aurais dû dire à Rico que quelque chose me semblait bizarre, mais je ne voulais pas donner l'impression de me montrer trop pointilleuse.

— Pourquoi ? Que s'est-il passé au juste ?

Poppy croisa et décroisa nerveusement les bras avant de les poser sur les accoudoirs de son fauteuil.

— Eh bien… La toile en question s'est finalement vendue cent mille euros.

— Comment ? s'exclama Pia, les yeux écarquillés.

— Oui, tu as bien entendu. Il se trouve que quelqu'un a quadruplé l'enchère finale pour s'assurer d'éliminer tous les éventuels concurrents.

Pia, qui ignorait tout des derniers rebondissements de l'affaire, en resta bouche bée. Jamais elle n'aurait imaginé que le petit tableau, joli certes, mais pas extraordinaire, puisse atteindre une somme pareille.

— Et il était estimé à combien, au départ ?

— Cinq cents euros.

— Je vois…

C'était là une façon de parler, car à vrai dire elle ne voyait absolument rien. Au fond d'elle-même, elle se réjouissait cependant que le père de son enfant soit capable de faire preuve d'une telle générosité.

— Je tenais à remercier personnellement cet acheteur, mais le commissaire-priseur m'a dit qu'il avait insisté pour que j'adresse mes remerciements à la famille Gomez pour avoir fait don de ce tableau. Il a précisé aussi que l'acquéreur tenait à ce que je ne manque pas d'informer les Gomez du prix auquel il s'était vendu. Après avoir jugé vulgaire le fait de mentionner la somme exacte, ta mère a considéré que, vu le montant de ladite somme, il fallait que je me plie aux exigences de l'acquéreur.

À ce stade de son discours, Poppy s'interrompit et se passa en soupirant la main sur le visage.

— Ce qui s'est révélé être une lourde erreur.

— Pourquoi ?

— Tout d'abord, la famille Gomez ne m'aurait certainement pas autorisée à mettre cette toile en vente si elle avait imaginé un seul instant qu'elle puisse rapporter une somme pareille. C'est Darius, le plus jeune, qui m'a appelée en premier. Il était fou de rage. Il lâchait des jurons à tout-va et en est même arrivé à me menacer. Il voulait à tout prix que je lui communique l'identité de l'acquéreur. Je lui ai dit et répété que je n'en avais pas la moindre idée, mais il ne m'a pas crue. Exaspérée, j'en ai parlé à Rico, qui a aussitôt appelé le frère aîné et n'a pas mâché ses mots. Crois-moi, mon vocabulaire espagnol s'est enrichi !

Elle fit mine de rire, mais l'expression de son visage restait tendue. Elle était de toute évidence encore perturbée par ce qu'elle venait de vivre et n'appréciait guère la tournure qu'avaient prise les événements.

— Je me demande si l'acheteur avait idée des remous que provoquerait cet achat, murmura Pia, songeuse.

Au fond d'elle-même, elle était pourtant persuadée que c'était bien le cas. L'homme qu'elle avait rencontré semblait très sûr de lui.

— J'ai l'impression d'avoir été propulsée sur un champ de bataille. Après avoir raccroché, Rico m'a demandé si le nom d'Angelo Navarro figurait sur la liste des invités. Je suppose que ce nom-là est celui de l'homme que les frères Gomez soupçonnent de se cacher derrière cet achat pour le moins extraordinaire. J'ai vérifié, et il n'y avait aucun Angelo Navarro. Mais en fait, n'importe qui aurait pu enchérir pour lui.

Pia sentit un frisson la parcourir tout entière.

— Angelo Navarro..., murmura-t-elle. Et sais-tu qui est cet homme ?

— Rico a entrepris quelques recherches. Il s'agirait d'un tout nouveau milliardaire qui a fait fortune dans le domaine de la technologie. Il a, semblerait-il, un profil de prédateur. Et apparemment, il a pris pour cible les intérêts des Gomez... Quoi qu'il en soit, Rico a demandé à la secrétaire de votre mère de rayer tous ces noms de la liste des possibles futurs invités. J'ignorais qu'il existait un registre des personnes indésirables ! conclut-elle avec un petit rire nerveux.

— C'est Sorcha qui l'a mis en place quand elle occupait la fonction de secrétaire auprès de Cesar.

Pia réprima un frisson. Une porte fermée par les Montero représentait un véritable obstacle aux avantages sociaux et financiers qui se pratiquaient dans les milieux les plus aisés d'Espagne.

Jusque-là, persuadée que le père de son enfant avait été invité à ce bal masqué, elle avait considéré que sa présence était approuvée par ce cercle restreint. La somme qu'il avait versée pour acquérir le fameux tableau ne laissait aucun doute quant à ses moyens financiers. Elle avait donc pensé que même s'il ne faisait pas partie des favoris de sa mère, il avait le rang souhaité – voire exigé – par celle-ci pour devenir son gendre.

Mais la situation se révélait très différente de ce qu'elle avait imaginé. Cet homme-là était en réalité un étranger, qui venait en outre d'être mis sur liste noire.

— Alors, que veux-tu vendre aux enchères ?

— Comment ? Oh !

Pia ne savait pas mentir. Elle se trouvait rarement dans une position où cela soit nécessaire, exception faite de quelques formules de politesse concernant un repas ou une tenue vestimentaire.

— Eh bien... Je possède quelques pièces que j'aimerais bien mettre en vente sur un prochain catalogue, avança-t-elle. Dans la mesure où mes études sont sur le point de prendre fin, ma vie va s'engager sur une nouvelle voie et...

Elle en resta là. Assise, les mains posées sur ses cuisses, elle lançait de brefs regards à son ventre. Ce ventre qui, au fil des semaines à venir, deviendrait de plus en plus proéminent. Pouvait-elle se confier à Poppy ? Celle qui était aujourd'hui sa belle-sœur s'était trouvée dans cette même situation lorsqu'elle avait été enceinte de Lily.

Mais Pia avait appris depuis bien longtemps que se plaindre ne permettait en aucun cas de résoudre les problèmes. À quoi bon mentionner des difficultés, tant qu'elle n'avait pas réfléchi à la meilleure façon d'en venir à bout ? Prise d'une soudaine envie de pleurer, elle cligna des paupières et se leva.

— Il se fait tard. Mieux vaut que je parte sans trop tarder si je veux éviter de conduire de nuit.

Comme Poppy se levait à son tour, Pia ajouta :

— Si ça ne t'ennuie pas, je préférerais que tu ne parles pas de ma visite à ma mère. J'ai abrégé aujourd'hui un déjeuner chez elle, en disant que je ne me sentais pas très bien.

— Le déjeuner avec... ?

Poppy fronça le nez en soupirant, et reprit :

— Pia, je ne voudrais pas me mêler de ce qui ne me regarde

pas, mais es-tu bien certaine qu'un mariage arrangé soit ce qui te convienne le mieux ? Regarde ce qui est arrivé à tes frères…

En entendant ces mots, Pia ne put contenir un petit rire ironique.

— Ne te fâche surtout pas, Poppy, mais examinons en effet ce qui s'est passé… En épousant Sorcha, Cesar a compromis un accord conclu de longue date en vue de régler une dette de famille.

Rico avait connu à peu près le même genre de situation avec sa première épouse. Pia se garda bien d'y faire allusion, mais tout ce que ce premier mariage devait rapporter à Rico avait été détruit quand on avait appris qu'il avait une fille d'une autre femme.

Voyant que Poppy avait pâli, Pia tendit la main pour la poser sur le bras de sa belle-sœur, un geste tendre qui ne lui était pas coutumier.

— Je vous considère toutes les deux comme des amies très chères, et vos enfants sont pour moi de précieux cadeaux, déclara-t-elle avec sincérité. Je suis ravie que mes deux frères vivent des relations dans lesquelles ils s'épanouissent, mais tu nous connais assez maintenant pour savoir comment fonctionne notre famille, et quelles sont les attentes de nos parents à notre égard.

Elle haussa les épaules avant de préciser :

— C'est maintenant moi qui suis censée me comporter de façon raisonnable. Si je ne consens pas à faire un « bon » mariage, les Montero seront à jamais considérés comme des êtres impulsifs et irréfléchis.

— Tu penses vraiment que c'est à toi de payer le prix de notre bonheur, Pia ? Ce n'est pas juste. Et pas non plus « raisonnable », pour reprendre l'adjectif que tu viens toi-même d'utiliser.

— Peut-être pas.

Elle ne jugeait cependant pas nécessaire de noircir le tableau.

— Je ne ressemble pas à mes frères, Poppy, insista-t-elle. Je ne porte pas en moi l'envie ou le besoin de me rebeller, d'aller à l'encontre des valeurs qui m'ont été inculquées.

Et cela en dépit d'une certaine soirée, pendant laquelle une puissante vague de désir avait tout balayé sur son passage…

— C'est souvent le cas chez les femmes, observa Poppy. Je n'ai pas parlé à Rico de Lily pour bon nombre de raisons. Tout au fond de moi, je sais que c'est la peur qui m'a retenue, qui m'a empêchée de le faire. Ceci aussi, peut-être.

D'un ample geste de la main, elle désigna la grande maison qu'elle avait restaurée avec un goût parfait.

— M'adapter à votre univers n'a pas été facile pour moi, avoua-t-elle plus bas. Il m'est souvent arrivé de me sentir terrifiée, et je suis bien consciente de continuer à commettre des erreurs. Tous les jours, même. Mais je ne regrette rien, absolument rien. Je n'ai pas ménagé mes efforts pour vivre ce que je vis aujourd'hui avec ton frère. Je me suis donnée à 200 % et ne le regrette pas.

Elle se tut, inclina la tête de côté et précisa :

— En réalité, si. J'ai un regret, un seul : celui de ne pas lui avoir dit plus tôt toute la vérité. Si je l'avais fait, nous aurions pu être heureux ensemble plus tôt.

Pia salua ces mots d'un rire qui se voulait insouciant.

— Le bonheur est de toute façon quelque chose de fugace, observa-t-elle.

Où donc avait-elle entendu ces mots ?

— Je veux dire par là que nous aurions pu nous retrouver plus tôt, insista Poppy. Partager plus tôt tous ces moments qui nous rendent aujourd'hui si heureux.

Elle s'interrompit alors, et enveloppa sa belle-sœur d'un regard empreint d'une profonde inquiétude.

— Je sais bien que tu n'as pas grandi en espérant rencontrer ton prince charmant et partager sa vie… Mais sache qu'il est possible de trouver l'amour, Pia. Voudrais-tu être déjà mariée à un autre, le jour où cela se produira ?

— Il y a là matière à réflexion, j'en conviens.

Pressée de mettre fin à cette conversation, pour elle bien plus complexe que ne l'imaginait sa belle-sœur, elle avança vers elle pour l'embrasser.

— À bientôt, Poppy. Nous nous reverrons à Noël.

Le cœur gros, elle quitta la maison et monta dans sa voiture. Elle rentra chez elle les mains agrippées au volant, se remémorant tout ce qu'elle venait d'entendre, tous les mots qui avaient résonné très fort en elle.

« J'ai un regret, un seul : celui de ne pas lui avoir dit plus tôt toute la vérité. »

4

Angelo avait lu le message tant de fois depuis le moment où il l'avait reçu, trois jours plus tôt, qu'il en connaissait chaque mot. Malgré tout, il ne put s'empêcher de le parcourir une fois encore.

Señor Navarro,

Nous nous sommes rencontrés, mi-octobre, au gala organisé par mon frère. Seriez-vous d'accord pour m'accorder un bref entretien ?

Si vous préférez ne pas donner suite à cette demande, je respecterai votre volonté, et vous n'entendrez plus parler de moi.

Je vous joins mes coordonnées.

Sincèrement vôtre,

Pia Montero

Aucune mention de la passion qui les avait animés ce fameux soir. Comme s'ils n'avaient partagé aucune intimité. Cette demande ressemblait à une requête purement professionnelle, ce qui la rendait d'autant plus suspecte. Pia cherchait-elle à le piéger ? À quel point était-elle proche de Tomas et Darius ? Leur avait-elle confirmé la présence d'Angelo ce soir-là dans le domaine qui appartenait autrefois aux Gomez ? Quoi qu'il en soit, les deux frères qui comptaient se débarrasser de sa mère une seconde fois à travers la vente de son portrait en étaient pour leurs frais. Leur mépris s'était retourné contre eux.

Il jeta un regard mélancolique sur la toile accrochée au mur, au-dessus du coffre contenant les bijoux qu'il avait récupérés. Il l'avait encadrée avec soin. Alors qu'il pensait que le tableau avait brûlé avec la maison, il avait découvert qu'il n'en était rien et avait tenu à le reprendre. Sachant que les deux frères ne toucheraient pas un centime de cette vente, il n'avait pas hésité à débourser une somme considérable pour en faire l'acquisition. D'après la rumeur, ils se mordaient les doigts de ne pas l'avoir mise aux enchères eux-mêmes.

Angelo était persuadé qu'ils n'avaient aucune preuve de sa présence sur les lieux.

À moins que Pia n'ait laissé entendre le contraire...

D'où ce message pour le piéger et l'obliger à admettre son forfait.

Il avait alors cherché en savoir plus sur elle. Les informations qu'il avait recueillies l'avaient surpris. Seul un génie pouvait obtenir une maîtrise en sciences de l'environnement avant vingt et un ans. Diplôme auquel s'ajoutait une triple spécialisation en chimie, biologie et sociologie. Trois ans plus tard, elle s'apprêtait à soutenir une thèse de troisième cycle.

La soutenance devait d'ailleurs se tenir le lendemain, comme l'avait noté Angelo sur son agenda.

Ce que les informations recueillies sur Pia ne révélaient pas, c'était la raison pour laquelle elle le contactait *maintenant*. Avait-elle eu du mal à le retrouver ?

Plus important encore : pourquoi s'était-elle offerte à un étranger, cette nuit-là ? En d'autres circonstances, il l'aurait prise pour une croqueuse de diamants, puisqu'il représentait une cible de choix, mais il demeurait convaincu que seul le hasard les avait fait se rencontrer sur le toit. Ils avaient pris tous deux un risque inouï en s'abandonnant à leurs pulsions. Et il craignait, en revoyant cette jeune femme, de se laisser entraîner sur une pente dangereuse. Il ne comprenait pas comment elle avait pu produire un tel effet sur lui. Les circonstances de leur rencontre, les costumes qu'ils avaient endossés, l'envie de jouer avec le feu ?

En se plongeant dans le rapport qu'on lui avait communiqué sur Pia, il découvrit une information clé. Apparemment, comme bon nombre de jeunes filles de bonne famille, elle avait atteint l'âge de se marier et cherchait des prétendants. À bien y réfléchir, si Pia était en quête d'un mari, elle ne pouvait décemment pas avoir pour but de raviver l'élan qui les avait poussés dans les bras l'un de l'autre. Il devait s'agir d'un piège fomenté par ses frères.

Mal à l'aise, il étudia la fine écriture de Pia, en réfléchissant aux possibilités qui s'offraient à lui. Peut-être lui suffirait-il de répondre qu'elle faisait erreur : ils ne s'étaient jamais rencontrés.

Mais cette solution ne lui convenait pas. Il fallait qu'il en ait le cœur net. C'est pourquoi il envoya un message au pilote de son jet privé afin qu'il organise leur vol pour Valence.

Au fils des ans, Pia s'était formée à la prise de parole en public. Elle s'était même essayée aux techniques d'improvisation pour apprendre à gérer l'imprévu. Hélas ! malgré tous ses efforts, elle manquait d'aisance. En règle générale, elle choisissait dans l'assistance un ou deux visages avenants et s'adressait à eux seuls, faisant abstraction du reste de l'auditoire. Pour se préparer à cette soutenance, elle s'était efforcée, à chaque repas de famille, de présenter les points clés de son discours et de les argumenter avec des mots choisis, sans émotion.

Et aujourd'hui, comme elle s'attendait à un auditoire limité, comprenant le jury, le président de l'université, son directeur de thèse et quelques étudiants préparant leur propre soutenance, elle ne nourrissait pas trop d'appréhension.

Après avoir connecté son ordinateur au vidéoprojecteur, le président la présenta à l'assemblée.

— Merci, dit-elle avec un sourire forcé avant de balayer l'assistance à la recherche d'un visage ami.

¡Dios !

Depuis sa visite à Poppy la semaine précédente, Pia avait mené des recherches pour trouver le plus d'informations possible sur Angelo Navarro. Ce dernier se prétendait d'origine espagnole, mais avait passé quelques années aux États-Unis et possédait aujourd'hui plusieurs résidences dans le monde entier. Si son enfance comportait des zones d'ombre, la manière dont il avait fait fortune était connue de tous. Il avait commencé sa carrière dans l'installation d'équipements vidéo, puis s'était lancé dans la promotion de championnats en nouant des partenariats entre des sociétés de haute technologie et des organisateurs de jeux vidéo. L'une des puces créées à cette occasion avait révolutionné l'univers des smartphones et celui de l'intelligence artificielle. Sa société proposait aujourd'hui des services illimités en matière de stockage de données sécurisées. Angelo possédait même des îles tropicales privées où il avait probablement enterré ses lingots.

Pia avait étudié sa photo avec attention et la comparait à présent à l'image qu'il lui révélait. La même chevelure d'un noir scintillant, le même regard envoûtant, couleur aigue-marine. Pas de doute, l'homme installé au fond de la salle était bien celui à qui elle s'était offerte lors du bal costumé...

Le cœur au bord des lèvres, Pia prit une profonde inspiration pour chasser le sentiment de panique qui l'assaillait. Il ne fallait pas qu'elle se laisse impressionner par cette présence inopportune. Revenant à son propos, elle se concentra sur sa présentation et, un léger sourire aux lèvres, entreprit d'exposer les différents points de sa thèse. Comme elle connaissait son sujet sur le bout des doigts, elle parvint à offrir une prestation en tout point conforme à ce qu'elle avait prévu.

L'heure qui lui était consacrée passa rapidement. À l'issue de sa soutenance, elle serra les mains du jury qui lui avait décerné son doctorat avec ses félicitations.

— J'imagine que votre père sera très fier, lui dit son directeur de thèse. J'aurais pensé que toute votre famille assisterait à votre soutenance.

Pia préféra taire que son père, titulaire lui aussi d'un doctorat, avait en sa possession une copie de sa thèse sur laquelle il travaillait actuellement. Il attendait de sa part qu'elle prenne en compte ses remarques avant la publication finale.

— Ils étaient très occupés, dit Pia avant de saluer son interlocuteur et de s'éloigner.

Soudain, elle ressentit une sorte de picotement sur la peau, tandis qu'une fragrance masculine lui venait aux narines. Une odeur reconnaissable entre toutes...

Se composant une expression impassible, elle se tourna vers le nouvel arrivant.

— *Señor* Navarro…, dit-elle en lui tendant la main.

— Angelo, la corrigea-t-il. Bonsoir, Pia.

Le son de sa voix et la pression de ses doigts sur les siens l'électrisèrent.

— Merci d'être venu, répondit-elle en hochant la tête.

Prétendre que tous deux étaient de parfaits étrangers alors que images torrides de leurs ébats surgissaient à sa mémoire la mettait au supplice.

— J'ai trouvé votre exposé très instructif.

Malgré l'amabilité du propos, Pia y percevait une sorte d'hostilité contenue.

Elle avait espéré qu'Angelo ne donnerait pas suite au message qu'elle lui avait fait parvenir. Ainsi, elle aurait pu élever leur enfant, la conscience tranquille. Quant à savoir ce qu'elle pouvait espérer de cet homme, une fois qu'il serait informé de la situation, elle n'en avait pas la moindre idée. Elle avait nourri certaines illusions romantiques après son entretien avec Poppy. Mais à présent, face à l'attitude glaciale que lui opposait son amant d'un soir, elle perdait pied. Comment avait-elle pu s'exprimer aussi librement devant lui ? Comment avait-elle pu s'offrir ainsi ? À ce souvenir, elle sentit ses joues s'embraser.

— Accordez-moi un instant, lui dit-elle. Un dernier au revoir aux membres du jury, et je vous rejoins.

Quelques minutes plus tard, elle conduisait Angelo dans le petit bureau contigu au laboratoire qu'elle avait occupé ces trois dernières années quand elle n'était pas sur le terrain. Elle avait déjà réuni ses quelques affaires, derniers vestiges de sa vie d'avant, puisqu'elle devait à présent envisager le mariage et la maternité.

Par sa présence, Angelo lui donnait l'impression d'envahir tout l'espace de la pièce.

Comme Pia amorçait le geste de retirer les affaires de la chaise où elles étaient posées, il déclara :

— Inutile, je resterai debout.

Angelo la dépassait d'une tête. Pourtant, elle était plutôt grande, comme tous les membres de sa famille. Devoir lever les yeux pour le regarder la mettait dans l'embarras, d'autant plus qu'il dardait sur elle un regard peu amène.

— J'ai trouvé votre message assez mystérieux.

Pia avait mis un temps fou à l'écrire, s'interrogeant sur les raisons qui avaient poussé cet homme à garder l'anonymat à l'occasion du bal costumé. Lors de leur rencontre, elle n'avait pas mis sa parole en doute quand il avait expliqué que seule la curiosité l'avait conduit sur le toit de la demeure. À présent, mille questions lui brûlaient la langue, mais elle préféra n'en poser aucune. Il y avait de fortes chances que tous deux ne se revoient jamais, une fois que Pia aurait tout révélé.

Des souvenirs de cette soirée mémorable la hantaient, et encore en cet instant précis, alors que l'objet de ses pensées se tenait devant elle. Lorsqu'elle était oppressée, Pia recourait toujours à la même technique : exposer les faits purement et simplement. Ce qu'elle fit, après avoir pris une bonne inspiration.

— J'irai droit au but. Je suis enceinte de vous.

Angelo se sentit vaciller, comme s'il avait reçu un coup de poing en plein visage. Il s'attendait à tout sauf à cette nouvelle.

— C'est pour *cette raison* que vous avez cherché à me retrouver ?

— Une raison qui m'a paru légitime. Mais laissez-moi vous dire ceci : j'en assume toute la responsabilité. Je pensais être protégée. Je me suis trompée sur les dates de mon cycle, voilà tout.

Le silence s'installa entre eux tandis qu'Angelo tentait d'intégrer cette nouvelle ahurissante. Curieusement, le choc qu'il avait ressenti en l'apprenant commençait à se dissiper.

Sans doute parce que lui non plus n'avait pas jugé utile de se protéger. Il s'était comporté comme un adolescent irresponsable incapable de maîtriser ses pulsions. Et à présent, il devait en assumer les conséquences.

— Qui d'autre est au courant ?

Elle lui jeta un regard horrifié.

— Personne !

À quel stratagème Pia avait-elle pu se livrer ? Comment aurait-elle pu monter, avec la complicité de ses frères, un plan aussi diabolique ?

— Vous êtes certaine d'être enceinte ?

— Mes examens sanguins le confirment.

Comme elle fouillait dans son sac pour en sortir les analyses du laboratoire, Angelo l'arrêta d'un geste.

— Je vous crois sur parole.

Vu les efforts qu'elle avait déployés pour retrouver sa trace, il ne doutait pas de sa sincérité.

— J'ai l'intention de garder ce bébé, déclara Pia en levant le menton d'un air de défi. J'estime qu'il est de mon devoir de vous en informer, mais cela ne vous oblige en rien. Je suis tout à fait capable de subvenir à mes propres besoins et à ceux de cet enfant.

Intrigué, Angelo dévisagea intensément le visage de celle avec qui il avait partagé un moment inoubliable, d'une intensité rare. Si rare que depuis il ne regardait plus aucune autre femme. Où était le feu qui l'avait animée, ce soir-là ? Ce masque rigide n'était-il qu'une façade ? Pia cherchait-elle à se protéger ?

— Vous êtes libre de vous en aller, finit-elle par lâcher d'un ton glacial.

— Vous me croyez capable de tourner le dos à mon enfant ? demanda-t-il sèchement.

Il était hors de question qu'un enfant né de lui grandisse sans père, et sans qu'il lui donne son nom.

Surprise, Pia leva les sourcils.

— Vu que vous ne souhaitez aucun engagement, je pensais que vous ne vous sentiriez pas concerné.

— Vous vous trompez sur mon compte.

— Très bien... Il est important que vous sachiez ceci : je suis tout à fait en mesure d'offrir à cet enfant une existence confortable sans avoir besoin de vous. Et vous, quelle est votre vision des choses ?

— Je veux être impliqué, exister pour cet enfant.

— Je vois. Il faudra que nous discutions sérieusement de l'avenir, dans ce cas. En attendant, je compte sur votre discrétion absolue.

Cette demande ne le choquait pas. Elle avait un pedigree alors que lui n'était qu'un obscur bâtard. Depuis toujours, Angelo cultivait l'image d'un simple roturier s'étant hissé jusqu'aux plus hautes sphères de la société à la force de ses poignets.

— Pourquoi m'avoir informé si vous tenez tant à garder le secret ?

— J'ai songé à garder le silence, admit-elle avec honnêteté. Mais mes deux frères ont appris tardivement leur paternité. J'ai pensé que vous risquiez de vous sentir trompé si, tout comme eux, vous appreniez la nouvelle longtemps après les faits. J'espère que nous pourrons nous entendre sur le rôle de chacun de nous dans la vie de l'enfant tout en nous préservant des rumeurs.

— On dirait que vous énoncez encore des chiffres et des données, fit remarquer Angelo avec un petit rire désabusé. Pourriez-vous parler comme un être humain ?

Pour la première fois, Pia se départit de son masque rigide. Une lueur d'irritation perça dans son regard. Enfin, Angelo était parvenu à l'atteindre.

— Je suis une personne raisonnable, tout comme vous. La discrétion ne peut que servir nos intérêts, à l'un comme à l'autre.

— De nombreux adultes consentants ont des aventures. Parfois, la situation leur échappe. Je ne vois en quoi le fait d'avoir engendré un enfant pourrait nous affecter de quelque manière que ce soit.

Soudain soupçonneux, il ajouta :

— Essayeriez-vous de me mettre à l'écart à cause de ce que je suis ? Vous ne voulez pas qu'on vous associe à moi ? Est-ce là ce qui vous taraude ?

— Mis à part votre nom, j'ignore tout de vous ! protesta Pia. Je sais que vous vous introduisez incognito dans des réceptions mondaines, placez des enchères sur des objets incongrus, rôdez dans des endroits privés, surprenez des étrangères esseulées et les séduisez. Pourriez-vous m'éclairer sur chacun de ces points ?

Il plissa les paupières.

— La séduction n'a pas fonctionné à sens unique, si mes souvenirs sont exacts.

Pia détourna le regard avant de répondre :

— En effet. Mais nous avons agi de manière impulsive et irresponsable.

Qu'était donc devenue la jeune femme si attirante qu'il avait tenue dans ses bras et avec qui il avait partagé une passion débridée ? Décidément, cette nouvelle image d'elle le décevait.

— Quoi qu'il en soit, il est trop tard pour avoir des regrets, et peu importe qui vous êtes, reprit Pia. Il se trouve que les conséquences de mes actes vont profondément affecter ma famille. Comme je ne peux pas revenir en arrière, je souhaite simplement causer le moins de dommages possible.

Ainsi, Pia ignorait tout de ses liens avec la famille Gomez. Soudain, la lumière se fit dans son esprit, et une lueur de colère traversa son regard. Il se rapprocha d'elle pour demander :

— Vous allez vous marier, n'est-ce pas ?

— Comment le savez-vous ?

— Je sais beaucoup de choses. Et je sais aussi que je ne laisserai pas un étranger élever mon enfant.

Pia esquissa le geste de repousser Angelo, puis se contint. Comme si elle risquait de se brûler à ce contact. Son souffle court prouvait que son attitude glaciale n'était qu'une façade. Dans ses yeux brillait une étrange lueur.

— Je ne peux rien changer à ce que nous avons fait, mais...

— Je veux voir grandir cet enfant, Pia. Être près de lui, tous les jours.

— Je suggère que nous gardions nos distances jusqu'en juillet. Après quoi nous reprendrons cette conversation... Plus calmement.

— Vous portez mon héritier. Il est hors de question que je me tienne à l'écart. Ni maintenant ni jamais.

À ces mots, elle fut saisie d'effroi.

— Angelo, murmura-t-elle d'un ton angoissé, je vous ai dit ce soir-là que j'avais des obligations. Je dois y répondre avant l'arrivée de ce bébé...

— Maintenant, c'est envers moi que vous avez des obligations.

Il la vit secouer la tête, mais son regard suppliant lui tenait un tout autre langage. Il reconnut la flamme qu'il avait su éveiller en elle six semaines plus tôt. Alors, sans hésiter davantage, il posa une main dans son cou et rapprocha son visage du sien. Comme attirées par un aimant, leurs lèvres se soudèrent en un baiser fougueux. Tout comme cette fameuse nuit, Angelo sentit Pia fondre dans ses bras. Lovée contre lui, elle répondait ardemment à son baiser. Leurs corps vibraient à l'unisson, emportés par un élan irrésistible.

Soudain, un coup frappé à la fenêtre fit sursauter Angelo. Resserrant son étreinte autour de Pia, comme pour la protéger, il tourna la tête vers l'intrus qui venait de les interrompre. Dehors, un jeune homme en tenue de chantier les observait en souriant de toutes ses dents. Juste avant de disparaître, il lança à la cantonade :

— Il y a des gens qui prennent du bon temps, ici !

Pia poussa un petit cri angoissé.

— M'a-t-il reconnue ?

— Quelle importance ? demanda Angelo. Nous ne faisions que nous embrasser.

Elle le fusilla du regard puis détourna les yeux, gênée.

— Nous ne pouvons pas faire cela, dit-elle en attrapant un manteau sur une patère.

— Vous avez raison. Pas ici.

Comme il lui prenait le manteau des mains pour l'aider à le revêtir, elle le laissa faire. Son visage avait repris cette expression glaciale qui la rendait méconnaissable.

Comment diable pouvait-elle se métamorphoser ainsi ?

Il la regarda ranger son ordinateur portable dans son étui et rassembler ses affaires dans un petit carton. Quand elle retira le diplôme encadré qui trônait sur son bureau, il comprit qu'elle s'apprêtait à quitter définitivement les lieux.

— Nous devrions aller dîner ! proposa Angelo d'un ton enjoué. Pour fêter l'événement.

— Fêter quoi ? dit-elle d'un ton surpris.

— Votre doctorat... et peut-être aussi le bébé.

La mine de Pia s'assombrit.

— Je n'ai pas envie de fêter quoi que ce soit. La remise de mon diplôme n'est que l'aboutissement d'un travail de longue haleine, rien de plus.

Seigneur, cette femme était-elle de glace ?

Il la devança lorsqu'elle voulut ouvrir la porte en posant une main sur le loquet. Avec un soupir agacé, Pia leva les yeux sur lui. Angelo résista à l'envie de l'attirer à nouveau dans ses bras pour presser les lèvres contre les siennes. Il se contenta de la dévisager.

— Ce bébé mérite que nous fêtions sa future naissance, et je ne laisserai personne d'autre que moi s'en attribuer la paternité. Je souhaite donc que nous célébrions nos fiançailles.

Elle ne manifesta aucune réaction à part un léger battement de cils.

— Depuis quand savez-vous qui je suis ? demanda-t-elle d'une voix blanche.

— J'ai deviné votre identité avant de quitter la réception.

— Et vous avez attendu que je vous retrouve, que je vous annonce ma grossesse pour m'inviter à dîner. Je refuse d'être réduite à un... utérus. Je veux que mon futur mari m'aime et me désire. Alors, non, Angelo, je ne vous épouserai pas.

— Voilà qui prouve à quel point vous me connaissez mal, *querida*. Si vous refusez de m'épouser, je n'hésiterai pas à raconter notre histoire à la presse.

5

Cet homme avait le pouvoir de la déstabiliser comme personne. Aussi bien par ses propos que par l'effet qu'il produisait sur elle. Le baiser que Pia avait échangé avec lui avait ébranlé toutes ses certitudes. Elle aurait aimé pouvoir rentrer chez elle et réfléchir aux options qui s'offraient à elle, mais elle craignait qu'Angelo ne mette à exécution sa menace d'alerter la presse. Il fallait qu'elle en ait le cœur net.

— Très bien, allons dîner, concéda-t-elle d'un ton las. Où voulez-vous que nous nous retrouvions ?

— Nous prendrons votre voiture. Mon chauffeur est reparti après m'avoir déposé ici.

Elle hocha la tête et le précéda pour gagner le parking où l'attendait son véhicule personnel, un 4x4 maculé de terre qui semblait avoir connu des jours meilleurs.

— C'est à vous ? demanda Angelo, surpris.

Pour toute réponse, elle se contenta de déverrouiller les portières. Avant qu'elle puisse l'en empêcher, il lui retira la clé des mains et prit place au volant. Impuissante, Pia se résolut à s'installer sur le siège passager.

Tandis qu'Angelo se concentrait sur la conduite, elle s'interrogeait sur le fait que cet homme n'ait pas cherché à la revoir alors qu'il connaissait son identité depuis le début. Comment pouvait-on se montrer aussi indifférent ?

Ses frères vivaient tous deux une belle histoire d'amour et, depuis sa rencontre avec Angelo, elle nourrissait le désir secret de connaître le même bonheur. Mais son amant d'un soir venait de balayer toutes ses illusions.

À ses yeux, elle n'était qu'un robot. Une personne ennuyeuse. Pas étonnant dans ces conditions que seule la paternité l'intéresse et peut-être aussi une nouvelle étreinte débridée, comme l'avait laissé supposer le baiser échangé un peu plus tôt.

La naïveté dont elle avait fait preuve ne lui ressemblait pas. Depuis toujours, elle savait que mieux valait ne pas nourrir trop d'espoirs dans la vie pour éviter les déceptions. Chaque fois qu'elle avait poursuivi un but élevé, elle s'y était attelée de manière sérieuse et méthodique. Hélas ! le registre des émotions ne répondait pas à la même logique, elle en faisait aujourd'hui la douloureuse expérience.

Elle n'avait pourtant jamais imaginé connaître un mariage d'amour. Elle se voyait plutôt bâtir un solide partenariat avec celui qui deviendrait son compagnon pour la vie. Issue d'une famille prestigieuse, elle était riche, intelligente, bien éduquée, et parlait plusieurs langues. Des atouts auxquels venait s'ajouter son goût pour l'art et la musique. Sebastián saurait apprécier ces qualités tout en apportant à leur union sa force tranquille.

De son côté, Angelo avait un tempérament imprévisible. Tantôt passionné, tantôt inquiétant, elle ne savait guère sur quel pied danser avec lui. Pourtant elle le laissait en ce moment même la conduire vers une destination inconnue...

Quand ils arrivèrent devant un hôtel du front de mer nouvellement construit, une bâtisse d'un blanc immaculé à l'architecture élégante, Angelo remit la clé de la voiture à un voiturier et aida Pia à descendre du véhicule.

— Habitez-vous cet endroit ? demanda-t-elle en plissant les yeux.

— J'ai acheté cette chaîne d'hôtels l'an dernier et possède une suite dans chacun d'eux.

— Je croyais que votre cœur de métier était l'électronique.

— En effet, mais à mon niveau il est important de se diversifier.

De trouver d'autres investissements rentables, comprit Pia. Bien qu'impressionnée par la réussite prodigieuse de cet homme qui allait devenir le père de son enfant, elle s'efforça d'afficher une expression neutre sur son visage.

— Nous allons dîner ici, n'est-ce pas ? demanda-t-elle en pénétrant dans l'établissement.

— Oui, mais à l'abri des regards, puisque vous ne voulez pas qu'on nous voie ensemble.

Quelques minutes plus tard, ils gagnaient une suite spacieuse tout en haut de l'hôtel, décorée dans des tons gris et ivoire. On y trouvait une cuisine luxueusement équipée, une chambre principale et une plus petite, une salle à manger, un espace de travail et un salon, le tout meublé avec un goût exquis. Les grandes baies vitrées donnaient sur la plage où quelques promeneurs profitaient du soleil hivernal.

Postée à la fenêtre, Pia prit une profonde inspiration avant de déclarer :

— Nous ne pouvons pas envisager le mariage, Angelo. Cela étant dit, voyons quel arrangement nous pourrions trouver…

— Non, la coupa Angelo, nous allons nous marier.

Agacée, Pia se retourna d'un bloc, prête à l'affronter.

— Si vous croyez pouvoir me forcer à vous épouser en me menaçant d'un scandale, vous vous trompez. Je préférerais éviter d'en arriver là, mais je suis issue d'une famille puissante qu'il vaut mieux ne pas provoquer.

Comme Angelo se contentait de la dévisager, les mains dans les poches, son agacement monta d'un cran.

— Et si vous pensez me faire peur en ruinant ma réputation, vous vous trompez lourdement, ajouta-t-elle. Quand je suis déterminée à obtenir quelque chose, perdre tout ce que je possède ne m'effraye pas.

Il pencha la tête de côté, un sourire ironique aux lèvres.

— Votre « famille puissante » dirait-elle la même chose ?

— Personne ne sort gagnant d'une guerre.

— Alors évitons d'en déclencher une.

Oppressée, Pia se tourna à nouveau vers la fenêtre.

— Je ne pensais pas qu'un moment d'égarement menacerait ma liberté, dit-elle d'un ton très bas.

— Quelle liberté ? Celle d'épouser un homme choisi par votre mère ?

— Vous épouser parce que vous en avez décidé ainsi ne me rend pas plus libre ! rétorqua-t-elle.

— Je veux ce mariage pour que notre enfant grandisse avec ses deux parents. Pensez-vous confier l'éducation de votre enfant à une armée de gouvernantes jusqu'à ce qu'il soit en âge d'entrer en pension ?

— Non ! protesta Pia d'un ton effaré. L'enfant ne sera pas confié à des tiers.

— Pourquoi vous exprimez-vous de cette manière ? « L'enfant. » Pourquoi ne pas dire *notre* enfant ?

— Il ou elle n'est pas un objet que nous possédons. Si je disais « mon bébé », cela vous exclurait de l'équation. Quant à dire « notre bébé », cela supposerait que nous formons un couple. L'article défini « le » suggère que l'enfant est une personne à part entière dont nous sommes responsables l'un et l'autre et pour qui nous serons amenés à prendre des décisions.

Angelo secoua la tête d'un air incrédule.

— Sortez de cette logique de scientifique ! Oubliez un peu votre laboratoire !

Le reproche la toucha plus qu'elle ne l'aurait imaginé. Vexée, elle répliqua :

— Je n'ai pas l'intention de faire des expériences sur des enfants, et encore moins sur le mien. Un mariage entre deux personnes étrangères comporte trop de variables. Les parents célibataires ou séparés ne sont plus stigmatisés comme autrefois. Rien ne nous oblige à nous marier.

— Toute relation entre deux personnes, qu'elles se connaissent ou non, comporte des « variables », comme vous dites Une relation se construit au fil du temps. La seule raison pour laquelle j'accepterais votre refus de m'épouser serait que vous aimiez quelqu'un d'autre. Est-ce le cas ?

— Non, mais je ne suis pas amoureuse de vous non plus.

— Pas encore, répliqua-t-il.

Pia se figea, fascinée par le regard troublant de son amant d'un soir. Elle détourna vite les yeux pour l'empêcher de deviner les émotions qui la traversaient. Un mélange de peur, de désir, une attirance folle comme jamais elle n'en avait éprouvée auparavant.

Elle ne pouvait pas épouser un homme comme lui. À son contact, elle risquait de se brûler les ailes.

Mais elle ne pouvait pas non plus nier l'évidence : depuis la soirée où elle avait fait la connaissance d'Angelo, son image l'obsédait.

¡Por favor, Dios ! Il fallait que cela cesse.

— L'amour est une notion romantique, ce que je ne suis pas.

Elle ne pouvait pas se le permettre.

— J'ai remarqué.

Elle tressaillit, mais se ressaisit immédiatement.

— Vous refusez l'idée de vous marier avec moi parce que vos parents veulent vous voir épouser un parti issu d'une bonne famille. Je suis tout l'inverse et n'éprouve que mépris pour ceux qui ont reçu leur fortune en héritage et n'ont rien fait pour la mériter. Mais je suis prêt à vous pardonner ce défaut.

Quelle générosité !

— Rappelez-moi de vous montrer ce que mes brevets sur les biocarburants et le recyclage des plastiques m'ont rapporté, répliqua-t-elle en affichant une expression dédaigneuse. Mes parents souhaitent en effet que j'épouse un homme sans antécédents douteux. Quant à moi, je veux pour mari une personne qui partage mes valeurs et mes ambitions tant professionnelles que personnelles.

Elle s'étonnait d'avoir prononcé cette dernière phrase, car jusque-là elle se voyait plutôt – une fois mariée – renoncer à ses ambitions scientifiques pour se consacrer à des œuvres de bienfaisance et à des comités de soutien scientifique.

— À propos de vos parents... Pourquoi aucun membre de votre famille n'a-t-il assisté à votre soutenance, aujourd'hui ? Un doctorat, c'est quand même quelque chose, non ?

— Pas dans ma famille. Nous sommes tous censés en obtenir un.

— Tout le monde dans votre famille a obtenu un doctorat ? À l'âge de vingt-quatre ans ?

— Mon père en avait vingt-cinq et mes frères vingt-six.

Pia avait conclu un marché avec sa mère : obtenir son doctorat le plus tôt possible afin de pouvoir envisager le mariage.

— Et votre mère ?

— En qualité de femme mariée à un scientifique, elle n'avait pas besoin de diplômes.

— Ah ! Mais vous teniez à aller le plus loin possible.

— Et très vite pour pouvoir ensuite me marier et fonder une famille. Tels étaient mes projets.

— Quelle efficacité ! Décidément, vous êtes une surdouée en tout !

— Au fait, il faut que vous sachiez ceci : je n'ai pas le sens de l'humour. Puis-je espérer vous voir renoncer à votre projet de mariage ?

— Je crains que non, répondit Angelo avec un sourire en coin.

Pia détourna les yeux pour ne pas répondre à ce sourire communicatif. S'efforçant de garder son sérieux, elle planta son regard dans celui d'Angelo.

— Quelle est votre vision du mariage ? J'ai du mal à croire que vous puissiez prendre une décision aussi grave en une heure. Épouser une étrangère ne vous semble-t-il pas risqué ?

— Mon père était un sale type. Il m'a légué ses chromosomes et une foule de mauvais souvenirs. Je ferai mieux avec mon propre enfant. Beaucoup mieux, en dépit de mes mauvais antécédents et de défauts avec lesquels il vous faudra composer.

— Quels antécédents ? Quels défauts ?

Il la dévisagea longuement, après quoi il tourna les yeux vers l'horizon, la mine sombre.

— Nous en parlerons une autre fois.

— Quand ? demanda Pia. Quand nous serons mariés ?

Elle se mordit la lèvre, regrettant cette question qui laissait entendre qu'elle acceptait son sort.

— Écoutez, reprit-elle d'un ton posé, je veux bien vous croire quand vous affirmez vouloir être un bon père. J'en suis heureuse pour le bébé. Mais rien ne nous oblige à nous marier.

— Nous pourrions vivre ensemble, alors. Officialiser notre union n'est pas indispensable.

— Oh ! Pourquoi ne pas l'avoir dit plus tôt ? Je me marierai comme prévu, et vous viendrez vivre avec nous. Nous formerons une grande famille.

— Vous avez raison, votre sens de l'humour laisse à désirer.

— Je ne plaisantais pas.

— J'ai l'esprit ouvert, Pia, mais un ménage à trois, très peu pour moi. Je suis plutôt du genre possessif. Je ne veux aucun autre homme dans le paysage, et vous et moi dormirons ensemble.

— Même pas en rêve !

— Vous ne voulez pas dormir avec moi ? s'étonna Angelo en penchant innocemment la tête de côté.

— Vous n'entendez pas cela souvent, j'imagine.

— En effet, mais quand cela arrive, je crois la personne sincère.

— Pourquoi mentirais-je ?

— Je ne sais pas, répliqua-t-il d'un air songeur tout en étudiant son visage.

Pia ne détourna pas les yeux, malgré le trouble qui l'envahissait.

— Combien de candidats y avait-il ? demanda-t-il soudain.

— Candidats à quoi ?

— À la paternité.

— Pardon ? s'étrangla Pia, effarée.

— Je n'arrive pas à croire à cette erreur de calcul dont vous voulez me convaincre. Elle ne colle pas avec votre profil de scientifique.

Pia ne voyait pas où Angelo voulait en venir, mais avait l'impression désagréable d'être percée à jour. Elle aurait aimé prendre la fuite.

— Vous êtes intelligente, mais inexpérimentée, reprit-il.

— Dans quel domaine ? En matière de contraception ? Vous avez raison.

— Ah bon ? Et pourquoi ?

Il y avait dans son regard une lueur amusée.

— Je n'en ai jamais eu besoin, admit-elle en rougissant.

— Parce que vous étiez vierge.

Il se moquait d'elle.

¡Dios, no !

Elle serra les dents quand Angelo se mit ensuite à détailler la tenue qu'elle portait : un tailleur vert sauge confortable sur un chemisier à col relevé qui conférait à son allure beaucoup d'élégance. Il avait beau ne pas la toucher, son regard lui faisait beaucoup d'effet. Elle pressentait un danger qu'elle n'était pas prête à affronter. C'est pourquoi il fallait à tout prix éloigner cet homme trop envahissant. Comment pourrait-elle partager sa vie avec un tel individu ?

— Quoi qu'il en soit, ce bébé existe, c'est un fait, reprit-elle. Pour le reste, je saurai gérer.

— Seule ?

— Dans un premier temps, oui.

— Jusqu'à ce que vous épousiez l'abruti de bonne famille choisi par votre mère.

— Cela vaudra toujours mieux qu'un individu de votre acabit n'ayant aucun sens de la bienséance.

— En général, j'évite de faire l'amour en public. Pour ce qui est de la bienséance, il me semble me rappeler que ni vous ni moi n'en avons tenu compte, ce fameux soir. Et vous êtes allée jusqu'à offrir votre virginité dans ces circonstances. Il est très rare qu'un couple se comporte de cette manière, vous savez !

— La surpopulation que connaît notre monde prouve qu'au contraire la luxure est monnaie courante, marmonna-t-elle en fixant le plancher.

— Pas ce genre de luxure. C'était extraordinaire. En voulez-vous un nouvel échantillon ?

Comme il tendait la main dans sa direction, Pia recula vivement.

— Quelle nervosité !

Pia poussa un soupir excédé avant de déclarer :

— Les émotions fortes, comme le désir, nuisent à la tranquillité d'esprit. Elles peuvent même se révéler destructrices, causer de graves dommages.

— Le mal est fait, *querida*.

— Alors n'aggravons pas les choses.

— Je suis d'accord. Ne laissons personne d'autre se mêler de la vie de cet enfant à naître.

— Certaines personnes, comme les membres de ma famille, font déjà partie de ma vie. Ils seront très affectés.

— Que vont-ils faire ? Vous déshériter ?

Le regard impitoyable d'Angelo fouillait le sien, et elle sentit sa gorge se serrer. Non, ses parents ne la rejetteraient pas, mais elle n'obtiendrait jamais leur approbation.

Leur approbation...

Était-ce ce qu'elle désirait plus que tout ? Comme cette vérité émergeait de sa conscience, elle comprit qu'Angelo avait gagné.

Le bébé à venir aussi. Pia avait perdu le statut d'enfant. Elle allait devenir mère, à présent, et il était grand temps qu'elle cesse de quêter l'affection de ses parents.

— Ma mère doit être mise au courant, déclara-t-elle d'un ton grave. Immédiatement. Je préfère ne pas dîner ici.

Angelo la regarda rédiger un bref message sur son téléphone à l'intention de ses parents pour les prévenir de sa visite imminente.

— Je viens avec vous !

— Ce n'est pas nécessaire, répliqua Pia en rangeant son téléphone dans son sac.

— Au contraire !

Si Angelo n'avait aucunement besoin de l'approbation de la famille de Pia – ni de personne d'autre d'ailleurs – il percevait qu'elle avait une influence importante sur sa future épouse.

Pia demeurait un vrai mystère. Elle pouvait se montrer froide et analytique, mais aussi très passionnée. C'était à la fois fascinant et frustrant.

Elle se dirigea dans le hall, posa son sac sur un guéridon et se posta devant le miroir :

— Mes parents savent qui vous êtes à cause du portrait, dit-elle en s'adressant à son reflet. Ils voudront connaître vos motivations, les circonstances qui vous ont permis d'assister à ce bal masqué.

— Dites-leur que vous m'avez invité.

— Je ne leur mens jamais.

— Alors dites-leur que vous vous êtes donnée à moi sans savoir qui j'étais ! lâcha-t-il avec un haussement d'épaules.

Il lui expliquerait pourquoi il avait tenu à assister à ce bal une fois leur union célébrée, pas avant. Une manœuvre tactique et égoïste, certes, mais il voulait créer la surprise chez ses frères avec ce mariage spectaculaire et ainsi savourer sa revanche.

Le souvenir de ce qu'avait vécu sa mère le hantait. Jamais il ne parlait d'elle à quiconque. Il avait honte et ressentait une culpabilité atroce. Sa naissance l'avait en quelque sorte condamnée. Il lui avait causé d'énormes soucis avant de la laisser tomber. Jamais il n'aurait imaginé qu'elle se suiciderait. Il n'avait pas beaucoup de ressources à l'époque, mais aurait dû faire quelque chose. Au fond de lui, il gardait la conviction qu'il aurait pu empêcher sa mère de commettre l'irréparable, s'il avait été présent.

Pia lui jeta un regard pensif.

— Est-ce là le genre de mariage que vous souhaitez ? Une union où chacun garde ses secrets ? Parce que, voyez-vous, lors de mes fiançailles avec Sebastián, je l'aurais informé de ma grossesse.

— Ne prononcez plus jamais ce prénom en ma présence, répliqua Angelo. À dire vrai, je ne sais pas à quoi ressemblera notre mariage. Je n'avais pas encore songé à me marier et à fonder une famille. Depuis toujours, je suis un déraciné. J'ai vécu dans l'insécurité la plus totale avant de faire fortune. Quand j'ai commencé à gagner beaucoup d'argent, j'ai dû affronter une espèce redoutable de prédateurs : ceux qui cherchent à vous dévorer, à vous faire tomber du haut de l'échelle.

Quand il posa les mains sur ses épaules, Pia frissonna et ferma les yeux. Angelo comprit à sa réaction qu'elle était près de fondre dans ses bras. Mais il devait aller au bout de sa confession.

— La méfiance est enracinée en moi, Pia. Je ne sais pas si je dois voir en vous une amie ou une ennemie. Et je ne me fais aucune illusion sur l'accueil que me réserveront vos parents. Je doute qu'ils soient de mon côté.

Elle rouvrit les yeux et regarda son reflet dans le miroir. Son expression demeurait indéchiffrable. Comme elle gardait le silence, il ajouta :

— Je sais simplement que vous portez mon enfant et qu'il aura besoin de vous. Je suis donc responsable de vous deux.

— Je suis censée vous faire confiance alors que vous-même ne m'en accordez aucune en gardant vos secrets ?

Il lui sourit.

— Votre intelligence fait partie des qualités qui vous rendent si attirante.

— C'est aussi valorisant que si vous me disiez que j'ai une forte personnalité, répliqua-t-elle en le repoussant.

Comme elle s'éloignait de lui, l'air vexée, il dit :

— Dans ma bouche, c'était un compliment. Pourquoi vanter votre beauté alors que celle-ci est évidente ?

Même dans cette tenue stricte, elle avait un port de reine et une grâce inouïe. Angelo l'avait admirée tout l'après-midi.

Quand elle se tourna vers lui, le visage pâle, il comprit qu'elle ne se sentait pas très bien.

— Nous devrions y aller, dit-elle d'une voix tremblante.

— Avez-vous des nausées ?

— Par moments, oui.

— Quand avez-vous prévu de revoir le médecin ?

— Pas tout de suite. Tout va bien. Mon prochain rendez-vous est programmé après le Nouvel An.

— Je vous accompagnerai.

— Si vous y tenez...

De nouveau, cette froideur à laquelle elle recourait si aisément et qui la rendait inaccessible. Angelo savait toutefois qu'à tout instant la glace pouvait se transformer en braise...

Un décor féerique de marbre et de cristal les accueillit à leur entrée dans la villa des Montero. Un large escalier conduisait à une galerie décorée d'œuvres d'art contemporaines. Le maître d'hôtel les invita à entrer dans un salon luxueux, le genre de pièce où Angelo n'avait pas le droit de pénétrer, enfant. Il se rappelait la nervosité de sa mère quand elle l'empêchait de fureter dans la maison des maîtres. Il y avait encore des endroits où il n'était pas le bienvenu, comme en témoignaient les regards que lui lancèrent le duc et la duchesse en guise d'accueil.

— Navarro..., répéta la mère de Pia en plissant les yeux.

— C'est Pia qui m'a invité à ce bal, prétendit Angelo avec un sourire aimable.

— Comment vous êtes-vous rencontrés ? À l'université ? Je ne pense pas connaître votre famille.

— Non ?

Pensif, Angelo réfléchit un court instant. *La Reina* avait probablement épousé Javier à l'époque où sa grand-mère était devenue la seconde épouse de son père. Mais l'heure était venue d'enterrer les secrets sordides de son passé pour accomplir la mission qu'il s'était fixée.

— Vous dirigez *Nemesis Tech*, dit Javier en serrant la main d'Angelo. J'ai eu connaissance des récentes découvertes dont vous êtes à l'origine. Impressionnant !

— C'est à mon équipe que revient tout le mérite, répondit Angelo. Pour ma part, j'ai simplement misé sur le cheval gagnant...

— Je n'entends pas grand-chose aux nouvelles technologies, le coupa *la Reina* en invitant ses hôtes à prendre place dans des fauteuils.

Angelo surprit un regard acéré lancé par cette dernière à sa fille. Un regard de reproche qui semblait demander ce qui avait pu motiver une rencontre dans d'aussi brefs délais. Pia ne se fit pas prier pour lui apporter la réponse attendue.

— Je suis enceinte. Angelo est le père de l'enfant que je porte. Nous nous marierons le plus tôt possible.

Un silence pesant s'installa dans la pièce jusqu'à ce que la porte s'ouvre sur le maître d'hôtel chargé d'un plateau de boissons.

— À quelle heure souhaitez-vous dîner, *señora* ? demanda-t-il à *La Reina*.

— Je vous le ferai savoir, répondit sèchement cette dernière avant de le congédier.

Puis, se tournant vers son mari, elle l'invita d'un mouvement de tête à prendre la parole, ce qu'il fit sans attendre.

— La fusion avec *Estrada* s'inscrivait parfaitement dans le cadre des innovations que Cesar et Rico prévoyaient de mettre en œuvre dans notre holding.

Estrada, la société gérée par Sebastián... S'il le souhaitait, Angelo pourrait la racheter pour une somme atteignant douze fois sa valeur, mais les parents de Pia l'ignoraient, de toute évidence.

— Cesar et Rico trouveront d'autres débouchés, rétorqua Pia d'une voix posée. Il leur est déjà arrivé par le passé à devoir faire face à l'inattendu.

— En effet, admit sa mère à contrecœur.

Le silence, à nouveau. Pia gardait les mains serrées sur ses genoux, tandis que sa mère buvait son vin blanc du bout des lèvres.

— J'ai conscience des conséquences de ce changement de plan pour toutes les parties concernées. Nous nous marierons le plus discrètement possible, choisirons une destination peu fréquentée pour notre lune de miel et reviendrons après les fêtes de fin d'année.

— Je ne suis pas d'accord, intervint Angelo.

— Avec le mariage ? demanda *La Reina*. Dans ce cas, nous repousserons d'un an l'union de Pia avec Sebastián. Il est important qu'il n'y ait aucune ambiguïté pour les héritiers à venir. Quant au reste, nous trouverons un arrangement qui convient à tous.

Angelo sentit l'agacement le gagner.

— Je ne veux pas d'une cérémonie bâclée qui laisserait entendre que nous avons honte de quelque chose. Nous célébrerons notre union avec pompe et inviterons toutes nos connaissances. C'est ainsi que je vois les choses.

Décidément, cette famille maniait l'art de laisser peser de longs silences. Pia gardait les paupières baissées, *La Reina* fronçait les sourcils, Javier semblait se désintéresser de la conversation.

Il décida de s'adresser au père de Pia.

— Que votre fille soit enceinte de moi vous dérange-t-il ? demanda-t-il brusquement.

— C'est à mon épouse que revient le soin de gérer… les aléas survenant au sein de notre famille, éluda Javier en haussant les épaules.

— Est-ce un oui ou un non ? insista Angelo, prêt à en découdre.

Pia posa une main sur son bras.

— Angelo…

— Quand on attire l'attention pour de mauvaises raisons, il est important de limiter les dégâts, déclara *La Reina* d'une voix glaciale. Tout comme il est important de mesurer ses paroles dans le cadre d'une conversation.

— Me trouvez-vous trop direct dans mes propos ? Mon enfant n'est pas un sujet à dissimuler sous le tapis. Ce n'est pas un bâtard, une tache ou le fruit d'un crime.

Tout son passé revenait à la surface, avec une brutalité inouïe.

— Faire profil bas nous rendra service à tous, y compris au bébé, intervint Pia.

— Si nos actes laissent entendre que nous avons commis une faute, tout le monde le croira. Je ne suis pas d'accord.

Furieux, Angelo bondit de son siège. Se plantant devant Pia, il ajouta :

— Je vous conseille d'accélérer les choses si vous ne voulez pas que votre grossesse se voie sur nos photos. Notre mariage sera célébré en grande pompe, comme si vous aviez épousé l'un des prétendants figurant sur la liste établie par votre mère. Quant à nos fiançailles, nous les annoncerons via un communiqué de presse dès demain.

— As-tu bien réfléchi, Pia ? intervint *La Reina*. As-tu conscience des conséquences pour ton père ? La situation de Rico avec Poppy a déjà provoqué des dommages importants. La réputation des Montero est en jeu. Je ne voudrais pas qu'on nous accuse de manquer de courage moral.

— Rien de plus normal, puisque vous refusez de reconnaître vos petits-enfants ! lança Angelo.

— Je n'ai jamais dit que nous ne reconnaîtrions pas cet enfant, objecta *La Reina*. Il sera bien évidemment un Montero !

Pia quitta son siège à son tour.

— Angelo et moi réglerons tous les détails en privé. Je tenais simplement à vous mettre au courant. Nous ne resterons pas dîner. Merci de nous avoir reçus.

Puis se tournant vers Angelo, elle demanda d'une voix blanche :

— Me ramenez-vous chez moi ou dois-je demander au chauffeur de maman de me raccompagner ?

— Je vous raccompagne.

6

— La journée a été longue. Je ne veux pas retourner à votre hôtel, dit Pia lorsqu'elle se rendit compte qu'Angelo n'avait pas pris la direction de son domicile.

— Nous n'allons pas à l'hôtel, répondit ce dernier.

La colère ne l'avait pas quitté, comme en témoignait son attitude crispée.

Elle réprima un soupir. Sagement assise du côté passager, elle se sentait impuissante. Elle venait de vivre une journée éprouvante et ne souhaitait pas une nouvelle confrontation avec celui qu'elle avait décidé d'épouser.

— Ce n'est pas de la honte qu'ils exprimaient, tenta-t-elle d'expliquer.

— Mais bien sûr !

— Ils souhaitent simplement limiter les dégâts.

— Les perspectives électorales de votre père sont en jeu.

— Vous vous trompez, il ne s'inquiète pas des bulletins de vote. Mon père est un bon politicien, un homme instruit qui croit en la science. Il sait évaluer les coûts et les risques de manière objective. Il ne se laisse pas influencer par les intérêts particuliers, ne tombe jamais dans le piège des émotions. Seule la raison le guide. C'est dans l'intérêt du pays qu'il conserve son siège. La situation n'est guère facilitée par le fait que ses enfants conçoivent des bébés hors mariage…

— Alors c'est vous qui avez honte.

— Je suis embarrassée par mon manque de… discernement.

Je n'ai pas été à la hauteur des attentes de ma famille. Personne n'aime échouer.

— Votre échec réside dans le fait que vous n'avez pas su défendre *notre enfant*.

Ces propos la touchèrent au cœur. Elle se sentait en proie au doute, à la culpabilité. Une angoisse terrible l'étreignait. Il lui fallut prendre une profonde inspiration pour desserrer l'étau qui lui comprimait la poitrine.

Comment expliquer à Angelo qu'il ne servait à rien de s'indigner contre ses parents ? De leur demander de faire preuve de compréhension ou d'éprouver des sentiments alors qu'ils en étaient incapables ?

Quand elle le vit se diriger vers un aérodrome privé, une vague de panique l'assaillit.

— Où allez-vous ?

Avait-il décidé de la quitter ? Si tel était son objectif, elle ne pouvait guère le lui reprocher. Quand elle l'imagina à bord d'un jet l'emportant loin d'elle, elle ressentit un sentiment profond d'abandon.

— Nous allons chez moi, dit-il en garant la voiture sur un emplacement réservé.

Hébétée, elle le regarda remettre les clés à un inconnu et lui donner des instructions pour qu'elle soit rapportée au domicile de Pia.

Elle ne bougea la tête que lorsque Angelo lui ouvrit la portière pour l'inviter à sortir du véhicule.

— Je n'ai pas de bagages.

Ce n'était pas l'exacte vérité. Elle gardait toujours un jean et un pull-over de rechange pour ses déplacements.

— Nous nous débrouillerons, répondit Angelo en l'invitant à le suivre.

— Mais…

— À quoi bon rester ici ? la coupa-t-il, furieux. Vos parents n'ont même pas pris la peine de vous féliciter pour le bébé, votre doctorat ou votre futur mariage. Vous ne comptez pas pour eux, alors pourquoi feriez-vous ce qu'ils vous demandent ?

Des larmes perlèrent à ses paupières. Elle les refoula, ainsi que la nausée qui l'étreignait. Elle avait envie de pleurer, non pas parce que ses parents se moquaient de ses réalisations ou désapprouvaient son choix, mais pour l'enfant qu'elle portait. Elle savait à quel point il pouvait être douloureux de ne pas être aimé et craignait que son enfant n'en souffre un jour.

Elle regarda le jet, se remémorant le nombre de fois où elle avait sauté dans un avion sans que ses parents la retiennent ou viennent l'accueillir à son retour en lui disant qu'elle leur avait manqué.

Après s'être éclairci la voix, elle demanda que son ordinateur et autres effets personnels soient transférés à bord de l'avion, puis accepta de suivre Angelo. Elle attendit le décollage, puis qu'une collation leur soit servie, avant d'apporter quelques explications à son futur mari.

— Mes parents sont des gens froids, incapables d'éprouver des émotions. Si vous espériez des effusions de joie à l'annonce de la naissance prochaine du bébé, il est normal que vous soyez déçu. Cet enfant les indiffère, voilà tout. Vous avez simplement été témoin de leur résistance au changement de cap que nécessite cette future naissance.

— J'y ai été confronté deux fois aujourd'hui.

— On n'atteint pas un but en renonçant au premier obstacle, affirma Pia. Je ne savais pas du tout comment vous alliez réagir. De mon côté, j'aurais aimé préserver la vie que j'avais planifiée. C'est naturel et humain.

Angelo répliqua par un petit rire amer.

— Comment réagira votre famille, selon vous ? demanda Pia avec raideur.

Il détourna les yeux.

— Je n'en ai pas.

Vu ce qu'il lui avait confié à propos de son père et de son enfance, elle se posait des questions. Apparemment, il s'agissait d'un sujet délicat pour lui, et Pia préféra ne pas insister.

— Ma famille n'est pas du genre démonstratif, reprit-elle, mais nous sommes des gens loyaux. Ma mère ne poursuit qu'un seul objectif : nous éviter à tous des conséquences néfastes. Quant à moi, je préférerais me marier en petit comité.

— Eh bien moi, je maintiens mon point de vue. Éviter l'attention tendrait à prouver que nous avons des choses à cacher.

La décision d'Angelo semblait irrévocable...

Voyant que son téléphone clignotait, elle demanda :

— Avons-nous du réseau à bord ?

— Oui, le pilote a activé le wi-fi.

En balayant son écran, elle vit qu'elle avait de nombreux messages et des appels en absence provenant de ses frères, de l'avocat de la famille, de l'assistante de sa mère... et même de Sebastián.

— Seigneur ! souffla-t-elle d'un air ahuri.

— Qui a cherché à vous joindre ?

— Tout le monde.

Elle allait éteindre son téléphone quand le visage de Poppy s'afficha sur son écran. Cette dernière tentait de la joindre par appel vidéo. Piquée par la curiosité, Pia décida de lui répondre.

— Pourquoi tu ne m'as rien dit lors de ta visite ? demanda Poppy. Je suis enceinte, moi aussi !

— Quoi ? s'étonna Pia.

Puis, voyant des larmes perler aux paupières de sa belle-sœur, elle ressentit une soudaine inquiétude.

— Pourquoi pleures-tu ?

— C'est l'émotion, répondit Poppy avec un petit rire mêlé de larmes. Il a fallu que je demande à Rico de coucher Lily. La pauvre petite ne comprend pas qu'on puisse pleurer de bonheur, mais j'ai craqué quand il m'a annoncé la nouvelle de ta grossesse. Je suis si heureuse pour toi ! Je ne voudrais pas lui voler la vedette, mais je parie que Sorcha est enceinte, elle aussi. Je ne l'ai pas vue avaler une seule goutte d'alcool depuis des semaines. C'est formidable, Pia !

Non, il n'y avait rien de formidable dans cette situation, mais Pia était émue par la réaction de son amie. Elle la félicita à son tour avant de demander :

— Rico m'en veut-il ?

— Bien sûr que non ! Il est inquiet, mais ravi.

Poppy s'interrompit un instant avant d'apporter quelques précisions.

— Il s'est entretenu plusieurs fois avec Cesar. Ils veulent te parler, et à Angelo aussi.

Pia lui adressa un faible sourire.

— La journée a été longue. Dis à Rico que je l'appellerai demain. Angelo et moi-même devons prendre quelques décisions avant.

Quand elle eut raccroché, Angelo hocha la tête.

— J'aime bien cette jeune femme.

— Je ne connais personne qui ne l'apprécie pas.

Ils terminèrent leur collation, puis Angelo décida d'appeler son avocat en Californie.

Pia ferma les yeux et s'adossa à son siège. Elle regrettait de n'avoir pu demander à Poppy si elle avait pris la bonne décision en informant Angelo de sa paternité prochaine. Elle ne savait pas gérer la joie que lui procurait le fait de devenir maman et l'angoisse d'un avenir aussi incertain. Sa vie était sur le point de prendre un tournant radical auquel elle n'était pas préparée. Comment s'entendre avec cet homme dont elle ignorait tout ?

Commettait-elle une grave erreur en lui accordant sa confiance ?

Elle se rendit compte qu'elle s'était endormie quand elle entendit prononcer son nom. Un sentiment de profond bien-être l'avait envahie, mais lorsqu'elle en comprit l'origine, elle se sentit rougir. Angelo avait passé un bras autour de ses épaules et la tenait étroitement serrée contre lui. De sa main libre, il lui caressait la joue.

— Nous pouvons dormir dans la cabine si vous êtes trop fatiguée pour aller jusqu'à mon domicile, mais celui-ci se trouve à dix minutes d'ici seulement.

Elle hocha la tête, se redressa puis rassembla ses effets personnels.

— Sommes-nous sur votre île ? demanda-t-elle en débarquant.

— Oui. On dit souvent que je la possède entièrement, mais c'est inexact. Je détiens la plus grande propriété, ainsi que plusieurs maisons plus modestes situées autour pour loger le personnel, parce que je préfère résider seul chez moi. Il y a aussi beaucoup de maisons et de résidences de vacances sur l'île, principalement autour du port qui demeure animé toute l'année.

Une dizaine d'employés les accueillit à leur arrivée à la villa, une demeure d'un blanc immaculé à l'architecture élégante. Ce fut le maître d'hôtel qui la fit visiter la demeure à Pia. Le salon, attenant à la salle à manger, pourvu d'immenses panneaux de verre coulissants, donnait sur une piscine gigantesque dotée d'un petit pont permettant d'accéder à un îlot agrémenté d'une table bistro et de tabourets hauts. Une véritable invitation à la détente. Au-delà s'étendait une longue plage de sable blanc qui resplendissait au clair de lune. Plus loin encore, on apercevait une cabine, un hangar à bateaux et un quai privé éclairé par des lumières féeriques.

— C'est magnifique ! s'exclama Pia, émerveillée.

— L'un de mes partenaires en affaires, spécialiste en matière de sécurité, vit à l'autre bout de l'île. Vous rencontrerez sa femme demain, Melodie. Je lui ai demandé de nous photographier pour le communiqué de presse.

— Vous avez une terrasse sur le toit, comme Rico, remarqua-t-elle en levant les yeux vers le côté de la bâtisse qui donnait sur la mer.

L'ensemble, bâti selon des lignes fluides, paré de lanternes élégantes, était desservi par un magnifique escalier en pierre.

— Aimeriez-vous la voir ?

Il faisait nuit, et le fond de l'air marin était frais. Elle frissonna au souvenir de ce qui s'était produit la dernière fois qu'elle s'était égarée sur un toit-terrasse. Curieusement, l'envie de revivre la même expérience la taraudait.

Devant son silence, Angelo ébaucha un sourire qui la fit fondre. Sans opposer la moindre résistance, elle le laissa lui prendre la main et le suivit dans la maison.

Quand ils atteignirent le haut des marches, il lui indiqua une pièce qui servait visiblement de chambre d'amis.

— De quoi avez-vous besoin pour votre laboratoire de recherche ? D'un simple espace de travail ?

— Je...

Sa surprise était telle que sa voix se bloqua dans sa gorge. Sa vocation de scientifique l'avait amenée à livrer de nombreuses batailles, contre son père qui mettait la barre très haut, contre sa mère pour qui les études n'étaient qu'une distraction et contre le sexisme omniprésent dans ce milieu.

À aucun moment, elle n'avait imaginé qu'auprès d'Angelo elle pourrait poursuivre sa carrière.

— Je... Je n'y ai pas encore pensé.

— Nous verrons cela plus tard, alors.

Tournant les talons, il l'entraîna vers ce qui semblait être la chambre principale de la maison. Déconcertée, elle retira la main de celle d'Angelo.

— Je vous ai conduite ici parce que l'accès à la terrasse sur le toit se fait par le balcon de cette chambre, lui dit-il avec un sourire amusé. Alors, si vous voulez vous y rendre, il faut traverser cette pièce.

Immobile, Pia jeta un regard autour d'elle. Une arche située sur sa gauche donnait sur ce qui ressemblait à une salle de bains gigantesque. De l'autre côté, il y avait un petit salon confortable et un bureau jouxtait la porte du balcon. Quand elle vit que son ordinateur portable avait été déposé sur une chaise de bureau, elle frissonna.

— Vous pensez vraiment que je vais dormir ici avec vous cette nuit ? Nous nous connaissons depuis un jour.

Avisant l'horloge murale, il ajouta :

— Enfin... Presque deux.

La tête penchée sur le côté, il s'adossa au mur pour l'observer.

— Le sexe n'est pas une obligation... Du moins, pas cette nuit.

Comme elle le regardait d'un air hébété, il se rapprocha d'elle. Doucement, il glissa une main dans ses cheveux et posa l'autre sur son épaule.

— Pourquoi êtes-vous si nerveuse ? Nous avons déjà connu une situation similaire.

— Pas avec les lumières allumées.

Cette remarque le fit rire.

— Nous n'en laisserons qu'une au début, si cela peut vous rassurer.

Elle trouvait détestable qu'il plaisante sur un sujet aussi sérieux. Elle-même en était incapable. La timidité la paralysait trop. Ces dernières années, au lieu de fréquenter les boîtes de nuit comme les jeunes gens de son âge, elle s'était vouée corps et âme aux études. Et la seule fois où elle avait agi de manière impulsive et irréfléchie, sa vie en avait été bouleversée.

— Je ne sais pas qui j'étais cette nuit-là, avoua-t-elle. Ce n'était pas moi. J'ai cru que vous ignoriez mon identité et que jamais nous ne nous reverrions. Je ne pensais pas devoir répondre un jour de mon comportement. C'est aujourd'hui le cas, et ça ne me facilite pas la vie.

Il lui souleva gentiment le menton pour planter son regard dans le sien.

— Nous n'avons pas à rougir de notre comportement. Certes, nous aurions pu agir de manière plus responsable, mais le sexe n'a rien d'anormal. Et je dois dire que nos étreintes se sont révélées exceptionnelles. Cela ne me gêne pas de l'admettre.

Pia enviait la confiance en lui dont il faisait preuve.

— Vous ne comprenez pas, murmura-t-elle.

Comment le pourrait-il ? Il n'avait pas été élevé de manière stricte, dans un univers où les émotions devaient être refoulées.

— Je mentirais en disant que je ne veux pas vous faire l'amour, reprit Angelo.

Il posa les mains sur ses hanches et l'attira contre lui.

— Mais si vous n'y tenez pas, je survivrai. Et vous avez raison, il est important que nous apprenions à nous connaître. Et nous n'y parviendrons pas en vivant chacun à un bout de la maison. Je veux que nous dormions dans le même lit, en tout bien tout honneur, bien sûr.

Partager le quotidien et le lit d'Angelo ? Lui parler à cœur ouvert ?

Pia n'avait pas pour habitude d'exprimer verbalement ses ressentis. On l'en avait même empêchée plus jeune. Physiquement, en revanche, elle savait désormais à quel point son corps pouvait la trahir. Quand Angelo l'avait tenue dans ses bras, ce soir-là, elle avait éprouvé un élan très fort envers lui. Le même que celui qu'elle ressentait à cet instant précis. Sa réaction la stupéfiait. Elle posa une main sur la poitrine de celui qui la faisait tant vibrer, d'abord pour le tenir à distance, mais très vite son geste se mua en caresse. Angelo glissa les mains sur sa taille, invitant un rapprochement auquel elle ne résista pas. Comme elle frissonnait, il s'écarta légèrement.

— Non ?

Elle marqua un temps d'hésitation. Comment lui avouer qu'elle avait besoin de ses mains sur elle, de son souffle sur sa bouche, de sa peau nue contre la sienne ? Les mots lui manquaient. Comme elle ne pouvait les prononcer, son corps lui vint en aide. Elle glissa un bras autour de son cou, l'autre autour de sa taille. Puis, les yeux fermés, elle lui tendit les lèvres. Un long baiser les réunit, leurs deux corps enlacés se soudèrent plus étroitement encore.

Quand il releva la tête, elle eut un gémissement de protestation.

— Ouvre les yeux !

Ce recours au tutoiement l'atteignit en plein cœur. Elle obtempéra pour découvrir le visage de son amant, sublime, si attirant. Ce sourire irrésistible...

Sans ajouter un mot, il la souleva dans ses bras et l'emporta jusqu'au lit où il la déposa avec délicatesse avant de prendre à nouveau possession de ses lèvres. Son corps contre le sien se mouvait langoureusement, lui arrachant des soupirs de plaisir. Éperdue, elle répondait à ses baisers avec fougue, ses mains couraient sur son corps, son souffle bouillant se mêlait au sien.

Quand il s'écarta, elle voulut le retenir, mais se contint. Le regard dont il l'enveloppait la clouait sur ce lit où elle savait qu'elle allait s'offrir à nouveau.

— Voilà ce dont j'avais envie depuis un bon moment... Prendre le temps de te découvrir.

Lentement, il entreprit de déboutonner sa veste, d'en écarter les pans, puis de dégrafer son chemisier.

C'était la première fois que Pia se laissait déshabiller de la sorte. Elle en frissonnait de plaisir. Ses seins se soulevaient au rythme saccadé de sa respiration. Quand Angelo se mit à en agacer les tétons durcis, elle se mordit la lèvre pour ne pas crier. Ses caresses la rendaient folle de désir.

— Angelo...

— Je te veux nue, cette fois.

Se postant sur le côté, il l'aida à enlever sa jupe, puis sa culotte qu'il laissa tomber par terre. Se sentant soudain atrocement vulnérable, elle se raidit. À force de caresses et de baisers de plus en plus appuyés, il sentit qu'elle rendait les armes. Alors, à son tour, il se débarrassa de ses vêtements, sans la quitter des yeux. Puis, il s'agenouilla entre ses cuisses qu'il écarta délicatement. Elle ferma les yeux quand elle sentit sa bouche se poser sur son sexe humide, sa langue tracer des sillons de feu dans son intimité. Elle poussa alors un cri de plaisir, suivi de nombreux autres, quand leurs corps entamèrent un long ballet torride qui s'acheva en une explosion des sens.

7

Angelo pensait savoir ce qu'il voulait : transpercer la carapace dont s'entourait Pia, l'obliger à sortir de sa réserve et à l'accepter, lui, comme son égal. Après quoi il ne lui resterait plus qu'à annoncer à la terre entière leur mariage princier, prouvant ainsi qu'il était capable d'accéder aux hautes sphères de l'aristocratie. À l'occasion de leur mariage, il voulait voir Pia porter certains des bijoux volés, ultime pied de nez à ses frères. Sa vengeance serait alors accomplie.

Il n'avait toutefois pas prévu de ressentir une telle flamme pour celle avec qui il avait fait l'amour trois fois au cours de cette nuit torride. Pia s'était montrée sous un jour inattendu. Son tempérament passionné l'avait subjugué. Au petit matin, elle l'avait réveillé avec des baisers dans le cou, des caresses auxquelles il n'avait pas pu résister. Une fois de plus, ils s'étaient donnés l'un à l'autre avec fougue.

Repus, épuisés, ils partageaient à présent un petit déjeuner bien mérité. Leurs visages portaient des traces de leurs ébats nocturnes. La vulnérabilité dont témoignait Pia, qui gardait les yeux baissés, provoquait en lui l'étrange besoin de la protéger. Cette jeune femme l'émouvait bien plus qu'il ne l'aurait imaginé.

Avisant le cahier posé sur la table près d'elle, il demanda avec un sourire :

— S'agit-il de ton journal intime ?

Elle rougit avant de répondre :

— Non, je décris dans ces pages l'évolution de ma grossesse.

Elle lui montra alors les données qu'elle enregistrait : ses menus, son poids, ses heures de sommeil, les suppléments alimentaires qu'elle prenait, les symptômes ressentis, la fréquence à laquelle ils se manifestaient.

— Quelle drôle d'idée ! Pourquoi fais-tu cela ?

— À partir de ma propre expérience, je réalise une étude dont le but pourrait être d'aboutir à une meilleure prise en charge de la grossesse.

Elle cligna des yeux derrière ses lunettes qui lui donnaient un air de bibliothécaire affairée, provoquant en lui un émoi inédit.

— Porter un enfant est déjà un travail en soi. Pourquoi en rajouter ?

— Enregistrer mes observations me détend.

Cette remarque le laissa perplexe. Il trouvait émouvant ce recueil au jour le jour de l'évolution de leur bébé. Et ce désir de contribuer à une meilleure connaissance des femmes et des bouleversements que leur occasionnait la grossesse forçait son admiration, rendant particulièrement mesquin le but qu'il poursuivait en secret.

C'est pourquoi il éprouva une sorte de répulsion quand il sortit du coffre de son bureau les fameux bijoux volés, les exposant à la vue de Pia.

— Des bijoux de famille ? demanda-t-elle en examinant les différentes pièces, toutes d'un goût plutôt ostentatoire.

Des pendentifs ouvragés, d'épaisses chaînes en or, des colliers de perles ornés d'améthystes et d'émeraudes.

Quand elle saisit délicatement une paire de boucles d'oreilles bleu saphir entourées de diamants blancs pour mieux les observer, l'envie de les lui arracher des mains le saisit, comme si ces bijoux risquaient de lui brûler la peau.

Au plus fort de sa colère, au moment où il avait quitté le domicile des parents de Pia, il avait froidement envisagé de faire porter à sa future femme la pièce maîtresse de cette collection de bijoux : un extravagant collier de perles et de diamants roses. Un bijou que reconnaîtraient d'anciennes connaissances de sa grand-mère et surtout ses frères. Il avait prévu de faire rédiger un communiqué de presse ambigu, laissant entendre qu'un secret de famille des plus sombres serait bientôt révélé.

Mais à présent, l'idée que ces perles effleurent la peau satinée qu'il avait caressée toute la nuit le révulsait. Non, c'était impossible. Plus maintenant…

— En général, je ne porte pas de bijoux, remarqua Pia, toujours plongée dans la contemplation des pièces exposées sur le bureau.

Son visage n'exprimait pas la moindre convoitise.

— Bagues, bracelets et colliers me gênent dans mes mouvements quand je travaille, ajouta-t-elle. Je privilégie toujours le côté pratique des choses, au détriment de l'esthétique. Mais je comprendrais que ces bijoux aient une signification particulière à tes yeux.

C'était la première fois qu'elle recourait au tutoiement, et elle se sentit rougir. Malgré sa gêne, elle poursuivit :

— Et je porterai l'un de ces bijoux pour la séance photo si tu y tiens.

— Je suis ravi de constater que tu les détestes.

— Ce n'est pas ce que j'ai dit !

— Excusez-moi, intervint l'assistante personnelle d'Angelo. La styliste vient d'arriver, ainsi que la photographe, Melodie Killian.

— Appelez le joaillier du village et dites-lui d'apporter des bagues de fiançailles. Immédiatement.

— Oui, monsieur.

— Angelo…

— Tout va bien, déclara-t-il pour éviter de songer à ce changement de plan qui témoignait d'un accès de faiblesse.

— Bonjour Melodie, dit-il ensuite à la jeune photographe en l'invitant à avancer jusqu'à son bureau. Outre nos photos de fiançailles, j'ai une seconde mission à vous confier. Photographiez ces pièces pour que nous puissions ensuite les vendre aux enchères.

Il saisit la boîte en fer rouillé qui reposait à côté des bijoux, la vida de son contenu – une figurine représentant un loup – qu'il glissa dans sa poche, puis s'en servit pour y ranger les bijoux.

Melodie écarquilla les yeux lorsqu'il lui tendit la boîte.

— Votre maison est ultra-sécurisée, lui dit-il avec un léger sourire. Prenez tout le temps dont vous aurez besoin pour photographier ces bijoux.

Pia ne savait que penser du comportement d'Angelo à son égard. Après leur nuit d'amour, il s'était montré particulièrement tendre et affectueux au petit déjeuner. Une douceur à laquelle elle n'était pas habituée et qui lui avait réchauffé le cœur. Troublée, elle avait rougi sous son regard amusé.

Plus tard, il l'avait conduite dans son bureau.

— Pour te trouver une parure, avait-il déclaré en guise d'explication.

Il n'avait pas dit un mot sur le portrait accroché au mur. La toile avait été restaurée, ainsi que son cadre. Le sujet peint piquait la curiosité de Pia, mais elle avait préféré ne pas poser de questions. Il y avait quelque chose de familier entre les traits de cette femme et ceux d'Angelo…

Lorsqu'il avait étalé un lot de bijoux sur le bureau, elle avait haussé les sourcils, surprise. Ce qu'elle lui avait dit alors était la vérité. Elle trouvait les bijoux encombrants et préférait ne pas en porter. Et ceux qui étaient alors sous ses yeux lui avaient paru trop voyants. Elle n'avait toutefois pas voulu froisser Angelo en refusant de les porter, surtout après l'intimité qu'ils avaient partagée. Curieusement, il ne lui avait adressé aucun reproche, se contentant de demander qu'un joaillier apporte d'autres pièces.

À présent, il déambulait dans la maison en compagnie de Melodie, lui demandant son avis sur le meilleur endroit où prendre les photos de leurs fiançailles. Pia suivait en silence. Lorsque enfin leur choix se porta sur le salon, Melodie commença à déballer son équipement. Angelo et Pia se rendirent dans la chambre d'amis où la styliste avait préparé différentes tenues, plus élégantes les unes que les autres, mais dans des tons que Pia n'avait pas l'habitude de porter. Comme elle s'en étonnait, Angelo intervint :

— Ce choix me paraît tout à fait juste. Le bleu fera ressortir tes yeux et sublimera ton teint.

Troublée par ce compliment, Pia essaya plusieurs tenues et arrêta son choix sur une robe fourreau particulièrement seyante. Angelo avait raison, le bleu de la robe lui allait à ravir.

Vint ensuite la séance de maquillage et de coiffure.

— Vous n'avez vraiment pas besoin d'artifices, dit la styliste en s'affairant. L'amour est le meilleur des cosmétiques !

« Il n'est pas question d'amour ! » eut-elle envie de protester. Son visage portait simplement les traces d'une nuit merveilleuse passée entre les bras d'un homme qui avait su la transporter au septième ciel. Peut-être sa grossesse rendait-elle son teint plus lumineux. Quoi qu'il en soit, elle ne voulait pas exposer sa vulnérabilité aux yeux de tous. Mais, à mesure que la styliste avançait dans son travail, Pia voyait ses masques habituels tomber les uns après les autres. L'image de la chercheuse sérieuse, cachée derrière ses lunettes, disparaissait peu à peu, grâce à un maquillage tout en nuances. Ses cheveux d'ordinaire relevés en chignon tombaient sur ses épaules. Son visage était désormais dépourvu de toutes les traces de la vie ennuyeuse qu'elle avait menée jusqu'ici.

Lorsqu'elle fut prête, elle regagna le salon où Angelo l'attendait déjà. Il avait troqué ses vêtements contre un costume bleu foncé, taillé sur mesure. Au son de ses talons aiguilles, il se tourna vers elle, et son visage s'éclaira d'un sourire lumineux.

— J'ai vraiment de la chance ! s'exclama-t-il d'un ton ravi.

Tous les yeux se tournèrent vers Pia. L'assistante personnelle d'Angelo, entourée de deux domestiques, leva les yeux de sa tablette et lui sourit. Melodie, derrière son trépied, hocha la tête d'un air appréciateur. De même que le joaillier qui avait étalé sur la table du séjour plusieurs écrins de velours où était présentée une sélection d'anneaux et de bagues.

— N'est-ce pas là la plus belle des fiancées ? demanda la styliste.

Une salve d'applaudissements accueillit cette remarque. Pia aurait aimé disparaître sous terre.

— Tu es magnifique ! approuva Angelo.

— *Gracias.*

Agacé par autant de froideur, Angelo lui prit toutefois le bras pour l'entraîner à la table du joaillier. Ce dernier, fraîchement revenu de New York, avait rapporté des parures susceptibles de plaire aux touristes millionnaires séjournant sur l'île.

— Que dis-tu de cette bague ? demanda-t-il en indiquant un anneau en or blanc serti de diamants magnifiquement ouvragés.

Une pièce ravissante, d'une finesse exquise, qui contrastait avec les bijoux extravagants qu'il lui avait proposés plus tôt dans la journée. Comme elle demeurait silencieuse, il lui proposa une autre bague, mais Pia ne pouvait quitter des yeux la précédente. C'était la première fois de sa vie qu'elle éprouvait de la convoitise pour un bijou.

— J'aime beaucoup celle-ci, dit-elle d'un ton gêné.

Angelo lui passa la bague au doigt, et elle se sentit rougir quand elle croisa son regard intense. La prenant totalement au dépourvu, il lui souleva le menton et posa les lèvres sur les siennes.

Un clic la fit sursauter, et elle tourna la tête vers la photographe qui venait d'immortaliser la scène.

— Cette photo sera certainement la plus belle ! lança Melodie d'un ton enjoué.

C'est alors que Pia prit conscience du destin qui l'attendait. Elle allait épouser un inconnu, lui donner un enfant et dépendre de lui jusqu'à la fin de ses jours.

Prenant une profonde inspiration, elle tenta de chasser l'angoisse qui l'étreignait et se plia à la séance photo qui se déroula ensuite. Quand celle-ci s'acheva, Angelo et Pia purent admirer les différents clichés, tous très réussis.

— Regardez ce baiser ! lança Angelo.

Pia fixa la photo choisie par son fiancé. Il s'en dégageait une sensualité qui la fit frissonner, comme s'il s'agissait d'une scène érotique.

— Je préfère la photo où nous sommes côte à côte, objecta-t-elle froidement. Je la trouve plus élégante.

— Non, intervint Melodie en secouant la tête, je trouve la scène du baiser fabuleuse. Sur cette photo, vous ressemblez à un de ces couples mythiques du cinéma classique en noir et blanc.

— Transférez-la-moi, dit Angelo. Inutile de la retravailler, elle est parfaite.

Dès qu'il l'eut reçue sur son portable, il l'envoya aussitôt à son agence de publicité. Ensuite, la situation s'emballa d'une manière stupéfiante. Le téléphone de Pia se mit à bourdonner tandis que des dizaines de messages lui parvenaient de la part de collègues scientifiques, de connaissances, d'anciens étudiants, tous lui souhaitant beaucoup de bonheur.

Pia n'eut pas le loisir de répondre à ces messages, l'organisateur de mariage les ayant rejoints. Des décisions furent prises sur-le-champ.

— Nous voulons nous marier dans le courant du mois, annonça Angelo.

Pia désirait également que la cérémonie ait lieu avant que sa grossesse devienne visible, ce qui leur donnait jusqu'à mi-janvier. Ils n'annonceraient la venue prochaine de leur enfant qu'après la première échographie prévue dans trois mois.

— Mille invités ? s'étonna Pia en tournant la tête vers Angelo. L'assistante de mère disait cinq cent.

— C'était l'estimation de ses invités. J'en convierai autant de mon côté.

Mille personnes ? Ils auraient pu tout aussi bien prévoir un show télévisé les filmant nus sur une plage !

À mesure que la journée avançait, Pia décida d'adopter le comportement qui, souvent, lui permettait de supporter des épreuves pénibles : elle se concentra sur sa posture et ses manières afin de ne rien laisser percevoir de son malaise. Elle parlait d'une voix claire et s'exprimait de manière posée et rationnelle, comme s'il ne s'agissait pas d'un événement qui la concernait au premier chef, mais plutôt d'un gala du style de ceux qu'organisait fréquemment sa mère, où il était question de menus et de décors. Peu importait que le choix de son bouquet se porte sur des roses ou des lys. Se préoccuper de tels détails aurait accru le sentiment de panique qui menaçait à chaque instant de la submerger. Il fallait à tout prix qu'elle chasse de son esprit l'angoisse qui serait la sienne quand elle se retrouverait au bras d'Angelo devant une assemblée de mille invités.

Enfin, Angelo renvoya tout le monde.

Bien qu'épuisée, Pia prit la peine de saluer personnellement chaque personne, puis dit à Angelo :

— Je vais aller me changer.

Elle avait besoin d'un moment de calme et de solitude pour se ressaisir.

Angelo n'en revenait pas. À son retour de sa séance avec la styliste, Pia ressemblait non pas à une future mariée comblée, mais à une reine des glaces. Dans sa tenue, il l'avait trouvée époustouflante, mais quelque chose dans son expression l'avait refroidi, ennuyé même. Il s'était presque senti insulté par la distance qu'il avait lue dans son regard. Elle se comportait comme si tout le monde était à son service, n'accordant pas la moindre parole aimable ou le moindre sourire. Seul le choix de la bague semblait avoir obtenu son approbation. Il avait vu ses yeux briller de convoitise et en avait éprouvé une grande satisfaction… La seule de la journée.

Même quand il l'avait embrassée, à part un léger trouble, elle n'avait manifesté aucune émotion.

Après quoi, Pia avait arboré un air hautain pendant tout le reste de la journée. Angelo avait vécu la séance photo comme un supplice, de même que les échanges autour de l'organisation du mariage. Quand on avait demandé à Pia de décrire le type de cérémonie dont elle rêvait, elle avait déclaré :

— Je souhaite que nous demeurions fidèles à la tradition. Pour les détails, je vous invite à consulter l'assistante personnelle de ma mère.

L'assistante de sa mère… Cette mention avait fait frémir Angelo, comme s'il se retrouvait relégué à un second plan. Si les circonstances s'y étaient prêtées, il aurait probablement revu sa position et se serait interrogé sur la pertinence de ce mariage. Mais l'avenir d'un bébé était en jeu. Alors il avait annoncé ses fiançailles avec Pia à la presse. Après quoi, il avait croulé sous les messages.

Il avait confié à son assistante le soin de répondre à la plupart d'entre eux.

Enfin, quand il avait été question du nombre des invités, il avait tiqué devant l'étonnement manifesté par Pia. Visiblement, elle avait trouvé déplaisante sa décision de convier autant de personnes que sa mère. Mais elle n'avait pas bronché, se contentant de poursuivre l'organisation de ce mariage comme s'il s'était agi d'un enterrement.

Pia frémit en voyant qu'Angelo la suivait dans la chambre.

— J'ai besoin de me changer aussi. Je n'aime pas porter des costumes.

Ce n'était pas l'exacte vérité, car depuis qu'il avait les moyens de les faire confectionner sur mesure, ses costumes lui allaient comme une seconde peau.

— Moi, ce sont les talons que je déteste, maugréa-t-elle en lui tournant le dos afin qu'il l'aide à dégrafer sa robe.

Ce qu'il fit avec une lenteur étudiée.

— Jolie dentelle que tu portes sous cette robe !

Pia s'écarta vivement pour se diriger vers le dressing. Angelo la suivit tout en se débarrassant de sa veste. Il la regarda se déshabiller puis sourit en la voyant enfiler une de ses chemises à lui, deux fois trop grande pour elle.

— Tu permets ? lui demanda-t-elle en retroussant les manches sur ses poignets délicats.

— Bien sûr !

Puis lorgnant ses jolies jambes gainées de soie, il ajouta :

— Je me demande si cela vaut la peine de t'acheter tes propres vêtements !

— Je m'en chargerai moi-même, marmonna-t-elle en quittant le dressing.

Ce qui eut le don de faire sortir Angelo de ses gonds.

— Arrête de jouer avec mes nerfs. Si tu es en colère, exprime-toi ! Je n'ai pas envie de te suivre dans toute la maison en te suppliant de me dire ce qui ne va pas.

Sans se retourner, elle répondit :

— Je ne suis pas en colère.

Il la regarda ouvrir un tiroir, le refermer, puis en ouvrir un autre.

— Quoi alors ? Pourquoi agis-tu comme si je braquais un pistolet sur ta tempe ? Cela t'ennuie à ce point de devoir m'épouser ?

— Je n'ai jamais dit cela, répondit-elle en lui décochant un regard surpris.

— Tu t'es comportée à l'égard de notre organisateur de mariage comme une patiente face à son médecin quand il lui demande d'ouvrir la bouche ou de tousser.

Agacée, Pia fronça les sourcils.

— C'est faux. Je me suis montrée tout à fait polie à son égard. Je n'aime pas être au centre de l'attention, tout simplement. Je déteste ça à un point que tu n'imagines même pas ! Comme maintenant. Que tu me regardes chercher en vain un pantalon m'agace prodigieusement.

Elle s'immobilisa, le regard flamboyant et les joues roses.

Angelo leva les yeux vers la penderie, retira un jean de son cintre et le lui tendit.

— Si tu avais demandé à mon personnel attentionné et efficace de te dire où étaient rangées tes affaires…

Pia lui arracha le jean des mains et l'enfila à la hâte.

— Je déteste l'idée d'un mariage en grande pompe. J'espérais épouser une personne normale, banale. Comme moi.

D'un geste nerveux, elle attacha les pans de sa chemise en un nœud serré autour de sa taille avant d'ajouter :

— J'aurais aimé un mariage discret avec des photos tellement ennuyeuses que personne n'aurait pris la peine de les regarder. Je ne veux pas de clichés qui me font ressembler à…

— À quoi ? insista Angelo.

Pia secoua la tête d'un air excédé. Levant les mains au ciel, elle répliqua :

— Une idiote…

— Une idiote ?

— Je préfère… quand mon visage n'exprime rien.

— Qu'exprimait-il sur les photos ?

— Je ne sais pas… J'étais en pleine confusion, incapable de contrôler mes émotions, en plein chaos.

— Comme un être humain, en quelque sorte.

— Je n'ai jamais été autorisée ni même encouragée à exprimer des sentiments. Tu as vu mes parents ?

En effet, la famille de Pia représentait un réel problème, mais il y avait plus grave. Angelo prenait conscience pour la première fois du manque de confiance en elle dont souffrait sa jeune fiancée. Des images lui revinrent en mémoire. La manière dont Pia s'exprimait quand elle était mal à l'aise, son attitude hautaine destinée à tenir les autres à distance, ce sourire absent sur ses lèvres. Pia ressemblait à ces mordus de jeux vidéo qui préféraient vivre dans un monde parallèle plutôt que d'affronter la réalité.

— Tu es introvertie, timide, lui dit-il d'un ton songeur.

Elle hocha la tête et prit une profonde inspiration avant de répondre.

— C'est vrai, admit-elle. Je l'ai toujours été. Je ressens une souffrance atroce quand les gens m'observent. Je déteste être obligée de travailler comme une forcenée pour donner l'impression de maîtriser mon sujet... J'envie ces personnes qui sont capables de parler à des inconnus comme s'ils étaient leurs amis.

— Et maintenant ? Avec moi ?

— C'est comme si... j'avais une aiguille plantée en plein cœur, rendant chaque respiration douloureuse.

Elle cligna plusieurs fois des yeux pour chasser les larmes qui perlaient à ses paupières.

— Je n'étais pas autorisée à éprouver des émotions. Je ne devais ni rougir, ni pleurer, ni me cacher. Ma mère voulait que, comme elle, je devienne une mondaine, une icône de la mode, que je me comporte en société comme une reine inaccessible. Je crois que sur ce plan-là elle a atteint son objectif.

— Tu te dévalorises...

— Tu m'as accusée de m'être montrée glaciale à l'égard de l'organisateur de mariage, d'agir comme un robot. Je ne sais pas faire autrement, Angelo. J'ai essayé de nombreuses fois, sans aucun résultat.

— Est-ce la raison pour laquelle tu te consacres corps et âme à tes recherches ?

— J'essaye, mais dans ma famille les femmes ne sont pas autorisées à aimer les sciences. Je détestais les robes jusqu'à ce que mon frère me parle des vers à soie auxquels je me suis aussitôt intéressée. Et la poursuite de mes études jusqu'au doctorat m'a permis de repousser l'inéluctable : le mariage. Mes recherches me privaient de toute vie sociale, ce qui m'arrangeait bien.

— Tu es aussi efficace qu'intelligente.

Il n'y avait aucun sarcasme dans cette remarque. Angelo était impressionné. Lui avait l'intelligence de la rue, celle qui s'acquiert par l'expérience.

— C'était aussi le seul moyen pour moi d'établir des liens avec ma famille, reprit-elle, surtout avec mon père, mais aussi avec mes frères. Même si je ne valais rien sur le plan social, j'ai préservé la réputation des Montero dans les milieux universitaires. Je l'ai même élevée, à la grande satisfaction de ma mère.

— Et ton père ?

Elle eut un soupir triste.

— Mon père et moi avons en commun de ne pas être de grands communicants. À un moment dans sa vie, il a sans doute compris que son manque de diplomatie risquait de lui jouer des tours, alors il a épousé ma mère pour redorer son image. D'elle, je ne sais pas grand-chose. Elle ne parle jamais de son enfance, mais une chose est sûre : elle a toujours voulu préserver la vie qu'ils ont construite ensemble.

— Et sacrifier sa fille pour préserver cette vie te paraît justifié ?

— Elle ne voit pas les choses ainsi. Elle désirait que je suive son exemple en épousant un homme avec qui bâtir une vie profitable à nous tous. Nous formons une sorte d'équipe, Angelo. J'avais une mission : défendre l'honneur et la réputation des Montero, et j'ai échoué. Ils n'ont que faire de la détresse et de la culpabilité que je ressens. Ils ne sont ni tristes, ni anxieux, ni même furieux. Ils sont simplement contrariés. Eux s'en remettront, tandis que moi je garderai sur les épaules le poids de la déception que je leur ai causée. Maintenant, tu voudrais faire croire que tu épouses une princesse, mais je n'arriverai jamais à jouer ce rôle. Je vais échouer une fois de plus.

— Bien sûr que non ! Viens !

Comme elle tremblait de tout son corps, il l'attira dans ses bras et la serra très fort. Ému par sa détresse, il lui caressa les cheveux avec tendresse.

— Pleure, si tu en as besoin, lui chuchota-t-il à l'oreille.

Elle appuya le visage contre sa poitrine.

— Je ne pleure jamais.

Parce qu'elle n'en avait pas le droit ?

Il sentait son souffle chaud contre sa peau, tandis qu'elle s'abandonnait dans ses bras. Au moins, elle acceptait le maigre réconfort qu'il lui apportait.

— Je ne ferai pas de toi une personne que tu n'es pas, promit-il.

— Je ne veux pas que notre bébé pense un jour qu'il m'ait causé de l'embarras. Je veux qu'il ou elle se sente aimé.

Touché en plein cœur, Angelo prit une profonde inspiration. Les paroles de Pia venaient de raviver de vieilles blessures.

— Merci d'avoir dit cela. J'ai moi-même été traité comme un

indésirable. Pour ne plus me voir et ne plus m'entendre, on m'a envoyé en pension. Je veux que ce bébé soit accepté de tous.

— Moi aussi…

Elle leva les yeux vers lui.

— Tu sais… Malgré l'angoisse que je ressens à l'idée de me marier, malgré la tristesse que me cause la réaction de mes parents, cette grossesse me comble de joie. À un point inimaginable !

— Moi aussi.

Longtemps, ils se dévisagèrent en silence puis ils partagèrent un baiser plein de fougue avant de s'arracher mutuellement leurs vêtements et de s'adonner avec fougue à leur passion.

8

La photo de leurs fiançailles devint virale.

— Je ne comprends pas, dit Pia en tentant de calmer les palpitations de son cœur tandis qu'ils s'envolaient pour Valence. Comment se fait-il que nous fassions encore la une des principaux médias ? Es-tu à ce point célèbre ?

— Dans le monde du jeu, j'en ai bien peur.

— À cause de cette puce que tu as développée ? Mon père a mis au point l'un des premiers métaux résistant aux rayures pour les ordinateurs. Personne ne l'a acclamé pour ça !

— Avant cette fameuse puce, j'ai beaucoup travaillé à la promotion des championnats de jeux vidéo. C'est à ce moment-là que j'ai obtenu de la visibilité.

— Avant de chercher à te revoir, j'ai lu ta biographie, confia-t-elle d'un air gêné. Tu organises vraiment des tournois, comme dans n'importe quel sport ? Comment se fait-il que des gens aiment regarder d'autres personnes jouer à des jeux vidéo ?

— Il se passe la même chose dans le football. De nombreux amateurs regardent la coupe du monde. Ils s'intéressent à la carrière des joueurs et adorent suivre les matchs de leurs équipes préférées. Ils les encouragent.

Pia secoua la tête.

— Je ne comprends pas comment il est possible de se passionner pour une activité qu'on ne pratique pas soi-même. Et... Pourquoi tes fans émettent-ils des doutes sur mes motivations ? « Chercheuse d'or, étrangère... » Es-tu joueur toi-même ? De quelle manière t'es-tu retrouvé impliqué dans cette discipline ?

— Le hasard.

Angelo reposa son téléphone quand l'hôtesse leur apporta leur petit déjeuner.

— C'est en répondant à une annonce pour remplacer du matériel électronique que j'ai découvert l'univers du jeu en ligne et des championnats. Je me suis retrouvé en contact avec un joueur venu des États-Unis qui voulait promouvoir l'événement et trouver un sponsor. Mais il était nul en réseautage. Il a trouvé ma proposition intéressante et quand il a su que j'étais sans abri, il a proposé de m'héberger à Los Angeles. J'ai travaillé sur un cargo pendant un mois et à mon arrivée en Amérique, j'ai accepté des petits boulots pour participer au loyer. C'est comme ça que j'ai appris à promouvoir les championnats.

— Tu étais sans abri ? Quand cela ? Après avoir quitté le pensionnat ?

Angelo se rembrunit.

— Mes frais de scolarité n'ont plus été payés à partir de mes quatorze ans.

— Pourquoi ?

— Ma mère est morte, et la famille de mon père a jugé inutile de continuer à m'entretenir.

— Ils t'ont coupé les vivres à quatorze ans ?

Sidérée, Pia songea à son adolescence, période dont elle ne gardait pas un bon souvenir, mais durant laquelle elle avait eu un toit au-dessus de la tête.

Un bref coup d'œil à son téléphone lui permit de voir qu'on la comparait à l'héroïne ninja d'un jeu vidéo en vogue.

— Pas étonnant que les joueurs t'idolâtrent. Avec ton parcours chaotique, tu représentes pour eux une véritable source d'inspiration.

— Au royaume des introvertis, l'extraverti est roi ! J'ai prévu d'inviter les membres de mon équipe à notre fête de fiançailles. Ils détesteront cela autant que toi !

Pia baissa les yeux sur son téléphone. En effet, l'événement risquait de la paralyser.

Angelo désirait que cette fête se tienne le soir même à son hôtel, mais les parents de Pia avaient manifesté quelques réticences.

Pour satisfaire tout le monde, Cesar, le frère de Pia, et son épouse Sorcha avaient proposé d'organiser l'événement à leur domicile.

Une fois de retour chez elle, Pia n'eut plus une seule minute à elle. Avec l'aide de sa styliste, elle réorganisa sa garde-robe en vue de son mariage prévu à la mi-janvier. Trouver la perle rare capable de confectionner une robe de mariage permettant de masquer sa grossesse dans un délai aussi court ne fut possible que grâce à l'intervention d'une amie de Sorcha.

Puis, Angelo et elle firent le tour de la maison que lui avait léguée sa tante maternelle.

— Bien sûr, nous pourrons garder cette maison, si tu y tiens, dit Angelo. Elle nous fournira un pied à terre quand nous rendrons visite à ta famille. Mais l'une de ces pièces devra être transformée en chambre d'enfant.

— Oh ! Seigneur ! gémit Pia, effarée par tout ce qu'ils devaient organiser.

Angelo lui sourit, puis l'embrassa sur le front.

— Fais donc une petite sieste cet après midi. Ensuite, nous nous préparerons pour la fête chez ton frère.

— Il y a tant à faire...

— Je te réveillerai quand je serai rentré de mon rendez-vous, promit-il en l'accompagnant dans sa chambre.

Pia venait de s'endormir quand le téléphone de la maison la réveilla en sursaut. Devançant la gouvernante, elle prit l'appel.

— Pia Montero à l'appareil, dit-elle en décrochant.

— Bonjour, *señorita* Montero, je suis Tomas Gomez.

— Ah oui ! Mon frère Rico possède aujourd'hui une propriété qui appartenait à votre famille autrefois, n'est-ce pas ?

— En effet. Elle a appartenu à notre famille durant plusieurs générations. Savez-vous pourquoi Angelo Navarro était présent au bal costumé qui s'est tenu dans la propriété ?

— Euh... Je ne vois pas où vous voulez en venir, dit-elle, surprise par cette question.

— Il n'y avait pas que le tableau qui l'intéressait, Pia. Mais vous le savez déjà, je présume. L'avez-vous aidé ?

Pia fronça les sourcils en s'entendant appeler par son prénom.

— Aidé à faire quoi ? Je ne sais pas de quoi vous parlez.

— Les bijoux. L'avez-vous aidé à s'en emparer ? Où sont-ils maintenant ?

— À l'abri chez une société de sécurité, répondit-elle à la hâte, craignant de voir débarquer Tomas Gomez chez elle. Pourquoi vous adresser à moi et pas à Angelo ?

— Cela ne vous intéresse-t-il pas de savoir que votre fiancé est un voleur ? Un escroc ? Cet homme voue une rancune tenace à l'égard de gens qui valent mieux que lui. Voilà le genre d'individu à qui vous envisagez de vous unir ! Il veut s'acheter une respectabilité en vous épousant. Votre mère serait horrifiée si elle connaissait la vérité sur ses origines. Je ne dirai rien bien sûr… si vous me restituez les bijoux.

Pia frissonna devant la menace déguisée. En entendant la porte de la maison s'ouvrir, elle raccrocha précipitamment après avoir lâché d'un ton ferme :

— Laissez-moi tranquille !

Tremblant de tous ses membres, elle songea à sa toute première rencontre avec Angelo. Connaissait-il déjà son identité ce soir-là ? L'avait-il suivie sur le toit pour la séduire et l'obliger ensuite à l'épouser ? Quelle était la raison de sa présence au bal costumé ? Le tableau bien sûr, mais aussi… les bijoux ?

— Salut, *querida* ! dit-il joyeusement en la rejoignant dans la chambre.

Puis, avisant la pâleur de ses traits, il plissa les yeux.

— Qu'y a-t-il ?

— Rien… Il est tard. Il faut que je me prépare.

Malgré son désir de passer inaperçue, Pia resplendissait dans sa robe fourreau. Le décolleté laissait entrevoir la naissance de ses seins, et la jupe moulait ses hanches à la perfection. Installé près d'elle à l'arrière de la voiture, Angelo ne cessait de la regarder. Il se délectait de ce spectacle et ressentait une immense fierté. Lui seul connaissait la nature passionnée qu'elle dissimulait derrière cette façade austère.

— Nous avons du temps pour nous, dit-il à mi-voix.

Il leur fallait environ une heure pour rejoindre la villa du frère de Pia, une heure dont Angelo avait bien envie de profiter. Le désir de serrer sa future femme dans ses bras, de respirer l'odeur de sa peau le tenaillait.

— Viens près de moi, dit-il d'une voix rendue rauque par l'émotion.

Au lieu d'obtempérer, Pia s'écarta de lui.

— J'ai reçu un appel pendant que tu étais absent, lâcha-t-elle précipitamment, comme pour expliquer son geste de recul. Tomas Gomez m'a posé des questions sur les bijoux.

— Que lui as-tu dit ? demanda Angelo, saisi d'un sombre pressentiment.

— Qu'ils étaient à l'abri chez une société de sécurité. C'est bien là le métier du mari de Melodie, n'est-ce pas ? Expert en sécurité ?

— Tu as donc confirmé à Tomas qu'ils étaient en ma possession ?

Cette prise de contact avec Pia n'avait rien d'étonnant. Jamais les Gomez n'auraient osé l'affronter, lui, surtout si leur but était de déstabiliser celle qu'il prévoyait d'épouser.

— Il m'a demandé si je t'avais aidé à t'en emparer. Est-ce ce que j'ai fait ?

— Involontairement, oui, admit-il à contrecœur.

— Sur le toit… C'est pour cela que tu as cherché à me séduire.

— Non.

— Il a dit que tu te servais de moi pour gravir les échelons de la société. Tu connaissais mon identité !

— Je n'ai pas besoin de toi pour m'acheter une réputation ! protesta Angelo, écœuré par de tels propos. N'écoute pas cette ordure ! Ne prends pas son parti !

— Il t'a traité de menteur et de voleur.

— Qui se ressemble s'assemble ! maugréa-t-il avec une fureur qu'il peinait à contenir. Mais je ne t'ai jamais menti.

— Non, seulement caché la vérité !

— Veux-tu la connaître, la vérité ?

— Je ne sais pas. Cela me rendra-t-il complice des crimes que tu as pu commettre ? Mon frère a acheté la villa des Gomez et tout son contenu. Si tu as pris autre chose que le tableau que tu as acheté, cela fait de toi un voleur.

— Je n'ai rien volé. J'ai simplement récupéré une chose que ma mère m'avait laissée, ainsi que son portrait.

Pia tourna vivement la tête vers lui.

— Ta mère ne peut pas être la jeune fille du tableau ! Elle est trop jeune.

— Elle s'appelait Angelica. C'est la seule image d'elle que je possède. Elle était la fille née du premier mariage de la seconde femme du baron. Et oui, elle était trop jeune pour être mère. Ma mère. On l'a accusée d'avoir subtilisé les bijoux. Mais je suis sûr pour ma part qu'elle les a reçus de la main de mon père, qui les gardait dans un coffre de son bureau. Il passait beaucoup de temps avec elle quand sa femme – ma grand-mère – s'absentait pour la journée.

Pia se couvrit la bouche, horrifiée par ce qu'elle venait d'entendre.

Le poids du passé étreignait Angelo qui, pour la première fois de sa vie, ressentait le besoin de confier à quelqu'un la vérité sur ses origines.

— Je devrais sans doute m'estimer chanceux de ne pas avoir été jeté à la rivière ou abandonné à la naissance. Ma mère avait alors quinze ans… J'ai vécu six ans avec elle dans une maison délabrée avant d'être envoyé dans cette prison que l'on appelle pensionnat. Je l'ai très peu vue après cela. Ne me demande pas pourquoi elle n'a pas quitté le domaine des Gomez. Sans doute pour que l'on continue à s'acquitter de mes frais de scolarité. Peut-être se sentait-elle trop démunie pour se battre. Tout ce que je sais, c'est qu'elle s'est donné la mort peu de temps après la mort de mon père. Elle savait sans doute qu'on la jetterait à la rue… Comme moi.

Angelo demeura longtemps muré dans le silence après cette douloureuse confession. De son côté, bouleversée par ce qu'elle venait d'apprendre, Pia mesurait la chance qui était la sienne. Contrairement à la mère d'Angelo, sa grossesse la comblait et l'effrayait en même temps, mais elle était une personne adulte, et le père de son enfant se souciait d'elle.

— Ta grand-mère savait-elle ? demanda-t-elle d'une voix étranglée.

— Évidemment. Tout le monde dans la famille savait.

— C'est horrible…

— En effet. Quant aux bijoux, j'ai autant de droits sur eux que mes demi-frères. Je trouve révoltant qu'ils t'aient appelée pour te dire que je les avais volés.

— Tu pourrais… envisager un test ADN !

— C'est exact, admit-il d'un ton amer. Mais partager le même sang que ces monstres me répugne. Je ne veux ni de leur nom ni de leur titre. Je préfère que perdure ce vilain secret de famille, mais je ne laisserai pas mes demi-frères continuer à profiter de la vie aux dépens de ma mère. Je les anéantirai.

— Pourquoi ne pas…

— … révéler au monde entier ce qui est arrivé ? acheva-t-il. Jeter ma mère en pâture à la presse ? Mes demi-frères insulteraient sa mémoire. Ils sont capables du pire. Ils diraient que mon pauvre père, si droit, si irréprochable, a été manipulé par une séductrice diabolique. Qui tes parents croiront-ils à ton avis, Pia ? Le bâtard rancunier que je suis ou l'un des leurs ?

Ses parents prendraient leurs distances, de toute évidence. À cette idée, elle sentit son sang se glacer dans ses veines.

— J'aurais aimé que tu me dises tout cela avant.

— Quand ? Lors de notre rencontre torride sur le toit ? Quand tu es venue m'annoncer que tu étais enceinte ? Ou bien avant de poser pour nos photos de fiançailles ? Être à mes côtés te dérange, maintenant, Pia ?

Assaillie par la culpabilité, elle détourna les yeux.

— Il est encore temps de faire machine arrière. Mais si tu le fais, je te rendrai la vie impossible.

Pia reporta son attention sur Angelo. Son profil exprimait une détermination de fer. À quoi ressemblerait sa vie si elle poursuivait son chemin auprès de lui et l'épousait ? Surtout si la vérité sur ses origines éclatait ?

Un mur de glace semblait à présent les séparer dans l'habitacle de la voiture. Prise au piège, Pia ne savait guère comment le briser, ni même si elle en avait envie. Dans quelle mesure pouvait-elle croire en la sincérité de cet homme ?

Malgré l'angoisse qui l'étreignait, elle parvint à afficher un sourire de façade quand ils gagnèrent le manoir de Cesar. Rico, Poppy et ses parents étaient déjà là. Les autres invités devaient arriver dans une heure, ce qui leur laissait le temps de faire connaissance.

Sorcha, visiblement désireuse d'en savoir plus sur Angelo, trouva très vite le moyen de se l'approprier.

— Pia, ma chérie, pourrais-tu aller embrasser les garçons avant qu'ils dorment ? Enrique a trouvé une coquille de crustacé l'autre jour. D'après lui, tu es la seule à pouvoir l'identifier.

Puis, prenant le bras d'Angelo, elle ajouta :

— Quant à vous, je suis sûr que vous apprécierez un bon whisky irlandais. Je vous en offre un ?

Ravie de disposer d'un moment pour se ressaisir, Pia accepta aussitôt la proposition de sa belle-sœur.

— Je te rejoins très vite, promit-elle à Angelo avant de disparaître.

Elle se trouvait au chevet de ses neveux depuis cinq minutes seulement quand Cesar pénétra dans la chambre.

— Votre tante est attendue au salon, dit-il d'une voix douce et ferme à ses fils avant de les embrasser tendrement sur le front.

— Nous passerons plus de temps ensemble la prochaine fois, promit Pia avant de les embrasser à son tour et de suivre Cesar hors de la pièce.

Ce dernier, au lieu de la laisser rejoindre son fiancé, l'invita à le précéder dans la salle de jeux.

— Je vois, marmonna Pia. Ce ne sont pas les enfants qui voulaient me voir.

— Si, mais moi aussi.

Se plantant devant son frère, Pia croisa les bras sur sa poitrine. Elle était sur la défensive, tout comme lui. Pas de doute, le fait qu'elle n'ait pas choisi pour mari l'un des candidats présélectionnés par sa mère déplaisait à toute la famille.

La confrontation à venir lui paraissait d'autant plus difficile que Pia aimait ses frères. Et Cesar était celui qu'elle ne voulait vraiment pas décevoir.

— Tu n'as pas besoin de l'épouser, dit ce dernier. Quoi qu'il arrive, je serai toujours là pour t'épauler.

S'armant de courage, elle répliqua :

— Je suis indépendante depuis cinq ans. Je peux parfaitement m'occuper de moi.

— Je sais que tu en es capable… C'est pourquoi je te conjure de réfléchir et de choisir la meilleure option. Que sais-tu de cet homme ? Certaines zones d'ombre dans son parcours m'inquiètent.

— Tu as enquêté sur lui ?

— Si tu crois qu'il n'a pas un épais dossier sur chacun de nous, tu te leurres. Depuis combien de temps le connais-tu ? Es-tu amoureuse ? Ne te lie pas à cet homme parce que tu t'y crois obligée.

Elle ouvrit la bouche, mais aucun son n'en sortit, excepté un soupir étranglé.

« Il est encore temps de faire machine arrière », avait dit Angelo. Des propos qui l'avaient blessée, car il n'avait pas essayé de la retenir auprès de lui. Il avait même menacé de faire de sa vie un enfer si elle changeait d'avis. Preuve supplémentaire qu'il ne l'épousait pas par amour. Même s'ils partageaient une entente physique exceptionnelle, il l'épousait pour le bébé et peut-être aussi pour d'autres sombres raisons.

— Il désire vraiment ce bébé, Cesar, pas comme...

Elle s'interrompit pour ne pas s'engager sur un terrain qu'elle savait glissant.

Cesar comprit l'allusion à leur père.

— C'est pourquoi tu dois faire ce qui est juste pour toi. Je n'ai pas pu te rendre la vie plus douce ou plus facile quand nous étions enfants. Je le sais et le regrette. Il suffit d'un mot de ta part pour que je rompe les fiançailles.

Que pouvait-elle dire ? Qu'elle voulait épouser un homme qui avait volé quelque chose qui appartenait – techniquement – à Rico ? Qu'elle voulait un mari dont le passé risquait de tous les éclabousser ? Qu'elle espérait que le scandale lié à ses origines éclaterait bien avant que leur enfant ait à en subir les conséquences ?

— Pia ? insista Cesar.

— J'aimerais que tu me dises quelque chose... En veux-tu à Sorcha d'être la fille illégitime de son père ?

— Bien sûr que non ! répliqua-t-il sèchement. Le comportement de son père n'a rien à voir avec elle.

— T'en souviendras-tu si jamais tu entends des choses sur Angelo ?

— Quoi ? Un homme averti en vaut deux, alors dis-moi tout.

— Ce n'est pas à moi de le faire...

Elle vit soudain que la porte de la salle de jeux était ouverte. Angelo se tenait nonchalamment appuyé au chambranle, et quelque chose lui dit qu'il avait tout entendu.

Les yeux rivés sur Pia, il dit à l'intention de Cesar :

— Les qualités d'hôtesse de votre femme sont extraordinaires, mais elle ne peut pas faire attendre plus longtemps les invités.

Puis, adressant un grand sourire à Pia, il ajouta :

— Es-tu prête à rejoindre notre fête, *querida* ?

Elle savait que répondre par l'affirmative signifierait bien plus que rejoindre la fête : les fiançailles auraient lieu, ainsi que le mariage.

Cesar avait tort. Pia ne détenait aucun pouvoir. Son bébé, en revanche... Et elle croyait sincèrement qu'Angelo aimerait leur enfant. Et espérait au fond de son cœur qu'un jour, il finirait par l'aimer, *elle*.

C'est pourquoi elle accepta la main que lui tendait son fiancé et le suivit hors de la pièce.

9

Tout bien considéré, la soirée dédiée à leurs fiançailles s'était déroulée sans heurts majeurs, même si Angelo avait vite compris qu'il se tramait quelque chose quand il avait été séparé de Pia dès son arrivée. Son absence prolongée ainsi que celle de son frère aîné lui avaient mis la puce à l'oreille. Cette famille détestable manœuvrait dans son dos pour empêcher le mariage ! Alors, n'y tenant plus, il avait abandonné ses hôtes pour partir à la recherche de Pia.

Il était arrivé à temps pour entendre Cesar déconseiller à sa sœur de l'épouser. Pia aurait pu avouer toute la vérité sur les origines d'Angelo pour protéger sa famille du scandale, mais elle ne l'avait pas fait. Au contraire, elle avait gardé le terrible secret confié par son futur mari. Une attention qui l'avait touché au plus profond de son cœur.

C'est pourquoi il lui avait tenu la main toute la soirée pour l'aider à affronter les regards curieux, voire malveillants, de certains invités.

Le problème n'était pas résolu pour autant. À présent que Tomas et Darius savaient qu'Angelo avait subtilisé les bijoux, des rumeurs mensongères circulaient dans la presse et sur les réseaux sociaux. On accusait Angelo de faire travailler des enfants, de frauder le fisc... Des paparazzis se mirent à le traquer. On prétendit même qu'une femme, qu'il n'avait jamais rencontrée, était enceinte de lui. La campagne de calomnie filait bon train.

Angelo prit alors des mesures drastiques. Il fit changer le numéro de téléphone fixe de sa demeure, demanda au personnel de filtrer les appels, améliora le système de sécurité en place et loua les services de deux gardes du corps qui les suivaient en permanence.

Rien de tout cela ne pouvait en revanche les protéger des murmures et des médisances quand ils se rendaient à des réceptions ou à des œuvres de charité.

De son côté, la mère de Pia s'inquiétait de ne pas voir revenir en nombre des réponses positives aux invitations lancées pour le mariage. Un signe de plus que cette union ne faisait pas l'unanimité.

Pour le moment, Angelo ne sortait pas gagnant de cette situation. Pas plus que Pia. Il s'en voulait d'avoir entraîné sa future femme dans une guerre qui ne la concernait pas. Peut-être s'en serait-il excusé s'il n'avait pas été autant dégoûté par toute cette hypocrisie.

Un soir, alors qu'ils se présentaient à un bal, on leur annonça qu'ils ne figuraient pas sur la liste des invités. Un affront probablement manigancé par ses frères dont la campagne de diffamation devenait de plus en plus insidieuse et portait ses fruits. Désormais, Angelo devenait *persona non grata* partout où il se présentait.

— C'est exactement ce qui est arrivé à ma mère, expliqua-t-il quand ils rebroussèrent chemin. Tous ses anciens amis l'ont laissée tomber. Ils préféraient faire des courbettes à mon père pour continuer à bénéficier de son influence. Comment peux-tu apprécier la compagnie de ces parasites ?

— Je ne les apprécie pas plus que toi, rétorqua Pia. Je déteste me montrer en public. Toutes nos sorties ne font qu'alimenter les ragots. C'est pour toi que je me prête à cette mascarade.

— Pour tes parents, plutôt. Pour préserver la réputation de ton père.

— Tu te trompes, si toi et moi faisions profil bas et évitions de nous montrer, ils n'en seraient que plus heureux. C'est pour toi et pour notre enfant que j'accepte toutes ces apparitions publiques. Il est normal que nous revendiquions notre droit d'exister.

Tout en parlant, Pia avait répondu à un texto puis enfoui rageusement son téléphone dans son sac.

— Qui était-ce ? demanda Angelo.

— Quelqu'un qui ferait mieux de se rappeler les nombreuses références que sa colocataire lui fournissait pour l'aider à s'intégrer ! maugréa Pia.

À l'occasion d'une autre soirée, Angelo prit fermement la main de Pia dans la sienne et pénétra, tête haute, dans le hall de la demeure où se tenait la fête. Un décor de Nouvel An les accueillit, avec des banderoles et des ballons. Le champagne coulait à flots dans des coupes disposées en pyramide. Sur la scène, une chanteuse se déhanchait sur des tubes à la mode. Le brouhaha était tel qu'on l'entendait à peine jusqu'à ce que les voix se transforment en murmures à l'arrivée d'Angelo et de sa promise dans la salle de bal. Gênée par les regards perçants de la foule, Pia enfonça les ongles dans la paume d'Angelo.

— Comme d'habitude, *mi sirenita*, ta beauté impressionne tout le monde, murmura-t-il en portant sa main à ses lèvres.

Ces dernières semaines, Pia arborait des tenues aux couleurs plus franches. Et ce soir, elle était éblouissante dans cette robe bleu roi qui épousait ses formes à la perfection.

Comme elle en avait l'habitude, elle afficha un sourire de façade sur son visage.

— Vous avez un sacré culot ! s'exclama un homme dans la foule.

Darius. Angelo se sentit soudain nauséeux et empli de haine. L'enfer qu'il avait connu lorsqu'il avait quatorze ans lui revint alors en mémoire. Quand, prêt à en découdre, il voulut s'avancer vers celui qui venait de l'interpeller en public, il sentit que Pia le retenait fermement. C'est alors qu'une rousse flamboyante se matérialisa à côté d'eux.

— Pia ! s'exclama-t-elle d'un air ravi. Je suis si heureuse que tu aies pu venir !

Elle l'embrassa sur les joues puis, se tournant vers la foule qui les encerclait, déclara à la cantonade :

— Vous connaissez tous Pia Montero, n'est-ce pas ? Nous fréquentions le même pensionnat.

Adressant un clin d'œil à Pia, elle ajouta en riant :

— Surtout, pas un mot sur mes exploits ! Et voici ton célèbre fiancé, je présume ? Nous avons beaucoup entendu parler de vous. Permettez que je vous présente à cette noble assemblée.

De toutes les soirées qu'ils avaient dû endurer, celle-ci se révéla la plus difficile, mais aussi la plus réussie, grâce à l'intervention de quelques connaissances de Pia. Malgré l'attitude franchement hostile de certains invités, pour la première fois ils eurent le sentiment de s'intégrer. Du moins, jusqu'à ce que survienne un incident regrettable.

L'homme qui avait interpellé Angelo un peu plus tôt revint à la charge. Le visage furibond, il ébaucha un geste menaçant à leur intention, puis vint dans leur direction d'une démarche titubante. Il était visiblement éméché.

— Toi…

Agile comme un félin, Angelo bondit à côté de lui et lui agrippa le bras.

— Darius, marmonna-t-il, les dents serrées.

Inquiète, Pia s'approcha à son tour pour empêcher les deux hommes d'en venir aux mains.

— Angelo, le supplia-t-elle à mi-voix.

C'est alors qu'elle eut conscience de la ressemblance entre les deux hommes.

— Espèce de bâtard ! gronda Darius, écumant de rage. Tu savais où ils étaient depuis toujours.

— Et je sais où ils se trouvent maintenant. Dois-je demander à la salle des ventes de t'envoyer un catalogue ? Tu pourras enfin mettre la main sur ces bijoux que tu convoites depuis si longtemps. Les bénéfices de la vente iront à une association caritative venant en aide aux adolescentes enceintes. Je suis sûr que tu seras ravi d'apporter ton soutien à cette cause.

— Je vais te dénoncer à la police, menaça Darius. Tu seras inculpé de vol !

— Fais-le donc ! Tu raconteras ton histoire, et moi la mienne.

— Espèce de pourriture…

Darius semblait au bord de l'apoplexie, tant il fulminait.

— Allons, *hermano*, tu ferais mieux de rentrer chez toi, lui conseilla Angelo avec un sourire ironique. Tu n'as pas l'air dans ton assiette. Et ne m'approche plus jamais !

Sur ces mots, il relâcha le bras de son frère et recula de quelques pas. Pia en profita pour entraîner son fiancé sur la piste de danse. Quand elle se retrouva tout contre lui, elle sentit la tension qui l'habitait. Il arborait un masque figé et semblait se trouver à mille lieues de là. Elle attendit que les battements de son cœur s'apaisent avant de murmurer à son oreille :

— C'est une cause qui en vaut la peine. J'ignorais tes projets pour la vente aux enchères des bijoux. Je pense que n'importe quelle mère serait fière de voir son fils tenter de réparer le mal qui lui a été fait. J'aurais aimé la connaître et regrette que ce soit impossible.

— Moi aussi, répondit-il en la serrant plus fort contre lui.

Pia posa la tête sur son épaule et enroula les bras autour de son cou. Plus rien n'existait, excepté leurs corps enlacés se balançant doucement au rythme de la musique.

— Merci, murmura-t-il en déposant un baiser dans ses cheveux.

Pia ferma les yeux, heureuse d'être parvenue à le rasséréner.

À leur retour, cette nuit-là, ils se blottirent dans les bras l'un de l'autre et s'endormirent aussitôt sans faire l'amour. Mais au petit matin, une même envie les poussa à rattraper le temps perdu, après quoi Angelo quitta lit.

— Tout va bien ? demanda Pia avec inquiétude.

— Bien sûr ! répondit Angelo avec un sourire. Merci de m'avoir soutenu, hier soir. Tous les soirs en fait, ces derniers temps.

— C'est normal. C'est à cela que sert le mariage.

— Vraiment ?

Un peu déstabilisée par le regard insondable de son amant, Pia répondit :

— Du moins, pour ce que j'en sais...

Sentant le drap glisser sur son corps, elle le ramena sur sa poitrine. Malgré leur étreinte torride quelques minutes plus tôt, un sentiment d'insécurité l'habitait à présent.

— J'ai jugé le mariage sans amour de mes parents plus sévèrement qu'il ne le méritait, ajouta-t-elle d'un air pensif. Quand deux partenaires se soutiennent, peuvent compter l'un sur l'autre, la relation vaut la peine d'être vécue, je pense.

— Tu veux toujours m'épouser ?

Intimidée par le regard perçant que son fiancé dardait sur elle, Pia se demanda s'il cherchait un moyen de faire machine arrière. Et s'il ne voulait plus d'elle ?

— Je suis pourtant une brebis galeuse, un misérable bâtard, insista Angelo d'un ton sarcastique.

— Arrête…

— Comment supporteras-tu ce que l'on dira de moi, de nous ?

— Je ne sais pas comment je réagirai, répondit Pia avec honnêteté. Mais cela ne changera rien à notre relation si nous sommes fidèles à nos engagements.

Ces mots n'eurent pas pour effet d'apaiser Angelo qui paraissait en proie à une tension palpable.

— Inutile de parler de ça maintenant. Nous aviserons le moment venu.

Comme il se détournait d'elle, Pia quitta le lit et se réfugia dans la salle de bains.

Heureusement, la dernière soirée où ils étaient apparus ensemble, la veille du jour de l'An, avait eu pour effet de redorer l'image que leur couple projetait aux yeux du monde. Les réponses positives aux invitations pour leur mariage se mirent à affluer. Pia n'en était pas soulagée pour autant, mais au moins la campagne de diffamation lancée par les frères d'Angelo n'avait pas ruiné leurs efforts. Pia accompagnait son futur mari partout où ses affaires le conduisaient et commençait à mieux comprendre le monde dans lequel il évoluait. Elle avait pris conscience d'une chose essentielle : bientôt elle serait la femme d'un homme puissant et respecté dans l'univers des hautes technologies.

Angelo accepta de vivre chez elle à Valence jusqu'à leur mariage, mais après leur lune de miel en Australie, il avait décidé de l'emmener en Amérique. Ensuite, tous deux avaient prévu de séjourner en Espagne jusqu'à la naissance de leur enfant. Après quoi, ils alterneraient entre leurs différents lieux de résidence. Une vie trépidante, très active, les attendait, ce qui n'était pas pour déplaire à Pia.

Angelo fut satisfait d'apprendre que neuf cents invités assisteraient à leur mariage. Il en ressentait une certaine fierté, mais savait que Pia serait au supplice.

— Te sens-tu prête ? lui demanda-t-il.

— Il le faudra bien… Impossible de faire autrement.

Angelo lui adressa un sourire amusé.

— Si tu veux, au lieu de tenir un bouquet, tu pourras opter pour un bloc-notes quand tu avanceras jusqu'à l'autel.

— J'y réfléchirai, répondit-elle avec un petit rire.

— Comment vois-tu l'avenir de tes recherches ?

— Je ne sais pas si j'aurai le temps de m'y consacrer.

— À cause du bébé ?

— Et de ton travail. J'ai vu le planning chargé que m'a communiqué ton assistante. Elle m'a demandé si je voulais jouer un rôle actif dans tes œuvres de bienfaisance. Je pense répondre par l'affirmative… Ma mère l'a toujours fait et…

— Tu n'es pas ta mère, lui rappela Angelo. Il y a un certain nombre d'événements auxquels j'aimerais que tu participes. Pour le reste, à toi de décider.

— Je ne pourrai plus entreprendre des travaux de recherche sur le terrain pendant quelques années, alors autant que je me consacre à des œuvres de charité.

— Ne sois pas aussi catégorique. Nous pourrions t'accompagner.

— Ce ne serait pas raisonnable pour notre enfant.

Angelo fronça les sourcils.

— Je t'aiderai autant que possible, Pia. Je veux que nous formions une vraie famille. Il est hors de question que tu renonces à tes passions pour moi. Y a-t-il des activités auxquelles tu pourrais te consacrer à distance ?

Elle hésita, étonnée par l'attitude d'Angelo.

— Tout cela est très étrange à mes yeux, tu sais. J'ai dû travailler dur pour justifier mon désir de faire des études. Mère a toujours pensé que c'était une perte de temps puisqu'elle voulait que j'exerce le même rôle que le sien une fois mariée. J'ai beaucoup insisté pour aller jusqu'au doctorat, mais mon père et mes frères n'ont jamais compris mon intérêt pour la biologie. Ils pensaient que je me spécialiserais tout comme eux dans les alliages et que je marcherais sur leurs traces. Et quand j'utilise mes fonds propres pour certaines recherches, même certains de mes pairs s'interrogent sur la pertinence de mes choix. Je trouve usant de toujours devoir me justifier.

— Veux-tu que je t'aide à collecter des fonds ? J'ai des relations dans tous les milieux.

Pia lui sourit. Elle ne doutait pas de l'influence de son futur mari dans quelque domaine que ce soit.

Encouragée par son soutien, pour la première fois, elle eut envie de se confier.

— Comme tu le sais, la grossesse est un sujet qui me passionne. C'est un champ d'études étonnamment peu exploré. Bien sûr les femmes enceintes ne peuvent pas servir à l'expérimentation de nouveaux médicaments. Mais il y a beaucoup de choses que nous ignorons. À partir des données récoltées à partir de ma propre expérience, j'aimerais bien approfondir le sujet.

— Excellente idée. De quoi as-tu besoin pour poursuivre ?

— De plus de femmes enceintes, peut-être ? répliqua-t-elle en riant.

Angelo se pencha pour plonger son regard dans le sien.

— Hum… Il nous faudra trouver des cobayes de confiance et éviter les femmes qui prétendent être enceintes de moi !

Un fou rire les saisit, après quoi ils s'étreignirent tendrement. La complicité qu'ils partageaient comblait Pia au-delà de toutes ses espérances.

Ce fut dans ce climat de légèreté qu'elle vécut les jours qui précédèrent son mariage avec Angelo. Ses belles-sœurs, à ses petits soins, l'entouraient constamment.

Malgré tout, le jour J, une terrible anxiété l'étreignait. Angelo nourrissait-il des sentiments à son égard ? Ou se montrait-il prévenant et à l'écoute uniquement parce qu'elle portait son enfant ?

Elle aurait aimé disposer d'un peu de temps pour elle afin de chasser le doute qui l'oppressait, mais on ne lui en donna guère le loisir. Les préparatifs durèrent toute la journée. Une fois habillée, quand Pia contempla son reflet dans le miroir, parée de sa splendide robe de mariage et de son voile, une vive émotion la saisit.

Elle ne s'estimait pas digne de connaître l'amour, contrairement à ses belles-sœurs, toutes deux chaleureuses, pleines d'esprit, drôles et spontanées. En un mot, adorables. Pas étonnant que ses frères soient tombés amoureux d'elles au premier regard !

Pia, en revanche, se montrait réservée, froide et distante en toutes circonstances. Une attitude derrière laquelle elle se réfugiait, sans doute parce qu'on ne lui avait jamais témoigné de tendresse ou d'amour dans son enfance. Même en amitié, elle n'avait jamais connu de véritable complicité. Chose étonnante, sa nièce et ses neveux l'aimaient beaucoup. Cela relevait du miracle...

Quant à Angelo, avec qui elle partageait beaucoup plus de choses qu'avec n'importe qui d'autre, elle ne voyait pas ce qu'il pouvait aimer en elle. Qui voudrait d'une femme qui luttait contre les larmes le jour de son mariage parce qu'elle vivait cet événement comme une épreuve ? Une femme qui préférerait mille fois porter un ciré et de grosses chaussettes en laine au lieu d'une robe haute couture ?

Quand l'heure fatidique approcha, son père vint la rejoindre. Impeccable dans son costume trois pièces, il paraissait très à l'aise.

— Tu es très belle, lui dit-il poliment.

Pendant un instant, Pia demeura silencieuse. Dans l'attente d'une remarque qui ne vint pas, hélas ! Elle aurait aimé l'entendre dire qu'il était fier d'elle, qu'il lui pardonnait l'écart de conduite qui avait précipité son mariage.

— Es-tu prête ?

Cette question faillit la faire pleurer. Luttant contre son chagrin, elle redressa les épaules. On ne pouvait pas obliger quelqu'un à vous aimer, elle le savait. Autant se préparer au pire et cesser de rêver à l'impossible.

Ravalant ses larmes, elle se laissa conduire à l'autel par son père. Tous les regards se tournèrent vers le couple qu'ils formaient. Pia inspira profondément pour se donner du courage et concentra son attention sur Angelo qui l'attendait. Une bouffée de joie l'assaillit soudain. Plus rien n'existait, excepté cet homme qui la comprenait si bien et qui avait su éveiller en elle des sentiments profonds. Elle avait de la chance de l'avoir auprès d'elle. Elle savait qu'il serait un père formidable pour l'enfant qu'elle portait. Rien d'autre n'avait d'importance.

Grains de riz et pétales de rose les accueillirent à la sortie de l'église, mais Angelo avait le cœur serré. Il se sentait coupable. Pia vivait un enfer sous le feu des projecteurs dardés sur elle depuis l'annonce de leurs fiançailles. Sans compter les médisances qui entouraient leur union, à cause de Darius et de sa campagne de diffamation. Elle supportait cette épreuve *pour lui*. Certes, tous deux poursuivaient le même but : offrir le meilleur à leur enfant. Et, si nécessaire, il se sentait prêt à s'exiler avec sa famille en Amérique pour échapper à tout ce battage médiatique. Il n'éprouvait aucune attache pour le pays qui l'avait vu naître. Mais c'était compter sans la volonté féroce de Pia qui, malgré sa timidité, était dotée d'un caractère bien trempé. Elle avait supporté chacune des épreuves qu'ils avaient traversées avec un courage inouï. Courage qui le stupéfiait et l'émouvait au plus haut point. Et aujourd'hui, la colère qu'il ressentait s'était émoussée, remplacée par un sentiment de honte à l'idée de traîner une jeune femme innocente – ou plus exactement deux vies innocentes – dans la boue à cause de ses origines.

Plusieurs fois, il avait failli rompre avec Pia pour la libérer de ce fardeau. Mais il n'avait pu s'y résigner, parce que chaque fois un geste d'elle l'en avait empêché. Sans compter que plus le temps passait, plus l'envie de la protéger le tenaillait. Il se sentait pris au piège de sentiments qui le désarçonnaient. Sa présence à ses côtés lui était devenue indispensable.

Il serra les poings en la regardant approcher de l'autel. D'ici à quelques minutes, leur union serait scellée. Combien de temps faudrait-il à cette jeune femme brillante pour se rendre compte de l'erreur qu'elle avait commise en liant son destin au sien ?

10

En raison de leur emploi du temps serré, le mariage avait été célébré en milieu de semaine, la veille du jour où Pia devait effectuer sa première échographie.

— J'aurais dû annuler ce rendez-vous ou le différer, remarqua Angelo quand il vit sa femme bâiller pour la troisième fois.

— Non, allons-y, répliqua Pia en soupirant. Ensuite, nous pourrons commencer notre lune de miel. J'ai tellement hâte !

— Je serais bien resté couché, avoua Angelo.

Il échangea un long baiser avec sa jeune épouse avant de quitter le lit. Il l'aida à se lever à son tour puis tous deux se préparèrent à sortir.

Vingt minutes plus tard, ils furent rassurés sur la santé de leur futur enfant. Lorsqu'ils virent apparaître la forme du fœtus à l'écran, tous deux ressentirent une vive émotion. Puisque douze semaines s'étaient écoulées, ils pouvaient à présent annoncer la naissance prochaine de leur enfant et mettre un terme aux rumeurs qui circulaient depuis l'annonce précipitée de leur mariage.

— Je ne comprends pas pourquoi je suis aussi émue, avoua Pia, les larmes aux yeux. Il ne s'agit pourtant que d'un phénomène biologique...

— Je reconnais bien là la scientifique ! répliqua Angelo avec un sourire attendri. Pour moi, il s'agit d'un véritable miracle.

Pia le dévisagea intensément, espérant en secret qu'un *autre miracle* se produise...

Angelo prenait rarement des vacances et savait que celles-ci figureraient parmi les souvenirs les plus heureux de sa vie. Il savourait chaque instant de leur lune de miel. Pia passait ses journées en sarong, ne portait aucun maquillage et laissait ses cheveux flotter librement sur ses épaules. Elle ressemblait à une nymphe des îles. Tous deux avaient échoué au paradis, et ni l'un ni l'autre n'avaient envie de rompre le charme.

Ce matin-là, après avoir revêtu son bikini, elle regarda son reflet dans le miroir.

— Je prends du poids ! s'exclama-t-elle avec un léger froncement de sourcils.

Angelo, émoustillé par la vision de rêve que lui offrait sa femme, vint se poster derrière elle pour l'enlacer. Alors qu'ils venaient à peine de se lever, l'envie de retourner au lit le tentait terriblement. Depuis le début de leur séjour en Australie, ils consacraient leurs journées à plonger, à marcher longuement sur la plage et à faire l'amour.

— Rien d'anormal à ce que tu prennes du poids ! remarqua Angelo en déposant un baiser dans son cou. Tu es magnifique.

Elle se tourna de profil pour inspecter le léger renflement de son ventre.

— Si tu savais comme j'ai envie de tenir notre bébé dans mes bras ! C'est ce que j'attends le plus.

Angelo plongea son regard dans le sien.

— Pour le moment, tu devras te contenter de moi !

— Oui, mais...

— Mais quoi ?

— Mes parents n'étaient pas démonstratifs. Je me suis toujours sentie très seule, en manque d'affection.

— Même maintenant ?

— Moins maintenant, avoua-t-elle en nichant la tête dans le creux de son épaule. J'aimerais pouvoir rester ici à jamais. Tout va changer dans quelques jours.

Il ne pouvait le nier. Il avait l'impression de vivre dans une bulle dont les parois s'amincissaient de jour en jour. Lui aussi aurait aimé que ce moment de pur bonheur dure éternellement. C'est pourquoi il resserra son étreinte autour du corps de sa sublime épouse. Une étreinte qui très vite devint torride. Pia se mit à gémir de plaisir. Il happa ses lèvres avidement et sentit bientôt sa princesse de glace fondre sous ses caresses.

En un rien de temps, le peu de vêtements que tous deux portaient vola à l'autre bout de la pièce. Puis ils regagnèrent le lit où ils s'adonnèrent à leur passion.

Tandis que les battements de son cœur s'apaisaient, Pia savourait cet instant magique. La vie lui paraissait plus belle que jamais. Elle savait que le sexe n'était pas étranger à son état de béatitude. Elle se sentait merveilleusement bien, en sécurité. À tel point qu'elle s'interrogeait sur la profondeur des sentiments qui la liaient à Angelo. Inutile de nier l'évidence : elle l'aimait... Plus que tout. Devait-elle le lui dire ? Comment réagirait-il ? Et si ses sentiments n'étaient pas partagés, comment le vivrait-elle ?

Ses réflexions furent interrompues par la sonnerie du téléphone d'Angelo.

— Je savais que nous prenions un risque en ne quittant pas la chambre dès notre lever, dit-il en riant.

— C'est ma faute, je n'aurais pas dû te céder aussi facilement.

Ils échangèrent un tendre baiser, après quoi Angelo consulta ses messages. C'est alors que le téléphone sonna de nouveau.

— Killian, annonça-t-il en mettant le haut-parleur. Il faut que je prenne son appel.

Roman Killian était le mari de Melodie, la photographe qui avait immortalisé leurs fiançailles. Il gérait la société de sécurité à laquelle Angelo faisait toujours appel en cas de besoin.

Pia entendait la voix de Killian aussi clairement que s'il s'était trouvé dans la pièce.

— Un incendie criminel a dévasté une partie de votre maison, déclara ce dernier sans ménagement. Heureusement, tout le personnel avait quitté les lieux ; il n'y a donc pas eu de blessés. Un suspect a été identifié. Darius Gomez. Il prétend que vous êtes... son bâtard de frère. Ce sont ses propres termes.

— Restez aussi discret que possible, ordonna Angelo. Je ne veux aucune clémence de la part de la loi. Et apportez tout le soutien dont le personnel a besoin pendant que les locaux sont nettoyés.

Toute douceur avait quitté les traits d'Angelo.

— Maintenant, nous allons le découvrir, laissa-t-il tomber sèchement.

— Découvrir quoi ? demanda Pia, alarmée.

— La manière dont tu vas réagir. Je donnerai ma version des faits avant qu'ils balancent tous leurs mensonges sur mes origines.

Angelo redevenait cet être écorché vif qui voulait en découdre avec ceux qui lui avaient fait du tort. Pia sentit son cœur s'emballer dans sa poitrine. Elle essaya de déglutir, mais sa gorge asséchée l'en empêcha. Elle aurait aimé épargner à Angelo toutes les souffrances à venir, mais se sentait démunie. Elle ne pouvait que le soutenir moralement dans cette épreuve.

Elle hocha la tête en signe d'assentiment.

— Laisse-moi prévenir Rico. Il doit être mis au courant en premier.

Ils s'envolèrent aussitôt pour l'Espagne.

Pia avait eu à bord une conversation difficile avec son frère tandis qu'Angelo aboyait des ordres dans son téléphone.

— Tu aurais dû me dire qu'il s'était introduit sans invitation à la réception dès que tu l'as su ! lui reprocha Rico. Sais-tu comment les Gomez se sont comportés à l'égard de Poppy ?

— Angelo n'est pas comme eux, répliqua Pia, refusant toute comparaison entre son mari et ses demi-frères. Je comprends ta colère, mais ce n'était pas à moi de te dire qui il était.

— Et maintenant, ça l'est ? Alors que la situation dérape complètement ? Angelo n'a même pas eu le courage de m'avouer la vérité lui-même !

— Nous voulions...

Rico raccrocha sans laisser le loisir à Pia de s'expliquer. Bouleversée, elle préféra taire l'échange qu'elle avait eu avec son frère. Déjà sur le pied de guerre, Angelo avait fait rédiger un communiqué et prévoyait une conférence de presse immédiatement après leur atterrissage. Conférence à laquelle il voulait prendre part seul.

— Laisse-moi t'accompagner ! protesta Pia.

— Il n'en est pas question. Je veux te savoir à l'abri de toute autre tentative d'agression. Darius est incarcéré, mais rien ne dit que Tomas ne va pas tenter quelque chose.

Alarmée, Pia écarquilla les yeux. Elle craignait le pire, à présent. Angelo ferait une cible idéale, seul sur une estrade, face à la presse. Mais elle préféra taire son angoisse et accepta de rentrer chez ses parents.

À son arrivée, seule sa mère l'accueillit. Son père était en déplacement à Madrid.

— Angelo voulait éviter que tout cela arrive, mère.

— Ah oui ? Pourtant, il l'a bien cherché ! Pourquoi aurait-il insisté pour un mariage aussi spectaculaire, sinon ?

Pia, qui jamais ne répondait à sa mère, laissa cette fois libre cours à sa frustration :

— C'était pour notre bébé ! Et vous aussi, vous vouliez un grand mariage !

— Pia, répliqua sa mère d'un ton condescendant, ce n'était pas ce genre de mariage que j'envisageais pour toi. Surtout maintenant.

— Eh bien moi, je voulais Angelo pour mari.

— Je te conseille de contenir tes émotions et de réfléchir à la meilleure manière de limiter les dégâts.

La Reina ponctua ces mots d'un léger froncement de sourcils.

Pia peinait à maîtriser sa nervosité. L'homme qu'elle aimait profondément vivait un enfer, et la situation à laquelle il était confronté la bouleversait. Comment, dans ces conditions, recourir à la raison ou à la logique, comme sa mère l'y invitait ?

— As-tu une quelconque influence sur lui ? poursuivit *La Reina*.

S'efforçant de garder son calme, Pia répliqua :

— Son indignation est légitime, mère. As-tu idée de ce que sa mère a enduré ?

— Je connaissais très peu cette famille. Une rumeur circulait sur la belle-fille. On disait qu'elle s'était entichée du fils du jardinier, raison pour laquelle elle n'apparaissait jamais en société. Jusqu'à ce communiqué de presse rédigé par ton mari, j'ai toujours cru que son décès était dû à la maladie.

— Cela ne vous choque-t-il pas d'apprendre que la vérité a été cachée ? Ce qui vous dérange, c'est que nous soyons mêlés à cette histoire, n'est-ce pas ?

— Je le déplore, en effet. As-tu écouté les déclarations d'Angelo ? Il méprise ce que nous représentons. Il ne ressemble en rien à Poppy ou à Sorcha qui sont entrées dans nos vies avec le désir d'être des nôtres. Angelo n'avait qu'un but : se venger de ses frères. Il déteste les aristocrates.

— Ce n'est pas vrai ! protesta-t-elle.

Pia n'avait pas révélé à sa famille qu'Angelo ignorait son identité lors de leur rencontre au bal costumé. Tous pensaient qu'ils se fréquentaient déjà avant.

— Sa mère a été traitée d'une manière horrible, reprit-elle plus posément. S'il m'a épousée pour défendre sa mémoire, cela ne me dérange pas.

Ce n'était pas totalement vrai. Bien sûr, elle aurait aimé que cette union représente davantage aux yeux d'Angelo.

— S'il avait voulu défendre la mémoire de sa mère, il aurait pu s'y prendre autrement. Il s'est servi de toi pour gagner en influence. Maintenant, il brandit une épée avec le nom des Montero gravé dessus. Il ne cherche pas la justice, mais la vengeance. Il veut pousser ses frères à la ruine. Tu es trop intelligente pour te laisser manipuler de la sorte.

Pia secoua la tête, mais les propos de sa mère commençaient à instiller le doute dans son esprit. Elle aurait aimé clamer haut et fort qu'Angelo l'avait épousée par amour, mais *La Reina* n'aurait accordé aucun crédit à cette déclaration.

— Tiens-tu réellement à rester mariée à cet homme ? demanda celle-ci.

— Oui.

— Très bien. Voyons alors comment gérer dignement cette situation.

Après cette éprouvante confrontation, Pia se retrancha dans le petit salon pour se reposer et attendre le retour de son mari. Allongée sur un sofa, elle sombra dans un sommeil agité. Ce fut le crissement de freins dans la cour qui l'arracha au sommeil. Il lui sembla alors reconnaître les voix de Rico et d'Angelo, tous deux apparemment engagés dans une conversation animée.

Prise d'un vertige en se levant trop vite, elle dut s'accrocher au dossier du sofa pour ne pas défaillir. Une fois rétablie, elle courut vers la porte d'entrée.

Angelo était revenu à bord d'un véhicule qu'elle ne connaissait pas, et Rico avait garé sa voiture derrière la sienne. Debout entre les pare-chocs, les deux hommes s'affrontaient verbalement.

— C'est ma maison ! s'écria Rico. Ma femme a passé une année entière à la transformer en véritable foyer.

— Rico ! gronda Pia en s'interposant entre les deux hommes, que se passe-t-il ?

— Ses deux frères veulent annuler la vente du domaine parce qu'Angelo veut sa part des bénéfices qu'ils en ont tirés. Et parce qu'il a volé des biens qui s'y trouvaient. Tout cela, grâce à toi !

— J'ai pris ce qui appartenait à ma mère. La part de la fortune familiale qui me revient de droit.

— Dans ce cas, trouvez un arrangement avec eux ! Faites que cette situation cesse.

— Je ne veux pas qu'elle cesse ! Je veux que mes frères pourrissent en enfer. Si vous ne pensez pas qu'ils le méritent, allez au diable vous aussi !

— Avec ma femme et mes enfants ? s'étrangla Rico, outré.

— Arrête, Angelo, s'il te plaît, le supplia Pia. Calmons-nous et discutons raisonnablement.

Angelo lui jeta un regard conciliant avant de s'adresser à Rico :

— Soit, soyons raisonnables ! Vous avez acheté le domaine pour une bouchée de pain. C'est à vous de trouver un accord avec mes frères !

— Angelo ! s'exclama Pia, choquée. Ce n'est pas juste. Je ne dis pas que tes frères sont innocents, mais on ne peut pas les tenir pour responsables des crimes commis par ton père. Veux-tu que l'on juge ton enfant sur la manière dont tu te comportes ? N'agis pas comme tes frères. Mettons un terme à ce cycle de haine !

— Pourquoi ? Parce que c'est gênant pour toi ? Tu veux continuer à vivre dans ta tour d'ivoire ? Et ignorer ce que ma mère a enduré ? Vous êtes tous pareils : complètement indécents !

— Vous servir de ma sœur dans votre vendetta, voilà ce qui est indécent ! protesta Rico.

Angelo laissa échapper un petit rire empli d'amertume, puis entraîna Pia à l'écart.

Leurs regards se soudèrent. Celui d'Angelo la transperçait, comme s'il avait deviné les doutes qui l'assaillaient depuis sa conversation avec sa mère. Rico avait enfoncé le clou avec ses accusations, et elle aurait aimé lire un démenti dans les yeux de son mari. Hélas ! elle ne percevait que fureur dans son expression.

— Angelo, murmura-t-elle d'une voix tremblante. Je t'aime...

— Il ne le faut pas ! Et même si c'était vrai, combien de temps cela durerait-il ? Je ne serai jamais l'un des vôtres. Je ne le veux pas !

— Moi non plus, tu le sais bien...

— Oui...

Une peine intense se lisait à présent dans le regard d'Angelo qui reprit d'une voix atone :

— Je sais que tu n'es pas comme les autres, Pia. Et tu mérites beaucoup mieux. Je ne veux pas t'entraîner dans cette histoire. La situation ne fera qu'empirer, car l'argent ne peut pas acheter la respectabilité. Mieux vaut en finir maintenant, avant de causer plus de dégâts.

Quand il tourna les talons, elle voulut le retenir, mais ses pieds semblaient rivés dans le sol. Elle n'eut conscience de son départ qu'en entendant vrombir le moteur de sa voiture.

— Non ! cria-t-elle alors d'une voix étranglée.

Mais il était trop tard.

— Il a raison, entendit-elle Rico dire dans son dos. Tu te porteras mieux sans lui. Nous nous occuperons de toi et du bébé.

Quand son frère voulut l'étreindre pour la réconforter, elle se raidit de tous ses membres. Elle ne voulait pas de son soutien. Angelo lui manquait déjà terriblement.

— Rentrons, dit Rico.

— Non ! s'écria Pia en repoussant son frère d'un geste ferme. Va retrouver Poppy. Elle doit s'inquiéter. Je vendrai ma maison pour payer tes frais juridiques, ainsi tu ne perdras pas la tienne.

— Ne sois pas ridicule...

— Je suis sérieuse, Rico. Tu n'as pas à pâtir de mes erreurs de jugement. Laisse-moi me racheter.

11

Depuis qu'il avait révélé le destin tragique de sa mère à la presse, Angelo vivait un enfer. La culpabilité de ne pas avoir su la protéger ni l'empêcher de mettre fin à ses jours le torturait.

Pis que tout, le fait d'avoir entraîné Pia dans ce scandale le dégoûtait. Heureusement, il avait réussi à la tenir à l'écart de l'horrible conférence de presse au cours de laquelle on l'avait interrogé sur les mensonges proférés par Tomas pour justifier l'acte de son frère.

Qu'il puisse partager le même sang que ces deux individus le remplissait de honte.

Une fois cette épreuve achevée, il avait voulu courir retrouver sa tendre épouse et le réconfort qu'elle seule pouvait lui prodiguer. Il ne savait pas quel accueil elle allait lui réserver. Le doute qu'il avait lu dans ses yeux l'avait ébranlé. C'est pourquoi, quand elle lui avait avoué son amour, il avait préféré taire ses sentiments.

« Mettons un terme à ce cycle de haine », l'avait-elle supplié. C'est alors qu'il avait compris à quel point il s'était fourvoyé. En voulant à tout prix accomplir sa vengeance, il avait tout détruit...

Après son départ, Angelo avait rejoint l'aérodrome où l'attendait son jet privé. Une fois à bord, il avait appelé son avocat.

— Dites à Tomas de cesser de réclamer la maison de Rico. Le produit de la vente des bijoux ira à un fonds destiné aux héritiers légitimes.

Tomas accepterait probablement ce marché, car la procédure pour récupérer la propriété risquait de coûter les yeux de la tête. Et ses chances d'obtenir une bonne partie des bénéfices tirés de la vente des bijoux étaient beaucoup plus élevées.

— La *señora* ne voyage pas avec vous ? demanda l'hôtesse.

— Non. Apportez-moi un double whisky, s'il vous plaît.

Il ressassa de sombres pensées tout au long du vol qui le ramenait chez lui.

À son arrivée, il pénétra dans une maison en partie calcinée. Il ne restait plus rien de l'endroit où Pia et lui avaient posé pour leurs photos de fiançailles. Par chance, seule une aile de la maison avait été détruite. Le reste demeurait intact. Angelo se rendit dans la chambre qu'il avait partagée durant quelques jours avec Pia. La pièce était encore imprégnée de sa présence, à tel point qu'Angelo comprit qu'il ne pourrait plus jamais y dormir sans elle. Ni même habiter cette villa sans penser à elle chaque seconde. De toute façon, il devait se rendre à l'évidence : quel que soit l'endroit où il échouerait, le souvenir de Pia le suivrait partout. Et celui du bébé qu'elle portait...

Une douleur dans la poitrine faillit le terrasser. Il attendit que son malaise s'apaise, puis pénétra dans la nursery. Un papier peint représentant des fonds marins couvrait les murs. Un mobile en forme d'étoile de mer avait été suspendu au-dessus du berceau. Pia avait adoré choisir chaque élément du décor de cette pièce. La commande avait ensuite été envoyée à leur décoratrice d'intérieur qui avait supervisé les travaux.

Pia se réjouissait de donner naissance à leur enfant. Elle avait même avoué sa flamme à Angelo. Mais quand il avait lu le doute qu'avaient instillé les accusations de son frère dans son esprit, il avait failli perdre pied. Comment Pia pouvait-elle à la fois l'aimer et douter de lui ?

À quoi s'attendait-il, de toute façon ? Il n'avait pas été totalement honnête avec elle en refusant d'admettre qu'il partageait ses sentiments. Pourtant, l'amour qu'il éprouvait pour elle lui infligeait une souffrance atroce. Être privé de sa présence le mettait à l'agonie.

Angelo ne s'était pas autorisé à avouer son amour en grande partie parce qu'il estimait ne pas mériter cette femme.

Pourtant, elle lui avait promis un engagement indéfectible quoi qu'il arrive. Au lieu de lui donner une chance de tenir parole, il l'avait renvoyée chez sa mère, avait balayé sa déclaration d'amour, puis l'avait quittée. Il s'était comporté comme un imbécile.

— Pia…, gémit-il en fermant les yeux.

Il ne pouvait pas rester une minute de plus dans cette maison.

Deux jours plus tard, Angelo demanda à rencontrer Rico au siège social de la société des Montero.

Il fut introduit dans un bureau où les deux frères l'attendaient de pied ferme, l'un installé derrière un immense bureau en acajou, l'autre debout à côté de lui.

Il éluda les salutations d'usage pour en venir à l'objet de sa visite.

— Tomas et Darius ont été neutralisés. En échange de leur promesse de ne plus parler à la presse, j'ai décidé de ne pas leur réclamer mon dû. S'ils dépassent les bornes, je les achèverai sans aucun scrupule. Comme vous pouvez le constater, je suis capable d'agir de manière raisonnable.

— Dites-le à votre femme ! s'exclama Rico. Elle veut vendre sa maison pour couvrir mes frais juridiques.

— Non ! C'est ridicule. Envoyez-moi les factures liées aux désagréments que vous avez subis, et je m'en acquitterai.

— Entendu, répliqua sèchement Cesar. J'y joindrai les frais liés aux négociations prénuptiales et au mariage. Franchement, vous auriez pu nous faire économiser beaucoup de temps, d'argent et d'ennuis.

Ces mots le frappèrent en plein cœur, mais il n'en laissa rien paraître.

— Notre mariage n'est pas remis en question, parvint-il à déclarer avec fermeté.

— Notre sœur a assez souffert comme ça ! s'écria Rico. Vous avez fait preuve d'une cruauté atroce en la ciblant comme vous l'avez fait.

— Je ne l'ai pas ciblée ! J'ignorais qui elle était…

Il s'interrompit, regrettant d'en avoir déjà trop dit.

— Bon sang, je n'arrive pas à le croire ! Sous-entendez-vous que Pia et vous ne vous connaissiez pas le soir du bal costumé ? Et que vous…

Angelo le coupa dans son élan.

— Je refuse de discuter de ma vie privée avec vous. Quant à Pia, ne faites pas semblant de vous préoccuper de son sort alors que vous n'avez même pas pris la peine d'assister à la soutenance de son doctorat, ni même de la féliciter alors qu'elle l'a obtenu deux ans avant vous. Vous ne savez rien d'elle. C'est un être sensible et d'une intelligence rare.

Rico perdit un peu de sa superbe.

— Poppy voulait organiser une petite fête, mais Lily est tombée malade, et ça nous est sorti de la tête.

— Je n'ai jamais douté de l'intelligence de ma sœur ! protesta Cesar. Je lui ai plusieurs fois demandé de rejoindre notre équipe de chercheurs. Mais elle a toujours préféré la biologie et les travaux sur le terrain. Avec la naissance du bébé, j'espère encore la faire changer d'avis.

— L'avez-vous mise enceinte exprès ? s'insurgea Rico.

— Seigneur ! s'exclama Angelo d'un air outragé. Aussi *délicieuse* soit la famille de Pia, je n'ai jamais eu envie d'en faire partie. Je l'ai épousée parce que nous attendons un enfant. Parce que je veux être un meilleur père que le mien ne l'a été. Et je veux rester son mari parce que je l'aime. Pour que nous prenions un bon départ, je voulais clarifier la situation avec mes frères et, même si cela a été difficile, il me semble que c'était nécessaire. À présent, je vous souhaite une merveilleuse soirée, messieurs. Transmettez mes amitiés à vos délicieuses épouses.

Angelo avait envoyé un texto à Pia pour l'informer de sa visite.

Quand il se rendit à son domicile, il apprit par la gouvernante que sa femme avait emporté un bagage et laissé des instructions pour la mise en vente de la maison. Agacé, il se rendit chez sa mère. Là encore, il eut la désagréable surprise de s'entendre dire qu'elle était absente. Et il dut attendre une bonne vingtaine de minutes avant que *La Reina* daigne le recevoir. Il lui communiqua alors les dernières nouvelles sur le litige qui l'opposait à ses frères et conclut sur ces mots :

— Bientôt la presse cessera de spéculer sur cette histoire, et tout rentrera dans l'ordre.

— Merci de m'avoir informée, dit *La Reina* avant de se lever, près de prendre congé.

— Votre personnel me dit que Pia n'est pas chez vous, intervint Angelo pour la retenir. Elle ne se trouve pas non plus chez elle et ne répond pas à mes textos.

— C'était prévisible.

— Que voulez-vous dire ?

Il scruta l'expression de *La Reina*, mais ne décela aucune malice dans son regard.

— Juste ceci : lorsqu'elle s'absente, elle est difficilement joignable. Il faudra vous y habituer.

— Ainsi, vous ne savez pas où elle est partie ? Cela ne vous inquiète pas ?

— Pia est une adulte. Elle gère son emploi du temps comme elle l'entend.

— Elle est enceinte !

— Mais pas inconsciente. A-t-elle des problèmes de santé ?

— Non, mais...

Angelo se mordit la lèvre avant de demander :

— Pensez-vous... qu'elle cherche à m'éviter ? Veut-elle que nous nous séparions ?

La Reina fronça les sourcils, puis secoua la tête.

— Vous seriez le premier informé.

— Elle ne vous a donc rien dit de tel ?

Sans répondre, *La Reina* composa le numéro de son assistante personnelle à qui elle demanda après avoir mis le haut-parleur :

— Savons-nous où se trouve ma fille ?

— Un voyage de recherche, *señora*.

— Et voilà, conclut *La Reina* après avoir raccroché.

— Où est-elle allée ? Et quand revient-elle ?

— Personne ne le sait. Elle s'occupe elle-même de ses réservations.

Frustré, Angelo retourna chez Pia et se mit en quête d'un indice lui permettant d'en savoir plus sur ses projets. Pourquoi était-elle partie sans rien dire à personne ? Cela ne présageait rien de bon...

Sans doute avait-elle pris la décision de mettre un terme à leur mariage et de reprendre le cours de l'existence qu'elle menait avant de le connaître.

Il consulta alors les réseaux sociaux sans y trouver la moindre information récente. Le contenu public auquel il avait accès regorgeait de photos prises lors de ses voyages, mais elle ne figurait sur aucun cliché.

« Je voyage seule en général, lui avait-elle expliqué un jour, et je déteste les selfies, c'est pourquoi je n'apparais jamais sur les photos. »

À ce moment-là, il n'avait pas mesuré à quel point elle était solitaire…

Après avoir abandonné ses recherches sur Internet, il jeta un coup d'œil acéré sur le décor de la pièce. Tous les murs étaient couverts d'étagères regorgeant de livres. Sur l'une, il eut la surprise de découvrir trois ouvrages dont elle était l'auteur. Il s'agissait de trois traités d'économie destinés à des non professionnels. Pia n'avait jamais mentionné les connaissances qu'elle avait acquises dans ce domaine. Visiblement, elle avait plusieurs cordes à son arc et s'intéressait à de multiples sujets.

Poursuivant son inspection, Angelo découvrit sur une étagère une pile de cahiers étiquetés avec soin. Il en prit un au hasard et le feuilleta. Il était rempli de données chiffrées et de termes en latin. Sans doute des recherches qu'elle ne partageait avec personne, pas plus que ses voyages.

Le cœur lourd, Angelo se remémora certains propos que Pia lui avait tenus. Elle s'était sentie seule toute sa vie et éprouvait des difficultés dans ses relations avec les autres. Angelo en avait d'ailleurs été témoin. Dans ces moments-là, il avait craint qu'elle ne se montre jamais sincère envers lui, alors que sans doute il aurait suffi qu'il lui montre à quel point elle comptait pour lui, à quel point il l'aimait.

Et aujourd'hui, ne pas savoir où elle se trouvait le mettait à la torture. C'est alors qu'une idée jaillit dans son esprit. Le relevé de leur compte joint lui donna l'information qu'il recherchait. Pia s'était envolée pour les îles Féroé…

Habituée à la solitude depuis son plus jeune âge, Pia trouvait souvent réconfortant de disparaître des écrans radars, quand elle était malheureuse. Sans compter que son départ pour les îles Féroé l'éloignait d'Angelo et la mettait enfin hors de portée des paparazzis.

Ce jour-là, malgré la pluie battante, armée d'un parapluie et de son bloc-notes, et partit en excursion à la recherche d'espèces à observer. Une fois arrivée à proximité d'une colonie de phoques, elle s'installa sur un rocher et commença à prendre des notes. Les cris des animaux et le tambourinement de la pluie sur les rochers l'empêchèrent d'entendre les pas qui approchaient. Ce ne fut qu'en voyant surgir une paire de bottes dans son champ de vision qu'elle comprit qu'elle n'était plus seule. Tous les sens en alerte, elle leva les yeux vers l'intrus qui venait rompre ce moment de solitude, et son cœur manqua un battement.

— Que fais-tu ici ? demanda Angelo.

— Je travaille.

— Je croyais que tu voulais mener une étude sur la grossesse.

Elle baissa les yeux, gênée.

— Tu aurais pu me dire où tu allais, insista-t-il.

— Tu ne me l'as pas dit non plus.

— C'est vrai ! Je suis allé sur l'île pour évaluer les dégâts. Une aile de la maison a été détruite dans l'incendie, mais la chambre d'enfant est intacte. Tout devrait être réparé avant la naissance, et nous pourrons bientôt y retourner.

— Nous ? Tu veux dire… le bébé et toi ?

— Nous trois.

— Mais… Tu as mis un terme à notre mariage, Angelo ! Tu es parti !

— Tu avais dit que mon passé ne changerait rien à ton engagement envers moi.

— C'était la vérité.

— Alors, que fais-tu ici ?

— Tu as dit que tout était terminé… J'avais besoin de me retrouver. De faire ce que je fais le mieux au lieu de…

L'émotion lui noua la gorge, et elle se tut.

— J'étais inquiet pour toi.

— Le bébé va bien. J'ai parlé au médecin avant de partir. Elle m'a dit que je pouvais voyager.

— J'étais inquiet pour *toi*.

— Personne ne se soucie de moi !

— Moi, oui.

— Le bébé…

— Je parle de *toi* ! s'insurgea Angelo en levant la voix.

Surprise, Pia en lâcha son parapluie qui s'envola au loin.

— Je te rappelle que j'appartiens à cette race d'aristocrates que tu exècres au plus haut point.

— Tu es la seule que je supporte. Quant à moi, je ne peux pas changer ce que je suis, Pia. Parfois, je m'en veux même d'exister. Et d'avoir causé autant de chagrin à la personne que j'aimais le plus au monde.

— Je ne peux pas parler en son nom, Angelo, mais je suis sûre que ta mère t'aimait comme tu étais, malgré le sang qui coule dans tes veines. Ce sang ne change rien aux sentiments que j'éprouve pour toi ou pour notre bébé.

— Que ressens-tu pour moi ?

Elle baissa ses yeux embués de larmes sur son bloc-notes qui commençait à gondoler sous la pluie.

— Veux-tu savoir ce que moi je ressens ? insista Angelo. De la colère à l'égard de ton père qui est incapable de voir à quel point tu es précieuse. À l'égard de ta mère aussi, pour qui le standing et les apparences sont plus importants que ton bonheur.

— Ce n'est…

— Je t'interdis de dire que ce n'est pas important ! Ça l'est… puisque tu pleures. Tu comptes énormément pour moi, Pia. À ton tour de me dire ce que tu ressens.

— J'éprouve… de la reconnaissance, hoqueta-t-elle. Beaucoup de reconnaissance. Peu importe ce qui adviendra de nous, je te remercierai toujours de m'avoir donné un enfant… Un être qui m'aimera telle que je suis.

Angelo se rembrunit. Une expression torturée se peignit sur son visage.

— Pia… Je t'aime comme tu es.

Elle sentit son cœur se serrer. Un léger vertige s'empara d'elle.

— Impossible, murmura-t-elle.

— C'est la vérité, Pia ! C'est pour cette raison que je suis parti. Pour ne pas blesser à nouveau une personne que j'aime. Malheureusement, c'est ce que j'ai fait. Je ne veux pas que cela se reproduise.

— Je ne suis pas... digne d'être aimée.

— Au contraire ! protesta Angelo. Tu es drôle, intelligente, sensible. Sexy en diable ! Courageuse.

— Tu mens...

— Tu es trop modeste.

— J'agis comme un robot...

Quand il posa la main sur son genou, elle se mit à trembler.

— Pourquoi me dis-tu tout cela ? demanda-t-elle en levant les yeux vers lui.

— Parce que je t'aime.

Son expression sérieuse la toucha au plus profond de son cœur.

— Je n'aurais jamais pu traverser cette épreuve sans toi, Pia. Je n'aurais jamais réussi à affronter le passé si tu ne m'y avais pas aidé. Le conflit avec mes frères m'aurait détruit si je n'étais pas tombé follement amoureux de toi.

— Je ne sais pas quoi répondre à cela.

— Dis-moi simplement que tu m'aimes, Pia. Je promets de te croire, cette fois.

— Ces mots me semblent insuffisants pour décrire ce que je ressens, avoua Pia d'une voix tremblante.

Un doux sourire se dessina sur les lèvres d'Angelo.

— Sais-tu ce que je désire plus que tout au monde ? Fonder un foyer avec toi.

— Jamais je n'aurais imaginé t'entendre dire cela. Et maintenant, j'ai peur de me réveiller et de découvrir que ce n'était qu'un rêve.

Angelo se pencha pour déposer un doux baiser sur ses lèvres.

— Ce n'est pas un rêve, Pia, mais la réalité.

Ils échangèrent un long regard plein de promesses, puis Angelo aida sa jeune épouse à se lever.

— Que dirais-tu de nous mettre à l'abri de cette pluie ? Au fait, pourquoi es-tu venue ici ?

Pia hésita avant de répondre.

— Tu veux vraiment le savoir ? Je connais cette colonie de phoques depuis des années. J'ai même donné des noms à certains...

Quand j'ai le cafard, j'aime venir les retrouver. Observer les couples nouvellement formés, comptabiliser les nouveau-nés… Cela m'apaise.

— J'ai hâte que tu me racontes tout cela. Au chaud, devant un bol de soupe.

— D'accord. Je propose que nous allions nous réchauffer sous la douche d'abord. Qu'en dis-tu ?

— Voilà un programme qui me tente énormément ! Ensuite, nous commanderons à dîner dans la chambre.

Tendrement enlacés, tous deux prirent ensemble le chemin de leur bonheur retrouvé.

Épilogue

Dix-huit mois plus tard...

— On peut prendre Jelly avec nous ? demanda Lily, perchée sur les genoux de son oncle Cesar.

Angelo eut un léger soupir. Depuis qu'il avait fait leur connaissance, ses neveux et nièces comptaient énormément à ses yeux, et il peinait à leur refuser quoi que ce soit. Surtout à Lily, avec son adorable minois et ses innocents battements de cils. C'était elle qui avait donné à Angelica l'amusant surnom de Jelly.

L'année qui venait de s'écouler avait apporté beaucoup de joie à toute la famille avec son lot de naissances. Désormais, plus aucune ombre ne planait entre les frères de Pia et Angelo. Ils avaient même travaillé ensemble au développement d'un alliage pour une nouvelle console de jeux.

— S'il te plaît, Jelly ! Oncle Cesar va nous lire un livre.

Angelica leva la tête qu'elle gardait nichée dans le cou de son père. Elle n'était pas particulièrement timide, mais tenait encore ses distances avec ses oncles qu'elle ne voyait pas aussi souvent que Poppy, Sorcha et les enfants.

Toute la famille, à l'exception des parents de Pia, s'était réunie sur l'île pour fêter l'anniversaire d'Angelica. Le temps s'y prêtait bien, puisque l'été battait son plein et que le soleil brillait de mille feux.

— Tu veux aller avec Lily et oncle Cesar ? demanda Angelo à sa fille.

Angelica hocha vigoureusement la tête et courut se blottir dans les bras de son oncle.

— Tonton ! cria Enrique, le fils de Cesar, depuis le bord de la piscine. Regarde-moi plonger !

Tous applaudirent sa performance en riant. Il venait de faire un plat mémorable.

Ce fut à ce moment précis que les femmes firent leur apparition, chargées de boissons et de gourmandises.

— Tu vois, les hommes s'en sortent très bien sans nous ! lança Poppy à Pia.

— Vous en doutiez ? s'insurgea Angelo en attirant son épouse dans ses bras.

— Je crois qu'en plus de l'anniversaire d'Angelica nous avons autre chose à fêter, non ? avança Sorcha.

Pia plissa le nez et rougit. Décidément, sa belle-sœur avait un sixième sens pour deviner ce que tout le monde ignorait encore : Pia était enceinte de trois mois.

— Je crois que nous ne pouvons plus garder cela pour nous plus longtemps, dit Angelo avec un soupir.

— Quoi ? s'étonna Poppy en déposant son plateau sur la table. C'est vrai ? Toutes mes félicitations !

— Ce n'était pas prévu, avoua Pia timidement.

— Mais c'est arrivé ! Et nous savons comment ! répliqua Sorcha en riant.

Plus tard, ce jour-là, Pia et Angelo profitèrent de la sieste des enfants pour s'accorder un instant d'intimité, lovés l'un contre l'autre sur la plage.

— Tu te rappelles notre lune de miel ? demanda Angelo.

— Oui. Nous avons passé beaucoup de temps à la plage.

— Oui, et je m'étais promis de garder ce souvenir ancré dans ma mémoire, car je pensais ne jamais revivre un tel bonheur. Je me trompais…

— Une personne très sage m'a dit un jour que le bonheur était quelque chose de fugace.

— Cette personne n'était pas aussi intelligente que celle à laquelle il s'adressait !

Pia pouffa, puis enroula les bras autour du cou de son mari.

— Après des recherches approfondies sur le sujet, j'en ai conclu que le bonheur était un but qui valait la peine d'être poursuivi.

— Je suis d'accord avec toi... À 100 %.

PIPPA ROSCOE

Un redoutable amant

Traduction française de
ANNE DAUTUN

HARLEQUIN

Titre original :
DEMANDING HIS BILLION-DOLLAR HEIR

Ce roman a déjà été publié en 2020

1

Idiote ! Triple idiote !

Oh ! Seigneur, qu'avait-elle fait ?

Maria Rohan de Luen venait de fuir l'opulente salle de bal de l'hôtel La Sereine, bouleversée d'avoir saisi les regards dévastés de Theo et sa fiancée Sofia lorsqu'elle avait révélé involontairement que Theo projetait de plaquer Sofia au pied de l'autel. Theo Tersi, l'homme que Maria avait cru aimer pendant près de six ans.

Or, elle ne l'avait pas aimé. Elle en avait pris conscience à l'instant où elle avait vu l'expression d'horreur et de chagrin sur le visage des fiancés. Tout ce qu'elle avait éprouvé pour Theo n'avait jamais engendré en elle autant de souffrance !

Maria sentit ses yeux se remplir de larmes. Elle pleurait sur Theo et Sofia, et sur son propre sort. Parce qu'elle avait détruit entre eux ce qu'elle désirait pour sa part depuis si longtemps. Elle *savait* que les sentiments qu'elle avait cru éprouver pour Theo ne traduisaient rien d'autre que son besoin désespéré d'être aimée.

Maria aurait voulu revenir en arrière, aller voir Sofia et s'expliquer avec elle, faire des excuses à Theo. Mais elle craignait, en agissant ainsi, de causer plus de mal que de bien, aussi, finalement, choisit-elle de s'asseoir sur la rive herbeuse du lac qui brillait sous le ciel nocturne.

Sa main était encore refermée sur le col de la bouteille de champagne qu'elle avait attrapée sans réfléchir au moment où elle avait lancé des mots destructeurs, rompant le lien de deux personnes qui s'aimaient. En vingt-deux ans d'existence, Maria n'avait jamais été portée sur la boisson, mais si elle devait s'enivrer un jour, alors, c'était maintenant ou jamais !

Theo avait tenu un grand rôle dans la vie de Maria, depuis son seizième anniversaire. Il était le meilleur ami de son frère aîné, Sebastian, et tous deux étaient devenus inséparables après avoir conclu un partenariat profitable. Ils étaient très présents dans les souvenirs familiaux de Maria des six dernières années. Elle ravala un rire bref en songeant à sa famille : il y avait plus de dix-huit mois qu'elle n'avait pas vu son père ou sa belle-mère. Ce qui ne la dérangeait pas. Au fond, ils avaient si peu d'incidence dans sa vie qu'elle pensait à eux par hasard, au gré d'un souvenir surgissant par surprise.

Elle se demanda ce que son père penserait s'il savait ce qui venait de se produire. Il lui décocherait son étrange regard, celui qui disait que ce n'était pas réellement Maria qu'il voyait mais *une autre* femme – celle qu'il avait aimée d'un amour absolu, au point de n'avoir jamais pu se remettre de sa disparition.

Oui, Maria n'était pas sa mère, malgré leur ressemblance physique. C'était tout ce que Maria tenait d'elle, dont elle n'avait ni souvenirs ni héritage – Valeria, sa belle-mère, y avait veillé. Il n'y avait qu'une exception : un collier qu'elle portait toujours en hommage à celle qui était morte en lui donnant la vie.

Tandis que le duc en exil Eduardo Rohan de Luen ne serait, comme de coutume, d'aucune utilité dans ce qui venait de se produire, Valeria, elle, aurait un soupir dédaigneux et soutiendrait qu'elle avait toujours su que « ce Theo Tersi » n'apporterait que des ennuis.

Quel était à ses yeux le crime impardonnable de Theo ? Il était l'ami de Sebastian, donc coupable par association. Valeria n'avait jamais pardonné à Sebastian les mesures drastiques qu'il avait dû prendre pour sauver leur famille de la destruction totale. Lorsque Maria avait huit ans, Eduardo avait réalisé un investissement très risqué dans le pétrole, et non seulement perdu son argent, mais aussi une large part de fonds appartenant à d'autres membres de la noblesse espagnole. Cet épisode honteux et choquant avait valu aux Rohan leur exil d'Espagne, même s'il leur avait été permis de conserver leur titre héréditaire.

Une seule chose les avait préservés de la banqueroute : Sebastian, à dix-huit ans, avait pris le contrôle des affaires familiales et accompli ce qui était nécessaire, à commencer par la vente de tous les biens et objets de valeur encore disponibles. Valeria, qui n'avait épousé Eduardo que pour son prestige et sa fortune, n'avait pas bien pris la chose !

Quant à Maria, il lui avait fallu laisser derrière elle son univers familier, quitter l'Espagne pour l'Italie, et tout recommencer. Mais dans son cœur le mal était fait. Elle s'était éloignée de ses amis et de son éducation, choisissant de s'immerger dans l'art.

Jusqu'au moment où, reçue dans un cycle préparatoire du Camberwell College of Arts, elle s'était follement éprise des lieux, des gens et de la liberté qu'elle avait trouvée loin de sa famille. Ses amis d'alors, pendant qu'elle préparait son diplôme en Angleterre, et le petit appartement en colocation où elle habitait... et qu'elle aurait tant voulu retrouver, en cet instant.

Elle leva les yeux vers le ciel enténébré, puis laissa échapper un gémissement et enfouit le visage entre ses mains. Oh ! mon Dieu, qu'avait-elle fait ?

— Cette place est-elle libre ?

Dès l'instant où Matthieu avait aperçu la silhouette, près du lac Peridot, un étrange instinct de préservation lui avait soufflé de partir. De *fuir*. De la véranda qui ceignait la salle de bal de l'hôtel de Iondorra où se donnait un bal caritatif, il avait vu luire au clair de lune la robe en dentelle blanche de l'inconnue à la longue chevelure ondulée. Cette vision avait évoqué le souvenir du tableau préféré de sa mère, et il en avait eu le souffle coupé. Il y avait des années qu'il n'avait vu cette peinture, ou n'y avait pensé, et lorsque la créature s'était retournée, pendant un bref instant, quelque chose dans ses traits éclairés par les rayons de lune l'avait attiré, comme un appel muet...

Matthieu Montcour était trop avisé pour aborder une femme perdue dans ses pensées, mais il n'avait pas pu se retenir : il y avait en elle une beauté presque tragique, qui lui était familière.

En effet, nul ne savait mieux que lui que tout pouvait basculer, d'un instant à l'autre.

Il allait prendre ses distances avec l'inconnue – et ces pensées qui ne le visitaient que rarement – lorsqu'il l'avait vue porter à ses lèvres une bouteille de champagne, faisant déborder le pétillant liquide. Il avait presque souri de la voir se pencher sur le côté pour éviter de mouiller sa belle robe blanche. *Presque* seulement, parce qu'il ne lui arrivait guère de sourire.

L'inconnue se mit à contempler le lac. Elle ne ressemblait pas aux séductrices habiles qu'il était accoutumé à fréquenter, et tout en elle respirait l'innocence. Alors qu'il aurait dû garder ses distances et se retenir de jouer les chevaliers servants, il n'avait pas résisté au désir de voir de plus près celle qui avait capté son regard et enflammé son imagination. Descendant les marches de la terrasse couverte, laissant derrière lui le spectacle et les bruits de la salle de bal, il avait marché sur l'herbe tendre, s'arrêtant à un mètre d'elle.

— Cette place est-elle libre ?

Elle tressaillit, leva les yeux vers lui, et une expression de choc passagère se peignit sur ses traits. Matthieu avait opté pour la langue anglaise, la plus courante parmi les invités du gala de charité. Car il était improbable que l'inconnue parle le suisse romand.

— Il ne reste que des places debout, j'en ai peur, dit-elle.

Sa réponse le surprit, tout comme son léger accent. Espagnol ? Ou italien, peut-être ? Prenant son air intrigué pour de l'insistance, elle finit par incliner la tête.

— Rabattez donc un strapontin !

Sans pouvoir retenir un sourire, il ajouta :

— C'est une tournure typiquement anglaise, n'est-ce pas ?

— Et une façon détournée de me demander d'où je viens.

Matthieu n'appréciait pas de se sentir dérouté, mais trouvait attirant le tour un brin décalé de cette conversation. Trop de femmes, lorsqu'elles savaient qui il était, optaient pour un assaut sensuel, seule chose susceptible de le faire réagir. Mais rien n'indiquait, dans les yeux de celle-ci, qu'elle l'avait reconnu. Quand elle l'embrassa du regard, elle parut plutôt contempler un horizon lointain, ce qui le réjouit.

Il s'assit près d'elle sur l'herbe moelleuse et laissa filer un soupir, heureux d'avoir échappé au bal. Il détestait cet aspect de son rôle de P-DG de Montcour Mining Industries. Malcolm appelait ça « soigner son relationnel », Matthieu « une perte de temps ». Mais il n'avait garde de contredire Malcolm, son directeur général, plus vieil ami et ex-tuteur. Le ministre du Commerce de Iondorra avait décidé que ce gala caritatif était le terrain idéal pour aborder la possibilité d'une fusion minière au sein de ce petit pays européen. Matthieu doutait queIondorra ait des infrastructures financières assez solides pour un projet aussi ambitieux, mais il n'était pas prêt à rejeter tout à fait le projet. Du moins, pas encore. Désormais, il était extrêmement sélectif en affaires : il pouvait se le permettre.

Du coin de l'œil, il vit que la jeune femme assise près de lui s'essuyait la joue. Pour chasser un brin d'herbe, ou une goutte du champagne de tout à l'heure ? Une larme, peut-être ?

Ce geste libéra des effluves de son parfum, que l'air chaud de la nuit porta vers lui, lui titillant les sens avec ses notes de sauge boisée et... une odeur presque saline, évocatrice de l'océan, réalisa-t-il. De façon inexplicable, cela éveilla sa gourmandise, et il sentit l'aiguillon du désir s'immiscer dans son corps.

— En voulez-vous ?

Il secoua la tête, considérant la bouteille qu'elle taquinait de la pointe du genou. Matthieu buvait rarement, refusant l'engourdissement des sens que provoquait l'alcool. Mais il se demanda s'il n'était pas déjà en partie grisé par cette femme, et la situation présente.

Ils restèrent assis un moment en silence, comme s'ils ne se sentaient pas contraints de parler. C'était un répit bienvenu après les heures qu'il avait passées au gala, à subir les questions indésirables, intrusives, presque rituelles dans toute négociation. « Quelle est votre impression sur Iondorra ? Et sur sa capitale, Callier ? Avez-vous goûté les spécialités culinaires qui font la fierté et les délices de ce petit pays ? » La désapprobation du ministre du Commerce, offensé que Matthieu soit venu de Suisse et ait l'intention d'y repartir sans goûter à l'un des mets aux noms imprononçables de cette fière nation, avait été nette et claire. Mais cela n'avait guère d'importance. Grâce à sa fortune, la quatrième d'Europe, Matthieu pouvait se permettre d'esquiver ce genre de politesses.

— Y a-t-il des choses impardonnables, à votre avis ? demanda-t-elle soudain, sans le regarder.

En réalité, il ne voyait pas comment une jeune femme incapable de boire au goulot aurait pu commettre un acte condamnable. Mais, conscient que certains faits se situaient au-delà du pardon, il formula sa réponse avec prudence.

— Il y a toujours deux points de vue différents dans chaque situation.

Elle parut méditer sa réponse avec autant de circonspection que lui.

— Ce soir, des fiançailles ont été rompues par ma faute, dit-elle enfin.

— Vraiment ? Eh bien alors, soit cet engagement n'avait pas lieu d'être, soit les fiancés n'étaient pas assez constants dans leurs sentiments.

— C'est aussi simple que ça ?

— En général, oui. Vous l'aimez ?

— Je croyais l'aimer.

— Alors, soit il vous a menti, soit c'est elle qui n'a pas été honnête.

— Ce n'est pas ce que vous croyez. Il avait ses raisons.

— Les hommes en ont toujours une.

— Non, je veux dire… Il n'a jamais… Je n'ai jamais…

Il plissa le front en la voyant confuse, pas tout à fait sûr de saisir ce qu'elle ne parvenait pas à exprimer. Elle se tourna vers lui pour la première fois, et sa beauté le bouleversa.

— Quel effet ça fait d'être embrassée ?

Il laissa couler un soupir qu'il n'avait pas eu conscience de retenir.

— Vous pensiez l'aimer, mais il ne vous a jamais embrassée ? demanda-t-il, incrédule.

« Je ne sais peut-être pas ce qu'est l'amour. » Elle n'avait pas prononcé ces mots à voix haute avec son accent chaleureux, mais son visage était si expressif qu'il pouvait presque y lire ses pensées. Il était habitué aux expressions figées, calculées, des femmes soucieuses de séduire. Mais le visage de celle-ci était si ouvert, si expressif !

Son teint était lumineux sous les rayons de lune. Elle avait une peau sans défaut, une mâchoire presque anguleuse, mais qui attirait le regard sur ses lèvres parfaites, en bouton de rose. Et des cils bruns couronnant des yeux tout aussi bruns, légèrement soulignés de mascara et d'eye-liner pour mettre en valeur le regard profond levé sur lui...

Maria était gênée. Elle n'aurait jamais dû poser une telle question. Surtout pas à un homme comme lui ! Si elle ignorait qui il était – ce qui expliquait en partie qu'elle ait osé s'exprimer ainsi —, elle était pourtant sûre *qu'il savait, lui*, ce qu'on ressentait quand on embrassait, caressait et...

Elle se hâta de mettre un frein à ses pensées et se sentit rougir. Elle espéra qu'il ne s'en apercevrait pas dans les ténèbres environnantes. Près de lui, elle se sentait terriblement naïve. Il avait un corps, une présence, impressionnants. Elle l'avait remarqué lorsqu'il s'était assis et renversé en arrière en prenant appui sur ses paumes. Son bras musclé semblait trop fort pour qu'elle puisse l'enserrer à deux mains. Si elle n'avait pas dû maintenir en équilibre la bouteille de champagne, elle aurait ramené ses cuisses l'une contre l'autre en guise de rempart contre les sensations qui la gagnaient. Elle avait beau être innocente, elle avait conscience d'avoir rarement ressenti l'émoi sensuel aigu qui venait de s'emparer d'elle.

Elle se détourna, mais les traits de son visage viril n'en restèrent pas moins présents dans son esprit. De rudes pommettes que soulignait une barbe courte le long de la mâchoire forte, encadrant des lèvres d'une sensualité voisine de la cruauté. Des yeux noisette, encaissés sous les sourcils, où se mêlaient le fauve et le vert, et si profonds qu'elle aurait pu s'y noyer.

Elle avait cru qu'il ne répondrait pas, aussi faillit-elle sursauter quand il reprit la parole.

— Il y a diverses sortes de baisers. Les baisers manipulateurs, pour obtenir ce qu'on veut. Les baisers cruels, pour punir.

Plus tard, elle se demanderait pourquoi c'étaient les premiers exemples qui lui étaient venus à l'esprit, se promit-elle.

— Les baisers légers et doux qu'une mère donne à son enfant, dit-il encore d'un ton indéfinissable qui éveilla en elle une nostalgie soudaine. Les baisers passionnés, éperdus, qui s'emparent de tout en égoïstes…

Elle se tourna vers lui, surprise de voir qu'il l'observait avec intensité. Comme s'il… Non ! Elle était la seule, sans doute, à se demander quel effet cela ferait d'échanger un baiser avec un homme comme lui.

— Mais un premier baiser ? En toute franchise, ceux-ci sont souvent brouillons, maladroits.

Maria fut attristée par cette réponse. Comme si on venait de lui ôter l'espoir de quelque chose… d'agréable ?

— Autant m'en débarrasser, alors !

Il laissa échapper un léger rire.

— Peut-être.

— Me feriez-vous une faveur ? Accepteriez-vous de m'embrasser ?

Alors, cet homme dont elle ne savait même pas le prénom la dévisagea, et elle perçut cette vibration grave, musicale, comme si le regard pénétrant de cet inconnu atteignait les profondeurs de son âme et, d'instinct, la comprenait.

Il promena les yeux sur son visage, en quête d'elle ne savait quoi, et elle réprima un frisson, apeurée sous ce regard. Elle avait peur, soudain, peur de ce qui se passait en elle. Elle n'avait jamais rien désiré autant que le baiser de cet homme. Un instant, il parut hésiter, comme s'il menait quelque combat intérieur. Puis, il lui souleva doucement le menton et la scruta.

— Êtes-vous sûre de le vouloir ?

Incapable de parler, elle hocha la tête. Se demandant s'il partirait, ou céderait à l'étrange ensorcellement qui les avait frappés et les isolait du reste du monde.

Il eut des gestes lents, comme pour lui donner le temps de changer d'avis. Fascinée, les pupilles dilatées, elle le contempla alors qu'il inclinait la tête sans hâte, puis appuyait sa joue contre la sienne de façon presque caressante, communiquant sa chaleur à sa peau, et à son cœur. Pour, enfin, lui effleurer les lèvres d'une ébauche de baiser. Une fois, puis une autre encore…

Elle sentit son cœur se gonfler sous la pression douce mais ferme de ses lèvres viriles. Quelque chose, en elle, s'éveilla, réclamant son dû. Redoutant qu'il se dérobe, elle éleva les mains pour encadrer son visage, effleurer de ses paumes les poils soyeux de sa barbe, de sa chevelure drue ; et le retenir en douceur, l'attirer à elle pour le dissuader de s'écarter trop vite…

Sa bouche virile n'était qu'à un centimètre de la sienne, elle sentit la caresse de son souffle et inspira, le cœur serré, ne sachant que faire. Ils s'attardèrent ainsi, en suspens, et, le corps en feu, le cœur battant la chamade, elle crut défaillir. Puis, comme d'un commun accord, ils se rapprochèrent, elle accueillit la langue qu'il pressait contre l'ourlet de ses lèvres et la toucha avec sa langue, envahie de sensations délicieuses. Elle se perdit dans le baiser, dans le vertige étourdissant qui la consumait.

Elle sentit que ses doigts virils s'enfonçaient dans les boucles épaisses de sa chevelure, lui insufflant le sentiment étrange d'être à la fois protégée et désirée. Elle savoura cette sensation, tentant de capter tous les aspects de l'émotion et du désir qu'il lui inspirait avec un simple baiser.

Elle ne put retenir un gémissement de plaisir, et le regretta aussitôt alors qu'il interrompait la caresse, appuyait son front contre le sien, le souffle court, et apparemment aussi ébahi qu'elle.

— Est-ce… Est-ce toujours ainsi ? osa-t-elle demander.

— Non, répondit-il d'un air sombre. Jamais.

Il écarta les doigts qu'elle avait posés sur sa joue, tout en pressant un pouce contre le creux de sa main, ce qui la consola un peu. Jusqu'à ce qu'il trouve la cicatrice qui s'étendait de sa paume à la naissance de son poignet. Elle retira sa main et émit un petit rire pour masquer le choc que lui causait son plaisir.

— Ma belle-mère les déteste.

— Quoi donc ? dit-il, l'air dérouté.

Elle lui décocha un regard sombre. Il n'avait sûrement pas manqué de sentir les petites traces de coupures qui marquaient la pulpe de ses doigts et la brûlure plus étendue, près de sa paume.

— Mes mains. Mes cicatrices. Elle pense que toutes les personnes bien nées devraient avoir des mains délicates, sans défauts, et se baigner chaque jour dans du lait d'ânesse.

— Dormir sur des pétales de rose aussi, j'imagine ?

— Oui, et s'envelopper dans un cocon, dit-elle, filant la métaphore.

— Vous, qu'en pensez-vous ? s'enquit-il sobrement.

Maria examina ses mains d'un regard impartial, pour la première fois depuis longtemps. Ne les voyant pas seulement comme une partie de son corps, mais aussi comme des instruments qui lui servaient à faire ses bijoux, à fondre et façonner le métal précieux, à créer de beaux objets.

— Je pense qu'elles parlent d'effort, de sacrifice, d'apprentissage, et j'en suis fière.

Matthieu trouva étrange qu'elle parle avec fierté d'une chose qui avait tant gâché sa propre existence, plutôt qu'avec dégoût ou une fascination morbide. Il avait certes eu droit aux deux réactions. Et puis il y avait la troisième catégorie : les femmes qui voyaient ce qu'il pouvait leur apporter, malgré les cicatrices qui couvraient la moitié de son torse. Les femmes qui s'intéressaient surtout à sa fortune ou au plaisir qu'il pouvait leur donner.

— Vous ne pouvez pas comprendre, dit-elle.

Quand il éclata d'un rire sonore venu du plus profond de lui, elle se tourna vers lui, le regard brillant de curiosité.

Il hocha la tête, dénoua sa cravate pour ouvrir le premier bouton de chemise, puis tira sur le col. Il savait qu'elle verrait alors, à la lueur du clair de lune, les cicatrices qui s'étiraient jusqu'à la base de son cou. Puis il allongea le bras, du même côté, et défit le bouton de manchette pour révéler l'extrémité des cicatrices qui striaient son bras, du cou jusqu'au poignet.

— Je suis désolée.

Alors qu'il agrafait de nouveau le bouton de manchette, négligeant celui du col de chemise, il songea qu'il avait entendu cette phrase-là mille fois. De la part des médecins et des infirmières qui l'avaient soigné, et même de la part de Malcolm. Pire encore, de la part des femmes qui avaient décidé qu'elles ne supporteraient pas de le toucher. Ils avaient tous eu le même ton d'excuse. Et, plus souvent encore, de dégoût. Mais il n'y avait rien de tout cela dans la voix de cette inconnue. Pour la première fois, il se surprit à demander :

— Pourquoi ?

— Parce que vous pensez devoir les cacher.

Personne ne lui avait jamais dit ça ! Personne n'avait jamais accepté ses cicatrices avec autant de simplicité. Inconsciemment, il avait peut-être espéré lui faire peur, la faire fuir en lui montrant ses cicatrices. Avait-il senti qu'elle menaçait de le conduire à sa perte ?

« Les baisers passionnés, éperdus, qui s'emparent de tout en égoïstes. » Les mots qu'il avait prononcés revinrent le hanter, car leur baiser l'avait rendu égoïste, avait éveillé en lui un désir, un besoin qui exigeaient satisfaction. Il en voulait plus. Plus ? pensa-t-il avec un rire intérieur cynique. Il voulait tout ! Tout ce qu'elle avait à donner. Il lutta contre l'envie pressante de la renverser sur ses genoux et de se repaître d'elle telle la bête féroce qu'on l'accusait d'être.

— C'est en fondant le métal que je me les suis faites, reprit-elle, l'arrachant au désir qui le consumait pour le ramener au présent. La fusion…

— Je connais ça, coupa-t-il, plus rudement qu'il ne l'aurait voulu. Par intérêt professionnel. Je travaille dans l'exploitation minière.

Elle hocha la tête comme si cela expliquait tout, y compris ses huit milliards et demi de valeur nette dont elle ignorait visiblement tout.

— Mais ça ne vous plaît pas, dit-elle.

— Je n'aime pas le feu.

— Sans lui, je ne peux pas travailler, répondit-elle sans s'attarder sur la cause des cicatrices qui marquaient son torse.

Elle tapota le bracelet en argent qui ornait son poignet. Elle fabriquait donc des bijoux, sans doute. Il regretta qu'elle ait livré cette indication, car maintenant il avait une vision d'elle en train de dompter l'argent en fusion, de maîtriser le pouvoir du feu et de la chaleur – son plus grand ennemi – pour les plier à sa volonté. Il fallait pour cela plus de force qu'il ne l'en aurait crue capable un instant plus tôt. Maintenant, sûre d'elle et fière de son travail, elle devenait splendide et triomphante à ses yeux.

— C'est vous qui l'avez réalisé ?

— Oui. C'était ma première création.

Elle aimait le cercle épuré en argent, non pas lisse comme tant d'autres bijoux, mais en métal battu, avec de la texture, d'une troublante imperfection.

Matthieu n'avait pas pris garde à la lumière venue de la salle de bal, ne s'en avisa que lorsque les lustres s'éteignirent. Le gala de charité était terminé et, de toute évidence, le personnel de l'hôtel venait d'achever le nettoyage. Il jeta un coup d'œil à sa montre : il était près de 2 heures du matin.

— Qu'allez-vous faire, maintenant ? lui demanda-t-il, presque à regret.

— Je ne sais pas trop. Je ne peux pas remonter dans la suite, mon frère sera là, et je ne suis pas prête à...

Elle n'acheva pas sa phrase.

— Vous ne pouvez pas rester ici toute la nuit, dit-il.

Comme elle frissonnait, il se défit de son veston et lui en enveloppa les épaules, résistant au désir de lisser le tissu qui épousait sa frêle silhouette. Elle le remercia d'un sourire, et il maudit l'innocence qui resplendissait dans son regard. Si seulement...

— L'hôtel est plein à cause du gala. Vous pouvez occuper ma suite, si vous voulez.

Pour la première fois de la soirée, ce fut comme si les mots qu'il avait prononcés avaient rompu l'envoûtement. Elle hésitait, s'interrogeait visiblement sur ses intentions, sur lui-même. Pourtant, elle n'avait pas à s'inquiéter. Il ne pourrait jamais toucher à une novice comme elle.

— Vous en disposerez à votre guise. Toute seule, conclut-il d'un ton ferme.

— Mais, et vous ?

— Tout ira bien, dit-il en se levant, refoulant son désir.

Il lui tendit la main.

— Venez.

2

Maria le suivit dans les couloirs ténébreux de l'hôtel en emportant la bouteille de champagne, soulagée de constater qu'il gardait son sang-froid alors que le sien semblait l'avoir désertée. D'abord, quand il avait proposé d'occuper sa suite, elle avait eu un moment d'incertitude. Mais, lorsqu'il avait ajouté qu'elle en disposerait seule, elle avait été... presque déçue.

C'était idiot. Elle s'en rendait compte. Après tout, elle lui avait fait part de l'amour qu'elle avait éprouvé pour un autre homme. Mais jamais, au grand jamais, Theo n'avait suscité en elle les sensations que cet inconnu avait fait surgir par sa présence, son toucher... ses lèvres.

Elle comprenait qu'elle aurait dû avoir honte, pourtant ce sentiment se dérobait à elle. Il s'arrêta devant la dernière porte au bout du couloir, passa sa carte magnétique sur la plaque sous la poignée, poussa la porte et, d'un geste, l'invita à entrer.

En passant devant lui, elle perçut la senteur d'eau de Cologne boisée qui évoquait la forêt en automne, la terre et une fragrance plus musquée, terriblement attirante. Concentrée sur ce parfum, elle ne prit pas tout de suite conscience de l'opulence des lieux où elle venait de pénétrer.

Si sa famille avait autrefois vécu dans le luxe, le petit appartement qu'elle partageait en colocation dans le sud de Londres l'avait habituée à tout autre chose. Et voici qu'elle voyait un épais tapis crème, des baies courant du sol au plafond et offrant un sidérant panorama nocturne sur le lac et les deux montagnes qui se mêlaient à l'horizon.

Du coin de l'œil, elle vit un mobilier d'un luxe sidérant, et la porte qui ouvrait sans doute sur la chambre et sa salle de bains attenante. Mais elle ne parvenait pas à détacher son regard des vastes baies donnant sur une terrasse meublée d'une table et de chaises.

Elle se retourna, s'attendant à le trouver juste derrière elle, mais elle eut la surprise de le voir s'attarder sur le seuil, comme s'il était réticent à entrer.

— Je ne sais même pas votre prénom, dit-elle avec une intonation qui hésitait entre l'humour et la surprise.

— Est-il nécessaire que vous le sachiez ? demanda-t-il, un léger sourire incurvant ses lèvres.

— J'aimerais vous remercier comme il convient.

— Matthieu.

Comme elle répétait ce prénom, elle lut dans son regard viril un désir subit et bouleversant. Soudain, elle eut l'étrange impression d'être liée à lui et sentit naître en elle une assurance qu'elle ignorait posséder.

— Merci, Matthieu.

Il secoua la tête et pivota pour s'en aller. Mais elle n'était pas prête à le laisser faire.

Elle chercha désespérément quelque chose à dire pour l'amener à l'intérieur, jusqu'à elle.

— Je... vous ai confié un secret. En partagerez-vous un avec moi avant de partir ?

Il plissa le front alors, comme s'il se remémorait l'aveu qu'elle avait fait.

— Quoi, par exemple ? Ma couleur préférée ? dit-il, avançant vers elle sans bruit, sur le tapis moelleux.

— Non, dit-elle en l'enveloppant du regard. C'est le bleu.

Elle sourit en voyant son air surpris.

— Votre costume est bleu foncé, le bracelet de votre montre en cuir bleu.

— C'est aussi simple que ça ?

— Oui.

Elle vit que sa réponse lui plaisait et, étrangement, cela la réchauffa. Il l'avait rejointe à présent, et ils étaient si près l'un de l'autre qu'elle devait renverser la tête pour le voir. Il était d'une beauté à couper le souffle, avec son regard intense couleur de miel.

— C'est mon anniversaire, dit-il dans un murmure, comme s'il s'agissait d'un secret.

— Vraiment ?

— Je… ne le fête pas, d'habitude.

Elle eut envie de dire qu'elle comprenait. Qu'elle détestait elle aussi fêter son anniversaire. Mais cela paraissait trop personnel, trop intrusif. Elle leva la bouteille de champagne qu'elle tenait encore et la lui offrit, se demandant s'il consentirait à en avaler une gorgée, cette fois.

Il prit le col de la bouteille entre ses grandes mains et porta le goulot à ses lèvres, en veillant à lui donner l'inclination qu'il fallait pour que les bulles ne jaillissent pas sur lui. Et pas un instant il ne détacha les yeux d'elle .

Après avoir avalé une gorgée, il lui rendit la bouteille et elle posa les lèvres là où il avait mis les siennes – ce qui fit rosir ses joues, son cou, son décolleté. Elle avala une gorgée de la même façon que lui, contente de ne pas paraître aussi naïve qu'elle savait l'être.

Elle ignorait comment s'y prendre pour faire ce dont elle avait envie. Elle aurait voulu posséder l'expérience nécessaire pour séduire cet inconnu et brûlait de savoir si elle était la seule prisonnière de cet envoûtement.

Matthieu voyait ce qui se passait en elle, ce que son corps demandait. *Elle ne s'en rend même pas compte, j'en ai bien peur.* Dieu vienne en aide aux hommes quand elle prendrait conscience de son pouvoir ! La beauté de cette femme pouvait décimer des armées !

— Vous connaissez mon prénom, observa-t-il.

Elle sourit et hocha la tête, saisissant sa question implicite et prenant plaisir à le faire patienter un peu. Il aima cette espièglerie sans arrière-pensées, sans calcul. Il la regarda, tandis que sa curiosité faisait place à un désir plus primitif.

— Maria. Maria Rohan de Luen.

Il savoura les syllabes chantantes, les formant avec les lèvres sans y prendre garde, ce qui la poussa à regarder sa bouche virile.

La façon dont elle la contemplait flatta l'orgueil du fauve qui rôdait en lui, avivant son désir. Il n'aurait pas dû être là. Pas ce soir, alors que cette femme menaçait d'abattre ses défenses imparables contre des sentiments qu'il n'avait pas eu à combattre depuis des années.

Il hocha la tête à l'intention de Maria, en un adieu muet. S'il ne partait pas au plus vite, il finirait peut-être par rester. Et elle était trop pure, trop virginale pour qu'il s'y risque. Elle n'avait jamais été embrassée avant ce soir.

Il lui adressa un sourire presque contrit, chose rare chez lui, et se retourna pour gagner le seuil. Il avait posé les doigts sur la poignée lorsqu'elle reprit la parole.

— Puis-je vous demander une dernière chose ?

Il tourna la tête sans avoir la moindre idée de ce qu'elle voulait, et s'il en avait eu une, cela n'aurait pas été celle-là !

— Accepteriez-vous de me montrer vos cicatrices ?

Il eut comme un étourdissement. Cela dut se lire sur ses traits, car Maria recula d'un pas. Il ne voulait pas qu'elle ait peur. Mais elle éprouverait de la peur si elle voyait les cicatrices. Toutes les femmes réagissaient ainsi.

D'un seul coup, il fut ramené à l'instant où il s'était dénudé pour la première fois devant une femme. À dix-sept ans, il avait eu la naïveté de croire que Clara tenait à lui. La fureur qui le saisit au souvenir de sa trahison le fit se détourner de Maria.

Et pourquoi, après tout, ne pas les lui montrer ? Ce n'était pas comme s'il allait la revoir après cette nuit, une fois hors de cette chambre. Elle puisait de la force et de la fierté dans ses propres cicatrices, mais que trouverait-elle dans les siennes ?

— Ce n'est pas beau à voir, la prévint-il.

— Cela m'est égal !

De nouveau, il sentit cette force en elle, ce tempérament d'acier sous la douceur et la perfection de son physique.

Les mâchoires serrées, il revint sur ses pas tout en tirant sur les pans de sa chemise, pour la sortir du pantalon. Il défit les boutons un par un, et pourtant Maria ne détourna pas les yeux. Les femmes qu'il fréquentait en général quêtaient avec avidité les cicatrices qui lui avaient valu la réputation de « monstre », mais ne s'intéressaient qu'à ce qui se passait au-dessous de sa ceinture.

Ayant défait le dernier bouton, il lui décocha un ultime regard avant de lâcher la chemise, debout devant elle, exposé à ses yeux qui ne vacillaient pas. Maria ne rompit pas tout de suite leur contact visuel, mais il ferma les paupières, peu désireux de voir le dégoût se peindre sur ses traits parfaits.

Il sentit qu'elle comblait la distance qui les séparait encore, sentit la chaleur de son corps contre sa peau. Contre la partie *indemne* de sa peau, car sa sensibilité nerveuse avait été annihilée là où les tissus étaient abîmés, là où des lésions et des greffes couvraient presque la moitié de son torse. Il rouvrit les yeux, s'attendant à lire dans les siens l'horreur ou la fascination morbide à laquelle il était si souvent confronté. Au lieu de cela, il vit un étonnement mêlé de respect.

Maria était littéralement envoûtée. « Je n'aime pas le feu », avait dit Matthieu. Certes, son torse était altéré par les cicatrices qui atteignaient aussi son avant-bras et son cou. Elles couvraient presque la moitié de sa poitrine et, comme elle venait de le constater, s'enroulaient autour de son flanc, jusqu'aux omoplates. Il avait dû subir de nombreuses greffes pour réparer les brûlures, sans doute anciennes.

Les motifs qu'elles dessinaient sur la chair étaient d'une beauté poignante et, le temps que tout cela cicatrise, il avait dû subir des souffrances inimaginables. La peau s'était reconstituée sur les muscles puissants de ses bras, les cicatrices couraient sur ses muscles palpitants, d'une puissance qui révélait un entraînement sportif impitoyable. Tandis qu'il se tenait devant elle, dépouillé de sa chemise, le bas du corps moulé dans un pantalon bleu, c'était surtout cela qui la frappait : cette force, cette puissance brute.

— Que voyez-vous ? demanda-t-il – presque avec exigence.

Elle prononça les mots qui lui venaient à l'esprit :

— De la souffrance, mais aussi une certaine beauté.*Une virilité absolue*, pensa-t-elle également sans pouvoir se permettre de le dire de crainte de trahir son désir pour lui.

Elle leva une main, mais il la retint à mi-course, ses doigts se refermant avec fermeté et douceur autour de son poignet mince.

Elle leva les yeux vers lui, consciente d'avoir laissé échapper un léger hoquet, d'avoir la peau en feu. Ce feu, c'était Matthieu qui l'avait attisé, lui donnant l'envie de sentir sa peau contre la sienne. Non par curiosité, mais par besoin éperdu d'établir un tel lien entre eux. D'éprouver de nouveau la sensation inouïe qui l'avait saisie quand ils s'étaient embrassés. Elle s'avisa, non sans honte, que c'était une envie égoïste – tout comme il l'avait dit en parlant de passion. Mais cela allait au-delà. Elle voulait être avec lui, apaiser cette impression fragmentée de... Elle n'arrivait pas à mettre un nom sur ce qu'elle lisait dans le regard de Matthieu.

La main toujours prisonnière, elle combla la distance qui les séparait. Il resta immobile, mais avec effort, et elle se sentit partagée, déchirée entre la conscience du stress qu'il s'imposait et le besoin d'offrir une consolation. Son instinct l'emporta, et elle déposa un baiser doux sur son torse, à l'endroit où une cicatrice évoquait un grand chêne blanc, noueux mais d'une étrange beauté.

Elle doubla le chemin que ses lèvres dessinaient sur sa peau avec ses doigts libres, savoura le soupir étranglé qu'elle faisait naître. Car elle le voulait avec elle, dans cette aventure. Elle voulait qu'il soit aussi dévasté, ravagé qu'elle par leur attirance mutuelle. Elle avait beau être novice, elle lisait dans ses yeux un désir pareil au sien.

Déposant un baiser appuyé sur son torse, elle se sentit étrangement mise à nu, elle eut envie qu'il l'enveloppe de ses bras, la dérobe à la passion qui la submergeait presque. Or, seul le souffle court de Matthieu révélait qu'il n'était pas de marbre.

Non, cet homme n'aurait jamais pu être sculpté dans la pierre... Il n'était qu'argent pur, récemment trempé, encore fumant de la chaleur du fourneau, encore malléable, mais dangereux. Un frisson de désir la parcourut, et alors, enfin, Matthieu la relâcha. Elle croisa son regard dardé sur elle.

— Arrête.

— Pourquoi ?

— Tu ne sais pas ce que tu fais. Ce que tu demandes, dit-il, presque avec colère.

— Je suis peut-être naïve...

— Tu es innocente, Maria. L'innocence incarnée.

— Cela signifie-t-il que je ne sais pas ce que je veux ?

— Cela signifie que tu ne comprends pas les *implications* de ce que tu veux.

— N'en est-il pas ainsi pour tout le monde ?

— C'est une chose que tu ne devrais t'autoriser qu'avec un partenaire prêt à s'engager.*Personne ne reste jamais*, pensa-t-elle, rejetant ces arguments. C'était ce qu'elle voulait, de tout son être. Jamais elle n'avait été plus sûre d'elle et elle avait pourtant peur de perdre, s'il partait, quelque chose dont elle n'avait rêvé que dans la nuit la plus noire et le plus profond des sommeils.

— Je ne demande rien de plus que cette nuit.

Matthieu s'était trompé. Maria était une séductrice. Une tentatrice. Elle lui offrait quelque chose qu'il avait beaucoup de mal à ne pas accepter. Elle était si belle, si pure ! Elle était la lumière, lui les ténèbres, et il l'y entraînerait avec lui s'il lui accordait ce qu'elle voulait.

Ses partenaires connaissaient les règles du jeu : donner et recevoir du plaisir, rien de plus. Il avait appris longtemps auparavant qu'en vouloir plus était une chimère et il refusait d'être celui qui dessillerait les yeux de Maria.

Cependant, il ne pouvait pas s'empêcher de penser que s'il se détournait cela briserait quelque chose en lui.

Il s'empressa de refouler cette idée avec l'efficacité due à une longue pratique. Ce qu'il venait fugitivement d'envisager était une folie. Mais Maria pressa de nouveau les lèvres contre sa chair, et il fut aspiré dans un désir âpre.

— S'il te plaît ? implora-t-elle entre deux baisers incandescents sur son corps, sur sa peau, là où les autres femmes évitaient de poser les lèvres.

— Maria, ne comprends-tu donc pas ? Tu ne devrais pas avoir à mendier.

— Je ne mendie pas, j'exige. C'est ma requête. Reste avec moi, rien que cette nuit...

Alors, Matthieu perdit la bataille. Car il n'y tenait plus. Il avait envie de toucher Maria, de sentir sous ses doigts sa peau douce, si claire, par contraste avec la sienne, qu'elle semblait irradier de lumière. Il avait tant envie de lui donner du plaisir que c'en devenait presque douloureux. Il était prêt à justifier sa réputation de fauve, car les lèvres de Maria pulvérisaient les ultimes vestiges de la contrainte qu'il exerçait sur sa volonté.

Il ne put pas retenir, cette fois, le grondement qui montait de sa gorge alors qu'il l'enveloppait de ses bras, la plaquait contre lui et se repaissait de sa bouche comme il l'avait désiré dès le premier instant.

Ce n'était pas un premier baiser habile et doux. Il y avait du désir brut, presque désespéré, dans la caresse de sa langue qui plongeait au creux de sa bouche, lui arrachant de petits gémissements de plaisir. Les mains de Maria se glissèrent dans ses cheveux et l'attirèrent plus étroitement à elle. Mais ce n'était pas assez, pensa-t-il.

Il la souleva, et elle enroula les jambes autour de ses reins, sa bouche rencontrant la sienne, jusqu'à ce qu'enfin il trouve la base délicate de son cou et y dépose une pluie de baisers. Elle renversa la tête, exposant ses seins parfaits, mis en valeur par le pendentif en argent qui s'y nichait.

Il s'émerveilla de la sentir si légère, il aurait pu la tenir ainsi indéfiniment. Il la porta à travers la pièce sans interrompre ses baisers. Comme il la déposait au bord du lit, il laissa échapper un juron. Elle avait les yeux dilatés, presque noirs, et paraissait ivre de désir.

— Es-tu sûre de toi ?

— Plus que je ne l'ai jamais été, répondit-elle avec un léger sourire.

— Tu peux dire « non » à tout instant.

— Je ne veux pas que tu t'arrêtes, Matthieu. Je veux que tu m'embrasses. Que tu me touches, me...

Incapable d'en entendre davantage, car il se débattait avec son propre désir, il la fit taire d'un baiser. Elle ouvrit les lèvres, lui offrant le passage et, ainsi, une voie vers la perdition.

Il rabattit la fine dentelle de la robe, et le collier en argent lui servit de guide alors qu'il renversait Maria sur le lit et embrassait ses seins dont les pointes rosées saillaient sur la chair laiteuse. Il en prit une au cœur de sa bouche, l'enveloppa de sa langue, et Maria gémit de plaisir, se lovant instinctivement contre lui.

D'une main, il souleva le tissu de la robe et, refermant les doigts sur une cuisse, il hissa Maria sur le lit et lui saisit les fesses. Tout en douceur, il fit glisser la soie qui les gainait et l'en délivra. Ignorant la fébrilité de ses propres gestes, et son érection presque douloureuse, il ouvrit Maria comme une fleur et s'inclina pour goûter, savourer le cœur intime de sa féminité. C'était si chaud, si doux qu'il n'y tenait plus. Mais il voulait qu'elle ait droit à tous les plaisirs possibles.

Maria frémissait de tout son corps. Jamais elle n'avait ressenti de telles sensations, si aiguës, si délicieuses qu'elle en tremblait. Ses hanches se cambraient sous l'assaut exquis de la langue de Matthieu, et elle dut se mordre la main pour contenir un cri de volupté. Son autre main agrippait les draps du lit en quête de quelque appui, avant que son corps soit emporté par une vague de plaisir, loin, très loin du rivage.

Des ondes la parcouraient, déferlant rageusement, encore et encore. Matthieu glissa un doigt en elle, et elle se contracta, tandis que l'instinct la poussait à l'emprisonner en elle. Ses implorations sensuelles se firent confuses, son souffle de plus en plus court… Puis, soudain, l'orgasme qu'il avait fait surgir la submergea, et elle ne perçut plus qu'un grondement sourd alors que son corps tremblait, ne trouvant l'apaisement que lorsque les bras enveloppants de Matthieu lui offrirent ancrage et abri.

Comme si un lien invisible l'avait retenue à cet homme au cours de ce voyage, elle revint à lui, à la présence du corps viril qui l'enlaçait, comme pour refouler la nuit, l'obscurité… Le matin à venir peut-être. Elle l'enlaça à son tour, promena les doigts sur les muscles puissants de ses hanches, rencontra la ceinture du pantalon. Ils étaient toujours vêtus, réalisa-t-elle avec étonnement, alors qu'elle avait envie de le sentir nu, tout contre elle, peau contre peau, sans barrière.

Matthieu se renversa sur le dos. Pour la toute première fois, il avait trouvé une sorte de paix dans le plaisir dont elle avait joui, dans ce don d'une part de lui. Mais l'expression alanguie de Maria accrut encore son désir. Le besoin qu'il avait d'elle restait inassouvi.

Lentement, il déboutonna la ceinture de son pantalon et s'en débarrassa à la hâte, ainsi que de son boxer, allégeant la pression que le tissu exerçait sur son sexe durci.

Il contempla Maria tandis qu'elle découvrait son intimité – la langue pointant par-dessus la lèvre inférieure, les dents blanches enfoncées dans la chair rose. Il gémit de nouveau, troublé, le cœur battant la chamade alors qu'elle saisissait l'ourlet de sa robe pour le relever sur ses cuisses, puis ses hanches, ses seins, et par-dessus sa tête, l'envoyant valser à travers la pièce. Elle était magnifique, les genoux ployés, le torse redressé – seules ses mains refermées sur les draps trahissaient l'intensité du désir qu'elle ressentait, égal au sien.

Il tendit la main vers son portefeuille et en tira un mince étui, qu'il déchira avec les dents sans cesser de contempler Maria. Il vit les yeux dilatés qu'elle posait sur lui alors qu'il se gainait du préservatif, son regard allant de son visage à son sexe en érection, et s'il avait eu des doutes sur la fermeté de la décision qu'elle avait prise, il les oublia lorsqu'elle écarta les jambes pour l'accueillir en elle.

Se soutenant sur un coude, il laissa courir sa main libre le long du collier en argent, vers la naissance des seins, sur le renflement léger du ventre. Maria frémit à ce contact et lui enveloppa le visage de ses doigts, qui se faufilèrent dans sa chevelure drue, le griffant doucement. Il s'abandonna d'abord à la caresse, puis capta de nouveau son regard.

Elle n'eut qu'à incliner la tête pour qu'il s'enfonce en elle, se contraignant à la pénétrer sans hâte alors que tout en lui aspirait à l'assouvissement fougueux. Ce fut une sensation incroyable, à lui faire perdre l'esprit, mais il s'immobilisa en la sentant se crisper. Si elle lui demandait d'arrêter, il le ferait – même si cela lui coûtait.

Elle ne fit rien de tel. Elle le regarda comme si elle comprenait sa lutte intérieure et dit avec un demi-sourire :

— S'il te plaît ?

— S'il te plaît, quoi ? Parce que...

— Ne t'arrête pas. S'il te plaît, ne t'arrête pas.

Elle enroula une main autour de son cou et l'attira dans un baiser, et plus profondément en elle, avec une folle et insatiable passion. Lentement, il commença à bouger, la sentant le gainer, et il se demanda si c'était là ce qui lui avait manqué pendant toute sa vie. Cette femme, cette étreinte...

Le souffle de Maria s'accéléra, ses gémissements de volupté s'élevèrent dans l'air. Ses hanches se soulevèrent, le retenant en elle, au plus profond, plus longuement... C'était elle qui dictait le tempo, lui fouettait le sang, enflammait son membre durci au point qu'il ne savait plus faire la différence entre les battements de leurs deux cœurs.

Il huma la senteur suave du creux de son cou, les longues mèches ondulées qui lui chatouillaient la peau. Bientôt, ses pensées le désertèrent, et il n'y eut plus que cette femme, que le plaisir exquis de s'abîmer en elle. Il était perdu...

Il la sentit se contracter autour de lui, perçut son souffle aigu et entrecoupé, sut qu'ils étaient sur le point de basculer tous deux, et, dans une ultime poussée, la digue fut rompue.

Au cours de la nuit, entre deux moments de sommeil, le plaisir les réunit à plusieurs reprises, toujours plus fort. Lorsque les premiers rayons du soleil se faufilèrent dans la chambre, Maria, en allongeant le bras, ne sentit sous sa paume que la fraîcheur des draps. Matthieu avait tenu sa promesse. Il lui avait accordé une nuit, puis... il était parti.

3

Maria remua sur son siège pour tenter de soulager sa jambe agitée d'un soubresaut nerveux. Après trois heures et demie d'immobilité, elle avait besoin d'aller aux toilettes.

Le hall de l'immeuble de bureaux était immaculé, tout de béton et d'acier, mais un peu frais à la nuit tombante. Montcour Mining s'alignait en lettres argentées au-dessus du bureau de réception qu'elle n'avait pas été autorisée à franchir. Elle avait eu tout le temps d'examiner les deux grands tableaux qui encadraient le large comptoir d'accueil. Deux Rothko. Authentiques, à n'en pas douter...

Trois mois s'étaient écoulés depuis leur rencontre. Il y avait deux mois qu'elle avait commencé à éprouver des nausées, à sa grande surprise. Un mois qu'un test avait bouleversé sa vie. Et quelques jours seulement qu'une première échographie avait confirmé que son existence – leur existence – était changée à jamais.

Maria s'était attendue à devoir explorer des pages et des pages sur Internet des heures durant et avait envisagé de s'adresser à la princesse Sofia, l'hôtesse du gala de charité où elle avait rencontré Matthieu, pour obtenir une liste des invités. S'étant réconciliée avec Theo, Sofia avait pardonné à Maria sa dispute avec Theo et son indiscrétion. Tout s'était effacé, balayé par le bonheur et l'amour du couple, rayonnant le jour de leur mariage. Autrefois, la souffrance aiguë d'un amour non partagé aurait tourmenté Maria, à la perspective d'un tel événement. Mais c'était avant Matthieu, et avant...

Inconsciemment, elle passa une main sur son ventre. Puis se concentra sur le beau lustre moderne qui pendait du haut plafond pour éviter un énième regard furibond du réceptionniste. Le hall au luxe tapageur, symbole de la fortune de Matthieu, baignait dans une lumière dorée.

Beaucoup se seraient trouvés chanceux d'être liés un homme aussi fortuné. Maria s'inquiétait, au contraire, de ce que ressentirait Matthieu à l'idée d'avoir un lien avec *elle*.

Elle avait quitté sa suite à Iondorra, après leur seule et unique nuit de passion et avait trouvé au retour un Sebastian furieux qu'elle ait découché. Mais il avait suffi qu'elle lui demande de la raccompagner pour qu'il se calme et la ramène à son appartement du sud de Londres, à Camberwell.

Pendant un mois, elle s'était absorbée dans la fabrication de ses bijoux et son travail à temps partiel dans un café. Mais, la nuit, elle ne rêvait que de Matthieu, du plaisir qu'il lui avait donné.

Sa vie quotidienne avait repris son cours, et il était devenu pour elle un souvenir délicieux, presque irréel. Elle n'avait parlé de lui à personne, pas même à Anita et Evin, ses colocataires, rencontrées au début de sa formation.

Après la rigueur de ses études en Italie, Camberwell avait été une bouffée d'air frais et de liberté. Elle s'était éprise du mélange des cultures, du curieux voisinage des somptueuses demeures et des logements sociaux. Cela s'accordait avec sa vie, car elle avait connu l'extrême richesse, puis une pauvreté subite, après l'exil d'Espagne.

Un mois plus tôt, après trois semaines de nausées, Anita lui avait tendu un test de grossesse avec un sourire encourageant, préparé du thé – c'était si anglais ! – et l'avait laissée à son intimité. Maria se rappelait à peine les deux jours suivants. Elle avait été sonnée, secouée, bouleversée par tant de questions sans réponse ! Une seule pensée était restée constante : *Je garde le bébé*.

Elle s'était promis qu'au bout de trois mois, après sa première échographie, elle préviendrait Matthieu.

Un crépitement de talons hauts, dans le hall en marbre, la ramena à l'instant présent. Une femme glamour, en manteau long bordé de fourrure, se tournait à demi, tout en marchant, vers un trio d'hommes costumés à l'air contrit.

— Ce type est impossible ! Je ne suis pas surprise qu'on le traite de bête fauve !

Maria sut aussitôt de qui elle parlait. Elle ne pouvait pas avoir le moindre doute, après ses recherches pour retrouver Matthieu. Une seconde après avoir appuyé sur la touche « Entrée » de son ordinateur, elle avait vu s'afficher sur l'écran son visage – une photo sévère, où son regard doré et perçant était si intense qu'elle avait rougi comme s'il pouvait la voir.

— Pas étonnant qu'il soit riche comme Crésus, dur en affaires comme il est !

Maria avait ainsi appris qu'il possédait la quatrième fortune d'Europe. D'après les articles du Net, sa fortune s'élevait à près de huit *milliards* !

Il l'avait payé très cher. Elle avait été bouleversée de lire qu'un feu avait ravagé la propriété où Matthieu avait vécu enfant, anéantissant toute sa famille dont il était le seul survivant. C'est cet incendie qui avait causé les cicatrices qu'elle avait timidement effleurées. Il y avait de nombreux articles sur les longs et pénibles traitements qu'il avait subis ; et d'autres plus nombreux encore consacrés avec fascination à l'empire dont il avait hérité dès l'âge de onze ans. Maria avait eu le cœur tout retourné en voyant les vieilles photos du petit garçon qui, accompagné alors par son tuteur, suivait cinq cercueils : ceux de ses parents, de deux oncles et une tante. Comment concevoir l'étendue de sa détresse ?

Alors qu'une femme en manteau de fourrure gagnait la sortie à grands pas, les effluves de son parfum trop capiteux donnèrent la nausée à Maria, la ramenant au présent.

Le réceptionniste se leva et s'éclaircit la gorge, excédé par la présence obstinée de Maria.

— Je crains de devoir vous demander...

— Maria ? lança une voix, interrompant le réceptionniste.

Maria tourna la tête vers la rangée d'ascenseurs en retrait du bureau d'accueil et découvrit Matthieu Montcour, aussi choqué de la voir qu'elle l'était d'être à nouveau en sa présence.

Matthieu la regarda se lever prestement du canapé où elle était assise, dans la réception presque silencieuse.

— Désolée, je ne voulais pas que ça se passe de cette manière, mais... Je t'en prie, ne disparais pas, nous avons à parler, c'est juste que d'abord...

— Les toilettes sont là, à gauche, dit-il avec un geste du bras.

Elle se précipita dans cette direction, dérapant légèrement sur les talons de ses bottines, alors qu'elle franchissait la porte à la hâte.

Matthieu se secoua, cherchant à se libérer de l'impression produite par l'apparition soudaine de Maria. Non qu'il n'eût pas pensé à elle, ces trois derniers mois, ni songé à la rechercher. En réalité, il ne s'était pas écoulé un seul jour, une seule nuit, sans qu'il se rappelle ses soupirs voluptueux et la chaleur de son corps, le déchirement qu'il avait éprouvé le lendemain quand il s'était faufilé hors de la suite, l'y laissant endormie. Se faisant horreur, et pourtant sûr d'agir comme il fallait...

Mais pourquoi était-elle ici ? Que voulait-elle ?

Une pensée le glaça. Maria savait *qui il était*. Et, comme tant d'autres avant elle, elle était venue tirer profit de sa notoriété, de sa fortune, et de la vulnérabilité qu'il avait révélée sans le vouloir cette nuit-là. L'unique nuit qu'il lui avait offerte.

Il serra les mâchoires avec colère. Il l'avait cru différente des autres ! Il lui avait trouvé quelque chose de... presque irréel dans sa pureté. Une pureté qu'il avait prise, cette nuit-là. Il aurait dû être plus avisé. N'avait-il pas appris, dès l'âge de dix-sept ans, ce que les femmes voulaient de lui ?

Le martèlement des bottines sur le sol de marbre le tira de ses pensées, et il se retourna. Elle leva les yeux vers lui avec nervosité, affrontant avec courage le regard scrutateur qu'il promenait sur ses traits expressifs, cherchant à deviner ce qui pouvait motiver sa venue.

Elle était toujours d'une beauté sublime. Il s'était presque convaincu qu'il avait fantasmé cette beauté, fantasmé l'impact inouï que Maria avait eu sur lui cette nuit-là, la montée du désir qui l'avait pris à la gorge.

— Salut, dit-elle simplement.

Il hocha la tête, se défiant trop de lui-même pour émettre le moindre son. Et hâter ainsi le moment où elle révélerait sa vénalité.

— Pourrait-on… ?

— Parler ?

Elle acquiesça avec un sourire presque triste. Et, l'espace d'un éclair, il faillit avoir pitié d'elle. Car, si elle savait qui il était, elle ne réalisait visiblement pas à qui elle se mesurait.

— Par ici, dit-il, la devançant pour gagner le dernier ascenseur.

Il fit passer sa carte à puce devant la plaque électronique, et les portes s'ouvrirent, révélant l'intérieur de la cabine qui menait au dernier étage, où se trouvaient ses bureaux.

Elle le suivit en silence dans l'espace étroit, et lorsqu'il inspira, il fut envahi par sa senteur, un parfum de sauge mêlé à une odeur saline – signature unique de cette femme merveilleuse. Il dut se faire violence pour refréner la brusque montée de son désir.

Il l'observa dans les miroirs et, comme Maria détournait les yeux, il eut tout loisir de savourer son apparence. Le soir où il l'avait rencontrée, elle était en dentelle blanche. Maintenant, elle portait un jean en denim gris et une veste en cuir noir par-dessus un ample T-shirt rose. Ses cheveux lâchés cascadaient sur ses épaules, et dans son dos ses boucles révélaient des éclats cuivrés et auburn. Tenté de les toucher, il réprima cette envie ridicule.

L'ascenseur s'arrêta, les portes s'ouvrirent, et il l'invita d'un geste à entrer dans son bureau, regrettant aussitôt de ne pas l'avoir emmenée dans une salle de réunion : elle aurait été mal à l'aise et plus susceptible de révéler ses intentions dans un décor aussi nu.

Son bureau était plus chaleureux. Deux canapés en cuir brun s'y trouvaient en vis-à-vis et un fauteuil occupait l'angle, près de la porte dérobée qui donnait dans une salle de bains. Ce vaste Chesterfield masquait une cheminée qu'il n'utilisait pas et voulait oublier. Son père l'avait adorée, et Matthieu ne pouvait se résoudre à la murer.

Le mur opposé, devant lequel se trouvait son bureau, était couvert d'étagères remplies de livres, donnant à la pièce une allure presque victorienne, malgré les accessoires ultramodernes de la table de travail.

Il se retourna et vit que Maria embrassait les lieux du regard.

— Que puis-je t'offrir à boire ? demanda-t-il, saisissant dans un meuble bar la bouteille de whisky à laquelle il avait à peine touché depuis trois ans

— De l'eau pétillante, s'il te plaît.

Où était donc passée la femme délicieuse et pleine d'humour qu'il avait connue ? Peut-être percevait-elle la réaction cynique que lui inspirait sa présence ?

Il versa de l'eau pétillante dans un verre avec des glaçons, le tendit à Maria et s'apprêtait à lui adresser quelque remarque blessante lorsqu'elle lâcha sans préambule :

— Je suis enceinte.

Sous le choc, Matthieu suspendit son geste alors qu'il allait avaler une gorgée de whisky. Devant son regard furieux, Maria maudit sa précipitation, regrettant de n'avoir pas eu le courage de lui annoncer la nouvelle de façon moins abrupte...

— Félicitations. Qui est l'heureux papa ?

Maria fronça les sourcils, à la fois secouée et déroutée.

— Que veux-tu dire ? fit-elle, se demandant pourquoi ils tenaient leurs verres comme s'ils avaient une conversation anodine, alors qu'il venait de suggérer que...

— Eh bien, comme nous avons eu recours à une protection *chaque fois*...

— Pardon ?

— Tu ne crois tout de même pas que tu peux te présenter ici trois mois après notre... rencontre, pour proclamer que je suis le père de cet enfant tombé du ciel ?

Maria en resta sans voix. Elle avait imaginé cette conversation à de nombreuses reprises. Mais ça ! Ce n'était certes pas ce qu'elle avait prévu ! Une *rencontre* ? C'était ainsi qu'il appelait la nuit qu'ils avaient partagée ? C'était elle, à présent, qui éprouvait de la colère. Un sentiment qui n'avait pas fait partie, jusqu'ici, de tous ceux qu'elle avait éprouvés depuis la découverte de sa future maternité.

— Espèce de salaud !

— Les médias préfèrent me traiter de « bête fauve », mais je suppose que c'est du pareil au même.

— Je n'aurais pas dû venir, dit Maria, se parlant à elle-même plus qu'elle ne s'adressait à Matthieu.

— Probablement pas, répondit-il avec un soupir, comme si elle était une nuisance et non la future mère de son enfant. Beaucoup d'autres femmes ont tenté cette manœuvre, et crois-moi, Maria, elles étaient bien plus rouées que toi. La preuve a été faite de leur mensonge. J'avoue que je suis très déçu. Je t'avais crue différente des autres.

Maria secoua la tête, à la fois stupéfaite par l'hostilité de Matthieu et par ce qu'il venait de lui révéler. En un instant, toutes les choses qu'elle avait cru partager avec lui, la beauté de cette nuit, furent réduites à néant. Elle ne connaissait pas cet homme. Elle n'était rien pour lui. Jamais elle n'imposerait une telle situation à son enfant.

— Pas aussi déçu que je le suis ! J'espère que tu te reprendras quand tu réaliseras l'étendue de ton erreur, lui dit-elle en se ressaisissant malgré le coup reçu.

Elle posa son verre encore intact sur la table basse, attrapa dans son sac l'échographie qu'elle venait de réaliser et la mit près de son verre, avant de tourner les talons.

— Attends…

— Pour quoi faire ? lança-t-elle. Recevoir d'autres insultes ? N'y compte surtout pas !

— S'il te plaît.

Maria se retourna alors, non parce que Matthieu lui adressait une prière – son intonation n'avait rien d'implorant —, mais parce qu'elle devait lui accorder une chance. Elle en avait besoin. Elle le vit près de la table basse, le regard braqué sur la radio. Sur l'image de leur bébé. Elle se demanda ce qu'il voyait dans les formes grises et ténébreuses où se détachait avec une précision surprenante la silhouette pâle du bébé. La tête, le cordon ombilical, les bras et les jambes, nettement visibles déjà.

Enfin, il leva les yeux.

— Ne me mens pas là-dessus, Maria. Ne cherche pas à me tester.

— Je ne fais rien de tel ! Je suis enceinte. De toi.

— Comment est-ce possible ?

Elle secoua la tête, refoulant le doute et la confusion qui l'avaient elle-même saisie en apprenant la nouvelle.

— Les préservatifs ne sont pas la garantie absolue, et je n'étais pas sous contraceptifs. Je...

Elle haussa les épaules.

— Tu es enceinte. Et le bébé est de moi.

Maria acquiesça, et le monde de Matthieu s'ébranla sur ses bases. Son enfant ?

— Je suis...

Sidéré ? Sonné ? Il ne savait pas, il avait l'esprit vide. Il percevait cependant une chose, bien qu'il eût les tempes bourdonnantes : il devait des excuses à Maria.

— Je suis désolé, dit-il d'une voix que le trouble de ses pensées chaotiques rendait presque rauque.

Le rejet instantané qu'il lui avait opposé avait été cruel et dévastateur. Il l'avait très bien vue pâlir. Mais ce n'était pas cela qui l'avait convaincu qu'elle disait vrai. C'était son prompt départ, si différent des larmes de crocodile et du désespoir factice auxquels il avait été confronté par le passé. Maria avait voulu s'écarter de lui, et aussi de ce que tant d'autres avaient tenté d'obtenir : son argent, une promesse, une alliance...

Une alliance qu'il s'était juré de ne jamais passer au doigt d'une femme. Ne supposant pas une seule seconde qu'il pourrait *devoir* le faire. N'ayant jamais eu l'irresponsabilité totale d'engendrer un enfant qui, ainsi que sa mère, envahirait son existence si bien ordonnée.

Du geste, il invita Maria à s'asseoir et, lorsqu'elle se fut effondrée sur le canapé opposé à l'endroit où il se tenait, il y prit place à son tour.

— Que veux-tu ? demanda-t-il, impitoyable, cherchant à percer ses intentions.

— Rien, dit-elle, déroutée par sa question. Je voulais seulement te prévenir. Tu... as le droit de savoir.

Il ravala un ricanement cynique. Il doutait de la véracité de ses paroles. Elle ne quêtait peut-être pas d'argent, ou le mariage, mais elle voulait forcément quelque chose ! C'était toujours comme ça !

— Tu as attendu trois mois ? dit-il, accusateur, sans avoir à fouiller sa mémoire pour établir le temps écoulé.

Il avait, en réalité, presque compté les jours qui le séparaient de la nuit où il l'avait caressée, embrassée, aimée.

— Les trois premiers mois sont incertains, répliqua-t-elle, haussant les épaules comme si elle n'avait pas eu à porter seule le fardeau de la nouvelle, la crainte que quelque chose emporte leur enfant.

Cet enfant dont il distinguait la silhouette sur l'échographie posée devant eux.

— As-tu pensé que j'essayerais de te faire changer d'avis ? Est-ce pour ça que tu as attendu ?

Il sentait déjà poindre de la colère en lui à l'idée qu'elle ait pu le croire capable d'une chose pareille.

— Cela n'aurait pas joué. Je garde ce bébé, Matthieu, que tu veuilles ou non faire partie de sa vie.

— Je n'aurais jamais...

— Comment l'aurais-je su ? coupa-t-elle. Je ne connaissais même pas ton nom.

— Mais tu l'as découvert.

— Seulement lorsque j'en ai eu besoin.

Son assurance, la promesse implicite que contenaient ces mots, atténua à peine la fureur qui pointait en lui.

— Écoute, j'ai respecté la décision prise : il s'agissait d'une nuit, d'une seule. Je suis seulement venue te mettre au courant et te demander si tu veux ou pas faire partie de la vie du bébé. Voilà tout.

— C'est si simple que ça ? dit-il, faisant écho à leur conversation d'alors.

— Je commence à comprendre qu'en ce qui te concerne, Matthieu, rien n'est simple.

Il tendit la main vers son verre d'eau pour gagner du temps. Il n'avait jamais eu recours à un expédient ! Il savait toujours quoi dire, comment réagir. Jusqu'à maintenant...

Père. Il allait être père !

— Nous allons nous marier, déclara-t-il avec solennité.

L'expression de Maria aurait été comique, en d'autres circonstances, si le choc n'avait chassé d'un coup la neutralité farouche qu'elle lui opposait un instant plus tôt.

— Non ! lança-t-elle.

C'était tellement inattendu qu'il se demanda si son attitude faisait partie de quelque intrigue plus vaste et ambitieuse. Il décida que non. Rien, chez Maria, ni trois mois auparavant ni aujourd'hui, n'indiquait le moindre calcul. N'était-ce pas ce qui l'avait attiré ? Son innocence ?

— Je ne crois pas que tu comprennes...

— Non, c'est toi qui ne comprends pas, l'interrompit Maria. Je n'ai pas l'intention de t'épouser. Je ne veux ni de ça ni de ton argent. Je ne m'intéresse qu'au rôle que tu veux jouer dans la vie de mon enf...

— De *notre* enfant, rectifia-t-il, lui coupant la parole. Et voici ce que j'ai à dire, Maria : mon implication sera totale.

4

Maria fut assaillie par une déferlante d'émotions où se mêlaient la peur et l'intimidation. Elle n'avait pas menti. Elle n'était pas venue demander le mariage, ni quoi que ce soit d'autre – tout au plus des visites hebdomadaires, peut-être. Et même cela, elle n'avait pas supposé que Matthieu l'accepterait. Certes pas après avoir lu tous ces articles sur la « bête fauve », une expression qu'elle n'appréciait guère, même si elle savait pourquoi on l'appelait ainsi. Ses cicatrices, ainsi que sa richesse et sa réussite obstinée, presque cruelle, avaient nourri d'infinies spéculations.

Et, maintenant que ces spéculations pouvaient l'atteindre, elle s'y refusait. Mais elle avait quelqu'un à protéger, désormais : son enfant. D'un geste instinctif, elle s'enveloppa le ventre avec les mains, le regard aigu de Matthieu enregistrant le moindre de ses mouvements.

— Pourquoi le mariage ? voulut-elle savoir.

Matthieu était un solitaire, comme le prouvait la façon dont il menait ses affaires et son mode de vie.

— Je veux protéger mon enfant, dit-il d'un ton résolu qui la fit frémir.

— Le protéger ? Pas l'aimer ?

C'était la seule chose qui comptait, pour Maria, en réalité.

— J'aimerai mon enfant, bien sûr.

Mais pas la mère de son enfant. Elle refoula cette pensée attristée. Comment tout cela avait-il pu lui arriver ? Au moment même où son entreprise de créatrice de bijoux commençait à marcher, où elle s'était dépouillée de ses faux sentiments pour Theo, où elle pouvait trouver l'indépendance qui comptait tant pour elle !

— Il n'est pas nécessaire de te marier pour protéger notre enfant.

Il eut un rire presque cruel.

— Es-tu donc si naïve ? As-tu la moindre idée de ce qui se passera lorsque les médias seront au courant ?

Maria n'avait songé à rien, à part prévenir Matthieu. En le voyant si tranchant, elle commença à se sentir mal à l'aise.

— Ils te traqueront, reprit-il. Ils fouilleront ta vie jusque dans les moindres détails. Ils harcèleront tes amis et ta famille, ils offriront de l'argent en échange de n'importe quelle histoire croustillante à publier, ils passeront au crible le contenu de ta poubelle et camperont devant ton seuil. Ils te pisteront, ainsi que toutes les personnes que tu connais.

Maria savait comment fonctionnaient les journalistes. Elle en avait fait l'expérience lorsque son père avait été exilé, que son frère avait dû reprendre les affaires familiales et vendre leurs biens. Aujourd'hui encore, il leur arrivait de harceler Sebastian et les femmes qu'il fréquentait. Certains pensaient qu'il recherchait cette attention, mais Maria savait qu'il avait la chose en horreur et en éprouvait de la rancune. Mais du moment qu'ils la laissaient tranquille…

Son frère la protégeait, comme Matthieu voulait protéger leur enfant. Cependant, Sebastian ne pourrait lui être d'aucun secours dans la situation présente. Les Rohan de Luen n'étaient que des nobles en exil. Matthieu Montcour se situait à un tout autre niveau.

Les mots qu'il avait prononcés avaient eu l'effet voulu : ils lui avaient fait peur. Et plus encore, ils l'avaient dépouillée de la certitude qu'elle pouvait encore avoir sa liberté, mener sa vie comme elle l'entendait.

— Mais comment pourrions-nous nous marier ? Je ne sais rien de toi, fit-elle valoir, luttant contre un accès de panique.

— Tu connais ma date de naissance et ma couleur préférée. C'est plus que n'en savent la plupart des gens.

— Tu ne sais rien de moi, dit-elle encore dans un murmure, alors que ses défenses commençaient à céder.

Il attendit qu'elle rencontre son regard avant de lui porter le coup final.

— Je sais que tu crées des bijoux malgré les objections de ta belle-mère. Je sais que tu es bonne et attentionnée, sinon tu n'aurais pas été aussi bouleversée à l'idée d'avoir brisé des fiançailles, quels que fussent les sentiments que tu croyais avoir envers le fiancé. Je sais que tu ne cours pas après mon argent, sinon cette conversation aurait été tout autre, et je te sais forte, rebelle et déterminée. Et je sais que tu feras tout ce qu'il faut pour protéger notre enfant.

Je connais aussi le contact de ta peau contre la mienne, le rose qui te monte aux joues quand tu ne peux pas lutter contre ton désir, et tes cris de plaisir lorsque tu jouis, acheva en son for intérieur Matthieu, peu disposé à formuler à voix haute ces pensées importunes.

Il la vit écarquiller les yeux de surprise, et s'empourprer – comme si elle avait lu en lui.

— Si nous devions nous marier… Je dis bien « si », répéta-t-elle comme si elle n'avait pas déjà pris une décision, ainsi qu'il en était sûr, ce serait… comment ? Pour toi ?

Un contrat… Là, il était dans son domaine, et il y excellait. Il aurait tout le temps plus tard d'envisager sa future paternité. Les sentiments, pour l'instant, n'avaient pas de place dans cette négociation, ce qui ne manquait pas d'ironie.

— Tu vivras ici avec moi, en Suisse. Tu auras tout ce qu'il te faut. Tu sais sûrement déjà qu'il y a des avantages à m'épouser. Particulièrement pour ton travail.

— Non. Cela n'entre pas en ligne de compte. Je suis capable de me débrouiller seule.

Il fronça les sourcils. Bien des femmes auraient tué pour bénéficier de son carnet d'adresses !

— J'ai des contacts dans le monde entier, et les moyens de te procurer les matériaux de la meilleure qualité pos…

— Je peux me procurer par moi-même ce dont j'ai besoin, et mes succès professionnels, si j'en ai, n'appartiendront qu'à moi.

Elle avait parlé vite et d'un ton dur, sans appel. De toute évidence, elle tenait à son indépendance et, tenté de l'avertir de ne pas compromettre sa réussite par orgueil, il résista à cette envie. En partie parce qu'il était fier de son propre succès. Il comprit qu'elle lui inspirait du respect sur ce point.

— As-tu une clause particulière à faire valoir ?

Elle n'eut aucun mouvement de recul, même s'il était clair qu'elle n'en pensait pas moins. Et cela aussi était à porter à son crédit. Si désagréable qu'il fût d'aborder les choses sous cet angle, c'était nécessaire pour éviter des malentendus ultérieurs. Des peines de cœur ? Il n'irait pas jusque-là, car jamais, au grand jamais, il ne s'autoriserait ce genre de complaisance.

— Je... Nous resterions mariés jusqu'à ce que notre enfant ait au moins vingt ans.

Il faillit rire de sa naïveté, de son innocence.

— Maria... Durant leur courte vie, mes parents m'ont transmis le sens du mariage, et de son caractère sacré. Je ne suis pas porté sur la religion, mais je ne crois pas au divorce.

— Je ne suis pas sûre d'être prête à renoncer à ma vie pour m'installer avec toi.

— Vraiment ? J'ai l'impression, au contraire, que tu es plus que capable de faire toute chose que tu aurais décidée, Maria.

Elle leva les yeux, et son visage expressif montra de la surprise. Quelque chose d'autre aussi... Quelque chose de plus sensuel qui lui embrasa le sang. Il refoula aussitôt ces sensations. Il était crucial d'obtenir l'accord de Maria. Il protégerait son enfant, et elle aussi, mais il ne lui mentirait pas. Elle avait demandé à connaître ses attentes et il devait les lui faire savoir maintenant, c'était important.

— Ma maison se trouve au bord du lac Lucerne, au cœur de ce pays. Elle est bien assez grande pour nous et notre enfant.

Il savait que cette présentation était plus que modeste. La vaste demeure était une merveille architecturale, et il s'efforça de juguler son inconfort à l'idée d'y accueillir un tiers. Mais il était impensable que Maria et l'enfant dont il était le père vivent ailleurs que chez lui !

— Tu auras accès à tout ce que tu désireras. Mais il y a une chose que tu dois comprendre.

Elle devint très attentive, comme si elle réalisait qu'il abordait la chose la plus importante.

— Ne fonde pas d'espoirs ni de rêves sur moi, Maria. Je te

promets que j'aimerai notre enfant, veillerai sur lui et pourvoirai à ses besoins. Mais je n'ai rien de plus à offrir…

Matthieu était en train de lui dire qu'il ne voulait ni ne pouvait l'aimer, pensa Maria, et lui refusait la seule chose qu'elle eût jamais voulue…

Chassant le chagrin qui menaçait de l'envahir, elle se força à se concentrer sur ce qu'il venait d'établir. Son bébé ne manquerait de rien. Il grandirait en bénéficiant de la sécurité qu'elle avait crue acquise avant de la perdre. Jamais il ne serait dévasté comme elle l'avait été. Elle le protégerait, bien sûr, comme elle-même avait été protégée. Cette pensée renforça plus que toute autre sa détermination.

— J'ai une condition.

— Accordée d'avance ! répondit aussitôt Matthieu.

— Ce sera un mariage discret. Pas d'invités.

Elle ne voulait pas se donner en spectacle. Elle ne voulait pas que sa famille soit présente, que sa belle-mère transforme la cérémonie en événement mondain. Il lui semblait déjà voir le regard lascif de Valeria, le souvenir de sa mère dans le regard de son père, et la déception dans celui de son frère.

— Rien que nous et deux témoins ?

— Oui.

— Il en sera ainsi.

Il lui prit la main, par-dessus la table basse, ses doigts fermes et chauds enveloppant les doigts frais de Maria. Une poignée de main pour sceller leur accord, comme s'il ne s'agissait que d'un simple contrat.

Elle refoula les larmes qui lui montaient aux yeux. D'autres auraient nagé dans la joie et le bonheur, mais elle n'était pas une de ces futures mariées. Elle allait devenir mère, et seul le bonheur de son enfant lui importait.

Matthieu avait beau vouloir un mariage rapide, même lui, avec sa volonté et son argent, ne pouvait avoir raison de la bureaucratie suisse. Une fois que les démarches furent accomplies, il fallut attendre encore dix jours avant que la cérémonie puisse avoir lieu. Matthieu mit cette période à profit. Il savait peu de chose sur Maria avant, mais après avoir rassemblé les éléments nécessaires à la publication des bans il ne manquait plus d'informations.

Il allait devenir père… Il en voulait presque à Maria d'avoir eu un temps d'avance pour se préparer à la maternité. Elle avait eu un mois, alors qu'il lui avait fallu digérer la nouvelle en quelques heures. Mais depuis… La force du lien qu'il sentait avec ce bébé le secouait. Il était sidéré par sa détermination à protéger cet enfant, par son désir de connaître enfin son héritier. Il avait longtemps vécu en évitant tout engagement, tout lien… et avait cru avoir à se débattre, à lutter pour accepter celui-là. Il s'était trompé.

Sur la boussole de sa vie, l'aiguille avait soudain pivoté, pointant vers son enfant et Maria. Et maintenant, tandis qu'il s'observait dans la glace, en costume bleu foncé et chemise d'un bleu très pâle, il se demanda pour la première fois depuis des années ce qu'aurait pensé son père. Il quêta sur ses propres traits une ressemblance avec ce père qui l'avait aimé au point de l'extraire d'une maison en flammes sans se soucier du danger qu'il courait lui-même. Et qui y était retourné ensuite en quête de son épouse…

Une souffrance aiguë le traversa, et il s'empressa de chasser ces pensées.

— Ah, Matthieu…

Malcom venait d'apparaître sur le seuil de son bureau. Il hocha la tête d'un air approbateur.

— Ils auraient été si fiers de toi !

Matthieu serra les mâchoires. Il doutait que ses parents eussent été fiers de savoir qu'il avait couché avec une ingénue, la contraignant à un mariage qu'elle ne désirait pas.

— Où est David ? demanda-t-il, s'enquérant du mari de Malcolm.

Les deux hommes s'étaient épousés lorsque la Californie avait voté la loi autorisant le mariage homosexuel. Après sept ans de vie commune, Malcom considérait qu'ils n'avaient pas besoin d'entériner leur union avec un bout de papier. Mais David et lui avaient lié leurs destins autant pour marquer la victoire obtenue à l'issue d'une longue et âpre bataille que pour célébrer leur amour.

Matthieu frissonna. Il n'avait pas à se demander si Maria cherchait l'amour. Il savait que oui et, pour la première fois depuis qu'il l'avait demandée en mariage, il mesurait ce qu'il en coûtait à sa future épouse, même s'il lui avait vanté les profits que lui vaudrait leur union.

— David est allé chercher Maria à l'hôtel. Pour l'accompagner à la mairie.

Matthieu réprima un juron. Comment avait-il pu ne pas songer à ça ? Ne pas savoir que Maria aurait besoin de ce soutien émotionnel le jour de son mariage ? Il devrait faire mieux à l'avenir. Il y était tenu !

Maria se considéra dans le miroir, surprise qu'il ait été presque plus facile de plier bagage à Camberwell que de trouver une robe de mariée appropriée aux circonstances : une cérémonie civile, et sa grossesse. Elle n'était toujours pas habituée au renflement croissant de son ventre.

Deux jours plus tôt, une équipe de déménagement avait embarqué les caisses de ses vêtements et livres, et ses quelques meubles, pour les faire expédier en Suisse. Mais son matériel – les bijoux, les outils, les matériaux glanés au fil des ans – était parti dans la propriété de son frère en Italie. Ces boîtes semblaient appartenir à une pie voleuse au goût sûr : couleurs éclatantes, pierres semi-précieuses... Ses moules, ses outils, les créations diverses qu'elle avait commencé à amasser constituaient la part la plus précieuse de ses biens. Pour une raison qui lui échappait, elle n'avait pas voulu les emporter en Suisse.

Elle avait eu la larme à l'œil en disant adieu à Evin et Anita, et s'était accordé un dernier jour dans le petit atelier qu'elle avait loué à Bermondsey, près de la Tamise. C'était là qu'elle avait donné corps à ses espoirs et ses rêves grâce aux modestes projets qu'elle avait réalisés pour sa toute première exposition. Là qu'elle était revenue après sa fatale nuit avec Matthieu et s'était forgé une nouvelle vision de l'avenir, résolue et optimiste... Jusqu'au moment où elle avait découvert sa grossesse.

Maintenant, quand elle envisageait son avenir, indissolublement lié au père de son bébé, à la vie commune qui l'attendait, elle s'interrogeait. Matthieu voudrait-il qu'elle paraisse à son bras lors d'événements professionnels, en parfaite épouse ? Ou se lasserait-il d'elle après la naissance du bébé et l'enverrait-il dans quelque demeure éloignée ? Elle ne savait pas du tout à quoi ressemblait la maison de Matthieu, ni si elle continuerait à créer des pièces de joaillerie. Au cours des deux derniers mois, elle n'avait pas une fois éprouvé cet élan créatif grisant qui l'aurait habitée et calmée autrefois.

Un coup frappé à la porte la tira de sa songerie. Elle alla ouvrir, découvrant sur le seuil un grand homme blond, souriant, qui accentua son sourire en la voyant déroutée.

— Maria ? Je suis David Antonelli.

— Le témoin ? fit-elle, se rappelant les mails de Matthieu.

— Oui. J'espérais que mon nom vous dirait quelque chose. Vous n'apprécieriez sûrement pas qu'un *complet* étranger frappe à votre porte le jour de votre mariage.

Maria l'invita à entrer.

— Je me suis dit que vous aimeriez être accompagnée à la mairie, étant donné que…

Il laissa sa phrase en suspens, évitant de souligner qu'elle était seule. Mais son accent anglais châtié, grand bourgeois, était délicieusement familier pour Maria, et elle prit aussitôt le visiteur en sympathie.

— Vous êtes anglais, lui dit-elle.

— Oui. J'ai grandi au nord de Londres, précisa-t-il d'un air de conspirateur, comme s'il livrait un secret.

— J'habite… *J'habitais* à Camberwell.

— Au sud du fleuve ! s'exclama-t-il. Si je n'ai jamais vraiment franchi la Tamise, j'ai passé quelques *folles* nuits à Vauxhall. Mais chut ! Pas un mot à mon époux.

Maria ne put s'empêcher de sourire, et d'éprouver un réel soulagement. Se rendre seule à son mariage, ce n'était pas…

— Je dois dire, reprit David avec un regard appréciateur, que vous êtes merveilleuse.

— Merci…

Sa robe, simple, à hauteur du genou, était structurée par une taille Empire juste au-dessus de l'arrondi de son ventre et dotée d'une élégante encolure en forme de cœur. Le satin crème, près du corps, était orné d'une dentelle ouvragée qui rehaussait le tissu et couvrait le décolleté et les bras. Cerise sur le gâteau, Maria avait payé cette merveille avec ses maigres économies.

Elle avait natté sa chevelure ondulée, relevant les tresses de chaque côté à l'aide d'épingles, ne laissant libres que quelques mèches autour de son visage.

David lui offrit son bras, et elle rassembla à la hâte ce dont elle aurait besoin. Le reste de ce qui se trouvait dans la suite – un petit bagage avec ses affaires – serait envoyé plus tard chez Matthieu. Elle rougit, en pensant à la soirée qui l'attendait. Comment se passerait-elle ? C'était une question qui n'avait pas été abordée.

Elle prit son châle et le petit bouquet qu'elle avait acheté au début de la matinée – un ravissant assemblage de pivoines blanches, sauge et romarin auquel elle n'avait pas résisté, même s'il n'était pas traditionnel. Ayant adressé un ultime regard à son reflet dans le miroir, et dit adieu à la Maria célibataire, elle prit le bras de David et franchit le seuil, fermant la porte sur son passé…

Matthieu patientait avec Malcolm sur les marches de la mairie. Il ne s'était pas attendu à voir se dessiner, sous la robe de Maria, le léger arrondi révélant la présence de leur enfant à naître. Il n'avait pas prévu qu'il penserait, en la voyant, qu'il avait tout faux. C'est à l'église qu'il aurait dû être, avec toutes leurs connaissances réunies, pour montrer avec fierté et adoration sa superbe future épouse. Jamais il n'aurait soupçonné qu'il éprouverait cela.

Quand le duo fut près d'eux, David lança à sa manière habituelle, vive et enthousiaste :

— Si je n'étais pas déjà heureux en ménage, je serais tenté de prendre la poudre d'escampette avec la fiancée !

— Et maintenant que je vous vois si ravissante, Maria, j'éprouve la même tentation, enchérit Malcolm, s'inclinant pour l'embrasser sur la joue.

Maria s'éclaira à ces encouragements, et ne sembla que passagèrement surprise du contraste entre la chaleur des amis de Matthieu et le silence total de ce dernier. Il était en fait incapable de parler. La voir lui avait coupé le souffle.

Malcolm et David les laissèrent se dévisager en silence.

— Tu es… si belle, dit Matthieu.

Au fond de lui, il avait l'impression de ne pas mériter Maria. Ni l'enfant qu'elle portait. Alors que Maria, elle, méritait certes plus qu'il n'était capable et désireux d'offrir.

— Merci, dit-elle, fuyant son regard.

Il la mena dans le bâtiment, Malcolm et David les suivant de près alors qu'ils gagnaient le bureau de l'officier d'enregistrement. Si l'extérieur de l'édifice était fonctionnel et presque laid, l'intérieur était chaleureux. Le parquet en bois clair apaisait le regard. Des fauteuils de bon goût meublaient la pièce, où l'on remarquait la belle table devant laquelle les attendait l'officier d'état civil.

Matthieu se sentait curieusement détaché d'une procédure à laquelle il avait cru ne jamais avoir recours. Il avait veillé, jusqu'alors, à ce que les femmes qui partageaient son lit n'aient en commun avec lui que le plaisir donné et reçu. Une fois qu'elles avaient disparu de sa vie, il n'y pensait plus guère. Mais cela n'avait pas été vrai pour Maria. Depuis leur nuit à Iondorra et le soir où elle était réapparue dans sa vie, porteuse d'une nouvelle bouleversante, il n'avait cessé de penser à elle. Le goût de sa peau, les échos de ses soupirs et de son rire léger avaient hanté ses nuits.

Maintenant, il la regardait répondre aux questions auxquelles il répondait de son côté à l'officier d'état civil, et se sentait étrangement proche d'elle. Il lui donnerait tout ce qu'il pourrait, se jura-t-il. Pas seulement à cause de leur enfant. Mais parce qu'elle le méritait. Elle s'était arrachée à sa vie, s'était remise entre ses mains, et quoi que l'avenir leur réserve, il veillerait à la protéger.

— Êtes-vous prêts ?

Il acquiesça, sûr de lui.

— Nous sommes ici réunis en ce jour…

Maria écoutait ces paroles sans les entendre. Elle s'était demandé quel effet elles lui feraient, depuis qu'elle avait accepté la proposition de Matthieu, et maintenant que la cérémonie avait lieu, qu'ils prononçaient les vœux que toute jeune fille rêve de prononcer depuis l'enfance, elle ne savait pas ce qu'elle éprouvait. Elle s'était attendue à avoir peur, mais ce n'était pas ce qu'elle ressentait. Du défi ? Non, pas cela non plus. De l'hésitation ? Bizarrement, non. Elle se sentait comme engourdie, décida-t-elle, alors que le moment se rapprochait où elle serait à jamais liée à Matthieu.

Elle eut soudain l'impression qu'elle laissait quelque chose derrière elle, qu'elle oubliait l'essentiel, sans savoir quoi au juste. Elle comprit que le célébrant attendait une réponse. Il sourit et réitéra sa question.

— Acceptez-vous de prendre pour époux M. Matthieu Montcour, ici présent ?

Il n'y avait pas de mots d'amour dans cette cérémonie formelle, il n'y était pas question d'honorer ni de chérir. Mais ce n'était pas pour elle-même qu'elle consentait à cette union, c'était pour leur enfant. C'était à lui qu'iraient l'amour, la protection, la sécurité…

— Oui.

— Et vous, Matthieu Montcour, acceptez-vous de prendre Maria Rohan de Luen pour épouse ?

Enfin, Maria trouva le courage de lever les yeux vers Matthieu et fut surprise de voir qu'il la considérait avec intensité, comme la nuit de leur rencontre. Ce qu'elle voyait dans son regard, c'était le lac de Iondorra, les étoiles qui constellaient le ciel enténébré. Elle voyait son désir viril, mystérieux et hypnotique. Et, si elle en avait le cœur étreint, elle s'empressa de refouler son désir d'une relation plus poussée.

— Oui, répondit à son tour Matthieu.

— Les alliances ?

Les alliances ! Elle avait oublié les alliances. Tout créateur de bijoux consacrait des heures passionnées à la conception de ce symbole du couple et de l'amour. Maria avait pensé, autrefois, qu'elle façonnerait un jour son alliance et celle de son futur époux. Elle avait même effectué des dessins préparatoires. Mais, dans l'intensité des semaines écoulées, tout cela lui était sorti de l'esprit. Elle en éprouva du soulagement, parce que ce n'était pas ce qu'elle voulait. Pas vraiment. Pendant que Matthieu glissait une main dans sa poche, elle en posa une sur son ventre, enveloppant son futur bébé.

Elle comprit qu'il avait saisi son geste, et il eut une brève hésitation avant de lui passer la bague au doigt.

Elle regarda le bijou encore et encore. Ce simple anneau d'argent serti d'un cercle de petits diamants accueillant en son cœur un éclat de jais merveilleusement taillé était parfait.

— C'est ainsi que je nous vois, Maria, lui murmura Matthieu. Unis, entourant notre enfant d'amour, de sécurité, de protection.

Sa sincérité et sa certitude la touchèrent au cœur, et si elle aspirait douloureusement à être aimée, elle était apaisée par l'engagement qu'il prenait. Il n'y avait pas de promesse vaine, pas d'émotions mensongères dans ce qu'il lui offrait, mais l'assurance qu'il ferait tout ce qui était en son pouvoir pour elle et l'enfant. *Leur* enfant.

— Je vous déclare mari et femme.

5

Maria huma l'odeur fraîche de l'eau et de la forêt. Il y avait une vingtaine de minutes qu'elle marchait vers le lac Lucerne, s'émerveillant une fois de plus de l'étendue de la propriété de Matthieu, presque incrédule devant la beauté du paysage – une étendue d'eau pareille à de l'argent en fusion, reflétant le bleu pur du ciel sans nuages et le vert émeraude saisissant des arbres bordant les rives du lac.

Elle se frotta les mains pour les réchauffer, effleurant le mince anneau d'argent serti de jais et diamants qu'elle portait depuis presque un mois. Rien ne s'était avéré tel qu'elle l'avait imaginé, depuis ce moment où Matthieu lui avait passé la bague au doigt.

Après la cérémonie, David et Malcolm les avaient emmenés dans un grand restaurant gastronomique de Berne, pour un déjeuner de mariage exquis. Si le sympathique couple avait remarqué le silence des nouveaux mariés, il n'en avait rien laissé paraître. Leur bavardage léger, un peu railleur mais bienveillant, ne lui avait pas laissé de souvenirs précis. Puis la limousine était arrivée pour les conduire, elle et Matthieu, dans la demeure des rives du lac Lucerne où il vivait.

Elle se rappelait le voyage dans le cocon luxueux de la voiture qui les emmenait vers leur nuit de noces, la tension presque palpable qui les avait habités. Il lui avait parlé de ses domestiques, de la salle de sport et des équipements de loisir dont elle disposerait, en particulier une piscine à débordement donnant sur le célèbre lac suisse, et des chemins qui traversaient son domaine.

— Tout t'appartient, désormais, avait-il dit.

Sauf toi...

Alors que la limousine dévorait les kilomètres, les rapprochant de leur destination, elle s'était étonnée des propos qu'il tenait. À quoi rimait cette description de la maison, de l'architecte qui l'avait conçue, de la vie qu'ils mèneraient, alors qu'elle ne songeait qu'à ce qu'il se passerait le soir même, submergée par la conscience affolante qu'elle avait de sa présence virile ? Au cours des semaines écoulées, il n'avait été question que de choses pratiques. Mais, dès l'instant où ils avaient été déclarés mari et femme, elle n'avait eu qu'une obsession : sa nuit de noces.

Elle avait espéré partager son lit, ressentir de nouveau les émotions qui l'avaient traversée la nuit où ils avaient conçu leur enfant : la griserie du désir, le contact de leurs corps unis par une passion brute et intense. Une passion réciproque.

Celle-ci ne s'était pas dissipée, avait-elle pensé avec émerveillement. Elle avait entrevu son mari, dans la lumière fugace des lampadaires de la route qui éclairaient leur trajet nocturne. Elle avait vu sa barbe naissante, qui adoucissait à peine la rudesse de sa mâchoire ; ses sourcils sombres surmontant des yeux de bronze où brillaient des éclats presque verts ; la largeur de ses épaules qui la faisait se sentir petite, délicate, mais aussi forte de son désir pour lui.

Quand ils s'étaient enfin arrêtés au bout d'une longue allée, au-delà d'une magnifique grille en fer forgé, elle s'était dit : *Nous y voici*. Elle s'était tournée vers Matthieu, devant le vaste portail en chêne d'une demeure à laquelle elle avait à peine pris garde tant elle était fascinée par la splendeur de son mari, et avait effleuré sa joue.

Au même instant, il avait poussé le battant, lui avait expliqué où se trouvait sa chambre puis avait gagné son bureau, la laissant là, en robe de mariée, seule dans le vestibule d'une maison inconnue.

Elle avait réussi à gagner la chambre avant que les premières larmes roulent sur ses joues. Puis, ôtant ses chaussures, elle s'était effondrée sur le lit, étouffant ses sanglots dans l'oreiller. C'était à ce moment-là qu'elle avait pris conscience de ce qu'elle avait fait. Depuis toujours, elle aspirait à l'amour, et voici qu'elle s'en était remise à un homme qui ne l'aimerait jamais !

Alors qu'elle s'éloignait du beau lac pour revenir vers la maison,

Maria s'avisa qu'elle n'avait droit à rien de ce qu'elle avait envisagé. Elle n'était ni la parfaite épouse, ni l'épouse délaissée. Matthieu l'avait installée dans une étrange demi-vie qui était en train de la détruire à petit feu.

Quoi qu'il fasse, Matthieu ne parvenait pas à échapper à une oppressante sensation d'étranglement, à la certitude choquante d'avoir fait quelque chose de mal. Cela avait commencé dès le premier soir de leur arrivée à Lucerne. Et même avant, dans la limousine qui les conduisait à la maison. Il n'avait pas vraiment considéré cette demeure comme un chez-soi, avant. C'était son sanctuaire, ça oui. Mais un *foyer* ?

Dans la limousine, il l'avait senti, ce courant sensuel qui passait entre eux. Comme lors de la première nuit à Iondorra, les traits expressifs de Maria, son corps avaient exercé sur lui une attraction puissante. Excité, il n'avait eu qu'un désir, prendre ce dont il avait envie : Maria.

Or, il s'était fait une promesse sincère et l'avait réitérée à Maria le jour de leur mariage : il la protégerait. Il devait donc mener leur union de façon convenable et lui accorder ce dont elle aurait le besoin ou le désir. Mais il ne pouvait pas se donner à elle car, s'il relâchait le contrôle implacable qu'il exerçait sur lui-même, s'il cédait à son désir désespéré et se noyait en elle, il ne serait plus capable de se contenir. Et il était convaincu qu'en agissant ainsi il libérerait les pensées, les souvenirs qui affleuraient à sa conscience. Alors, il s'était bel et bien contenu ce soir-là, et tous les autres soirs ensuite. Et si cela le condamnait à une frustration constante, eh bien, tant pis !

Ses pieds martelaient le tapis de course de la salle de sport, installée dans le sous-sol de la maison. Il était en nage. S'il parvenait à s'épuiser, il serait peut-être soulagé de... de cet étrange sentiment en lui, féroce et indomptable, tel un fauve en cage.

L'exercice physique lui était devenu nécessaire, au fil des ans. Cela avait commencé par la rééducation, après des semaines de chirurgie. Il se rappelait à peine les premiers mois, la douleur si intense qu'elle lui donnait le délire et détournait son esprit de l'anéantissement total de sa famille. Le forçait à penser à autre chose qu'à l'ultime regard que lui avait accordé son père avant de le lancer par la fenêtre du séjour et de repartir en quête de sa mère dans la maison en flammes. Hélas, ni sa mère, ni son père, ni ses oncles et tante n'avaient échappé au brasier infernal qui avait détruit la vieille demeure.

Un circuit électrique défaillant, un sapin de Noël, une maison vieille de deux siècles. Tels avaient été les éléments du verdict. Un accident. Cet accident lui avait tout pris.

Il accéléra la vitesse du tapis dans l'espoir de se concentrer de nouveau sur le mouvement de ses jambes et de ses pieds. Ses pensées ne s'attardaient jamais sur sa famille. Il était passé maître dans l'art d'éviter ça, mais, alors qu'il accélérait l'allure à s'épuiser, il ne put s'empêcher de songer qu'il courait pour fuir son passé.

En vain car, de façon inexplicable, depuis que Maria avait emménagé chez lui, il le sentait resurgir. Il lui venait des souvenirs des repas en famille, de l'écho de son rire enfantin aux taquineries bienveillantes de ses parents, de l'amour qu'ils lui portaient… Comme la promesse de ce qui pourrait être, et qu'il ne s'accorderait pas.

Matthieu s'était donc mis à éviter Maria pour se noyer dans le travail. Il lui était même arrivé de la quitter pour se rendre à l'une de ses exploitations minières en Russie, dans l'espoir que la distance rétablirait tout, que sa vie redeviendrait comme autrefois. Mais, dès son retour, il avait vu les traces de Maria un peu partout : des livres abandonnés au coin d'une table, un jeté de canapé sur le sofa qui ne s'y trouvait pas à son départ… Ayant vécu seul pendant plus de dix ans, il trouvait cela déconcertant. Cela lui faisait l'effet d'une intrusion et, à tort, il se surprenait à lui en tenir rigueur. Parce qu'elle laissait la trace de sa vie sans lui.

Bientôt, il n'y aurait pas que la présence de sa femme, il y aurait leur bébé. Allait-il passer son temps à tenter de les éviter ? *Non*, pensa-t-il, une fois de plus ébranlé par cet élan de possessivité à l'égard de son enfant.

Un bruit le fit tressaillir, et il faillit tomber du tapis de course.

— Désolée, je ne voulais pas…

Il attendit d'être au pas pour lancer un regard vers le seuil. Il avait déjà le souffle court lorsqu'il enveloppa Maria du regard, heureux de ce prétexte pour déguiser la réaction naturelle de son corps à sa beauté, à sa présence. Elle était tout simplement sublime.

Ses longs cheveux ondulés, répandus sur ses épaules, lui effleuraient la taille. Son legging adhérait à ses jambes galbées, et il eut le violent désir de les caresser. Un instant, il s'abîma dans le souvenir de leur nuit d'amour, avant de le chasser d'un hochement de la tête. Il fixa ses seins, le renflement de son ventre, bien arrondi maintenant. Il s'émerveilla de la transformation de son corps depuis leur mariage et ne put s'empêcher de penser : *Elle est à moi !*

Maria ne s'était pas attendue à trouver là Matthieu à son retour de promenade, persuadée qu'il était parti à son bureau avant l'aube, comme chaque jour depuis leur mariage. Mais il était bel et bien là. Et il était... superbe, torse nu, avec son jogging gris taille basse, révélant les impressionnants abdominaux qui disparaissaient sous la ceinture. Elle l'embrassa du regard, détaillant chaque centimètre carré de son corps. Les cicatrices, au lieu de se détacher, étaient devenues pour elle l'élément qui exaltait ses muscles, la façon dont ils se mouvaient à chaque geste. Quand il prit le T-shirt abandonné sur le châssis du tapis d'exercice, elle faillit l'implorer de ne pas le passer, détestant l'idée qu'il se croie obligé de se couvrir pour elle. Il enfila le vêtement et le rabattit sur son torse, lui dérobant la vue qui la troublait et éveillait sa gourmandise.

— Je voulais faire un peu de yoga et...

Elle se sentait tenue de dire quelque chose. Sinon, ils auraient continué à se dévisager en silence, comme deux combattants affrontant... quoi donc ? Leurs désirs ? Car elle savait qu'il avait envie d'elle. Elle le lisait dans son regard. Et cela ne rendait que plus dures encore à supporter sa constante absence, ses dérobades... Refusant de s'apitoyer sur elle-même, elle s'approcha du tapis installé près des glaces qui couraient du sol au plafond.

— Bien sûr, dit Matthieu, en lui laissant la place.

— Je... J'ai pensé prendre la voiture pour aller en ville, ce matin.

— Tu as rendez-vous chez l'obstétricienne ? s'enquit-il d'un air surpris.

C'était l'une des dernières choses qu'ils avaient faites ensemble :

un rendez-vous chez l'obstétricienne, une praticienne efficace, bienveillante, dont le cabinet était très bien équipé. Ils ne reverraient pas Mme Klein avant trois semaines.

— Non, dit Maria. Je voudrais faire du shopping.

— Pour acheter quoi ?

— Une robe pour le gala.

— Quel gala ?

Elle frémit en entendant la voix glaciale de Matthieu. Et elle se demanda si c'était l'achat de la robe qui le contrariait ou l'obligation d'assister à la soirée mondaine à laquelle ils étaient invités.

C'était la première et unique correspondance qu'elle avait reçue depuis son arrivée chez Matthieu. Elle avait aussitôt remarqué l'adresse : M. et Mme Montcour, un peu surprise de voir qu'elle était mentionnée car elle était persuadée que la nouvelle de leur mariage n'était pas encore publique. Puis elle avait repéré le logo argenté de Montcour Mining Industries sur le carton d'invitation.

— Celui qui doit avoir lieu ce soir à Lausanne. Je suis surprise que tu aies une fondation caritative.

— Je possède trois mines d'or, deux de diamants, et mon entreprise est multimilliardaire, alors en quoi est-il surprenant que j'entretienne une association de charité ?

— S'il te plaît, ne me dis pas qu'elle n'existe que pour les abattements d'impôts ! répliqua-t-elle, blessée par cette énumération désinvolte de ses impressionnants avoirs.

Tout à coup, elle fut gagnée par la colère. Parce qu'il semblait penser qu'elle ne voudrait pas assister au gala. Parce qu'il voulait la laisser seule dans cette immense propriété – un lieu tout de béton et d'acier dont les gris froids lui remémoraient sans cesse son distant propriétaire. Elle n'était tout de même pas prisonnière ici ! Elle était libre d'aller et venir comme bon lui semblait !

— Nous n'irons pas, dit-il avec un geste définitif.

— Pourquoi ?

— J'ai des affaires à traiter.

— Eh bien, pas moi !

À l'idée de passer encore une soirée en solitaire, tout en elle se rebellait. Matthieu la regarda comme si ses volontés ou ses désirs étaient sans importance. Assez ! Oui, elle en avait assez de marcher sur des œufs en présence du père de son bébé.

— Dans ce cas, j'irai seule, déclara-t-elle à son mari, qui semblait soudain mué en statue. Toi, en revanche, rien ne t'y force. En fait, j'aime autant que tu ne viennes pas. Je n'ai pas envie que tu me gâches la soirée, comme tu as gâché tous les jours écoulés depuis notre mariage. Je refuse de vivre ainsi, Matthieu. Tu m'as peut-être offert tout le confort matériel, mais l'isolement me rend folle. Je ne crois pas avoir eu une conversation de plus de deux phrases depuis trois semaines ! Je sais plus de choses sur Tomas, ton chauffeur, que je n'en sais sur toi. Il a trois enfants, au fait, et il aime ajouter un peu de caramel dans son café, même s'il le cache à sa femme qui surveille son régime. Dis-moi, Matthieu, comment prends-tu ton café ?

On eût dit qu'une digue s'était rompue, et qu'un flot de paroles décousues s'était rué à l'assaut de ce trop long silence. Le souffle court, elle guetta la réaction de Matthieu.

— Peu importe comment je prends mon café, Maria. Ni toi ni moi n'irons au gala. Si tu veux prendre l'air, Tomas t'emmènera où tu voudras. Mais seulement si c'est dans un endroit où tu ne risques pas d'être harcelée par les médias. Comme ce n'est pas le cas du gala de ce soir, tu n'iras pas.

Sans rien ajouter, Matthieu quitta la pièce, et elle se sentit plus furieuse encore. Médias ou pas, elle ne resterait plus prisonnière ici !

Maria était assise à l'arrière de la limousine, la vitre de séparation était baissée, et Tomas n'avait pas cessé de faire des commentaires depuis leur départ de Lucerne. Elle lui en était reconnaissante. Sinon, les deux heures et demie de route ne lui auraient laissé que trop de temps pour penser. Pour s'étonner de sa rébellion et se demander comment réagirait Matthieu quand il comprendrait qu'elle avait défié son interdit en se faufilant hors de la propriété. C'était la première fois qu'elle lui désobéissait.

Mme Montcour. L'était-elle vraiment, puisqu'ils n'avaient pas consommé leur mariage ? Et si elle l'était, qui était donc cette femme ? Maria avait connu bien des « avatars » : fille d'un duc exilé, sœur d'un séducteur international, étudiante en art, serveuse de café, créatrice de bijoux. Mais à présent elle était une épouse, et bientôt elle serait mère. Et une part d'elle avait peur de ne pas savoir assumer ce rôle.

Elle avait envisagé de s'en ouvrir à son frère, mais Sebastian était très préoccupé ces temps-ci. Il avait cru sans difficulté qu'elle passait quelque temps chez un ami en Suisse au lieu de la questionner comme de coutume. Quant à son père, il s'écoulait parfois des mois sans qu'ils aient le moindre échange, et elle préférait se réfugier derrière le sentiment familier qu'il valait mieux pour lui ne pas la voir, puisqu'elle lui rappelait douloureusement sa défunte épouse.

Elle avait pensé s'adresser à Anita et Evin, mais que leur aurait-elle dit ? « J'ai retrouvé le père de mon enfant, il se trouve qu'il est multimilliardaire, nous nous sommes mariés pour le bien du bébé, et il m'a emmenée dans son repaire secret ? »

La seule personne qui la rattachait à son nouveau rôle était Matthieu, et il semblait résolu à la laisser seule.

— Nous y sommes, madame Montcour, dit Tomas.

Elle comprit alors qu'elle n'avait pas du tout envisagé la réalité. Elle ne s'était pas attendue au tapis rouge, à la meute de paparazzis qui bordait la rue aux abords de l'imposant édifice où avait lieu le gala ! Stupéfaite, elle descendit de voiture. Mais où avait-elle eu la tête ? Saurait-on qui elle était ? Ou la prendrait-on pour une resquilleuse ? A priori, personne ne savait qu'elle était Mme Montcour. Elle émit un juron étouffé, s'immobilisant à sa descente de voiture et fixant d'un air horrifié la cohorte de journalistes et photographes qui seraient témoins de son humiliation quand on lui refuserait l'entrée.

Tomas resta près d'elle, comme s'il était prêt à la pousser sans cérémonie dans la voiture pour la mettre à l'abri, jusqu'à ce qu'un petit homme en habit de soirée muni d'un porte-bloc se précipite à sa rencontre.

— Bienvenue…

— … Madame Montcour, acheva-t-elle avec fermeté.

La mine de l'homme aurait été comique en d'autres circonstances.

Elle pensa qu'il ne la croyait pas, et ses doigts se crispèrent sur le carton d'invitation.

— Bien sûr, fit-il, secouant la tête comme s'il s'attendait à la voir se dissiper en fumée d'une seconde à l'autre. C'est merveilleux de vous rencontrer ! Nous ne vous espérions pas, étant donné que…

Quoi qu'il ait pu s'apprêter à dire, il s'arrêta net alors que son regard tombait sur l'arrondi révélateur de la robe.

— Puis-je vous présenter mes félicitations, madame Montcour ?

L'expression ravie, sincère, de cet étranger en smoking était communicative, et Maria posa instinctivement une main sur son ventre.

— Merci, dit-elle avec un sourire, alors qu'un premier flash l'aveuglait, interrompant l'échange.

Des cris éclatèrent, elle fut aveuglée par une série de flashs. Elle vit confusément que l'homme lui faisait signe de le suivre et, le regard braqué sur le tapis rouge, elle pénétra dans l'édifice, le cœur battant, un peu effrayée. Une fois franchi le perron et la vaste entrée du musée loué pour l'occasion, elle poussa un soupir de soulagement.

— Toutes mes excuses pour la bousculade, madame Montcour. Hélas, la publicité est un mal nécessaire, elle vaut beaucoup de notoriété et de dons à notre fondation.

Ce petit homme trop disert n'était pas loin d'indisposer Maria presque autant que les journalistes. Elle n'était plus très sûre d'avoir envie d'être là et regrettait la solitude paisible de la propriété de Matthieu.

— M. Montcour n'a malheureusement pas pu assister à nos manifestations à Lausanne depuis plusieurs années, et l'invitation est surtout envoyée par courtoisie, mais nous sommes très honorés de votre présence, dit-il avec une sincérité évidente.

La réticence de Maria s'atténua quelque peu.

— C'est très gentil de votre part, monsieur…

— Benjamin Keant.

— Benjamin. Enchanté de vous rencontrer.

— Je suis moi-même charmé, madame Montcour. Me permettrez-vous de vous présenter à quelques mécènes et invités ? Je peux aussi vous apprendre tout ce que vous aimeriez savoir sur notre fondation.

Maria sourit, soulagée de ne pas avoir à masquer son ignorance.

— Certainement. Faites comme si je ne savais rien, dites-moi donc tout.

Elle vit qu'elle attirait les regards curieux de nombreux invités dans le vaste hall du musée. Elle ne prêta donc pas garde au début du laïus de Benjamin, jusqu'à ce que certains mots frappent son oreille, déclenchant un signal d'alarme dans son esprit et dans son cœur.

— Et les fonds que nous récoltons sont réinvestis dans les centres médicaux qui traitent les grands brûlés, mais aussi dans la rééducation, le soutien financier des familles qui ont du mal à assumer des soins longs et onéreux, ainsi que le soutien psychologique et émotionnel de tous ceux qui sont affectés.

Grands brûlés. Soins médicaux. Soutien psychologique.

Un frisson glacé la parcourut. Elle savait maintenant pour quelle raison Matthieu n'avait pas voulu venir. Cela n'avait rien à voir avec elle. Et tout à voir avec le drame de son enfance.

6

Bien avant que les pales de l'hélicoptère aient ralenti, après l'atterrissage sur le discret héliport situé derrière des jardins du musée, Matthieu était crispé. Et ce n'était pas en raison du report hâtif de son rendez-vous avec l'ambassadeur d'Afrique du Sud au sujet d'une éventuelle exploitation minière, mais à cause de sa femme. Il tenta de se détendre alors qu'il traversait à grandes enjambées les allées menant à la salle de gala, mais il ne pouvait pas s'empêcher de serrer les poings.

Il n'avait aucune envie d'être ici ! Il y avait près de dix ans qu'il n'avait pas assisté à cette manifestation, depuis la toute première. Des souvenirs affluèrent à sa mémoire, éveillant sa colère et sa frustration, ainsi qu'un léger mépris pour la naïveté dont il avait fait preuve alors. Il avait fondé tant d'espoirs sur cette entreprise caritative ! Mais dès le premier instant, dès le premier flash d'un paparazzi, il avait compris que les vautours étaient venus non pour soutenir la fondation, mais pour se repaître des souffrances dues à la perte de sa famille. Pour le dévorer, lui. Toutes les photos, tous les articles s'étaient concentrés sur le scandaleusement célèbre Matthieu Montcour, et non sur ce qu'il voulait entreprendre. Il s'était juré ce soir-là de ne plus jamais assister au gala, de ne plus jamais nuire à la fondation. Il avait laissé le soin de la diriger à l'homme très efficace qu'il avait engagé près de dix ans auparavant. Il ne regrettait pas d'avoir fondé cette œuvre de bienfaisance, mais il ne pouvait pas s'en occuper personnellement, voilà tout.

Maria n'avait aucune idée du guêpier où elle s'était fourrée.

Les journalistes, les célébrités qui assistaient à l'événement se nourrissaient de ragots et de drames, et son mariage avec une jeune inconnue, enceinte qui plus est, ferait à coup sûr les gros titres du lendemain.

Pendant le court vol en hélicoptère jusqu'à Lausanne, il avait adressé un mail à sa secrétaire pour qu'elle gère les retombées médiatiques. La sécurité serait renforcée dans son immeuble de bureaux et chacune de ses propriétés, y compris celle de Lucerne. Il détestait vivre sous les feux des projecteurs.

Que t'étais-tu imaginé ? Que tu pourrais garder Maria pour toi tout seul ? Qu'elle resterait éternellement ton secret, et ton enfant aussi ?

« Je refuse de vivre ainsi. » Les paroles de Maria dans la salle de sport l'avaient atteint tel un coup de poignard, et il se demanda s'il était bel et bien devenu un monstre, qui l'enfermait chez lui, l'isolait du reste du monde.

Mais elle ne savait pas ce qui la guettait !

Deux hommes en costume noir munis d'oreillettes se tenaient de chaque côté de l'entrée discrète située à l'arrière du bâtiment. En le voyant venir, ils l'enveloppèrent d'un regard jaugeur, puis l'un d'eux lui ouvrit la porte, lui donnant accès au musée. Matthieu fut accueilli par une petite femme blonde, à peine maquillée, l'air sérieux. Il appréciait Margery, l'assistante du directeur de la fondation, sèche et efficace. Le genre de personne dont il s'était toujours entouré... jusqu'à Maria.

Margery lui expliqua avec calme que cette dernière était arrivée une vingtaine de minutes plus tôt, avait été accueillie par le directeur, M. Keant, mais que sa présence avait enflammé les médias. Keant l'avait escortée sur le tapis rouge et la présentait maintenant à divers invités. Le discours allait commencer dans cinq minutes, le dîner dans trente, et c'était après ce dîner, dans une heure et demie, qu'il pourrait faire une sortie rapide sans attirer l'attention.

Il hocha la tête, digérant ces informations alors qu'ils franchissaient une porte dérobée, puis se faufilaient dans le vaste hall du musée où se déroulait la réception.

Il repéra d'emblée Maria et se figea à sa vue. Elle était magnifique. Sa robe bleu nuit, brodée d'une infinité de paillettes, épousait ses formes généreuses et son ventre arrondi, effleurant presque les escarpins à talons hauts qui, sous les lustres de la coupole, brillaient de reflets argentés. *Elle est à moi.*

Elle parlait avec un couple, la femme portant dans ses bras un tout petit enfant, l'homme tenant par la main un garçonnet d'environ sept ans. Elle riait, alors qu'il ne l'avait pas vue rire une seule fois depuis leur nuit à Iondorra. Elle avait une main levée, et le bébé tirait sur ses bracelets en argent.

Il enveloppa ce tableau du regard, s'attardant enfin sur le garçonnet, dont le sourire n'était en rien diminué par la cicatrice qui, partant du cou, lui couvrait la moitié du visage. Comme lui, ce petit garçon était dans l'impossibilité de cacher sa peau brûlée.

Une douleur aiguë le transperça à cette vue. Alentour, les mécènes et les hôtes de sa fondation étaient là, prêts à donner pour une noble cause. Et, si quelques têtes convergeaient en effet dans sa direction, la plupart des gens étaient occupés à bavarder. Certains avaient des lésions, comme lui.

Matthieu s'était tenu à l'écart pour laisser vivre la fondation. Pour la première fois, il se demanda si c'était la véritable raison de son attitude. Car ici, les gens qui portaient des cicatrices comparables aux siennes, loin de les cacher, se tenaient fièrement sous les lumières, à nu aux yeux du monde, souriants malgré tout.

Comme si elle avait senti sa présence, Maria capta son regard, et il lut en elle toute une myriade d'émotions : surprise, inquiétude, contrition, compassion. Alors qu'il n'aurait voulu y voir que du désir. Le désir brûlant qu'il éprouvait lui-même. En proie à une vive excitation, il se dirigea vers sa femme à grandes enjambées.

— Matthieu... Tu es venu !

— Oui.

— Merci, lui répondit-elle avec un sourire apaisant.

En cet instant, il entrevit la mère qu'elle saurait être. Il lui avait dit qu'elle était forte, courageuse et déterminée. Il voyait maintenant qu'elle serait bonne, aimante, encourageante, tout comme l'avait été sa propre mère.

— Monsieur Montcour ! s'exclama Benjamin Keant qui venait de l'apercevoir.

Matthieu réprima son souvenir nostalgique de sa mère. Il ne prêta guère attention au bavardage du directeur, mais ne put pas se dérober au regard de son épouse – cette épouse qui ne percevait que trop de choses.

Maria avait senti que Matthieu était là, aimantée par sa présence. Alors qu'elle bavardait avec le couple et leurs enfants, appréciant leur conversation simple et ouverte si différente des propos superficiels des mondains du gala, elle avait senti tout à coup un frisson, un picotement dans la nuque. Quand enfin elle avait vu Matthieu, marchant vers elle à travers la foule, elle avait eu le souffle coupé. Sa puissante silhouette vêtue d'un smoking bleu nuit, sa cravate sombre légèrement de travers sur la chemise d'un blanc immaculé, sa barbe naissante… Sur un autre que Matthieu, cela aurait semblé négligé. Sur lui, c'était irrésistible.

L'expression sévère de ses traits s'était adoucie quand il avait vu la petite famille, dont le fils, Edward, avait été victime d'un accident de voiture et prisonnier dans le véhicule en feu.

Même si le directeur déversait un flot de paroles à son mari sans percevoir son humeur sombre, Matthieu n'avait pas cessé de la regarder. C'était pour elle presque comme une caresse, une empreinte apposée sur sa peau. Mais elle pensait ce qu'elle avait dit à Matthieu. Elle ne pouvait pas, ne *voulait pas* vivre comme ça.

— Tes bracelets sont drôlement jolis, lui dit Edward, en élevant la main pour les faire tinter au grand plaisir de sa petite sœur, qui tirait toujours sur les cercles d'argent.

— Merci, Edward, répondit-elle avec fierté. C'est moi qui les ai faits, alors, je suis d'autant plus contente que tu les aimes.

— Tu fabriques des bijoux ?

Elle pensa aux caisses qu'elle avait expédiées en Italie. Ces dernières semaines, elle avait réalisé croquis sur croquis, inspirée par la splendeur de la propriété aux abords du lac Lucerne. La beauté naturelle du bois, des arbres, feuilles et baies… La surface lisse et miroitante du lac enflammait son imagination… Il était étrange qu'elle ait soudain recouvré sa créativité, étiolée depuis qu'elle avait quitté Iondorra. Depuis qu'elle avait quitté le lit de Matthieu après leur unique nuit.

— Oui, c'est mon métier, expliqua-t-elle, comprenant que cela faisait partie d'elle autant que le bébé qui grandissait dans son ventre.

— Et toi, que veux-tu faire quand tu seras grand ? demanda Matthieu au jeune garçon, d'une voix que Maria ne lui avait jamais entendue.

Edward leva les yeux, lança un regard à ses parents comme pour savoir s'il pouvait parler à cet inconnu et, ayant reçu des sourires encourageants, il déclara avec fierté :

— Je veux être pompier.

— C'est un travail très excitant, et très important aussi.

— Je sais, dit Edward, faisant allusion, avec la curieuse désinvolture propre aux enfants, à ses cicatrices.

Matthieu s'accroupit pour se mettre à sa hauteur.

— Moi aussi, lui chuchota-t-il d'un air de conspirateur, en écartant légèrement son col.

Maria retint son souffle alors qu'Edward écarquillait les yeux, puis hochait la tête.

— On a prélevé de la peau sur mon crâne pour la greffer sur mon visage, dit le garçonnet.

— Waouh ! dit Matthieu avec un sifflement qui parut enchanter Edward. Moi, on m'a greffé de la peau *artificielle*.

— Lambeaux ou peau pleine ? lança Edward d'un air de défi.

Maria eut l'impression que le grand rire explosif de Matthieu résonnait en elle, et elle observa son mari et le garçonnet qui comparaient leurs traitements dans un esprit de compétition. Elle eut le sentiment d'entrevoir quel père serait Matthieu. Le lien qu'il bâtirait avec leur enfant, et qu'elle aurait tant désiré avoir avec lui.

— Tu es sûr de ne pas vouloir être médecin quand tu seras grand, et non pompier ? demanda Matthieu.

— Je préfère les camions des pompiers, répondit Edward.

Le rire du groupe fut interrompu par le discours de bienvenue. Benjamin parla avec clarté et modestie de l'usage auquel étaient destinés les fonds réunis, et il présenta le parcours exemplaire de certains invités. Presque tout le monde en eut la larme à l'œil. Il acheva en remerciant chaudement Matthieu.

Maria frissonna sous les regards des invités, tandis que Matthieu acceptait avec grâce les remerciements du directeur. Quand les applaudissements s'éteignirent, Edward et sa famille se fondirent dans la foule, et Maria se tourna enfin vers son mari.

— Regrettes-tu d'être venu, ce soir ? s'enquit-elle avec timidité.

— Pas encore, mais la soirée n'est pas terminée, lui répondit-il avec ironie.

Cela revenait à tendre un rameau d'olivier, et Maria sourit en lui prenant la main. Il la serra doucement, et elle éprouva une soudaine flambée de bonheur.

Tout en serrant la main de Maria, Matthieu prenait la mesure du bien accompli par la fondation qu'il avait créée grâce aux assurances-vie héritées de sa famille. Toute une richesse démesurée, en plus de Montcour Mining Industries, qui aurait paru presque risible si elle n'avait pas été rattachée à un si grand deuil.

Depuis le premier gala, dix ans auparavant, l'intrusion des médias, les gros titres sur « Montcour, l'homme hanté » l'avaient dissuadé de revenir. Mais, vu le grand nombre de gens secourus par la fondation, c'était un peu comme si les disparus avaient apporté leur aide à ceux qui étaient démunis au moment où ils en avaient le plus besoin. Cela lui mettait un peu de baume au cœur.

Margery apparut soudain à côté de lui.

— Il reste un peu de temps avant le dîner, et M. Keant a pensé que vous aimeriez faire la visite privée de l'exposition de peintures que le musée a conçue pour le gala. Ils l'ont offerte avec beaucoup de générosité.

— On peut ? demanda Maria avec enthousiasme.

Matthieu n'eut pas le cœur de refuser et confia à Margery le soin de les guider. Ils longèrent des couloirs faiblement éclairés, vers une série de salles réservées à l'exposition.

— Si vous avez des questions sur les artistes, n'hésitez pas, leur dit Margery avant de décrocher le cordon rouge qui barrait l'accès à la première salle.

De grandes toiles pleines d'éclat étaient accrochées aux cimaises, établissant un parcours visuel qui semblait surtout dicté par les formes et les couleurs, estima Matthieu. La tranquillité des lieux le gagna, le délestant de la tension qui semblait avoir pesé sur lui pendant des années. Maria se déplaça de tableau en tableau, et il sourit en voyant qu'elle s'attardait devant certaines peintures comme pour percer le secret de leur réalisation.

Tandis qu'elle examinait les toiles, il ne put s'empêcher de l'étudier, elle. Il nota son enchantement, le léger plissement de son nez quand quelque chose l'intriguait, sa joie de découvrir un chef-d'œuvre qu'elle n'aurait pas cru avoir la chance de voir. Et il s'émerveilla non seulement de sa beauté, mais aussi d'avoir pu garder ses distances avec elle, ces dernières semaines.

Ils allèrent de salle en salle tandis que Margery les suivait avec discrétion, à distance. Malgré cet isolement factice, Matthieu gardait les yeux posés sur Maria, si bien qu'il mit un moment à repérer la présence d'une toile qu'il n'avait encore jamais vue.

Maria était éblouie par l'exposition. Monet, Klee, Caillebotte, Duchamp, Renoir, Rothko, Freud... Il y avait là les plus grands artistes des deux derniers siècles, et c'était une fête pour les yeux et le cœur. La beauté de ces œuvres la submergeait, l'inspirait, lui suggérait des dessins, des formes pour modeler le métal, créer à son tour de la beauté, fût-elle plus modeste.

Ils étaient parvenus au terme de l'exposition et, même si un grand tableau de Hockney occupait près d'un pan de mur de l'ultime salle, elle fut plutôt attirée par une toile plus petite, représentant un couple et un jeune garçon qui se faisaient face en riant de concert. Elle fronça les sourcils en observant le père, qui lui évoquait confusément quelque chose, et son regard se porta sur l'étiquette pour connaître le nom de l'artiste et le sujet du tableau.

Elle fut si choquée qu'elle laissa échapper un hoquet et porta la main à sa bouche. Elle contemplait les Montcour, le père et la mère de Matthieu... et le jeune garçon qu'il avait autrefois été.

Submergée de tristesse et de chagrin, elle admira pourtant le talent de l'artiste, qui avait su capter le regard d'amour que le père portait sur sa femme et son enfant ; la mère n'avait d'yeux que pour son fils, mais gardait la main sur le bras de son époux comme pour signifier un lien indéfectible. Mais le plus bouleversant était leur joie d'être ensemble... Une joie qui devait disparaître moins d'un an après l'exécution de cette peinture.

D'abord, Maria n'osa pas se tourner vers Matthieu. Il se tenait à l'écart mais, malgré la distance, elle percevait sa douleur, sa colère et son chagrin...

Un bip électronique vite suivi d'un flash aveuglant la fit tressaillir. Quelques secondes plus tard, plusieurs autres flashs crépitèrent, et Matthieu la dépassa pour plaquer l'intrus contre le mur, leurs silhouettes sombres se découpant sur le fond blanc. Des gardes du corps se précipitèrent pour séparer les deux hommes.

Matthieu s'écarta du vigile. Il parlait si vite que Maria parvenait à peine à le comprendre, mais son ton était éloquent. Le photographe, lui, hurlait en pointant du doigt son mari. Sans lui accorder un regard, Matthieu quitta la salle à grands pas.

Elle s'élança à sa poursuite. Elle dépassa Margery en prêtant à peine garde à son désarroi, suivit Matthieu qui quittait les lieux par une porte dérobée et traversait les jardins. En un rien de temps, ils parvinrent près d'un petit hélicoptère, et tandis que le pilote effectuait les manœuvres préparatoires au décollage, Matthieu lui tint la portière, sans prononcer un seul mot. Elle monta dans l'habitacle tandis que Matthieu, au lieu de s'asseoir près d'elle, s'installait à côté du pilote, prêt à décoller.

Elle aurait pu se glisser entre eux, mais préféra n'en rien faire, se cramponnant à l'arrière tandis que l'appareil se détachait du sol puis filait dans le ciel nocturne. Autour d'elle, tout était sombre. Seuls de petits points lumineux trouaient le manteau obscur de la nuit, accentuant encore le sentiment de culpabilité qui l'avait envahie. Que le photographe ait pu saisir Matthieu dans ce moment de vulnérabilité, ce moment bouleversant... C'était la toute première fois qu'elle avait entrevu la douleur de son mari.

Maria n'avait pas connu sa mère, morte en la mettant au monde, et n'avait que les souvenirs transmis par son frère et son père pour se faire une idée de celle qui lui avait donné le jour. Son chagrin était pareil à la douleur fantôme d'un membre amputé : abstrait, lointain. Oui, elle avait éprouvé le deuil et la colère, la privation, mais sans jamais vraiment connaître ce qui lui manquait.

Pour Matthieu, en revanche, c'était une autre histoire.

Maria eut l'impression d'avoir effectué un long voyage lorsque l'hélicoptère se posa sur l'héliport de la propriété de Lucerne.

Même si Maria avait envie de descendre et de fuir dans la nuit, elle supposa qu'il y avait des règles de sécurité à respecter. Matthieu l'incita à sortir et, alors qu'elle le suivait dans les ténèbres, dans le grondement déclinant des rotors de l'appareil déjà loin, elle entendit la sonnerie de son mobile, qu'il ignora, tout comme il l'ignorait, elle.

Tout à coup, elle sentit la rage s'emparer d'elle. Parce qu'il ne consentait pas à la regarder, encore moins à lui parler. Plus ils approchaient de la propriété, plus elle était furieuse, elle avait un peu l'impression d'être ramenée en prison. Une prison où son époux tolérait tout juste sa présence. Il lui était arrivé, dans l'enfance, d'éprouver un sentiment de solitude extrême. Lorsque son père, sa belle-mère et son frère se disputaient pour des histoires d'argent derrière des portes closes, prenaient des décisions sur leur avenir sans lui laisser voix au chapitre. Elle s'était juré de ne jamais se retrouver dans une telle position. Et, ironie du sort, la seule fois où elle avait effectué un choix personnel, suivi son instinct, elle s'était retrouvée une fois de plus sous le contrôle d'une autre personne, son mari.

Matthieu entra dans la maison par le jardin et traversa à grands pas la cuisine et le salon. En le voyant s'avancer vers le sanctuaire qu'était son bureau, Maria n'y tint plus. Elle refusait de supporter ça plus longtemps.

— Demande-moi pourquoi je suis allée au gala, ce soir ! lui lança-t-elle.

Il s'arrêta, la main tendue vers la poignée de la porte. En le voyant aux prises avec une lutte intérieure, elle s'interrogea : allait-il s'enfermer dans le bureau ou répondre à sa question ? Elle retint son souffle jusqu'au moment où il se retourna enfin.

— Pourquoi es-tu allée au gala ce soir, Maria ? questionna-t-il d'une voix blanche, tel un automate.

— J'y suis allée parce que Mme Montcour y était invitée et que j'avais envie de la voir.

— Tu divagues...

— Je m'y suis rendue parce que je ne savais pas qui j'étais en tant qu'épouse. Maria Rohan de Luen, oui, j'apprenais à la connaître avant d'être ta femme. Elle commençait à trouver sa liberté, à faire ses choix, mais Maria Montcour ? Pour moi, c'est une inconnue. Je voulais voir qui elle était, si elle était différente, plus sûre d'elle, peut-être... et plus séduisante que la précédente Maria. En allant au gala d'une fondation créée par mon mari, j'espérais en apprendre davantage à son sujet aussi !

Elle aurait voulu rester calme, mais elle criait presque en achevant sa tirade. C'était la première fois qu'elle agissait ainsi envers quelqu'un.

Elle crut d'abord que ses paroles resteraient sans effet. L'homme qui se tenait face à elle aurait tout aussi bien pu être gravé dans le marbre. Son mobile sonna de nouveau, plusieurs fois, brisant le silence.

— Eh bien, grommela-t-il, tu as eu ce que tu cherchais ! Comme les paparazzis ! N'as-tu donc réfléchi à rien ? Cette soirée est tout ce que j'avais voulu éviter pendant *dix ans* ! J'ai essayé de t'alerter sur les journalistes, ces vautours prêts à tout pour avoir un aperçu du *monstre* et de l'innocente qui était désormais sa femme !

Maria eut un coup au cœur en entendant ces mots. Était-ce vraiment ainsi qu'il voyait leur couple ?

— Dès que tu as mis les pieds sur le tapis rouge, le monde entier a su que tu m'avais épousé et que tu attendais mon enfant !

— J'admets que je n'ai peut-être pas réfléchi à tout.

— Nous n'avons pas ce luxe !

— Matthieu, les médias l'auraient su un jour ou l'autre, dit-elle avec douceur.

— Au moment où nous l'aurions choisi, et non au détriment de la fondation !

— Matthieu...

Elle fut interrompue par un nouveau bip en provenance du mobile.

— Bon sang, qu'est-ce qui se passe ?

— Tu n'as pas une petite idée ? fit-il d'un air incrédule. Eh bien, tiens, regarde !

Il avait passé le doigt sur l'écran avant de le lui tendre, et elle fit défiler des pages et des pages de titres tapageurs au sujet de la « bête fauve » et de sa prétendue violence… Certains se demandaient même si Maria était en sécurité avec lui. Certes, il y avait des articles élogieux, assurant que Matthieu Montcour avait trouvé le bonheur, d'autres qui vantaient le succès phénoménal du gala, la joie d'un futur héritier pour la dynastie des Montcour… Mais elle retenait de cette soirée l'image de Matthieu, les yeux brillants de larmes devant le tableau représentant sa famille. En voulant se trouver elle-même, elle avait anéanti Matthieu.

7

Matthieu était fou de rage. Contre la presse, contre Maria, contre lui-même. C'était lui qui avait bousculé ce photographe contre le mur, lui qui, en perdant son sang-froid, avait alimenté les titres obscènes et racoleurs des médias.

Avant le gala, il avait programmé son mobile pour être alerté de toute publication sur les réseaux sociaux les concernant, lui ou Maria. Et le téléphone qu'elle serrait dans ses mains tremblantes n'arrêtait pas de biper.

Parce que ce satané photographe les avait surpris, l'avait surpris, *lui*, dépouillé de toutes ses défenses, et que cela avait libéré sa colère et sa violence.

Il ferma les yeux, mais le portrait de famille que son père avait commandé plusieurs mois avant la nuit de l'incendie restait gravé dans son esprit. Artistiquement, c'était certes un chef-d'œuvre. Le tableau captait un instant de bonheur familial, d'autant plus précieux que la suite des événements avait été fatale. Il laissait rarement ces souvenirs du passé remonter à la surface, préférant se battre pour aller de l'avant.

Et maintenant les souvenirs affluaient, ravivés par la vision du tableau.

— Matthieu...

— Je t'avais prévenue. Je t'avais prédit ce qui arriverait ! Mais il a fallu que tu y ailles quand même !

Il était horrifié de s'être mis à crier, horrifié de constater qu'il n'avait toujours pas repris le contrôle de lui-même.

— Je ne pensais pas… Je suis navrée.

— Tes excuses ne signifient rien, répliqua-t-il avec cruauté. Il faut que tu comprennes comment vont les choses. Ce que c'est que d'être ma femme, et ce que sera ta vie avec notre enfant. Toujours, les paparazzis nous traqueront, suivront les moindres de nos mouvements. Ils n'ont pas cessé de le faire depuis…

Il eut un recul en sentant que Maria posait la main sur son bras pour l'obliger à la regarder en face, et il eut le plus grand mal à ne pas repousser cette main. Parce qu'il fallait réellement qu'elle comprenne. Jamais le monde ne se lasserait de son passé tragique, de sa « monstruosité ».

— Après les enterrements, j'ai échappé au déchaînement médiatique. Malcolm et l'hôpital sont parvenus à m'en protéger. Je n'étais donc pas préparé à ce qui arriverait. Mais j'ai besoin de te savoir prête.

— Que s'est-il produit, Matthieu ?

Il soupira. C'est à contrecœur qu'il rouvrait sa blessure pour Maria, mais il savait que c'était préférable à la douleur la plus profonde, celle qu'il venait de sceller au plus profond de lui-même.

— Sais-tu ce qui m'a d'abord valu ma réputation de monstre, de bête fauve ? J'avais dix-sept ans la première fois qu'ils ont recouru à l'expression.

Elle le dévisagea, tandis qu'il poursuivait.

— Malcolm voulait m'assurer un semblant de vie normale, dit-il avec un ricanement cynique. À dix-sept ans, j'étais enfin suffisamment remis pour aller au collège, mais c'était difficile. Pendant six ans, je n'avais côtoyé que des adultes, des infirmières, des médecins et des précepteurs. J'avais peu d'expérience des gens de mon âge, des ados qui avaient déjà leurs amis, leurs bandes. Alors, je restais dans mon coin. Je faisais profil bas, j'étudiais. Grâce à mon éducation, j'avais un an d'avance, ce qui était déjà une bizarrerie. Quant aux cicatrices… Elles suscitaient la curiosité des autres élèves, beaucoup plus que je ne l'aurais cru. Quand une des plus jolies filles du collège m'a demandé de l'aider dans ses études, je…

De nouveau, Matthieu eut un soupir, en songeant à l'adolescent naïf qu'il était alors.

— J'avais cru qu'elle serait différente des autres. Quand j'ai compris qu'elle me draguait, j'ai été stupéfait, impatient... et même ravi.

Il ferma les yeux au souvenir de sa naïveté – son ressentiment envers Clara ne s'était jamais dissipé. L'humiliation d'avoir été aussi stupide le torturait, comme d'un couteau qu'on remue dans une plaie. Mais il devait continuer.

— Elle m'a manipulé, comme une marionnettiste. J'étais amoureux, je lui aurais accordé n'importe quoi. Elle ne faisait pas mystère de ce qu'elle attendait de moi. Jusqu'alors, personne n'avait jamais vu mes cicatrices. Je ne faisais pas de sport, je portais mon uniforme scolaire même en plein été. J'aurais dû savoir...

Il se détourna, son regard se perdant dans la nuit, mais il ne put éviter le reflet de Maria sur la vitre. Elle devinait ce qu'il allait dire. Il sentait son empathie, son inquiétude. Il se secoua et continua.

— Elle avait un appareil-photo. Je l'ignorais. Un journaliste sans scrupule l'avait approchée, ainsi que ses amis, et leur avait proposé une grosse somme d'argent pour une photo de moi. Mais cela ne suffisait pas à Clara. Elle avait négocié un paiement plus important encore en échange d'un article sur la façon dont je l'avais séduite, tenté de profiter d'elle, sur ma colère parce qu'elle refusait de faire ce que je voulais. Une cruelle ironie, car c'était moi qui avais refusé de coucher avec elle, je ne voulais pas aller trop vite. C'était comme si le fait d'avoir été rejetée par un monstre tel que moi avait ravagé son ego. Malcolm a obtenu une injonction, l'article n'a jamais paru, mais il était trop tard. Les rumeurs s'étaient répandues au collège, auprès des parents, des médias... Le mal était fait.

Maria tremblait. De colère, de révolte envers l'injustice. Cette fois, elle avait l'impression que la bête, c'était elle, prête à lacérer et à mordre. Dire qu'on l'avait trompé et trahi, après le drame qu'il avait vécu ! Elle se rappela tout à coup leur première nuit. Cela avait dû lui demander un tel effort de consentir à sa requête. Il avait fallu qu'il lui fasse confiance. Elle ne la méritait pas alors, cette confiance, mais elle voulait la mériter maintenant. Elle voulait qu'il voie ce qu'elle voyait, elle.

— Je suis sincèrement navrée.

Il haussa les épaules, comme indifférent à la compassion qu'elle offrait. Mais elle n'allait pas se laisser mettre sur la touche, cette fois.

— Mais tu dois savoir que je ne voyais pas, et ne vois toujours pas en toi un monstre. Et...

Elle marqua un arrêt, espérant qu'il allait comprendre, croire ce qu'elle dirait ensuite.

— Et tu dois aussi savoir que les articles de presse ne te dépeignent pas tous de cette façon.

Elle n'avait pas besoin de faire défiler l'écran pour se rappeler ces unes.

> *Montcour trouve le bonheur... La fondation Montcour tutoie la réussite absolue... Montcour lève plusieurs millions de fonds...*

— Matthieu, t'est-il jamais arrivé de penser que si les médias s'intéressent à toi, ce n'est pas à cause de tes cicatrices ni de ta réputation, ni de la disparition de ta famille, mais parce que tu as survécu ? Parce que tu as fait d'un événement tragique et terrible une remarquable réussite ? Une fondation qui fait don à ceux qui souffrent ?

L'incrédulité, mais aussi un bouleversant soupçon d'espoir jaillirent dans le regard de Matthieu et donnèrent à Maria la force de continuer.

— Qu'ils ne sont pas horrifiés, mais sidérés par la façon incroyable dont tu as réussi ta vie ?

Il fronça les sourcils, et elle se demanda s'il avait vu les titres auxquels elle pensait, dans le torrent d'idioties qui se déversait sur les réseaux sociaux. Elle voyait qu'il tentait d'assimiler ses propos, tentait de se convaincre qu'il avait pu passer des années à ne considérer que le mauvais côté des choses. Elle sentait le combat qui se livrait en lui, tandis qu'il s'efforçait de refaçonner une image de lui telle qu'elle la voyait, telle que d'autres aussi la voyaient peut-être, et non à travers la lentille grossissante et amère d'une presse de caniveau à l'affût. Mais, très vite, il se ferma, se mura dans ses pensées.

— Je vais me coucher.

Et là-dessus il la laissa seule dans le vaste espace ouvert, tout de béton et cuir blanc, si froid, alors qu'elle brûlait de désir pour cet homme, envahie par l'énergie de son grand corps... Elle ne pouvait pas s'en tenir là. Matthieu souffrait, c'était visible. Elle voulait lui parler encore, mais n'était pas sûre d'en avoir le droit. Si elle n'agissait pas, ils ne seraient à l'avenir que deux personnes isolées, solitaires, partageant le même espace, le même amour pour un enfant, mais sans être ensemble. Si elle le laissait partir ainsi ce soir, elle risquait de le perdre à jamais.

Elle suivit le même chemin que lui, empruntant l'escalier qui menait aux chambres, à celle qui lui était allouée à l'autre extrémité de la maison – aussi loin de lui que possible, apparemment. Ce soir, elle ne battrait pas en retraite, elle ne se cacherait pas, elle ne l'abandonnerait pas.

Elle poussa la porte de sa chambre de maître, où elle n'était jamais entrée. Pendant un instant, elle fut ramenée à la nuit qu'ils avaient passée à Iondorra, face à cette immense pièce.

C'était un bel endroit. Le vaste lit donnait sur d'imposantes baies encadrées de noir qui offraient une vue superbe sur le lac Lucerne, même à cette heure nocturne. Ce devait être splendide, le matin, pensa Maria. Un miroir ancien couvrait tout un pan de mur, éveillant des pensées sensuelles et torrides.

Dans l'angle de la pièce, un couloir menait sans doute à la salle de bains, car un bruit d'eau ruisselante et une légère vapeur parfumée de verveine parvenait jusqu'à elle.

Elle enleva ses chaussures et gagna la douche, attirée par les tourbillons légers de vapeur, ses pieds nus foulant les dalles d'un matériau lisse et silencieux.

Alors qu'elle tournait à l'angle, une vision lui coupa le souffle. L'éclairage tamisé soulignait le magnifique espace tout de cuivre et béton ciré, et les parois vitrées de la grande cabine de douche n'étaient que partiellement embuées. Derrière le verre, elle vit Matthieu, la tête inclinée sous le jet puissant de la douche. Elle s'accorda un instant le droit de le regarder tandis que l'eau cascadait sur ses larges épaules, ses muscles, enveloppait sa peau. Elle brûlait d'en suivre le chemin avec les doigts, jusqu'à ses jambes. Jamais elle n'avait été envoûtée à ce point par un homme – même sa passion naïve pour Theo n'avait pas été aussi dévastatrice.

Elle voulut faire glisser la fermeture Éclair de sa robe, mais elle se bloqua et, dans son désir éperdu de rejoindre Matthieu, elle garda sa robe et entra dans la cabine de douche. Matthieu se contenta de hausser un sourcil, relevant à peine sa présence. Quand elle souleva les pans de la robe et se lova entre ses bras, il rejeta la tête en arrière.

— Que fais-tu ?

L'eau ruisselante imprégnait sa robe, et sa chevelure trempée retombait dans son dos en longues mèches épaisses, mais elle s'en moquait. Son seul désir était de sentir les mains de Matthieu sur sa peau, sa chair sous sa langue, ses caresses… Elle éleva les mains pour effleurer sa mâchoire adoucie par un soupçon de barbe étonnamment soyeux. Elle leva les yeux vers lui tandis que l'eau déferlait sur eux et les vit briller d'excitation.

Dès qu'il sentit les lèvres de Maria contre les siennes, Matthieu fut consumé de désir, corps et âme. Elle était toujours aussi irrésistible. Sa peau douce et lisse sous l'eau ruisselante, ses lèvres pulpeuses, il avait envie de tout. Adossé à la paroi de la cabine, il lui dévora la bouche avec gourmandise, plongeant la langue en elle, mordillant doucement la pulpe de ses lèvres. Pendue à son cou, elle s'agrippait à lui, les seins pressés contre son torse, le ventre rond contre ses abdos musclés.

Pendant tout un mois, il l'avait évitée, non par absence de désir, mais parce qu'il la voulait, au contraire, avec une violence brute qui menaçait de l'anéantir. Mais après ce soir, après toutes ces émotions ranimées par les médias et la vue du tableau, il n'était plus assez fort pour se refuser, *leur* refuser ça. Et que le diable l'emporte, mais il allait prendre tout ce qu'elle avait à donner.

— Le bébé ?

— Il se portera parfaitement bien, répondit-elle en lui donnant un nouveau baiser.

Rassuré, il se renversa en arrière, détachant une main du mur pour lui envelopper les fesses et la presser contre son sexe durci, non sans laisser couler un léger rire.

— Tu as toujours ta robe.

— Comment comptes-tu y remédier ? demanda-t-elle, avec dans la voix plus de défi que de coquetterie.

— Tourne-toi...

Avec un regard confiant, elle se prêta à sa requête, exposant son cou délicat au jet chaud. La main de Matthieu se porta sur la fermeture Éclair et, lentement, très lentement il la fit descendre. Le tissu détrempé de la robe s'écarta, sous le poids, révélant le dos de Maria. Il ne put s'empêcher d'en suivre la courbe avec les doigts, puis les lèvres, savourant avec délice chaque pouce de chair offerte, tandis que la robe tombait à ses pieds.

Maria se cambra sous ses caresses comme si elle aspirait à plus de sensations, et il ne put les lui refuser plus longtemps. Sans hâte, il la fit tourner vers lui. Elle ne portait plus qu'un slip, et sa peau crémeuse était constellée de gouttelettes scintillantes.

Quand, avec douceur, elle lui prit les mains et les posa sur l'arrondi de son ventre, il se sentit partagé entre la fermeté de cette rondeur un peu étrange sous ses paumes, et la pensée que leur enfant grandissait en elle.

— Nous l'entourons tous les deux, lui souffla-t-elle par-dessus le crépitement de l'eau qui les inondait.

Était-ce mal, se demanda-t-il, d'avoir des envies si charnelles envers sa femme alors qu'elle était enceinte de leur bébé ? Depuis son aventure avec Clara, il avait cru que l'intimité sensuelle devait être dépourvue d'émotions et d'attentes, faite de désirs accordés ou refusés avec simplicité, sans pression sur l'autre ni jugement. Mais là...

Son lien avec son épouse menaçait de le déstabiliser. Car tout à coup ses besoins et désirs n'avaient plus d'importance – seuls comptaient ceux de Maria et la façon dont il pourrait les assouvir. Quand elle était entrée sous la douche, il n'avait pensé qu'à annihiler la soirée écoulée, à s'abîmer dans le plaisir et oublier tout. Mais maintenant ? Maintenant, la frustration ne le torturait plus.

Il insinua un pouce sous la ceinture du slip, le faisant descendre lentement sur ses hanches et ses jambes. D'une main, il lui emprisonna le cou et l'attira dans un baiser, tandis qu'il glissait son autre main entre ses cuisses, provoquant chez elle un léger hoquet qu'il happa entre ses lèvres. Maria se cambra aussitôt sous la caresse intime, frémissant d'une excitation égale à la sienne. Elle était si proche de l'orgasme que cela accentua encore son excitation. Alors qu'elle laissait échapper des gémissements de volupté, il s'agenouilla devant elle et mit les mains sur ses fesses rondes avant de poser sa bouche au cœur de sa féminité. Il s'enorgueillit de lui arracher un cri de plaisir et la mena au bord de la jouissance, aussi éperdu de passion qu'elle l'était elle-même.

Comme ses cris sensuels devenaient de plus en plus sonores, il sentit croître son désir, mais le contint, ne songeant qu'à Maria. Quand elle jouit sous ses doigts et sa bouche, il n'avait jamais rien vécu de plus magnifique.

Maria tremblait, cramponnée aux épaules de Matthieu, tandis que le plaisir inondait son corps. Elle avait cru avoir imaginé, fantasmé la volupté grisante que Matthieu lui avait procurée lors de cette fameuse nuit, il y avait maintenant près de cinq mois. Mais il n'en était rien. Elle se demandait même si le temps écoulé n'avait pas affadi ses souvenirs, car chaque caresse de Matthieu la faisait vibrer, telle une musique – une mélodie à la fois familière et entièrement nouvelle.

Elle renversa la tête sous le jet, et Matthieu la prit dans ses bras, comme dans un rêve.

— Tu as l'air d'une sirène, dit-il dans un pétillement de son regard vert et miel.

— Une sirène enceinte ?

— Tu es magnifique.

— Flatteur !

— Pas du tout ! protesta-t-il, cueillant du doigt le pendentif en argent entre ses seins nus. Tu portes toujours ça ?

— C'est la seule chose qui me reste de ma mère. Elle est morte en me mettant au monde.

Matthieu laissa échapper un soupir, fermant brièvement les yeux.

— Maria… Je suis vraiment navré.

Elle sourit, comme pour l'apaiser.

— Si je n'avais pas été là, elle aurait vécu. Sebastian aurait une mère, et mon père n'aurait pas noyé son chagrin dans un deuxième mariage, avec une femme plus attachée à dépenser de l'argent qu'à donner de l'amour, et fait des placements financiers risqués qui ont failli nous détruire.

Elle posa une main sur le bras de Matthieu.

— Je ne me reproche rien, lui assura-t-elle. Il y a eu des complications médicales. Je sais que je n'y suis pour rien, je n'étais qu'un bébé. Mais je sais ce que signifie perdre quelqu'un.

— Je suis content que tu aies au moins ce collier. Il ne me reste… Il ne me reste de mes parents que le cadeau offert par ma mère à mon père le soir de leur mort. C'était leur douzième anniversaire de mariage, elle le lui avait donné juste avant que j'aille me coucher.

Matthieu respira de façon saccadée en se remémorant ce qui s'était passé ensuite, mais il se contraignit à revenir au présent.

— C'est brûlé, en grande partie fondu et très endommagé par le feu.

— Où se trouve-t-il ?

— Dans ma table de nuit.

Il regarda Maria, alors, et comprit ce qu'il avait redouté dès l'instant où il l'avait vue. Il avait su qu'elle déterrerait son chagrin, sa douleur… les comprendrait, même. Il avait su qu'elle serait celle qui abattrait les murailles édifiées autour de son cœur depuis près de vingt ans, sans savoir comment vivre sans elles. Car il aurait fallu pour cela s'ouvrir… se rendre vulnérable au chagrin et au deuil, qui avaient déjà failli le détruire.

Tandis que Maria l'embrassait, traduisant ainsi sa compassion, son empathie, il prolongea ce baiser, attisant délibérément leur passion réciproque.

— Matthieu…

Maria laissa échapper un cri quand il la souleva dans ses bras et sortit de la douche avec elle. Un cri qui se mua en rire lorsqu'il la posa par terre et se mit à la sécher avec la serviette-éponge la plus épaisse et moelleuse qu'elle ait jamais touchée.

— Maria Montcour, il n'y a pas lieu de rire. Je prends mon devoir d'époux très au sérieux.

Il ne plaisantait qu'à demi.

— Je sais, dit-elle, non sans tristesse.

Elle savait qu'il assumait et assumerait toujours son devoir. Parce qu'il était ainsi fait, mais peut-être pas… pour elle.

Elle refoula cette pensée et caressa la joue de l'homme qui avait su comprendre son deuil alors qu'il fuyait apparemment celui qui le frappait. Elle aimait la ligne hardie de sa mâchoire, que venait adoucir sa barbe naissante. Elle sentit son pouls s'accélérer alors qu'il accueillait la caresse, déposait un baiser au creux de sa paume, puis sur son poignet.

Il n'était pas normal, sûrement, de désirer aussi fort un homme juste après qu…

Ses pensées se dispersèrent alors que le pouce de Matthieu redessinait la pointe durcie d'un sein, et elle réprima un soupir de volupté.

— Oui… viens…, s'entendit-elle murmurer, se demandant d'où lui venait cette audace.

— Tes désirs sont des ordres, répondit-il en la soulevant dans ses bras pour la déposer en douceur sur le lit et la rejoindre aussitôt.

8

Maria ne savait pas très bien à quoi elle s'était attendue, après le gala. Peut-être à ce que sa nouvelle existence reprenne dans l'étrange isolement qu'elle vivait depuis son mariage... Mais elle se serait trompée du tout au tout.

Le premier soir, elle s'était rendue dans sa chambre, suivie de Matthieu qui l'avait soulevée dans ses bras, puis emportée chez lui et allongée en douceur sur le lit avant de lui faire l'amour en silence. Cela se répéta le deuxième soir, et elle était trop déroutée pour vouloir rompre l'étrange ensorcellement qui semblait les avoir frappés.

Le troisième soir, comme le bébé était agité, et que le sommeil se dérobait à eux, il avait allumé la veilleuse, s'était redressé à demi et lui avait demandé comment elle avait réalisé son premier bijou. Il l'avait assaillie de questions, si bien qu'elle avait failli s'endormir en lui détaillant le matériel de son atelier de Camberwell.

Il renouvela son manège les deux nuits suivantes, et Maria était presque convaincue qu'il était désormais capable de façonner un bracelet sans aucune expérience préalable.

Il ne l'avait pas touchée, cependant. Il n'avait pas recréé l'intimité de la nuit du gala, et cela la mettait au supplice. Avait-elle fantasmé le lien qu'ils avaient forgé cette nuit-là ? N'avait-ce été que la nécessité d'un moment ? Mais, dans ce cas, pourquoi l'amenait-il dans sa chambre toutes les nuits ?

Chaque jour, alors qu'il se rendait à son bureau de Zurich, Maria marchait en forêt aux abords du lac, se perdait dans la beauté du paysage, la douce tiédeur de l'été finissant. Et, chaque jour, elle s'émerveillait du changement de son corps, de l'enfant qu'elle portait.

Les vêtements qu'elle avait acquis un mois auparavant étaient devenus trop étroits, et elle envisagea d'en acheter de nouveaux. Elle dut s'avouer avec horreur qu'elle devrait solliciter son mari ou son frère, car elle n'avait plus d'économies. Elle avait donc tant lutté afin de conquérir son indépendance pour en arriver là ? Elle se sentait prise au piège par l'homme tourmenté qu'elle avait épousé. Un homme dont elle commençait à comprendre qu'il n'était pas seulement l'être autoritaire et solitaire qu'elle avait d'abord rencontré.

L'expression « prise au piège », cependant, était trop réductrice pour décrire sa vie. Car elle avait sa liberté, et plus encore, l'attention de Matthieu. La nuit, ils parlaient de leurs espoirs et leurs rêves... des prénoms pour le bébé, des projets pour son avenir. Le tableau d'ensemble, loin de paraître tout à fait réel, gardait l'allure d'un enchantement, qu'un simple faux pas pourrait dissiper.

Quelque chose briserait l'harmonie qu'elle avait découverte dans la semaine écoulée, que cela vienne d'elle, de Matthieu ou de quelqu'un d'autre, elle en était sûre. Cette fragile détente qu'ils avaient trouvée... cela ne pouvait pas durer.

En rentrant de sa promenade, agréablement lasse, Maria prit son mobile, déterminée à trouver en ligne des vêtements plus amples. Elle vit alors qu'elle avait manqué une quinzaine de coups de fil de son frère. Dans un élan proche de la panique, elle appuya sur le bouton de rappel, pressée d'être en communication avec Sebastian.

Dès qu'elle entendit sa voix bougonne, elle le bombarda de questions.

— Qu'est-ce qu'il y a ? Tout va bien ?

— Je n'en sais rien. À toi de me le dire.

— Comment ça ? fit-elle, se laissant tomber dans un fauteuil, soulagée de voir qu'il ne lui était rien arrivé de mal.

— Eh bien, je n'ai aucune nouvelle de toi pendant un mois ou deux, ce qui n'a rien d'inhabituel, vu ta tendance à aller d'un projet à l'autre... Et subitement voici que je te découvre en couverture d'une quinzaine de magazines internationaux, enceinte et apparemment mariée ! Alors, pour l'amour du ciel, dis-moi ce qu'il se passe vraiment !

Maria était consciente d'avoir, d'une certaine façon, évité de penser à Sebastian, faute de trouver les mots pour lui expliquer la situation. Elle réalisait maintenant qu'elle avait fait l'autruche.

— Seb, je...

— Tu as dit que tu rendais visite à un ami en Suisse, coupa son frère, à la fois inquiet et accusateur. Je t'en prie, Maria, dis-moi que tu vas bien !

— Mais oui, je vais bien ! Je t'assure.

Pendant la demi-heure suivante, elle mentit à son frère – une première – sur les circonstances de sa rencontre et de son mariage avec Matthieu, élaborant une fiction cousue de fil blanc. Peine perdue, Sebastian voulut la voir, faire connaissance avec Matthieu, et Maria ne put pas refuser son invitation, qui s'apparentait plutôt à un ultimatum. Il les conviait à dîner dans sa propriété des abords de Sienne dans deux jours. Et Maria, submergée par une avalanche de pensées, se retrouva soudain en proie au doute.

Quand Matthieu arriva dans l'allée de sa demeure, il ne savait pas très bien s'il allait faire demi-tour ou se garer au plus vite pour courir rejoindre l'épouse qu'il n'arrivait pas à cerner.

Depuis la nuit du gala, il avait été incapable, ou plutôt peu disposé à dormir dans son lit sans sa femme. Et il ne pouvait pas l'expliquer. Quand il l'avait emmenée dans son propre lit, quelque chose avait apaisé la bête féroce qui vivait en lui. Cela ne tenait pas aux caresses, aux cris de plaisir de Maria, ni à la passion violente qui les unissait – ce qui ne manquait pas d'être perturbant. En fait, c'était apparemment sa présence qui le calmait, et rien ni personne n'avait jamais eu ce pouvoir. Chaque nuit, quand elle n'arrivait pas à dormir, il lui posait des questions... rien que pour entendre le son de sa voix. Il restait éveillé pour le seul plaisir de la regarder respirer, ainsi que leur bébé à venir. Car, la nuit du gala, elle lui avait montré quelque chose qu'il n'avait pas vu auparavant : il était un *survivant*. Ce mot résonnait dans son esprit, et il se demandait si son enfant verrait en lui un survivant. Il avait envie qu'il en soit ainsi.

Il traversa le vestibule, fronçant les sourcils en écoutant les pas de Maria, qui arpentait le salon. Il la surprit en train de se tordre les mains avec nervosité.

— Qu'est-ce qu'il y a ?

Elle leva les yeux, tressaillit d'un air presque coupable. Puis se remit à marcher de long en large.

— Maria ?

Voyant qu'elle agitait la main sans cesser son manège, une peur soudaine le ravagea.

— Le bébé… ?

— Seigneur, non ! Le bébé va bien, il va très bien, assura-t-elle en s'arrêtant un instant, effarée à l'idée qu'il ait pu penser une chose pareille. C'est juste que… mon frère… Il faut que nous allions en Italie, et je n'y suis pas prête. Je n'ai même pas la garde-robe qu'il faut et…

Maintenant qu'il était rassuré sur le bébé, Matthieu ne put s'empêcher de rire, tout en s'interrogeant sur ce qu'elle pouvait bien vouloir dire.

— Quel rapport avec l'Italie et avec ton frère ?

— Il est au courant, Matthieu. Il a vu une photo de nous au gala. Où on voit que je suis enceinte.

— Tu ne lui avais rien dit ?

— Je…

Il se rembrunit. Ils n'avaient pas beaucoup parlé de la famille de Maria. Il savait qu'elle avait un frère, un père remarié après la mort en couches de son épouse. Avait-il supposé qu'elle les avait mis au courant ? Il avait peut-être supposé un peu trop de choses, concernant sa femme…

— Il veut qu'on lui rende visite à Sienne. Il veut… te connaître.

Cette fois, Matthieu parvint à réprimer son rire. Cela était important pour Maria, de toute évidence. Il ne l'avait jamais vue dans cet état ! Il aurait même juré qu'elle avait été moins paniquée quand elle lui avait annoncé sa grossesse.

— Alors, nous irons, dit-il avec simplicité.

Pour la première fois, elle s'arrêta d'aller et venir.

— Vraiment ?

— Mais oui, Maria. Il est de ta famille, c'est essentiel.

Bon sang, le croyait-elle cruel au point de refuser de voir son frère ? Au lieu de paraître soulagée, elle pâlit encore un peu plus, et Matthieu sut qu'il y avait autre chose.

— Je n'ai rien à me mettre ! s'écria-t-elle.

Il haussa les sourcils. Depuis quand Maria se souciait-elle des apparences, des vêtements ?

— Et pas de chaussures non plus ! Celles que j'ai ne me vont plus parce que je... grossis. Partout. Et ne t'avise pas de me dire que j'ai un accès d'humeur à cause des hormones !

— Je n'ai rien d...

— Parce que de toute façon, oui, il y a les hormones ! Et ça me donne envie de manger des glaces. Tout le temps. C'est sûrement pour rétablir l'équilibre que les nausées matinales existent. Pourquoi je n'en ai pas, d'ailleurs ?

— Tu veux...

— Je n'ai aucune envie d'être malade, ne sois pas ridicule !

Elle s'était mise à crier, à présent. Matthieu ne savait pas trop s'il fallait rire ou pleurer, et il sentait que Maria était partagée entre les deux. Mais il était maintenant convaincu que sa grossesse n'expliquait pas tout et que s'il n'agissait pas cette conversation se terminerait mal.

Il gagna le congélateur, y prit ce qu'il cherchait, se munit d'une cuiller puis, s'installant devant l'îlot central de la cuisine stratégiquement placé entre lui et sa femme, il souleva le couvercle du pot de glace.

— Qu'est-ce que tu fais ?

— Je mange, dit-il, en savourant une grosse cuillerée de crème glacée.

— Là, maintenant ? Tu manges alors que je viens de...

— À partir de cet instant, dit-il en avalant une deuxième cuillerée de glace, je mangerai ce que tu mangeras.

Il continua de vider le pot, sous le regard ébahi de Maria. Il attendit d'être sûr d'avoir capté toute son attention avant de lancer :

— Alors comme ça, on va en Italie ?

— Sebastian nous invite à dîner chez lui, dans deux jours.

— Très bien, je ferai modifier mon emploi du temps. Tu es prête à prendre l'avion ?

— Oui ?

— Nous prendrons le jet, dit-il entre deux cuillerées de crème glacée.

— Tu... Ça ne te dérange pas ? demanda-t-elle timidement.

— Pas du tout ! Si tu consens à me dire de quoi il retourne.

Il faillit rire en la voyant fixer la cuiller qu'il portait de nouveau à sa bouche.

— Tu en veux ?

Elle serra les mâchoires et tenta de se maîtriser. Puis elle abdiqua, se rapprocha de lui et dit :

— Oui.

— Oui, tu y consens ou oui, tu en veux ?

— Les deux ! rétorqua-t-elle sans croiser son regard.

Maria soupira. Dès l'instant où Matthieu était rentré, elle n'avait plus maîtrisé ni ses paroles, ni les pensées affolées qui tourbillonnaient dans son esprit pour l'empêcher d'affronter la seule chose qu'elle ne voulait pas affronter...

Sans qu'il ne lui ait rien dit, elle comprit que Matthieu voulait savoir pourquoi elle était bouleversée à l'idée de la rencontre avec Sebastian. Sa dernière entrevue avec son frère remontait au mariage de Theo avec la princesse Sofia. Dans le bref laps de temps qui s'était écoulé entre le gala de charité à Iondorra et le mariage de Sofia et Theo, Maria avait pris conscience d'un certain nombre de choses. Certaines étaient rudes, difficiles à accepter. Et d'autres... lui donnaient une sensation de puissance. Sa détermination à se concentrer sur elle-même avait eu quelque chose de merveilleux, de libérateur. Jusqu'à la découverte de sa grossesse. Soudain, à l'idée de devoir affronter Sebastian, elle avait eu l'horrible sentiment d'avoir commis une trahison à son égard.

— Mon frère a toujours veillé sur moi. Il a été présent quand il est devenu évident que mon père ne le serait pas, soupira Maria, horrifiée par l'émotion qui lui nouait la gorge. Après la mort de ma mère, mon père a pour ainsi dire tout abdiqué. Pendant quelques années, il a continué à vivre tant bien que mal, épousant Valeria, allant d'échec en échec. Mais, à mesure que je grandissais, il a commencé à me regarder différemment. Ce n'était plus moi qu'il voyait, mais ma mère, dont je lui renvoyais l'image. Je savais qu'il en souffrait, que ça le ravageait. Nous en sommes venus à nous éviter, pour soulager sa souffrance.

Maria frissonna en se remémorant des moments de son enfance. Elle se cachait dans diverses pièces quand elle savait que son père était à la maison. Elle passait des heures à feuilleter les albums de photos de famille, obsédée par les portraits de la mère qu'elle n'avait pas connue. Chaque fois, Sebastian venait la chercher, l'emmenait au jardin, tentait de la distraire. Déjà, il la protégeait.

— Quand mon père a tout perdu dans un investissement désastreux, j'avais une dizaine d'années. Seb n'avait que dix-huit ans, et il a dû agir, sinon nous aurions fait banqueroute. Il a pris les rênes des affaires familiales, trouvé le moyen de sauver le peu qu'il restait. Il a fallu tout vendre. Notre maison, les propriétés, le mobilier et les peintures, les antiquités, et ça a tout juste suffi pour payer les millions que nous devions à cause de la stupidité et de la négligence de mon père. Le déshonneur nous a contraints à l'exil.

Maria avait entendu, au fil des ans, les disputes, les accusations amères, les larmes et les récriminations de Valeria, et son frère avait fait preuve d'une détermination implacable, jouant le rôle que son père était incapable de jouer : celui du protecteur, du chef de famille.

— Ce que Sebastian a accompli à l'âge de dix-huit ans était incroyable. Il nous a emmenés en Italie, a trouvé une école pour moi, s'est lancé dans l'hôtellerie en transformant la seule propriété qui nous restait encore en Europe, ce qui a assuré à Valeria et à mon père assez de revenus pour qu'ils puissent mener une existence pas trop éloignée de celle qu'ils avaient connue. Mais ils habitaient ailleurs, et il n'y avait que nous deux, à la maison : un garçon de dix-huit ans veillant sur une gamine de dix.

Et c'était aujourd'hui seulement, alors qu'elle attendait un enfant, que Maria prenait la réelle mesure du sacrifice de son frère. Elle savait qu'il avait renoncé à bien des choses pour elle. C'était à elle qu'il avait pensé en prenant ses décisions. Et Maria ne s'en était jamais sentie digne. Elle avait eu le sentiment, au contraire, d'être un fardeau pour lui, et ce sentiment ne l'avait jamais vraiment quittée.

— Donc, demanda Matthieu, ton père n'était pour ainsi dire jamais là ?

— Au début, il a essayé. C'est du moins ce que j'ai cru jusqu'à mon seizième anniversaire, expliqua Maria avec un frisson.

Elle détestait penser à ce jour-là, et en parler plus encore. En fait, elle n'avait jamais rien confié à personne.

— Sebastian avait tout arrangé pour l'occasion. Il devait rentrer de Rio où il avait négocié un contrat d'affaires, et pour une fois la famille serait réunie. Nous irions dans mon restaurant préféré à Sienne, près du Palazzo Pubblico, lorsque les touristes seraient tous retournés à leurs hôtels. Je voulais être belle... C'était mon seizième anniversaire, j'allais devenir une vraie femme, et ma famille serait là pour fêter ça. Pour une fois, c'était moi qui serais au centre de la soirée.

Des frissons avaient gagné Maria à cette évocation. Elle sourit presque en se remémorant son excitation, les longs moments qu'elle avait passés à se maquiller, la robe qu'elle avait choisie pour l'occasion – avec un col en V révélant le beau filigrane du collier d'argent de sa mère, une jupe ajustée à la taille et évasée sur les hanches. Elle s'était sentie... adulte.

— Que s'est-il passé ? demanda doucement Matthieu, certain que le récit se terminerait mal.

Maria lança un regard vers le ciel nocturne qui enveloppait le paisible lac, dont les couleurs évoquaient étrangement celui de Sienne en ce soir lointain.

— Sebastian m'avait envoyé une voiture avec chauffeur, qui m'a emmenée au restaurant où je devais retrouver tout le monde. Quand le chauffeur m'a ouvert la portière, j'ai eu l'impression d'être une star de cinéma, dit-elle en riant. Tout le monde contemplait la jolie fille qu'on escortait dans l'un des meilleurs restaurants de la ville. Quand j'ai vu que j'étais la première arrivée, je me suis dit que je saurais gérer ça. J'étais adulte, ce soir-là.

Elle avait dit cela avec le même air bravache qu'elle avait eu à ce moment-là. Malgré son coup au cœur, malgré sa peur soudaine, elle avait continué à sourire et même commandé une coupe de champagne. Parce que sa famille viendrait. Ils seraient là. Dans peu de temps.

— Les gens ont arrêté de me regarder mais, à mesure que le temps passait, ils ont recommencé à observer la jeune fille assise toute seule à une table pour quatre. Je n'avais pas vraiment d'amis, à l'école.

— Au bout d'une heure, il est arrivé, dit-elle avec son premier vrai sourire.

— Ton père ?

— Non.

— Sebastian ?

— Pas du tout. Theo Tersi. Il a expliqué qu'il était l'ami de Sebastian, que le vol de mon frère avait été retardé à cause du mauvais temps, et que ce dernier lui avait demandé de venir m'avertir, car il se trouvait dans les parages et avait rendez-vous avec un négociant en vins local. Theo a sûrement compris tout de suite que mon père ne viendrait pas, mais il n'a rien dit. Il a affolé tous les serveurs en demandant les plats les plus chers et les plus raffinés pour mon anniversaire.

Maria avait les larmes aux yeux en évoquant la bonté que Theo lui avait manifestée ce soir-là. Elle ne l'avait jamais oubliée, et elle avait exercé une grande influence sur sa vie, par la suite.

— En arrivant chez nous, Theo a garé sa voiture près de celle de Sebastian, et je me suis précipitée à l'intérieur, toute contente de savoir mon frère de retour. Je l'ai entendu parler au téléphone avec mon père.

Elle s'était approchée sur la pointe des pieds du bureau où se trouvait Sebastian, la lumière de la pièce éclairant faiblement le couloir, par la porte ouverte.

« Comment ça, tu étais occupé ? C'est l'anniversaire de ta fille, bon sang ! Je me fiche de tes excuses. En voilà assez. Que ça ne se renouvelle jamais, tu m'entends ? Sinon, j'arrêterai d'assurer ton train de vie et celui de Valeria. Je couperai les ponts. Compris ? »

— Mon père était à mon anniversaire, l'année d'après, mais pas par envie. Parce que mon frère avait menacé de lui couper les vivres. Après ça... Je n'ai plus vraiment aimé fêter mon anniversaire.

Ce qu'elle ne pouvait pas dire à Matthieu, ce qu'elle arrivait tout juste à s'avouer, était qu'elle avait vécu ce seizième anniversaire comme un rejet – d'elle-même, de sa personne, de la femme qu'elle était en train de devenir. Et elle n'avait jamais voulu s'exposer de nouveau de cette manière.

Un silence s'installa entre eux, empli de chagrin, de souffrance et de compassion – le regard de Matthieu en était empreint, et cela faisait aussi mal que les souvenirs de ce soir-là.

— Je regrette que les deux personnes qui comptaient le plus pour toi n'aient pas pu être là à cette occasion, dit-il enfin.

— Après ça, Sebastian s'est montré extrêmement présent. Il a endossé le rôle paternel que notre père était incapable de tenir. Il a veillé sur moi, pourvu à mon éducation, financé mes voyages, tout ce que je pouvais désirer. D'une certaine façon, il a cessé d'être mon frère. Et tout ce qu'il m'a donné, offert, j'avais le sentiment qu'il le faisait par devoir, davantage pour contrarier mon père que pour me venir en aide. Alors, j'ai voulu être moi-même, être indépendante… Je n'aurais jamais pu rendre tout ça à mon frère, mais lui prouver que j'étais digne de ses efforts, que je n'étais pas une ratée !

— C'est comme ça que tu te considères ?

— Me marier juste parce que je suis enceinte, ce n'est pas très…

Maria s'interrompit, puis reprit avec un sourire triste :

— Je voulais ne pas dépendre de lui, ne pas avoir à me reposer sur lui pour nous permettre de redevenir frère et sœur.

Pour qu'il m'aime parce qu'il est libre de le faire, et non parce qu'il le doit.

En regardant son mari droit dans les yeux, elle se demanda si elle pensait toujours à son frère en se disant ces mots.

— Maria, dit Matthieu en lui prenant la main, je ne peux pas te promettre que je serai toujours là…

— Tu transformes en promesse un cas de force majeure ?

Il lâcha un rire soudain et joyeux, allégeant l'atmosphère et la faisant sourire.

— Depuis quand ma femme est-elle experte en droit ?

— Mon frère dirige une entreprise internationale. Lorsque des événements imprévisibles empêchent le respect d'un contrat, il appelle ça une cause de non-responsabilité.

— Va pour « non-responsabilité », dit Matthieu ! Cas de force majeure mis à part, je ferai tout ce qui est en mon pouvoir pour que tu n'aies plus jamais à ressentir de telles choses.

En prononçant ces mots avec une conviction affirmée, Matthieu était bouleversé par la souffrance qu'il lisait dans le regard de Maria. Si ses parents lui avaient été enlevés à un très jeune âge, il n'avait jamais, en revanche, douté de leur amour. Alors que Maria, elle, n'était pas sûre de l'affection des deux personnes qui auraient dû l'aimer le plus. Il espéra, contre tout espoir, qu'il pourrait tenir la promesse qu'il venait de lui faire.

Il comprenait son besoin d'indépendance, cette force qui l'avait tout de suite impressionné, et admirait son désintéressement. Il voyait bien qu'elle détestait être dépendante de lui, maintenant.

— Maria, ce qui est à moi est à toi. Je le pensais le jour où je t'ai dit « oui », et cela reste vrai. Quoi qu'il advienne. Cela ne diminue en rien ce que tu es et ce que tu as accompli. J'aimerais pouvoir croire que c'est pour toi un atout supplémentaire, sans plus.

Elle émit un long soupir qu'il n'était pas sûr de savoir interpréter. Jusqu'au moment où elle plissa les yeux, une lueur malicieuse dans le regard.

— Vas-tu tenir ta promesse, maintenant ?

Matthieu ne retint pas le sourire qui lui venait aux lèvres, ne refoula pas la sensation qui lui réchauffait soudain le cœur. Ce n'était pas seulement du désir charnel, cela ressemblait au bonheur. Et, s'il suffisait de se détendre un peu pour éprouver cela, alors il ne voulait pas en rester là ! Il voulait savoir ce qu'était la vie quand elle se déroulait non pas à l'ombre de son chagrin, mais dans la lumineuse présence de Maria.

9

En sortant de la voiture qui était venue la chercher, ainsi que Matthieu, dans le petit aérodrome privé des abords de Sienne, Maria se raccrocha aux paroles que son mari avait prononcées deux jours plus tôt. À sa promesse d'être toujours là pour elle. *Quoi qu'il advienne.*

Elle n'avait pas la naïveté de croire que son père serait là, elle n'était même pas sûre qu'il la savait enceinte et mariée. Et elle ne voulait pas se soucier de ça. Il y avait longtemps qu'elle avait renoncé à se préoccuper de ses sentiments envers elle. Pour ce qui était de Sebastian, en revanche… Son frère lui avait tant donné qu'elle voulait qu'il soit fier d'elle.

Elle retint contre elle la soie de la belle robe que Matthieu lui avait offerte la veille alors que la brise soufflait autour d'elle, dissipant sa nervosité et apaisant le bébé qui bougeait dans son ventre.

— Ça va ? demanda Matthieu, contournant la voiture pour la rejoindre.

— Je crois que notre bébé est impatient de connaître son oncle ! Et toi, ça va ? ajouta-t-elle, car elle l'avait vu songeur pendant le voyage.

— Pourquoi irais-je mal ? fit Matthieu d'un air dérouté.

— Sebastian est parfois trop protecteur.

— J'ai signé des contrats de plusieurs milliards de dollars avec les P-DG les plus coriaces de la planète. Ton frère ne posera aucun problème.

— Puisque tu le dis ! lança Maria, un peu sceptique.

Peut-être s'était-elle méprise, après tout, sur la raison de l'air sombre et méditatif de Matthieu.

Le portail d'entrée s'ouvrit, et Sebastian apparut sous le porche à colonnades de la demeure. C'était la propriété chérie de son frère. La première achetée après avoir consolidé les finances des Rohan de Luen. Elle était belle, dénuée du caractère pompeux de ce qu'ils avaient possédé en Espagne, mais vaste et nichée au milieu d'un domaine de dix hectares comprenant d'anciennes vignes que Theo rêvait d'exploiter depuis toujours.

Sebastian avait résisté à tous ses appels du pied. Il aimait le caractère sauvage de la vigne à l'abandon, qui avait gagné du terrain vers le bois où elle se répandait en toute liberté. Maria aimait à penser qu'il la gardait ainsi parce qu'elle lui avait inspiré l'une de ses toutes premières pièces de joaillerie.

Inconsciemment, elle quêta la main de Matthieu et réalisa soudain à quel point il était important pour elle que Sebastian apprécie son mari. Non pas le bel inconnu qu'elle avait rencontré, mais l'homme qu'elle avait découvert, l'homme qu'il pourrait être un jour, elle le sentait. Elle ne put s'empêcher de railler, intérieurement, les mots fades auxquels elle avait recours pour décrire les émotions complexes qu'elle commençait à nourrir envers Matthieu.

Elle n'eut pas le temps de s'appesantir sur cette idée, car ils étaient déjà face à Sebastian, dont le regard s'était porté sur le ventre à présent bien rond de Maria avec une sorte... d'émerveillement. Et il ne put pas refouler un sourire.

Déjà, il l'enveloppait dans une étreinte si puissante qu'elle eut un peu l'impression d'être arrivée au port. Quand il l'en délivra, il dévisagea Matthieu, et Maria fut surprise de voir que celui-ci le laissait faire, acceptant cet examen. Au bout d'un moment, comme s'il estimait avoir accordé son dû à son frère, Matthieu tendit la main et se présenta. Après une brève hésitation, Sebastian accepta cette main tendue.

— Venez, dit-il sans plus de cérémonie. Les autres sont déjà là.

— Les autres ? lui souffla Maria en tâchant de ne pas être entendue par Matthieu, qui avait l'ouïe fine.

— Theo et Sofia.

— Tu as appelé du renfort ?

— Pourquoi aurais-je besoin de renfort ? rétorqua-t-il.

Matthieu avait remarqué, bien sûr, que Sebastian avait placé Maria hors de sa portée. « Diviser pour régner » était la stratégie à suivre quand on faisait connaissance avec le mari de sa sœur, supposa-t-il. Il n'avait pas de sœur, mais, s'il en avait eu une, il aimait à croire qu'il se serait montré aussi férocement protecteur que Sebastian. Si déplaisante qu'elle fût, son attitude lui inspirait pourtant du respect. Ce qui ne l'obligeait en rien à baisser sa garde face aux coups que Sebastian pourrait lui porter... S'il était assez fou pour le croire vulnérable !

Tandis qu'il suivait Maria et son frère dans un couloir carrelé de tommettes, Matthieu s'efforça de chasser les souvenirs de son cauchemar de la nuit précédente. Il avait tenté de l'ignorer, mais le rêve s'était enraciné en lui, le plongeant dans un quasi-silence pendant le voyage jusqu'à Sienne. Il avait l'impression qu'il révélait peut-être ses sentiments pour sa femme.

Après avoir tourné à l'angle du couloir, ils pénétrèrent dans une vaste et belle pièce à vivre, et Matthieu revint enfin au présent. Les couleurs douces, crème et orangé, lui parurent étonnamment apaisantes, lui qui était habitué à un univers en noir et blanc. Il vit d'emblée le couple qui se trouvait là en train de converser. Le grand homme brun devait être Theo Tersi, et la femme, Sofia, princesse régnante de Iondorra.

L'espace d'un éclair, Theo lui lança un regard si farouche que Matthieu fut impressionné. Jusqu'à ce que la princesse, ayant aperçu Maria, pousse des cris de joie et rompe la tension ambiante.

— Maria, tu es superbe ! s'écria-t-elle, se levant de son siège pour l'envelopper de ses bras en prenant garde à ne pas la serrer de trop près à cause du bébé. Je peux ?

Et, laissant à peine à Maria le temps de réagir, elle lui enveloppa le ventre de ses mains.

— Tu es littéralement rayonnante ! Oh ! pardon, continua-t-elle, c'est banal de dire ça, mais tellement vrai !

Maria rit, les hommes levèrent les yeux au ciel, et la princesse s'esclaffa de plus belle.

— Matthieu, dit Maria, je te présente la princesse Sofia de Loria d…

— Je t'en prie. Pas de titres, ici. Nous sommes en famille.

La ravissante petite femme blonde tourna vers Matthieu son regard bleu-vert. Matthieu, qui avait rencontré bien des personnes de sang royal, ne tint pas compte de cette injonction et la salua cérémonieusement.

— Votre Altesse.

— Soit ! dit celle-ci avec un soupir rieur. Mais à partir de maintenant ce sera Sofia. Maria, si nous laissions les hommes entre eux un moment ? Ensuite, nous dînerons.

Là-dessus, elle entraîna hors de la pièce Maria, qui jeta des coups d'œil inquiets en direction du trio.

Les trois hommes suivirent du regard leurs silhouettes qui s'éloignaient, puis se dévisagèrent. Résolu à en finir, Matthieu fit signe à ses hôtes de poursuivre. Sebastian se contenta de hausser les sourcils, Theo émit un soupir.

— Eh bien, Montcour…

— Il est peut-être un peu tard pour me sonder sur mes intentions, coupa Matthieu.

— Et moi qui allais vous proposer un verre ! Mais peu importe, dit Sebastian avec un haussement d'épaules, autant aller droit au but. Votre réputation, quoique discrète, est haute en couleur.

— Et la vôtre, quoique notoirement scandaleuse, est peut-être un peu trop prévisible, rétorqua Matthieu, qui avait « travaillé son sujet » avant de venir.

— Prévisible ? répéta Sebastian, outré.

Theo eut l'air de penser qu'il y avait du vrai dans ce que disait Matthieu. Sebastian dut s'en apercevoir, car il lança :

— Je ne vois pas pourquoi tu prends un air si satisfait !

Theo se contenta d'un grand sourire à son ami.

— Nous pouvons tous admettre que nos actions passées ont peu d'incidence sur le présent, observa Matthieu.

— Au contraire ! Vous avez épousé ma sœur !

— Oui.

— Et elle est enceinte !

— Oui, répéta Matthieu. Ce sont là des faits indéniables.

Sebastian le fusilla du regard.

— Il y a eu un accord prénuptial, j'imagine, vu la rapidité du mariage qui a empêché la famille et les amis de Maria d'y assister.

— C'était la décision de Maria, répondit Matthieu, refoulant un sentiment de culpabilité et refusant de laisser Sebastian lui faire la morale.

— L'accord prénuptial ou les invités ?

Matthieu biaisa, contournant la question.

— Maria a droit à tout ce que je possède.

— Tout ? insista Theo.

— Oui, toute ma fortune, si elle le veut.

Même Sebastian parut impressionné.

— Cela a été couché par écrit ?

— Chez mes avoués.

Sebastian lança un coup d'œil à Theo, qui haussa les épaules.

— Ce n'est pas une affaire d'argent, pour Maria.

— Oui, je m'en rends compte, approuva Matthieu.

— Elle n'a pas eu une enfance facile, dit Sebastian avec effort. J'ai essayé de lui donner ce que son… notre père était incapable de lui apporter. Écoutez, Montcour, elle est la seule chose à laquelle je tienne vraiment, en ce bas monde. Si vous lui faites du mal, je vous jure…

— Vous aurez le droit de vous venger comme bon vous semblera, coupa Matthieu, sincère.

Sebastian le considéra en plissant les yeux, comme s'il se demandait à quoi il jouait.

— Je suis sérieux, vous savez.

— Maria peut sembler indépendante et pleine de caractère, mais il y a une fragilité en elle. Vous n'êtes pas d'accord ? dit Sebastian, voyant que Matthieu fronçait les sourcils.

— Quand je pense à Maria, ce n'est pas le mot fragilité qui me vient à l'esprit. Au contraire, je vois de la force en elle. De la détermination. Elle est farouche quand on la défie, toujours prête à rire et généreuse. Elle est vraiment à part, et elle fait honneur au nom des Rohan de Luen.

— Ne croyez pas m'amadouer avec des compliments, Montcour.

— Je n'en ai ni l'intention ni l'envie. Sans vouloir vous offenser, vous ne représentez pas grand-chose pour moi. Tout ce qui compte, c'est Maria. De toute évidence, elle désire que nous nous entendions tous les deux - tous les trois, rectifia Matthieu, conscient de l'importance de Theo dans le paysage familial. Nous pourrons certainement nous montrer courtois les uns envers les autres.

— Il n'y aura rien de courtois chez moi si vous lui brisez le cœur, l'avertit Sebastian.

— Je le comprends et je le respecte. Je n'en attends pas moins de vous, étant donné que vous êtes son frère.

Un coup léger à la porte interrompit la conversation, et Sofia apparut sur le seuil.

— Le dîner aura lieu dans une vingtaine de minutes. Vous pouvez rejoindre Maria dans la chambre du deuxième étage, troisième porte à gauche, Matthieu. Je crois que vous avez tous assez parlé pour le moment. Sinon, vous pourrez sans doute reprendre cette conversation après le dessert ?

Matthieu ne put s'empêcher de sourire à ce petit discours émis d'une voix suave et, ayant lancé un ultime regard à Sebastian et Theo, il partit en quête de Maria.

Maria était dans la chambre qu'elle occupait lorsqu'elle venait en visite chez Sebastian. Son dernier séjour remontait à près d'un an, pour fêter l'obtention de son diplôme, et cela semblait si loin ! Il s'était passé tant de choses depuis ! pensa-t-elle, posant la main sur son ventre où grandissait son bébé. *Leur* bébé.

La pièce était vaste, chaleureuse et pleine de douceur. Or, bizarrement, Maria se surprenait à la comparer à l'austère mais belle propriété du lac Lucerne. Elle avait vécu dans plusieurs endroits au fil des ans, toujours réticente à voir en eux « sa maison » après leur exil d'Espagne. Pourtant, c'était ainsi qu'elle commençait à considérer la propriété de Matthieu. Comme *son foyer*.

Près du mur le plus éloigné étaient rangées les caisses qu'elle avait expédiées ici avant d'épouser Matthieu. Elle avait hâte de passer en revue son matériel de joaillerie, et en même temps, elle hésitait.

Alors qu'elle se décidait à traverser la pièce, on frappa à la porte. Elle invita Matthieu à entrer. D'instinct, elle savait que c'était lui.

— Salut, fit-il en s'engageant dans la pièce, son regard englobant les lieux avant de se poser sur elle.

— Donc, vous n'en êtes pas venus aux poings ? demanda-t-elle, redoutant un peu la réponse.

— Pourquoi en serions-nous arrivés là ? Je peux me montrer tout à fait charmant, tu sais.

— Je ne m'inquiétais pas pour toi.

— Ils sont tous les deux parfaitement intacts, je t'assure.

Maria ne put s'empêcher de sourire. Les yeux de Matthieu s'étant portés vers les caisses alignées contre le mur opposé, elle se tourna de nouveau vers elles. Elles contenaient toute sa vie londonienne.

— Qu'y a-t-il dans ces caisses ? s'enquit Matthieu.

— Mon matériel et mes fournitures.

— Tu les as envoyés ici ? Pourquoi ?

Maria s'approcha d'une boîte, dont l'adhésif s'était décollé en partie, regarda à l'intérieur, puis, le sourire aux lèvres, ne résista pas à l'envie d'y glisser la main pour en retirer une bobine de fil d'argent. En la caressant du bout des doigts, elle eut l'impression de retrouver une vieille amie. En cet instant seulement, elle réalisa à quel point elle regrettait l'époque de l'atelier de Bermondsey, le petit espace qu'elle y avait loué, la présence des créateurs qui, réunis autour d'elle, concrétisaient les rêves issus de leur imagination.

— Je ne voulais pas avoir l'air de m'installer chez toi, de m'imposer, prétendit-elle, consciente de ne pas être très crédible.

Elle sentit que Matthieu se rapprochait d'elle, l'enveloppait de sa chaleur, dissipait le froid qui l'avait soudain saisie. Elle prit le petit coffre où elle avait mis à l'abri les bijoux qu'elle avait terminés peu après son retour à Londres – après s'être rendue en Suisse pour annoncer à Matthieu qu'elle attendait son enfant.

Elle l'ouvrit, sortit une des pièces du sac en plastique transparent et déplia le papier de soie qui la protégeait. C'était une bague, le premier bijou qu'elle avait confectionné pour elle-même, peu après la découverte de sa grossesse.

— C'est beau, dit Matthieu, presque avec révérence.

— Merci.

Elle était fière de ce travail. Une petite perle était sertie dans des volutes d'or battu, qui s'enroulaient autour d'elle telle une vague. Maria avait toujours été fascinée par les perles, par l'accumulation de fines couches de carbonate de calcium autour d'une particule au départ irritante pour le mollusque qui créait cette merveille de la nature. La perle, pas assez parfaite pour être classée au rang de joyau, n'en était pas moins précieuse à ses yeux.

— Ça te manque ? s'enquit Matthieu.

Elle livra une réponse honnête.

— Oui et non. En rentrant de Iondorra, après… Theo et Sofia, et après toi… j'étais décidée à devenir une autre, dit-elle non sans ironie. Je voulais me débarrasser des fantasmes enfantins derrière lesquels je m'étais cachée pendant des années. Cette nuit-là a beaucoup compté pour moi. J'ai compris beaucoup de choses. Que je m'étais abritée derrière mon attirance pour un homme fantasmé, alors que toi, l'homme réel, tu étais tellement… bouleversant. Que j'avais laissé mon frère me protéger des réalités de la vie. C'était bien, mais il me semblait que cela m'avait aussi privée d'autres expériences. Avant de découvrir que j'étais enceinte, je m'étais lancée dans la réalisation d'une série de commandes, suscitées pour la plupart par ma première exposition de bijoux. Je voulais à tout prix que mon travail me permette d'être indépendante de Sebastian. De tout le monde, en fait.

Maria marqua un arrêt, songeuse. La pause qu'elle s'était imposée avait, d'une certaine façon, réveillé et nourri sa créativité en sommeil ces derniers mois. Alors qu'elle s'était en partie tarie depuis les travaux sur commande.

— Avec le recul, je vois que je mettais la charrue avant les bœufs. J'étais enchantée que les gens veuillent mes créations, mais, en honorant leurs commandes, j'avais sacrifié une partie de moi. Je courais le risque d'obtenir le contraire de ce que j'avais toujours voulu.

— Et c'était quoi ?

— Avoir le temps et l'argent nécessaires à la fabrication des bijoux auxquels je tenais réellement. Si les gens avaient envie de les acheter, tant mieux. Mais je ne voulais pas perdre l'amour du métier, détruire la seule chose qui m'avait procuré tant de plaisir et d'évasion dans mon enfance.

— D'évasion ?

— Cela paraît bizarre mais, quand j'étais petite, je restais perdue dans mon imagination pendant des heures, à concevoir des bijoux, à essayer d'imaginer comment les fabriquer...

— Tu te sentais seule ?

— Peut-être un peu. Sebastian était contraint à travailler pendant de longues heures pour nous sauver de la ruine. Mon père et Valeria étaient rarement là... ailleurs en Italie, ou accrochés à un style de vie dont ils n'avaient plus les moyens. Moi, j'étais confrontée à une nouvelle école, une nouvelle langue, ce qui ne favorise pas vraiment les amitiés durables.

Matthieu parut se pénétrer de tout ce qu'elle venait de dire. Puis il reporta son attention sur la bague.

— Je peux ?

Elle la plaça doucement au creux de sa main tendue.

— Donc, les commandes mises à part, c'est ça que tu aimes créer ?

— Oui, dit-elle avec un sourire.

— Il y a de la place pour un atelier, à Lucerne, si tu...

— Non, coupa Maria. C'est gentil de le proposer, mais je préfère être entourée de gens quand je travaille. Il y a quelque chose d'étrange et de merveilleux à la fois dans le fait d'être dans son propre monde et tout de même entourée par les autres. On se sent...

— Moins seule ?

Matthieu jura en son for intérieur. Il ne pouvait pas s'empêcher d'avoir le sentiment qu'il avait retiré du monde et caché à tous cette femme belle et intelligente. Il l'avait emmenée dans son repaire et la tenait enfermée, loin de ce dont elle avait le plus besoin.

Il maudit le cauchemar qui avait libéré des souvenirs enfouis depuis des années. Car il ne connaissait que trop bien la solitude dont peut souffrir un enfant. Il avait passé tant de jours, de semaines, de mois dans une chambre d'hôpital, veillé par les infirmières et visité par Malcolm. Mais, quand il était seul, le silence s'emparait de lui et devenait assourdissant. Un silence qui avait perduré dans sa vie jusqu'à... Jusqu'à Maria.

Matthieu réprima un nouveau juron. Maria parlait de son besoin de compagnie, d'être entourée de gens et de vie, et même alors il n'avait qu'une envie : la ramener à Lucerne, la mettre à l'abri, la cacher dans un monde où elle ne connaîtrait que lui. C'était comme si le fauve qui rôdait en lui s'était à nouveau réveillé et rugissait : « Elle est à moi ! » Comme si son cœur l'avait reconnue pour sienne, seulement sienne, au mépris du reste du monde !

C'était là ce qui lui faisait peur. Car il s'était acharné, pendant des années, à n'être jamais lié à personne de cette manière. Et maintenant qu'il l'était...

Il regarda Maria qui, songeuse, caressait le fil d'argent, et il rouvrit sa main pour contempler la bague enfermée au creux de sa paume.

— Il n'y a pas d'obligation à continuer ainsi, dit-il, sans trop savoir s'il parlait de la solitude de Maria ou de son propre passé.

— Je n'ai pas l'impression que ce que j'ai dit reste vrai, observa-t-elle, une main sur son ventre.

Il y avait dans ses yeux brillants quelque chose d'authentique, qui lui donnait de l'assurance. Cette femme bouleversait toutes ses certitudes. Elle déconcertait ses instincts naturels qui le poussaient à battre en retraite, se retirer du monde au moment même où il commençait à espérer. À espérer autre chose que le *black-out* qu'il avait imposé à son cœur la nuit de l'incendie.

— Tu peux rester si tu veux, Maria, dit Sebastian en la serrant dans ses bras pour lui dire au revoir.

Elle sourit, heureuse du réconfort que lui apportait son frère.

Le repas avait été délicieux, la conversation un peu laborieuse, entretenue surtout par Sofia et Maria. Mais, bientôt, son mari et son frère s'étaient détendus. Maria, qui avait tant redouté une confrontation, avait trouvé ça merveilleux. Elle avait été très reconnaissante à Sofia, qui avait tiré un trait sur son faux pas lors du gala à Iondorra. Et maintenant, en regardant Theo, Maria s'étonnait de s'être si profondément trompée sur leur relation, sur les sentiments qu'elle nourrissait pour lui. Elle était joyeuse de voir que Sofia et Theo avaient trouvé le bonheur... Le genre de bonheur qu'elle avait rencontré avec Matthieu, peut-être ? Elle ne pouvait pas s'empêcher d'envisager un avenir où elle et son mari veilleraient sur un bel enfant aux boucles brunes et aux magnifiques yeux vert et miel, l'entoureraient d'amour et de bonheur. Un avenir ensoleillé dont la pensée l'inondait de joie.

— Tout va bien, je vais bien, Seb, je t'assure, dit-elle à son frère.

Et c'était ce qu'elle ressentait. D'une certaine façon, en se confiant à Matthieu, elle avait rétabli une connexion en son for intérieur.

Elle voulait lui rendre ce qu'il lui donnait en l'accompagnant ici, en voyant son frère, en se tenant à ses côtés. Elle s'étonna d'accepter la sécurité matérielle qu'il lui assurait alors que tout en elle s'était cabré en la recevant de son frère.

La confiance. Voilà ce qu'elle sentait éclore en elle. Elle commençait à avoir confiance en Matthieu. Sûre qu'il serait là pour elle et son enfant. Et cela l'envahissait peu à peu, lui insufflait... de l'excitation, de l'espoir en l'avenir.

Sebastian la délivra de son étreinte, jetant un coup d'œil du côté de Matthieu, qui veillait à ce qu'on emporte tout le matériel sur le jet privé qui les ramènerait en Suisse.

— Ma chérie, lui dit-il avec un soupir, je suis content pour toi. Et pour ce petit bout de chou. Je suppose que Montcour n'est pas si mal. Mais je sais les épreuves qu'il a traversées, le fardeau qu'il porte... Il faudrait être aveugle pour ne pas voir qu'il a verrouillé son cœur. Je crains que même pour toi il soit impénétrable.

— Nous avons tous un passé, Sebastian.

— Peut-être, mais je veux que tu fasses attention.

Alors que Maria et Matthieu filaient vers le petit aérodrome privé, la jeune femme remisa dans un coin de son esprit la mise en garde de son frère. Car, pour la première fois depuis une éternité, elle avait envie de garder en elle le sentiment qui y avait éclos, de s'y réchauffer, de s'en nourrir. Et qu'il nourrisse son enfant. Car ce sentiment, réalisa-t-elle, c'était *l'amour*.

10

Matthieu se réveilla en sursaut, la bouche ouverte en un cri silencieux. Il était baigné de sueur – cette sueur glacée provoquée par une terreur nocturne. Celle qu'il avait éprouvée par trois fois déjà au cours des semaines consécutives à son retour de Sienne.

Le cœur battant à grands coups, le corps frissonnant, il se tourna vers Maria, allongée à côté de lui, et fut au moins soulagé de voir qu'elle ne s'était pas réveillée. Il passa une main sur son visage comme pour tenter d'effacer le souvenir de son cauchemar obsédant. Il voyait son père, le regard qu'il lui lançait depuis la fenêtre de leur maison léchée par les flammes ; les crépitements, les sifflements stridents de l'incendie qui dévorait tout avec rage lui emplissaient les oreilles.

Aujourd'hui encore, il en avait l'estomac noué, car Maria s'était immiscée dans ce rêve. Il l'avait aperçue derrière son père, caressant son ventre lourd, apparemment inconsciente du danger. Elle avait tourné les yeux vers lui avec confiance, avec une acceptation totale, comme si elle croyait que lui, Matthieu, qu'elle découvrait sous les traits d'un garçon de onze ans, pourrait la sauver.

Dans le rêve, il avait hurlé jusqu'à en avoir la gorge endolorie. Une fois réveillé, il jeta un dernier regard sur sa femme endormie, puis se leva.

Même la douche ne parvint pas à dissiper les images qui avaient hanté ses nuits, et parfois même ses jours, dans les moments de faiblesse qu'il en était venu à détester autant que ses souvenirs. Il y avait quinze ans qu'il n'avait pas fait ces cauchemars. Depuis qu'il avait édifié ses défenses pour s'en protéger.

Et voici qu'ils étaient de retour. À cause de Maria. À cause de sa femme.

Alors qu'il était sur le point de devenir père lui-même, il comprenait pour la première fois son propre père. Il comprenait que celui-ci soit retourné chercher sa femme cette nuit-là, dans le brasier. Il saisissait la nature du lien qui avait uni ses parents, le même que celui qui l'unissait aujourd'hui à Maria.

Matthieu se plia en deux sous la douche comme s'il avait reçu un coup brutal au bas-ventre. Il avait mal partout, envie de crier. Une nausée lui souleva le cœur, et il tenta en vain d'inspirer sous le jet ruisselant. Il n'avait pas eu de crise de depuis des années et, s'il savait ce qu'il fallait faire, il était impuissant contre la panique qui venait de s'abattre sur lui.

Combien de temps resta-t-il ainsi, recroquevillé au sol ? Il n'aurait su le dire, mais finalement, les muscles endoloris, il ferma le robinet, puis se sécha. Ensuite, plutôt que de retourner au lit, *leur* lit, il se rendit dans la salle de sport alors que son instinct lui criait de rejoindre Maria. Ayant mis en marche le tapis de course, il se fit un devoir de s'épuiser encore plus, dans l'espoir de sombrer enfin dans un sommeil sans rêves.

Maria allongea le bras et plissa le front en réalisant que la place de son mari était vide. Elle avait tenté d'interroger Matthieu, la première fois que ça s'était produit, mais il avait fait peu de cas de son inquiétude, assuré qu'il allait bien. La fois suivante, il avait prétexté un coup de fil à passer vers minuit. Les autres raisons, à vrai dire, elle les avait oubliées.

Elle se rendait compte que Matthieu s'éloignait. Presque imperceptiblement, il lui échappait, alors que son amour pour lui renforçait le lien qui la rattachait à lui. Elle préférait faire semblant de croire à ses prétextes et se concentrait sur la mise en œuvre de l'idée qui lui était venue à Sienne.

Elle avait trouvé un atelier à Lucerne, pas trop loin de leur maison, et dès que Matthieu était parti au travail, elle quittait elle aussi la propriété. Elle échangeait un sourire complice avec le chauffeur, qui lui avait juré de garder le secret, et passait le trajet à imaginer la joie et la surprise de Matthieu lorsqu'elle lui présenterait son cadeau. Elle était si sûre qu'il serait heureux de ce qu'elle aurait créé pour lui !

Plusieurs jours auparavant, elle s'était faufilée dans sa chambre de maître et y avait pris le coffret dissimulé dans un tiroir du meuble d'appoint. La boîte très endommagée par le feu contenait une chevalière en argent, noircie et partiellement fondue. Maria avait eu le cœur serré à la pensée du petit garçon qui avait tout perdu sauf cela. Elle avait eu de la peine pour l'homme adulte qui la cachait comme un trésor précieux. Parce que Matthieu avait été heureux pour elle qu'elle puisse porter le collier de sa mère, elle s'était sentie bien inspirée de vouloir lui rendre hommage à son tour. Elle avait pris la bague, l'avait enveloppée avec soin. Elle éprouvait le besoin lancinant, depuis Sienne, de donner à Matthieu quelque chose de son passé qui le réconforterait en permanence. Dès qu'elle avait vu la bague, elle avait su comment la restaurer, comment magnifier ce symbole du passé. Elle utiliserait l'argent de l'anneau pour créer une nouvelle pièce qui accompagnerait Matthieu à l'avenir.

Elle avait dessiné pendant de longues heures, évalué avec soin la quantité de métal nécessaire pour le bracelet qu'elle désirait lui offrir, déterminé la composition de l'ensemble afin de préserver l'argent de l'anneau originel tout en réunissant les deux représentations, le passé et le présent. Elle mettait dans son travail tout son amour pour Matthieu et leur enfant à naître. Car, même si elle cherchait à se le cacher, tout au fond d'elle-même, elle savait que le temps lui était compté. *Leur* était compté.

Elle avait trouvé en Georges Sennate, le propriétaire du petit atelier, une âme sœur. Bien qu'approchant les soixante-dix ans, il avait les yeux pétillants d'un adolescent et partageait son enthousiasme créatif. Il l'avait émue en lui offrant de lui transmettre ses idées et son savoir, car il travaillait lui-même le métal avec grand art, et elle se réjouissait de pouvoir lui confier une partie importante du processus : la fonte. Elle ne pouvait pas s'en charger, soucieuse de préserver son bébé des émanations.

Elle regarda Georges penché sur sa forge, versant l'argent dans les moules sous un vaste aérateur. Le métal en fusion brillait dans l'obscurité, paraissait vivant. Quand il se solidifierait, elle se mettrait à l'ouvrage, souderait sans danger avec un masque protecteur. Et ses doigts avaient hâte de façonner le bijou qu'elle présenterait à Matthieu dans quatre jours, lors d'un dîner.

Elle lui avait dit que ce serait une occasion spéciale. Mais elle lui avait caché que c'était son anniversaire. Cette fête devait être un renouveau, marquer un nouveau départ, avec Matthieu.

Assis dans le fauteuil en cuir de son bureau de Zurich, Matthieu comptait de façon presque obsessionnelle les minutes écoulées depuis l'heure où il aurait dû rejoindre Maria au restaurant. Mais il n'arrivait pas à bouger. Au cours des derniers jours, la simplicité avec laquelle elle avait accepté son absence était devenue plus difficile à vivre. La bête fauve qui était en lui avait envie de montrer les dents, de se déchaîner, et même si Maria n'avait rien à craindre de lui, le fait qu'elle acceptait sa conduite ne faisait qu'accroître sa fureur. Il se sentait au bord de l'implosion. Le manque de sommeil, les cauchemars, l'attitude de sa femme, c'était trop dur à supporter.

Ces derniers jours, son cauchemar s'était fait encore plus terrifiant. Il n'était plus le petit garçon regardant son père à la fenêtre. Il était lui-même le père, partagé entre sa femme et son enfant. Parfois, il allait vers son enfant, et parfois vers Maria... Mais, chaque fois, cela lui déchirait le cœur, car il ne parvenait qu'à sauver l'un en sacrifiant l'autre.

Le regard braqué sur l'horloge, conscient du chagrin qu'il causerait à Maria, il n'arrivait pourtant pas à se mettre en mouvement. D'instinct, il savait qu'en ne la rejoignant pas ce soir, il la blesserait si profondément qu'elle serait contrainte de partir. Il se faisait horreur, mais n'avait pas d'autre option pour préserver sa santé mentale et, par-dessus tout, Maria. Il ne pouvait pas se lier à elle sans détruire ce qu'il aimait en elle.

Dans le restaurant de Lucerne, Maria se tenait droite, tête haute. Elle percevait les regards, les coups d'œil lancés dans sa direction. Elle sentait la curiosité des autres dîneurs.

Le serveur l'aborda pour lui demander s'il pouvait lui apporter quelque chose, et elle sourit, émit un « non » presque inaudible. Attentive à dompter le tremblement de ses doigts, elle but un peu d'eau. Elle avait la gorge nouée.

En reposant son verre sur la table, elle fixa le petit écrin noir qu'elle avait placé sur l'assiette face à elle. Pour que ce soit la première chose qu'apercevrait Matthieu. Elle avait eu envie de voir sa curiosité se muer en plaisir et, peut-être, en reconnaissance...

Mais, comme Matthieu ne venait pas, elle commença à imaginer de sa part une réaction très différente. Une réaction de fureur, d'horreur, d'indignation rageuse : comment avait-elle pu oser une telle chose ? Elle n'en avait pas le droit, ne pouvait pas comprendre !

À mesure que les minutes s'écoulaient, ses pensées se reportèrent sur elle-même. Prise entre passé et présent, elle sentait d'instinct qu'il ne viendrait pas. Elle marchanda avec elle-même : encore cinq minutes... Matthieu avait pu être pris dans un embouteillage. Retenu par une réunion. Avoir un accident. Il devait y avoir une explication au fait qu'il n'ait pas répondu à ses quatre appels sur son mobile. Et, même si elle ne voulait surtout pas qu'il lui arrive malheur, elle cherchait une excuse, n'importe laquelle, parce que la vérité était beaucoup trop douloureuse.

Qu'il ait su ou non que c'était son anniversaire, il n'était pas assez naïf pour ignorer qu'en la laissant là, dans ce restaurant, dans cette robe qu'elle n'avait achetée que pour lui, il la blesserait profondément. Donc, il avait choisi d'agir ainsi de façon délibérée.

Le regard brouillé par des larmes naissantes, elle vit le chef de rang s'avancer vers elle. Elle resta figée, sans réaction, en entendant le message qu'il lui apportait...

— Madame Montcour, je suis vraiment navré, mais votre mari a été retenu contre sa volonté et...

Elle n'entendit pas la suite de la phrase, tant ses tempes bourdonnaient. L'homme semblait attendre une réponse, et elle le regarda d'un air dérouté. Matthieu n'avait tout de même pas pu lui faire une chose pareille ! L'homme qu'elle aimait n'avait pu lui infliger une telle souffrance !

— J'ai juste besoin d'un instant, dit-elle au chef de rang, qui repartit entre les tables tandis que les dîneurs la fixaient.

Maria porta la main à son ventre alors que le bébé donnait un coup de pied, pour manifester son empathie ou par esprit de rébellion, elle n'aurait su le dire. Une chose était sûre, cependant : elle ne voulait plus de cette vie-là. Ni pour son bébé, ni pour elle-même.

Comme si elle avait été prisonnière d'un enchantement enfin dissipé, elle se leva, affronta les regards curieux ou apitoyés des clients alentour et se jura que plus jamais elle n'aurait à subir ça.

Elle saisit le petit écrin noir et quitta les lieux avec un port plus altier que celui d'une reine, malgré les larmes qui roulaient sur ses joues.

Quand Matthieu arriva enfin chez lui, ce soir-là, il était épuisé. Par le manque de sommeil, par le conflit qui l'avait agité avec violence tandis qu'il luttait entre le désir de rejoindre Maria et le besoin désespéré de garder ses distances avec elle. Dans un accès de panique ultime, il s'était précipité au restaurant – comprenant trop tard qu'il avait commis une erreur. Qu'il ne pouvait pas la repousser. Mais elle était partie.

Il jeta son trousseau de clés sur la table basse et traversa la demeure, pressé de la retrouver, de la supplier de lui pardonner. En entrant dans la vaste pièce de vie, il vit trois valises près de la porte d'entrée. Il les fixa comme s'il n'était pas sûr qu'elles soient réelles, sans savoir s'il était soulagé ou plongé dans le désespoir le plus profond.

Il tendit l'oreille, mais la maison était silencieuse, les lumières éteintes, les lieux sombres et froids, comme pour préfigurer l'avenir qui l'attendait sans Maria et sans son enfant.

En sentant soudain le souffle de la brise, il regarda du côté des portes-fenêtres donnant sur la terrasse. Elles étaient ouvertes, et il aperçut enfin Maria, dont la silhouette se profilait sous le ciel nocturne. Sa peau laiteuse luisait au clair de lune, ses magnifiques cheveux noirs flottaient sur ses épaules, et il se remémora aussitôt le premier soir, quand l'avait attiré à lui telle une sirène.

Tout comme elle l'attirait maintenant. Pendant un instant, il regretta de ne pas pouvoir revenir en arrière. Il regretta de ne pas être venu à l'heure au restaurant au lieu de se terrer dans son bureau comme un lâche. Il regretta de ne pas l'avoir rejointe pour la prendre dans ses bras et lui dire tout ce qu'elle représentait pour lui. Mais ce qui était fait était fait. Alors, ses pas le portèrent sur la terrasse, juste derrière elle.

Le léger soupir étranglé qu'elle laissa échapper lui révéla qu'elle avait remarqué sa présence.

D'abord, ils restèrent silencieux, puis il dit :

— Maria, je suis tellem...

— Non ! coupa-t-elle. Ne t'excuse surtout pas.

Elle se retourna alors, et il put voir la trace des larmes sur ses joues, sa pâleur extrême. Maria ne cachait pas son chagrin, comme lui. Elle le revendiquait. Elle s'en emparait, songea-t-il.

— Tu sais quel jour on est, aujourd'hui ?

Il sut, d'instinct, qu'elle venait d'activer le détonateur d'une bombe qui allait tout changer. Il le sentait dans l'air, tout autour de lui, et il eut désespérément envie de stopper les mots qui allaient sortir de sa bouche.

— C'est mon anniversaire.

Matthieu se maudit intérieurement. S'il avait su... aurait-il agi d'une autre manière ? Il était si partagé, si désorienté, et il souffrait tant qu'il n'aurait pas su le dire. Pendant des semaines, ses cauchemars lui avaient montré qu'il perdait Maria de la façon la plus douloureuse, et voici qu'ils devenaient réalité, à cause de lui.

Un sourire triste se peignit sur ses traits.

— Ce n'est peut-être pas un hasard que nous nous soyons rencontrés le jour de ton anniversaire et que nous nous séparions le jour du mien.

— Maria...

— Et moi qui avais un cadeau pour toi ! dit-elle avec un rire amer.

C'est alors qu'il vit le petit boîtier qu'elle tenait dans ses mains fines, la blancheur de ses doigts tranchant sur le velours noir de l'écrin. Il tenta de s'expliquer le frisson d'appréhension qui le parcourait. Mais, avant tout, il voulait tenter de la faire rester.

— J'ai eu tort, Maria. Je n'aurais jamais dû te laisser dans ce restaurant.

— En effet. Tu savais ce que je ressentirais, et tu l'as fait quand même. Pour la première fois depuis que je te connais, tu as été fidèle à ta réputation.

Le coup porta, même si dans le même temps elle lui tendait le cadeau – ce cadeau qu'il ne méritait pas et n'avait jamais mérité. Il prit l'écrin sans la quitter des yeux.

— Maria, je t'en prie…

— Ouvre.

— Ne crois-tu pas que nous avons des choses plus importantes à discuter, en ce moment ?

— Non, parce qu'à mon avis, ce que renferme ce cadeau est précisément au cœur de la situation.

Sourcils froncés, il souleva le couvercle du boîtier et crut que son cœur allait s'arrêter de battre. Il lui fallut quelques instants pour comprendre ce qu'il voyait.

Trois brins forgés, battus, texturés à la main avaient été réunis en une torsade qui semblait n'avoir ni commencement ni fin, et même s'il tentait désespérément de se protéger contre la création de Maria, il devinait qu'elle avait voulu que ces brins représentent son père, sa mère et lui-même, tout autant qu'elle-même, lui et leur enfant… Et cela aurait pu avoir du sens si cela ne s'était pas déjà rattaché pour lui à la période la plus sombre de son histoire.

— Tu n'aurais pas dû faire ça, lui dit-il d'une voix méconnaissable, sans se résoudre à la regarder.

— Je… J'avais cru que ce serait un beau rappel pour toi. Un moyen d'avoir en permanence quelque chose de ta famille.

Il perçut sa confusion, sa souffrance. Peut-être même une trace de peur dans sa voix.

— Tu n'as pas la moindre idée…

— Bien sûr que non, Matthieu. Tu ne me parles pas ! Tu ne me dis pas ce que tu penses, ce que tu ressens.

— Tu n'as aucune envie de savoir ce que je ressens en ce moment, crois-moi.

— Mais si, Matthieu. Je ne veux pas seulement connaître les petites parts de toi que tu juges bon de montrer. Je ne veux ni la bête fauve ni le mari si maître de lui. Ce que je veux, c'est *toi* tout entier.

— Tu veux me connaître ? Tu veux savoir ce que je ressens ? Ce que j'éprouve est de l'horreur à l'état pur. L'horreur que tu te sois emparée d'un objet aussi personnel pour le transformer entièrement. Que tu prennes la mort de mes parents pour...

Il s'interrompit, luttant contre lui-même, ne sachant s'il devait se cramponner à ces tiges d'argent ou les rejeter aussi loin que possible. Et c'était la faute de Maria.

— Matthieu, je...

— Oh ! Je n'oublierai jamais le regard amoureux que mon père a posé sur ma mère quand elle lui a offert son cadeau... Ils m'ont envoyé au lit avant que j'aie le temps de bien le voir, en me promettant de me le montrer le lendemain, mais...

Il secoua la tête au souvenir de sa frustration enfantine, de son désir de voir de plus près ce que sa mère avait offert à son père.

— J'étais trop impatient, ce soir-là. Je me suis faufilé hors de ma chambre pour aller le chercher en bas, dans la salle à manger. Mes parents ont perdu un temps précieux, ensuite, à fouiller ma chambre et le reste du premier étage. Un temps qu'ils auraient pu mettre à profit pour quitter la maison en feu. S'il n'y avait pas eu ça...

Il leva le bracelet pour ponctuer ses paroles.

— Sans ça, mon père aurait pu s'en sortir. Il aurait pu sauter de la fenêtre par où il m'avait sorti. Je me rappelle l'instant où il m'a regardé avant de retourner chercher ma mère. Je me rappelle ses larmes, son envie désespérée de rester avec moi et son envie désespérée de la sauver. Je l'ai vu là, à la fenêtre, tandis que le crépitement du brasier qui ravageait notre maison couvrait les mots d'amour qu'il m'envoyait.

« Je suis désolé ! » lui avait hurlé son père, et Matthieu avait à peine entendu ces mots.

— Sais-tu ce que c'est de se sentir responsable de la mort de ses parents ? Et de souhaiter que ton père ait choisi de rester avec toi au lieu de choisir ta mère ? Peux-tu concevoir ce sentiment de culpabilité ? Savoir que tu aurais préféré que ta mère meure seule au lieu de rester toi-même seul ? Ou mieux encore, qu'on ne t'ait pas sauvé et que tu sois parti avec eux ?

La voix de Matthieu se brisa. Jamais il n'avait avoué cela à personne. Jamais il n'avait prononcé ces mots.

Un lourd silence les enveloppa et Matthieu sentit la présence de Maria, derrière lui.

— Tu n'étais pour rien dans l'incendie, Matthieu, lui dit-elle, bouleversée. Ce n'est pas ta faute, s'ils ne sont plus là.

— Vraiment ? Tu peux croire ça ? Que je suis innocent de cette perte, que je ne suis pas un monstre, alors que je me suis comporté en tant que tel ce soir, en te laissant seule au restaurant *volontairement* ? fit Matthieu.

Il était horrifié de constater que sa peur et sa souffrance le rendaient aussi cruel qu'elle l'avait accusé de l'être, mais incapable de se contenir. Car il était plus sûr, pour elle et pour lui, de repousser Maria.

— Ne fais...

— Ne fais pas quoi ? Ne lève pas le voile sur la fiction que tu as tissée à notre sujet ? Une histoire semblable à celle que tu avais imaginée sur toi et Theo Tersi, que tu croyais aimer le jour *où nous nous sommes connus* ?

Ce fut comme s'il l'avait giflée. Elle rejeta la tête en arrière, et son teint, déjà si pâle, devint livide.

— Je ne sais pas de quoi tu parles, répondit-elle d'un air douloureux qui le toucha au cœur.

— Si, tu le sais. Tu noues des relations impossibles avec les personnes que tu rencontres parce que c'est plus facile que d'admettre la réalité : tout n'est pas un conte de fées, tout le monde ne peut pas être aussi parfait que tu le voudrais. Ni ton père, ni ton frère, ni moi.

Tout en prononçant ces mots, il s'aperçut qu'il les croyait presque. Dire un mensonge aurait fait plus mal encore à Marie, et à lui-même.

— Tu m'as dit une fois vouloir savoir qui était Maria Montcour, reprit-il, mais en réalité, que tu sois épouse, mère, sœur ou fille, tu sembles ne pas savoir qui tu es en tant que personne. Tant que tu n'auras pas progressé dans ce domaine, nous jouerons tous un rôle fantasmé dans ton imagination, sans jamais parvenir à être à la hauteur. Tu nous demandes de l'amour, mais comment pourrions-nous t'en donner, si tu ne te connais pas toi-même ?

Maria écouta ces paroles avec attention. Elle se rendait compte qu'elles étaient profondément justes. Soudain, quelque chose se mettait en place à l'intérieur d'elle-même. Comme si elle voyait, dans le miroir que Matthieu lui tendait, une personne qu'elle identifiait vaguement sans pouvoir la reconnaître. Car il avait raison. Il était plus facile de trouver sa place dans des relations désespérément fantasmées. Ainsi, si elle était confrontée au rejet, ce n'était pas elle qui était en cause, c'était le rôle qu'elle s'était assigné, et qu'elle pouvait abandonner pour aller de l'avant.

Avait-elle procédé ainsi pendant toutes ces années ? Elle admettait qu'il y avait du vrai au sujet des sentiments qu'elle avait eus pour Theo. Mais, quoi que pût prétendre Matthieu, elle était sûre d'avoir de l'amour pour lui. Elle le voyait prêt à se raccrocher à n'importe quoi pour la faire partir, pour se défendre de ses propres sentiments envers elle. Et s'il était prêt à lui lacérer le cœur pour révéler quelque vérité intérieure, eh bien, elle lui rendrait la pareille. Si c'était sa dernière occasion d'être honnête avec lui, elle le serait.

— Quel moralisme de ta part de m'accuser de ne pas me connaître moi-même, de me cacher derrière un rôle ! Et toi, Matthieu ? Que fuis-tu chaque fois que tu quittes notre lit ?

— J'y suis obligé. J'ai des cauchemars, et ils sont...

— Des rêves et rien de plus.

— Non. Ils sont concrets, ce sont des souvenirs ! Chaque nuit, je vois mon père, ma mère et ma maison qui brûle. Quelquefois, tu es là. Toi et notre enfant. Et je ne peux pas...

Maria perçut la souffrance de Matthieu. Même dans la tiédeur de l'air vespéral, il paraissait glacé. Elle en eut le cœur retourné. Elle détestait qu'il lui ait tu, caché tout cela.

— Pourquoi ne m'as-tu rien dit ? Pourquoi n'as-tu pas parlé ? Nous aurions pu affronter ça ensemble, mais tu t'es fermé, tu as gardé ça pour toi.

— Je ne suis pas comme toi. Tu as un frère, une famille. Moi je suis seul et j'ai presque toujours été seul. Je ne t'ai rien dit, oui, bien sûr. Je ne dis jamais rien à personne.

— Mais je ne suis pas n'importe qui ! ne put-elle s'empêcher de s'écrier. Je suis ta femme. Un rôle bien réel, celui-là. Et tu as beau chercher à le nier, à y voir un fantasme, je t'aime. Oui, je t'aime. D'un amour immense, que tu ne me laisses pas partager avec toi, ce qui est d'une tristesse infinie.

Elle espérait encore, en disant tout cela, et alors même qu'elle savait devoir partir, qu'il changerait d'avis. Que son cœur changerait.

— Mais tu t'interdis cela, continua-t-elle sur sa lancée. Tu caches ta peine, comme si c'était tout ce que tes parents t'avaient laissé. En ignorant le fait qu'ils t'ont apporté les bases nécessaires pour devenir l'homme remarquable que tu pourrais être, si tu t'y autorisais.

Elle voyait en parlant qu'il accusait le coup, alors qu'elle prononçait ces mots qui allaient droit au but, détruisaient les mensonges dont il s'était blindé le cœur pour se protéger.

— Quand je t'ai annoncé que nous attendions un enfant, tu m'as demandé ce que je voulais. Je te retourne la question : que veux-tu ?

— Je n'en sais rien !

Ce cri de Matthieu fit mal à Maria, très mal. Parce qu'elle voulait désespérément l'aider à trouver le chemin de la vérité.

— Ce n'est pas suffisant.

— Je t'ai dit que je serais présent pour le bébé. Que tu pourrais avoir tout ce que tu désirais. Et que je n'avais rien de plus à offrir. Tu changes les termes de notre accord.

— Oui, dit-elle d'un ton de défi, parce que tu m'as prouvé que tu es capable de beaucoup mieux, quoi que tu puisses dire. Tu m'as donné envie de ce Matthieu-là, envie d'autre chose.

Matthieu ne pouvait lui opposer aucun déni. Car il avait changé aussi. Depuis qu'il avait vu Maria à Iondorra, il avait su que ça arriverait. Cela avait commencé bien avant les cauchemars qui l'avaient replongé dans ses souvenirs, la souffrance, la dévastation, le deuil – toutes ces choses qu'il redoutait d'avoir à revivre s'il arrivait quoi que ce soit à Maria ou à leur enfant... Il ne supportait même pas d'y penser.

Maria lui avait donné envie d'être meilleur. Mais c'était trop pour lui. Et en lui, le fauve rugissait, blessé.

— Jusqu'à ce que tu sois prêt à devenir l'homme que tu peux être, je ne veux pas que tu m'approches. Tu pourras voir ton enfant autant que tu voudras. Je ne lui dénierai pas ce droit, et à toi non plus. Mais tu seras présent à chaque anniversaire, chaque Noël, chaque événement, que ce soit un examen, un succès en musique ou un permis de conduire.

Maria lui dépeignait l'avenir qu'il se forçait à rejeter, quitte à en être ravagé.

— Une seule défaillance dans ces occasions, continua-t-elle, et tu ne feras plus jamais partie de nos vies. Compris ? Parce que mon enfance, et le temps que j'ai passé avec toi m'ont insufflé une volonté : ne jamais infliger à mon enfant le moindre abandon, physique ou affectif.

Mon enfant... Maria le chassait de sa vie comme il l'avait voulu avant son retour à la maison, et après qu'elle lui avait offert le cadeau. D'abord, c'était parce qu'il pensait qu'elle et le petit seraient mieux sans lui. Et maintenant ? Il ne parvenait pas à imaginer comment il pourrait vivre avec eux dans la crainte constante de les perdre. Alors, oui, il avait besoin que Maria s'en aille.

— Mes enfants grandiront dans la certitude qu'ils sont aimés et soutenus par leur famille. Que, quoi qu'il arrive, ils passent avant tout. Et ils le sauront parce que je leur en donnerai la preuve. Alors, quel que soit mon amour pour toi – et je t'aime, Matthieu, je t'aime tant ! —, je donne la priorité à moi-même et au bébé. Quant à toi, tu dois affronter ça. Tu ne peux pas vivre dans l'ombre de ta réputation de monstre. Tu ne peux pas consentir à ce que ça régisse ta vie.

Sur ces mots, elle partit, tête haute, si belle qu'il en avait le cœur éperdu. Mais il valait mieux que Maria Rohan de Luen, la femme qu'il aimait plus que tout, sorte de sa vie maintenant.

11

« Tu ne peux pas consentir à ce que ça régisse ta vie. »

Les paroles de Maria résonnaient encore en Matthieu, bien des heures, et même des jours après son départ.

Il laissait ses appels téléphoniques et ses mails sans réponse. Il n'était pas retourné au bureau depuis lors, car en vérité les mots qu'elle avait prononcés le consumaient. Pendant les années consécutives à l'incendie, il avait cru qu'il avait, à sa manière, encaissé les événements de cette nuit-là. Mais Maria, en ravivant ses blessures les plus profondes, avait ouvert la boîte de Pandore…

D'abord, son sentiment de perte, de deuil, aussi puissant qu'autrefois, l'avait abattu. Puis, après ce premier flot de souvenirs, d'autres avaient émergé. Des vacances à Antigua, le goût de sa mère pour les vêtements de couleurs vives – rose, turquoise, pourpre et orange. Les plaisanteries gentiment taquines de son père parce qu'elle choisissait toujours des boucles d'oreilles originales. Cela lui avait fait mal de réaliser qu'il avait refoulé de sa mémoire toutes les choses qui les rendaient uniques, amoureux comme des adolescents, parfois. Alors, il avait eu envie de raviver d'autres souvenirs…

Peu après le départ de Maria, il avait téléphoné à Malcolm, qui était arrivé chez lui en quelques heures. L'inquiétude qu'il avait lue sur son visage avait presque pansé les blessures de Matthieu. Il avait bombardé de questions son vieil ami – comment ses parents s'étaient-ils rencontrés ? Comment étaient-ils ? – et demandé quantité d'autres choses qu'il aurait sans doute apprises avec le temps, si le destin l'avait permis. Ils avaient parlé pendant des heures, et

Matthieu avait savouré ce qu'il avait autrefois tenu à ignorer. Ce qu'il n'avait pas pu supporter de savoir.

Enfin, Matthieu s'était confié sur la nuit fatale. Il avait révélé à quelqu'un d'autre qu'à Maria son chagrin, sa honte et son sentiment de culpabilité à cause de sa conduite de cette nuit-là.

— Je ne m'étais jamais douté de rien, avait dit Malcolm. Si j'avais su… Pourquoi ne m'as-tu jamais dit ce que tu ressentais ?

— Jamais admis que c'était ma faute ?

— Mais ce n'était *pas* ta faute ! avait affirmé Malcolm. Matthieu, te souviens-tu de la façon dont l'incendie a démarré ?

Matthieu n'était pas près d'oublier le résultat de l'enquête des pompiers.

— Réseau électrique défaillant.

— Où ça ?

— Que veux-tu dire ?

— Où le feu a-t-il commencé ?

— À l'étage.

— Et où étais-tu ?

— En bas, dans le séjour…

— Tu n'es pour rien dans l'incendie, avait répété Malcolm en le regardant dans les yeux. Et si tu t'étais trouvé au lit, à l'étage, au lieu d'être tout en bas de la maison, eh bien, tu aurais peut-être été un des premiers à mourir, cette nuit-là. Ton père n'a pas gâché un temps précieux et, même s'il l'avait fait, il aurait agi ainsi parce qu'il t'aimait et voulait que tu vives. S'il est retourné chercher ta mère dans le brasier, c'est parce qu'il voulait qu'elle vive. L'homme que j'ai eu la chance d'avoir pour meilleur ami ne se serait jamais pardonné, s'il n'avait pas essayé de la sauver.

Longtemps après le départ de Malcolm, Matthieu avait contemplé le lac sans vraiment le voir. Il avait été choqué de découvrir qu'il avait, d'une certaine façon, esquivé la vie. Maria avait raison. Il avait cultivé son chagrin, cultivé les souvenirs précieux, parfois douloureux, mais surtout profondément tendres de ses parents, comme s'il ne leur avait été alloué qu'un temps limité dans sa mémoire, comme s'ils devaient y disparaître. Mais plus il y pensait, plus les souvenirs lui revenaient. Et plus il comprenait qu'il avait commis une grossière erreur en contraignant Maria à sortir de sa vie.

Près d'un mois plus tard, Matthieu descendit de la limousine garée devant une certaine propriété de Sienne et frappa à la porte, se protégeant par avance contre ce qui allait avoir lieu.

La porte s'ouvrit, et Sebastian Rohan de Luen, après le premier regard, lui balança son poing dans la figure. Matthieu avait vu venir le coup, mais il l'accepta, car il lui semblait plus que mérité.

— Un ami te dirait de recourir aux mots, dit-il à Sebastian.

— Ah ? Eh bien, je suis du genre à agir, moi. Je t'avais averti, bon sang ! Je t'avais prévenu que...

— Je sais. Tu avais raison. J'ai mérité ton coup de poing, et plus encore.

Sebastian le fusilla du regard, avant de s'écarter pour le laisser entrer dans le salon de la demeure où il était déjà venu en visite avec Maria. Matthieu remarqua, sur la table, une bouteille de whisky à demi vide. Sebastian, à présent planté au milieu de la pièce, fixait un grand tableau accroché au-dessus de la cheminée. Ce fut seulement alors que Matthieu examina vraiment la toile.

Il fut stupéfait par le portrait de la femme qui le regardait, réalisé par un célèbre peintre européen.

— Seigneur, est-ce... ?

— Notre mère, oui. La ressemblance est saisissante, tu ne trouves pas ?

Matthieu préféra ne pas répondre. Il prenait soudain conscience qu'il avait dû être terriblement dur, pour le père de Maria, de voir en sa fille le portrait craché de son épouse. Il prenait conscience que cela avait dû être très difficile aussi pour Maria.

— Cette toile doit valoir une fortune.

— Tu n'es pas le seul milliardaire ici.

— As-tu *acheté* cette peinture ?

Un silence lourd de sens s'abattit sur la pièce. Puis Sebastian avoua à contrecœur que c'était une longue histoire.

— Est-ce que ça va ? lui demanda Matthieu, réellement inquiet.

— Je ne pense pas que tu sois venu parler de moi et de mes sentiments.

— Non, mais...

— Alors, n'en fais rien, coupa Sebastian, impérieux, avant de se remettre à contempler le tableau.

Matthieu soupira.

— Sais-tu où elle est ?

— Oui.

— Vas-tu me le dire ?

— Uniquement si tu me donnes une bonne raison de le faire, finit par répondre Sebastian, reportant sur lui son regard inquisiteur.

— Je l'aime, dit avec simplicité Matthieu.

Au cours des dernières semaines, il avait examiné ses sentiments, ses craintes, la part la plus obscure de lui-même. En regrettant de n'avoir pas permis à Maria de l'aider, et en sachant qu'en fait il valait mieux qu'il ait compris tout seul. C'était plus sain.

— Possible, lui dit Sebastian. Je pourrais même te croire. Mais cela ne signifie pas que je te donnerai ce que tu veux.

Matthieu n'aurait guère pu le lui reprocher. Pendant près d'une heure, il batailla pour convaincre Sebastian de lui révéler la retraite de Maria. En retournant vers sa voiture, il téléphona à sa secrétaire pour qu'elle lui procure le numéro de mobile de Theo Tersi. Il eut avec ce dernier une conversation brève et, dès que Theo eut promis de venir à Sienne aussi vite que possible, Matthieu mit de côté sa préoccupation au sujet de Sebastian pour ne plus songer qu'à Maria. Puis, ayant mis le contact, il démarra.

Maria se gara dans l'allée de la maison qu'elle louait en Ombrie. Elle était épuisée, après sa visite à Valeria et à son père. Cela avait été... difficile ? Oui. Douloureux ? Un peu. Mais bénéfique ? Peut-être.

Il lui avait fallu plusieurs semaines d'introspection pour trouver le courage d'affronter Eduardo. Elle avait toléré que la démission de son père, fuyant son devoir familial, dicte une trop grande part de sa vie. Elle lui avait permis de voir sa mère en elle, sans avoir le courage de tenir bon et d'être *Maria*. De même, elle avait cherché avec lui la relation idéalisée dont elle rêvait, au lieu d'en quêter une avec le père réel. Mais s'il n'avait jamais su le dire ni le montrer, tout au fond de lui, malgré ses défauts, il l'aimait, elle le savait. Alors, pour la toute première fois, elle était allée le trouver avec espoir, confiante en ce qui pourrait surgir d'une rencontre authentique.

Si c'était ce qu'elle pouvait tirer de bon de sa dispute avec Matthieu, eh bien, elle était preneuse !

Elle descendit de sa petite voiture de location, secouée par sa visite, mais aussi étrangement plus forte, et se dirigea vers l'entrée de la belle propriété qu'elle avait dénichée un mois plus tôt. Elle s'en était éprise dès qu'elle l'avait vue et l'avait louée pour un an, utilisant l'argent que Sebastian avait mis de côté pour elle – et qu'elle s'était juré de ne jamais entamer. Entre des champs de tournesols et une plantation de tabac, la maison était à l'opposé de la demeure de Matthieu au bord du lac Lucerne. Avec son toit de tuiles rouges et ses vieux murs en pierre, ses jolis volets pour barrer le passage au soleil, elle était chaleureuse. Une merveilleuse tonnelle croulant sous le poids des clématites et du chèvrefeuille ombrageait la cour, où elle s'attardait avec plaisir l'après-midi.

La villa était à environ deux heures de route de la maison de Sebastian, de celle de son père, et à des années-lumière, semblait-il, de chez Matthieu. Elle avait cru qu'elle y passerait son temps à broyer du noir, mais au lieu d'être démoralisée, épuisée par sa séparation d'avec Matthieu et les accusations qu'ils s'étaient lancées à la figure, elle en avait été dynamisée, acquérant une détermination nouvelle.

Elle avait établi son bilan : ses avoirs financiers, ses besoins et ceux de son enfant. Puis elle avait formé des projets. Et, même si cela faisait mal de les envisager sans Matthieu, ils dessinaient un avenir possible. En forgeant ces plans où elle espérait conjuguer son rôle de mère avec celui de créatrice de bijoux, considérant enfin l'aide financière de Matthieu non comme une dépendance mais comme un cadeau qui lui permettrait d'explorer sa personnalité et ce qu'elle désirait devenir, elle avait trouvé la sensation d'accomplissement qui lui avait manqué jusqu'alors.

Pour la première fois, son avenir prenait forme, elle lui avait donné une direction solide. Par ailleurs, son récent rendez-vous avec son nouveau médecin s'était bien déroulé, elle se portait bien et son bébé aussi. Elle lui avait même acheté un berceau. Elle avait imaginé qu'elle ferait cette acquisition avec Matthieu, bien sûr, et son absence lui avait causé de la peine. Mais elle était prête à avancer sans lui.

Quant à ses sentiments pour Matthieu, elle les avait enfermés à double tour, tout comme elle l'avait accusé de l'avoir fait avec les souvenirs de son passé. Elle espérait trouver le courage de les affronter un jour, de même qu'elle l'avait encouragé à affronter ses blessures intimes. Pourtant, elle avait un espoir qu'elle osait à peine s'avouer. Elle espérait que Matthieu viendrait la chercher...

Elle venait de se servir une tasse de thé au citron et au gingembre lorsque le bruit d'une voiture sur le gravier de l'allée la ramena au temps présent. On venait lui livrer le berceau !

Elle gagna l'entrée de la villa, sans réaliser tout d'abord à qui se cachait derrière la haute silhouette qui se tenait là, occupant l'espace comme s'il lui appartenait. Les mots moururent dans sa gorge lorsqu'elle reconnut Matthieu. Puis elle l'enveloppa d'un regard avide, presque déroutée par ces traits qui revenaient pourtant la hanter chaque nuit depuis qu'elle avait quitté la Suisse.

Elle croisa son regard, où brûlait un mélange d'espoir, de tristesse et d'autre chose qu'elle ne parvenait pas à cerner.

Matthieu laissa filer un grand soupir, gagné par une sensation de paix dès l'instant où il posa les yeux sur sa femme. Il savait qu'il avait un obstacle de taille à franchir, mais il s'accordait ce moment de répit car, pendant les jours et les nuits interminables qui l'avaient séparé d'elle, il avait su qu'il manquait une pièce essentielle à son existence. Une part intégrante de lui-même.

— Je peux entrer ?

Elle le considéra longuement et, alors qu'il s'attendait à un refus, elle fronça les sourcils et demanda :

— Qu'est-ce que tu as à la bouche ? Que t'est-il arrivé ?

Matthieu effleura la commissure de ses lèvres, là où le poing de Sebastian l'avait atteint, et eut un sourire contrit.

— Rien que je n'aie mérité.

— C'est mon *frère* qui t'a fait ça ? lança-t-elle d'un ton furieux avant de disparaître dans le grand couloir de la villa en marmonnant des paroles de vengeance.

— Maria ? lança Matthieu, qui l'avait suivie et la trouva en train de pianoter sur son mobile avec colère.

— Attends une seconde.

Il fronça les sourcils. Il n'avait pas prévu une telle entrée en matière !

— Maria...

— Qu'est-ce que c'est ? fit-elle alors qu'il venait lui ôter le mobile des mains, en douceur.

— Je ne veux pas parler de Sebastian ni de quoi que ce soit d'autre, pour le moment. Je suis venu pour...

Elle inclina la tête sur le côté, ressemblant à celle qu'elle était la première nuit à Iondorra, et il en fut bouleversé. Cependant elle restait distraite – par le mobile, par Sebastian, cherchant sans doute à gagner du temps. Il revint résolument sur ses pas.

— Mais où vas-tu ?

Il ramena vers lui l'une des portes persiennes qu'elle avait rabattues, sortit sous le soleil et dit avant de fermer l'autre :

— Nous reprenons tout de zéro. Parce que c'est important. Je veux que ce soit fait comme il faut.

Puis, ayant pris une profonde inspiration, il frappa à la porte.

Quand Maria rouvrit les persiennes, elle avait une expression étrange – mélange de tristesse, d'humour et de confusion.

— Je peux entrer, Maria ?

Cette fois, elle parut réfléchir à sa réponse. Et, dans les jeux d'ombre du couloir, il vit, avec un coup au cœur, que leur bébé avait grandi. Il eut envie de tomber à genoux devant elle, d'appuyer la tête contre son ventre rond et de la supplier de lui pardonner.

Elle s'écarta avant qu'il ait le temps de passer à l'acte et lui fit signe d'entrer.

Cette fois, il la suivit, sans prendre garde à son environnement, et se retrouva soudain au grand soleil, dans la cour la plus charmante qu'il eût jamais vue. Une profusion de fleurs blanches et pourpres retombaient en avalanche au-dessus de leurs têtes, l'odeur entêtante du chèvrefeuille lui inondait les sens. C'était chaud, coloré, suave – l'expression même de ce qu'était Maria. De tout ce qui lui avait manqué depuis l'instant où il l'avait poussée à sortir de sa vie.

Il secoua la tête, assailli par une déferlante de pensées, ne sachant par où commencer, craignant d'embrouiller tout. Il avait pourtant réfléchi, avait testé et répété les mots qu'il prononcerait, pendant qu'il était en route vers la villa. Mais maintenant, face à elle…

— Assieds-toi donc.

Elle lui tendait un rameau d'olivier, et il avait l'occasion de rétablir les choses, de repartir de zéro. Pourtant, ainsi, il aurait ignoré tout ce qui s'était passé entre eux, tout ce qu'elle l'avait aidé à comprendre sur lui-même, tout ce qui n'allait pas chez lui – et dont il avait pris conscience.

— Merci, mais je resterai debout, dit-il, embrassant du regard les superbes champs de tournesols tandis qu'il choisissait ses mots. Maria, je ne peux pas demander ton pardon. Te laisser seule au restaurant était impardonnable.

Il trouva enfin le courage de la regarder franchement, redoutant de la voir approuver ses propos et n'envisageant pas de clémence. Ce qu'il vit, ce fut de la patience – une écoute qu'il accueillait plus que volontiers.

— Tu avais raison sur toute la ligne, reprit-il. Je ne t'avais pas parlé de mes cauchemars sur l'incendie parce que en réalité je ne voulais pas que tu m'aides à voir clair à leur sujet. Cela m'aurait amené à affronter le fait que tu étais devenue si précieuse à mes yeux qu'après avoir perdu ma famille, vécu cette souffrance-là, je ne pensais vraiment pas pouvoir survivre si je venais à te perdre, ou à perdre notre enfant. Alors, je t'ai repoussée, et je t'ai perdue quand même, en me disant que ce serait moins dur que de subir plus tard une perte plus terrible encore.

« Et c'est ma crainte d'un tel événement, ma terreur face à l'importance que tu as prise et à mon amour pour toi qui m'ont rendu cruel. Le jour de ton anniversaire, je me suis servi de l'amour que tu me portes pour le retourner contre toi. Si tu choisis de ne jamais me revoir, je l'aurai mérité. Mais rien ne changera mes sentiments pour toi, quelle que soit la durée de notre séparation. Je t'aimerai toujours. Tu as apporté la lumière dans ma vie, plongée dans les ténèbres sans que j'en aie conscience. Tu as apporté la vérité à mon âme, que les secrets et la culpabilité étouffaient à mon insu, et l'amour dans mon cœur désolé. Cet amour que je suis capable d'accepter à présent, et qui ira toujours vers toi et notre enfant.

Cette fois, lorsque Matthieu regarda sa femme, il vit des larmes dans ses yeux, sur sa joue. D'un geste instinctif, il les essuya.

Maria capta l'éclat argenté qui avait jailli quand il lui avait effleuré la joue. Matthieu portait son bracelet ! Ce bracelet qui avait représenté tant de choses pour elle tandis qu'elle le créait. Lorsqu'elle leva les yeux, elle vit l'homme qu'elle aimait la regarder avec fierté, revendiquant ses sentiments pour elle, et ce fut un émerveillement.

— Quand tu m'as donné ceci, lui dit-il, je n'ai vu que le passé, que la souffrance, la culpabilité et la honte qu'il représentait à mes yeux. Mais j'ai parlé à Malcolm, je me suis rappelé cette nuit-là. Tu m'as restitué une part de moi-même que je pensais perdue, et je suis émerveillé par la générosité d'un tel geste, par la beauté de ce que tu m'as apporté. Je porte ce bracelet en permanence, où que j'aille.

Maria pleurait, à présent. Elle était bouleversée qu'il ait si bien compris ce qu'elle avait tenté de mettre dans le cadeau. Leur lien n'en devenait que plus puissant. Cependant, elle avait à parler aussi, elle avait besoin de livrer ce qu'elle avait sur le cœur. Elle recouvrit de ses mains celles de Matthieu.

— Je tiens à te dire que tu as été entendu, toi aussi.

Il eut un mouvement, comme pour chasser le souvenir honteux et blessant de cette nuit-là.

— Non, ne refuse pas, lui dit-elle. Nous avons prononcé des paroles de colère, mais tout comme toi, j'en ai moi aussi tiré la leçon. J'ai compris que beaucoup de choses que tu avais dites étaient vraies. J'avais si peur d'être rejetée, de ne pas être aimée, que j'ai tissé des fantasmes autour de mes relations, m'attribuant chaque fois un rôle auquel je pourrais facilement renoncer par la suite, en cas d'échec. Et c'était injuste envers tout le monde : mon père, mon frère, toi, et moi-même aussi. Je suis allée voir mon père, continua-t-elle avec un faible sourire. Il ne va pas changer du soir au lendemain, bien sûr, mais redéfinir nos rapports à partir de ce qu'ils étaient et pourraient être, et non ce que je désirais qu'ils soient. Eh bien, c'est prometteur pour l'avenir, j'espère. Cela n'aurait pas eu lieu sans toi et ce que tu m'as dit. Mais surtout, à cause de ce soir-là, je me suis forcée à examiner ce que je suis, ce que je voudrais être. Je commence à découvrir la « vraie Maria », et je l'aime bien.

Elle plissa le front, se reprit :

— Je m'aime bien, *moi*. J'aime aller à la découverte de moi-même. Mais, surtout, je veux que tu fasses partie de ce voyage. Je suis si heureuse de notre rencontre à Iondorra ! Je pense être tombée amoureuse de toi ce soir-là, où nous étions davantage nous-mêmes que nous ne l'avons été par la suite. Et j'aimerais beaucoup passer le reste de ma vie ainsi, avec toi et avec notre enfant.

— Peux-tu le redire ? demanda Matthieu.

— Tout ce que je viens de dire ?

— Non, seulement ce qu'il y a de plus important.

Maria sourit, elle avait compris ce qu'il attendait.

— Je t'aime, Matthieu Montcour.

— Je ne me lasserai jamais de l'entendre, Maria. Et je ne me lasserai jamais non plus de te le dire : je t'aime aussi !

Elle leva la main pour lui caresser la joue, pour l'attirer à elle dans un baiser où il y avait autant de joie, d'amour et d'acceptation que de passion et de désir. Elle sentit son cœur se dilater quand Matthieu la souleva dans ses bras, sous la tonnelle de clématites et chèvrefeuille, en une étreinte qui semblait faite pour durer toujours.

Matthieu porterait le bracelet pendant chaque jour de sa vie, lors de la naissance de leur premier enfant – une jolie fillette rieuse et turbulente —, puis du deuxième, un beau garçon parfois un peu grave, mais toujours affectueux. Il le porterait en renouvelant ses vœux conjugaux lors du mariage qu'il tint à offrir enfin à Maria, plein de rires, d'amour et de joie, avec la famille et les amis. Et il le porterait dans les périodes d'orage suscitées par les deuils ou les blessures, sans jamais se départir de l'amour qu'il éprouvait pour sa femme, leurs enfants, ses parents et lui-même. Il serait aussi à jamais reconnaissant de ce que sa belle épouse ait ouvert son cœur à l'amour et lui ait prouvé qu'il n'était pas un monstre, comme il l'avait si longtemps cru, mais un être digne de l'amour de la reine de son cœur.